网络文艺生产规制

The Standards and Systems of
Internet Literature and Art Production

聂 茂 付慧青 著

中国社会科学出版社

图书在版编目(CIP)数据

网络文艺生产规制/聂茂,付慧青著. —北京：中国社会科学出版社，2024.7
ISBN 978-7-5227-3439-2

Ⅰ.①网… Ⅱ.①聂…②付… Ⅲ.①文艺—网络传播—研究 Ⅳ.①I0-39

中国国家版本馆 CIP 数据核字(2024)第 073790 号

出 版 人	赵剑英
责任编辑	郭晓鸿
特约编辑	杜若佳
责任校对	师敏革
责任印制	王 超

出　版	中国社会科学出版社
社　　址	北京鼓楼西大街甲 158 号
邮　编	100720
网　　址	http://www.csspw.cn
发 行 部	010-84083685
门 市 部	010-84029450
经　销	新华书店及其他书店
印　刷	北京君升印刷有限公司
装　订	廊坊市广阳区广增装订厂
版　次	2024 年 7 月第 1 版
印　次	2024 年 7 月第 1 次印刷
开　本	710×1000　1/16
印　张	18.5
插　页	2
字　数	328 千字
定　价	98.00 元

凡购买中国社会科学出版社图书，如有质量问题请与本社营销中心联系调换
电话：010-84083683
版权所有　侵权必究

国家社科基金后期资助项目
出版说明

后期资助项目是国家社科基金设立的一类重要项目，旨在鼓励广大社科研究者潜心治学，支持基础研究多出优秀成果。它是经过严格评审，从接近完成的科研成果中遴选立项的。为扩大后期资助项目的影响，更好地推动学术发展，促进成果转化，全国哲学社会科学工作办公室按照"统一设计、统一标识、统一版式、形成系列"的总体要求，组织出版国家社科基金后期资助项目成果。

全国哲学社会科学工作办公室

网络文艺发展的理论自信与文化自觉
——《网络文艺生产规制》序

欧阳友权

一

新时代的网络文艺要求任何一个走进大众文化视野的作品，都必须坚守正确的价值观，注重作品的社会效果，承担一定的社会责任。网络文艺既有自身的发展逻辑，又有相应的生产规制。原因在于，网络文艺创作通常是在自由、隐匿、互不关联的虚拟空间进行的，但创作的成果却要展示在彼此分享与交流的平台，变成公共文化产品。如何处理好网络空间个人自由与社会责任的关系、主体行为的自由度与虚拟社会的行为规范的关系，便成为网络文艺创作亟待解决的问题。因而，互联网上的文艺创作既需要主体自律，又离不开必要的他律。以自律与他律的统一来规范网络文艺创作，将有助于网络文艺形成健康的行业生态和制度环境。

从自律方面看，网络创作首先需要有"角色面具"消解后的身份自律。匿名上网时，创作者暂时摆脱了日常生活中的"角色扮演"和"身份面具"，变成平等交流的一个网民。此时的你绝不能放纵自己的言行，而需要慎独和自律，因为你所面对的不是冷冰冰的机器，而是活生生的人；不是空置的广场，而是公共话语平台。某些网络作品中存在不同程度的恶俗、低俗、庸俗或情色、暴力、迷信等有害内容，正是面具隐匿后丧失主体自律产生的恶果。

其次是虚拟沉浸中的理性自律。网络世界不仅作为一种"此在"的载体是虚拟的，其艺术所表现的对象也是"超现实"的、想象的世界。作者在虚拟的世界里沉浸，消费者特别是青少年也被"代入"这个世界不能自拔。因此，理性的干预、意志的自律不仅是必要的，也是必然的和重要的，否则就极有可能陷入尼尔·波兹曼所警告的"娱乐至死"的泥潭中。

再次是话语自由情境下的道德自律。这种自律来自两个方面：一是创作者提高其道德素养和艺术水平；二是新媒体语境中的艺术坚守与自觉。前者需要网络创作者培育"鼠标下的德行"，怀着对社会的责任、对艺术的敬畏从事网络文艺生产；后者则需要摆脱消费社会的功利诱惑，不要为一时的"利"与"名"而迷失自我、走偏方向，不得为了迎合某些低级趣味拉低作品的艺术品位。

网络文艺的生产规制除了自律，还有他律。这种他律，以文艺传统、政策法规、消费市场这三种因素影响最大。其中，文艺传统的他律是对网络文艺创作的内在规约，政策法规是对行为主体的外在规制，而消费市场则构成新媒体文艺创作的商业驱动。高度市场化又日益主流化的网络文艺应该铭记创作的价值与作者的使命，因为市场化和主流化不仅意味着越来越大的市场份额和社会影响，更意味着越来越强的社会责任感和自觉担当意识……

二

对上述问题进行全面思考、分析、研究与阐释，不仅是这部《网络文艺生产规制》的题中之义，是该书聚焦的重点所在，更是其价值和意义所在。随着网络媒介的迅速崛起，当今社会进入了一个新的文化转型期，以网络文学、网络剧、网络综艺、网络电影、网络直播、网络动漫、网络游戏为主的网络文艺，建构了我们对于网络文化的感知与认识。网络文艺的符号形式、形态构成与生产方式都极大地区别于传统文艺，这种新兴的艺术形态也在潜移默化地影响着现代社会下人们的生活和思维方式，符号创造主体的精神性也发生了显著的变化。网络文艺的生产机制包括外部的意义生产与内部的话语生产。从外部来看，网络文艺的生产机制是基于 IP 与超级符号的循环生产，呈现出生产的 IP 化与符号化；从内部来看，多模态化及其文本互涉则成为网络文艺内部话语体系的呈现样态。

读完《网络文艺生产规制》这部书稿，一个突出的感受是，作者带有强烈的问题意识，即网络文艺为什么要规制，如何规制，规制什么，怎样规制？某种意义上，这可以看作《网络文艺生产规制》的书写动因。全书以"网络文艺生产机理及其发展动力"为研究对象，运用文艺学、经济学、传播学和符号学等跨学科理论，试图在包括文学场域在内的更广阔的视野上寻找网络文艺形式与内容合目的性的统一。这样做，目标至少有两个：一是分析网络文艺符号的本体特征；二是阐明网络文艺符号的生产机理。两者具有内在的逻辑关联，本质上是"网络文艺发展动力"这样一个问题。所谓网络文艺符号生产机理，就是指网络文艺符号的建构或创造规律，即网络文艺符号是如何被创作出来的，其创作规律与传统文艺有着怎样的本质区别。而要阐明这个问题，就必须对网络文艺生产主体进行从形而上到形而下的全面细致的分析和考察，这不仅因为网络文艺本身就是典型的精神产品，具有文化和经济双重价值，而且因为这种精神产品的生产环境、生产技术、生产资源甚至包括生产主体本身都与传统文艺存在重大的、本质的区别。从学理层面讲，本书所研究的网络文艺符号实则就是网络文艺的文本符号，其研究重心就是对网络文艺符号的整个符号生态系统中的诸类子符号进行深度发掘和深入研究，在与传统文艺符号的比较之中结合互联网具体语境进行审美观照与具体分析，从而对网络文艺符号独特的生产规制（包括生产特征、文本品质、内在规律与发展态势等）做出整体性把握和系统性阐释。

《网络文艺生产规制》提醒人们：数字文明的迅猛发展，昭示了人类智能化生存的前景，凸显了现代高新技术所带来的人文性和人性化的日益弱化与消弭，警示我们必须关注技术原道的人文底色和思想价值，促使当下的人文工作者认真审视媒介革命下文学艺术的观念与形态变迁以及新媒体与文艺学转向的关系问题。网络文艺发展迅猛，无论是文学作品还是其他艺术作品，每年发表和出版的数量都是天文数字，但与之相关的学术研究和理论著作不仅滞后，而且数量和质量都远远无法与原创作品相匹配。原因固然很多，但最重要的恐怕还是学界的传统积习太深，对作为新生事物的网络文艺重视不够，不少学者既不愿意置身于网络文艺的生产现场，又没有研究网络文艺的学术敏感和心灵冲动。

正因为此，当聂茂把国家社科基金后期资助重点项目的结题成果《网络文艺生产规制》的书稿发给我，希望我写几句鼓励性的话时，我欣然应允。聂茂是2004年在我做中南大学文学院院长时被引进到中南大学来工作的。他有过较长时间的媒体从业经验，又有国外留学的经历，视野开阔，勤奋刻苦，创新意识强。他在教学之余，一直坚持文学创作与学术研究并重，并都取得了丰硕的成就。这一次，作为网络文艺研究的新生力量，聂茂带着他的得意弟子付慧青不仅敏锐地嗅到了网络文艺的学理价值，而且独辟蹊径，对我国网络文艺生产规制进行探源和深描，这是令人高兴的事情，我要向他俩表示祝贺。

三

目前，学界关于网络文艺生产规制的成果不多，有分量的成果尤为鲜见，即便有一些零星文章，也多重于"批判"而疏于"建设"，多集中于形式与内容层面的文本分析而缺少艺术本体论上的价值追问,多照搬西方理论话语进行阐释而漠视中国文艺传统的原创典籍。而《网络文艺生产规制》打破了这一研究僵局,扫除了理论与实践的天然屏障,推开了科技与人文的固有壁垒,作者孜孜以求的,旨在建构一种汇聚历史传统与现实经验,一种能够贯通创作实践与理论体系,一种能够整合产业发展与文化价值建构的新的实践文艺观。

不仅如此,《网络文艺生产规制》最具价值性的一点还体现在对融媒体时代的文学艺术"何以存在"这一元问题进行追问与答疑,该书并没有停留在对网络文艺本然与应然状态的形式化层面的探讨上,而是从创作主体、市场客体、读者、平台和技术力量等整个系统进行考古般的深入发掘,在价值承载上处处体现出人文精神和人道关怀。例如,在对网络文艺的价值原点上,作者时刻围绕"人"的问题而展开,将网络文艺"何以存在"转换成现代人在网络文艺时代"何以存在",意外地与弗洛姆的人道化技术思想形成共振:"是人,而不是技术,必须成为价值的最终根源,是人的最优发展,而不是生产的最大化,成为所有计划的标准。"[①]在此基础上,该书始终从人与媒介的关系角度出发,将对网络文艺精神的哲学之思与人的生命意义的责任向度相同构,因而书中所流露出的数字美学思想更具人文化与人性化。

如果说,用"意义"阐释"精神"是任何艺术生产乃至任何人文科学创造"原道"的图腾,那么,数字媒介艺术生产就应当以表征意义、承载精神为"人与技术"的人文接口和技术人性化的原点延伸。因此,廓清数字化技术在艺术审美中的意义承载问题,除了对网络文艺本身进行价值审视外,还需要从实践之维进行生产规制。可喜的是,《网络文艺生产规制》一书对此有着深入的思考,作者围绕网络文艺规制路径,深度聚焦并全面分析网络文艺发展中出现的几大突出问题:一是网络文艺"有高原无高峰"的内容生产与发展"瓶颈";二是网络文艺"网络性"与"艺术性"的失衡症候;三是网络文艺产业化中的"市场与审美""商业与文化"的矛盾冲突;四是中国传统文艺话语在网络文艺理论建设中的"失语"或"缺位";等等。针对这些问题,该书从中国传统文化与古典哲学中汲取理论资源与话语力量,呼吁以"重新发现"的建设者姿态来建立一种兼具中国经验、中国精神、中国气派、中国风格等中国特色的

[①] Erich Fromm, *The Revolution of Hope: Toward a Humanized Technology*, New York: Harper & Row, 1968, p. 96.

网络文艺观，大力推动我国社会主义网络文艺生态的建设发展。

总之，《网络文艺生产规制》一书立足媒介语境，直击我国网络文艺发生现场，以守正创新的姿态关注媒介之变、呼唤文艺魂归，将技术美学与中华传统美学相调和，使技术理性与人文理性相适配，让数字化诗学重铸艺术诗学，从历史使命、现实经验与时代要求三重维度出发，积极探讨中国网络文艺发展的光明前途。正如恩格斯所指出的："每一个时代的理论思维，包括我们时代的理论思维，都是一种历史的产物，它在不同的时代具有完全不同的形式，同时具有完全不同的内容。"[①]《网络文艺生产规制》一书就是两位作者置身于文艺现场，对网络文艺生产规制及其一系列问题做出的时代回答，它既是对于艺术生长自律与他律问题的思考与探索，又是对于追求网络文艺意义生产与技术传媒责任平衡的有益尝试，从而建立起具有中国特色网络文艺发展的理论自信与文化自觉。这种理论自信与文化自觉，也正是伟大时代赋予网络文艺的神圣使命。

是为序。

（作者系中南大学网络文学研究院院长、二级教授、博士生导师，国家教学名师，国家社科基金学科评审组专家，享受国务院政府特殊津贴，中国作家协会网络文学研究基地首席专家，茅盾文学奖评委，鲁迅文学奖获得者）

[①] ［德］恩格斯：《自然辩证法》，《马克思恩格斯选集》第4卷，人民出版社1995年版，第284页。

目 录

绪论 21世纪网络文艺的机遇与挑战 …………………………………（1）

第一章 网络文艺的符号特质 ……………………………………（9）

第一节 媒介语境下新型艺术符号部落 ……………………………（10）
一 网络话语符号的自由生产 …………………………………（10）
二 网络文艺的符号化过程 ……………………………………（13）
三 网络文艺的元语言 …………………………………………（18）

第二节 基于IP与流量的网络文艺 …………………………………（27）
一 IP催生下的网络文艺符号 …………………………………（27）
二 流量要素与网络文艺的循环生产 …………………………（31）

第三节 网络文艺符号的生产模式 …………………………………（34）
一 网络文艺符号的意义建构 …………………………………（35）
二 传统文艺符号与网络文艺符号的意义分野 ………………（36）
三 基于互文性的符号文本重构 ………………………………（38）

第二章 网络文艺的消费规律 ……………………………………（42）

第一节 图像时代与技术审美的转型 ………………………………（44）
一 视觉消费下的美学新变 ……………………………………（44）
二 市场主体的精神意志 ………………………………………（45）
三 欲望时代的身体拜物教与思想规训 ………………………（48）

第二节 媒介生存与日常生活艺术化 ………………………………（49）
一 融媒体时代下的媒介生存 …………………………………（50）
二 生活经验的艺术化 …………………………………………（54）
三 网络文艺的价值重构 ………………………………………（57）

  四 日常生活的审美特质与解放之维 …………………… (61)
 第三节 融媒体语境下的消费心态 ………………………… (63)
  一 网络文艺的社会狂欢 ……………………………… (64)
  二 媒介与现代人的动态性关联 ……………………… (65)
  三 互动仪式链之上的网络社交行为 ………………… (66)
  四 情感冲动与集体匿名的符号交际 ………………… (68)

第三章 网络文艺的审美本质 ………………………………… (72)
 第一节 符号享乐与能指狂欢 ……………………………… (73)
  一 身体快感与瞬间之美 ……………………………… (74)
  二 能指泛滥与所指缺失 ……………………………… (78)
 第二节 网络文艺的审美趣味 ……………………………… (83)
  一 艺术的越界与冒犯 ………………………………… (83)
  二 书写的伪艺术化与文本的假、大、空 …………… (87)
  三 从"文质彬彬"到"文质泗泗" ………………… (94)
  四 重申"文质兼美"的审美主张 …………………… (95)

第四章 网络文艺的媒介生态 ……………………………… (101)
 第一节 主流价值的疏离与亚文化的蔓生 ……………… (102)
  一 弹幕互动下"无根一代"的聚集 ……………… (102)
  二 低欲望的佛系青年与高欲望的"光头强" …… (107)
 第二节 非理性主义张扬 …………………………………… (110)
  一 "主奴辩证法"下的本我统治 ………………… (112)
  二 符号主体的理性异化 …………………………… (118)
 第三节 主体的退隐与客体的遮蔽 ……………………… (124)
  一 主体性的退隐与符号中的他者 ………………… (124)
  二 真实性的遮蔽与生活中的"盲者" …………… (131)

第五章 网络文艺的创作转型 ……………………………… (133)
 第一节 人民本位与诗教传统 …………………………… (133)
  一 网络文艺的个人主义 …………………………… (134)
  二 融媒体时代网络文艺的生产责任 ……………… (140)

三　主流文艺思想下的人民本位与诗教传统 …………………… (142)
　　第二节　人文坚守与网络文艺的现实转型 …………………………… (144)
　　　　一　网络文艺的后现代主义症候 ………………………………… (144)
　　　　二　野蛮生长与直面现实的时代需求 …………………………… (152)
　　　　三　人文坚守：网络文艺的价值旨归 …………………………… (160)
　　第三节　网络文艺的破与立 …………………………………………… (162)
　　　　一　融媒体时代对文艺传统的再审视 …………………………… (162)
　　　　二　网络文艺对文艺传统的"破" ……………………………… (164)
　　　　三　网络文艺对文艺传统的"立" ……………………………… (166)

第六章　网络文艺的监督与管理 ……………………………………… (173)
　　第一节　创作伦理与法理监督 ………………………………………… (173)
　　　　一　网络文艺生产德行失范 ……………………………………… (173)
　　　　二　网络文艺监管的必要性与紧迫性 …………………………… (175)
　　　　三　网络文艺的伦理监督 ………………………………………… (177)
　　　　四　网络文艺的法理监管 ………………………………………… (184)
　　第二节　文艺管理与制度力量 ………………………………………… (192)
　　　　一　自上而下的层级化管理 ……………………………………… (192)
　　　　二　文化管理部门的培训与评奖 ………………………………… (203)

第七章　网络文艺的守正出新 ………………………………………… (215)
　　第一节　守正：文本能指与价值所指相结合 ………………………… (217)
　　　　一　价值失守与网络文艺的精神性再造 ………………………… (217)
　　　　二　文化价值的遁形与文化"快消"的时代 …………………… (219)
　　　　三　激活传统，立足于传统文化的文化实践 …………………… (221)
　　　　四　用社会主流精神开展网络文艺建设与人才培养 …………… (222)
　　第二节　坚持：文化产品与时代精神相统一 ………………………… (226)
　　　　一　坚持价值导向，实现产业与文化融合 ……………………… (228)
　　　　二　增加文化含量，打造超级 IP ………………………………… (233)
　　第三节　出新：历史传统与现实语境相融合 ………………………… (238)
　　　　一　激活历史传统，赓续中华美学 ……………………………… (240)
　　　　二　置身现实生活，讲好中国故事 ……………………………… (245)

结语　文化自信与网络文艺的精神命途 …………………………（249）

参考文献 ……………………………………………………………（253）

后记　努力提高网络文艺生产的精神"钙质" ……………………（276）

绪论　21世纪网络文艺的机遇与挑战

党的十九大报告指出，经过长期努力中国特色社会主义进入了新时代。这一重大政治论断，赋予党的历史使命、理论遵循、目标任务以新的时代内涵，为我们深刻把握当代中国发展的新阶段新特征，科学制定党的路线方针政策提供了时代坐标和基本依据。新时期以来，市场经济释放了全民和全社会的创造创新活力，新体制、新机制、新业态、新群体、新组织、新身份层出不穷，充满勃勃生机，以互联网为载体的新文艺群体应运而生。2014年习近平总书记主持召开的文艺工作座谈会专门谈到网络作家、签约作家、自由撰稿人等七类新文艺群体，大会指出，古今中外很多文艺名家都是从社会和人民中产生的，号召文艺部门要扩大工作覆盖面，延伸联系手臂，用全新的眼光看待他们，用全新的政策和方法团结、吸引他们，引导他们成为繁荣社会主义文艺的有生力量。如何团结、发现、挖掘、引导、扶植以网络文艺为主的新文艺群体，探索他们所处的市场规律、文艺条件、生存环境、生活方式、艺术个性、思想状况，并由此进一步完善党的文艺政策、措施方法、体制机制，已经成为新的历史条件下社会主义文艺事业建设的新课题、新任务。

网络文艺工作者要清醒地认识到，新时代标志着中国社会发展进入新的历史方位，新时代是中国特色社会主义新时代，新时代是奋斗者的时代。新时代属于每一个人，每一个人都是新时代的见证者、开创者、建设者。网络技术对文学的生产方式、传播方式产生了革命性影响，较之传统意义上的文学形式，网络文学紧随市场化、产业化、娱乐化的时代潮流，产量巨大、层次繁复、质量参差，其独特的复杂性成为学者学术分析的重点与难点。随着时间的推移，优秀的网络文艺自然会存活下来，并对后来的网络文艺形态产生影响，而通过对这些优秀网络文艺的研究，我们不难发现其大多在中国传统文化中汲取了丰富滋养。例如中国网络文学对于传统文化的吸收，不仅在于语言层面对经典的中国古诗词的合理应用，在故事叙述层面对于传统历史元素的承袭与革新，还在于网络作家对于中国传统哲学的改造、杂糅上。因此，坚定文化自信，继续推动和发展社会主义文艺不仅是新时代的重要内容，也是广大文艺工作者自觉担承的光荣而又艰巨的历史使命。可以说，新时代为网络文艺发展提供了新的机遇。

首先，新时代中国经验的表达诉求发生了重大变化，要求具有合时代性和人民性的文艺形式去承载。随着媒介技术不断向现实世界延伸，我国国民的数字化程度也不断提高，2023年3月3日，中国互联网络信息中心（CNNIC）发布了《第51次中国互联网络发展状况统计报告》（以下简称《报告》）。《报告》显示，截至2022年12月，我国网民规模达10.67亿人，较2021年12月增长3549万人，互联网普及率达75.6%，比2020年的70.4%又提高了5个百分点。2018—2022年，我国网民的人均每周上网时长均保持在26个小时之上，2020年的3月更是突破30个小时。在手机网民经常使用的各类App中，除使用时间最长的即时通信类App外，网络视频、网络短视频、网络音乐、网络直播、网络游戏、网络文学类App都位居前列。截至2022年12月，短视频用户规模首次突破10亿，用户使用率高达94.8%，同比增长8.3%；网络直播用户从2018年的3.97亿增长到2022年7.51亿，使用率从47.9%到70.3%[1]。近几年，我国数字产业化稳中有进，人工智能、5G、VR等新兴技术为网络文艺业态发展注入新动力。2014—2021年，中国数字娱乐核心产业规模复合年增长率达到17.6%，2021年，中国数字娱乐核心产业规模（指影视视频、网络动漫、数字音乐、网络游戏、网络文学等部分市场的规模）达7650.6亿元，2022年有所下滑，但依旧突破7000亿大关，产业规模为7196.4亿元[2]。互联网新业态、新模式、新应用、新场景融合发展，为数字经济注入强劲动能。在最新颁布的《"十四五"文化和旅游发展规划》和《"十四五"文化产业发展规划》中明确提出，沉浸式体验将成为数字文化创新重要方向，并通过前沿技术实现大众化、精品化发展。各网络文艺种类与虚拟现实融合创新，交互体验全面升级，显示出强大的消费潜力与发展前景。

可以看出，数字化文艺生产、数字化文艺传播、数字化文艺消费已经成为融媒体时代下人们主要的娱乐方式与生存方式。网络文艺成为影响中国人特别是年轻人求知途径、思维方式、价值观念的先进力量，成为切入

---

[1] 中国互联网络信息中心（CNNIC）：《第51次中国互联网络发展状况统计报告》，http：//k.sina.com.cn/article_6375433705_17c0165e9019019ui3.html。

[2] 《2022中国数字文化娱乐产业综合分析报告》，https：//www.xdyanbao.com/doc/40veulxz5j？bd_vid=11369405503297574928。

大众心理、重塑公民心态、培育国民品格的重要路径。在数字化生存的时代语境下，中国经验的表达也不应只停留于纸媒化的传统文艺，网络文艺也应承载与表达现代人在网络空间下的中国经验。"网络文艺对人类文明类型模式、故事原型、文化母题进行重释、重译、重述、重塑，与席卷中国和世界的新文艺潮流背后的个人心理、国民心态、民族/国家/人类集体无意识互文互鉴、交流融合起来，正在重构一个基于年轻人全新经验与想象、创新与变革的网络空间/人类/文明命运共同体。"①

其次，新时代中国经验的表达方式也发生了巨大变化。根据2019年我国数字用户行为分析报告，成年网民数量开始反超未成年人，成年人熟悉的话语方式也逐渐在网络上普及。随着时代的发展，网络文学无论是在创作群体、内容呈现还是在消费群体层面都呈现出年轻化趋势，可以说网络文学迎来了"Z世代"②，现在网络语言不再只是亚文化的代名词，不再只是一种纯粹的戏谑与解构式的新型语言符号。可喜的是，越来越多的具有正能量的网络语言开始加入网络语言词汇之中，越来越多的网络语言开始渗透到民众的现实生活中，与大众的日常用语开始深度融合，表达信心坚定时说"不忘初心"，提醒亲人出行注意安全时说"道路千万条，安全第一条"，开心时说"好嗨哟"，工作加班说"996"，还有"硬核""断舍离"等生动鲜活的词语。这些词汇入选流行语，生动反映了时代变迁下民众情感的变化与国家的发展。

党的十九大报告《决胜全面建成小康社会，夺取新时代中国特色社会主义伟大胜利》旗帜鲜明地用"新时代"这个具有特别意义的词概括中国变革进程与发展定位，也为文学工作者如何理解、诠释和表达好新时代视域下的中国经验的表达提供了方向性的定位和可能性的探索。由于受到各种错误思想和唯市场化的影响，当前文艺领域还存在迷失文艺方向、偏离为人民服务宗旨以及各种"去思想化""去价值化""去历史化""去中国化""去主流化"的艺术创作病象，如此的艺术创作景观也成为我国网络文艺发展的桎梏与挑战。这种挑战首先面临的是如何体现中国经

---

① 庄庸：《"网络文艺"：从"网络"重新定义"文艺"出发》，《网络文艺日报》2017年8月7日第1版。
② "Z世代"又称网生代、互联网世代，统指受互联网、即时通信、短讯、mp3、智能手机和平板电脑等科技产物影响很大的一代人。《2020年度中国网络文学发展报告》将"Z世代"定义为"95年以后出生的群体，包含'95后'及'00后'"。根据相关数据，2020年阅文集团新增网文作家中，"Z世代"占比近八成，已成作家队伍新增主体。阅文集团数据显示，"95后"读者占比近六成。可见，无论是创作群体还是消费群体，"95后""00后"在群体构成中的占比逐渐扩大。

验的阐释维度。古人云："辩方位而正则。"网络文艺的发展"要在把握时代脉搏的前提下充分地、能动地、准确地提出新的理论境界和视域"[①]，在新的时代背景下和新的媒介语境下，文学与艺术层面"中国经验"的阐释维度也随时代的变革而有所变化，主要体现在以下几个方面。

一是新的媒介语境下的中国经验必然包括中国传统文化以及其中所蕴含的中国智慧，这些中国智慧既来源于诸如以儒、道两家为思想源头的中国古老智慧，《文心雕龙》《文赋》《诗品》等文艺理论，唐诗、宋词、元曲、明清小说等传统文艺经典，又包括以中国文学史论、艺术史论为贯穿的中国经验的历时性表达。

二是中华人民共和国成立以来特别是改革开放以来中国所取得的翻天覆地的变化和举世瞩目的成就与历史经验，这些历史成就为网络文艺的内容生产提供了巨大的表现空间。如此，在新的媒介语境下的网络文艺对于中国经验的表达"应是中国成功经验的表达，而不是中国经验的批判性表达"[②]。

三是近年来几代领导人尤其是新时期下的党中央根据时代变化与人民的需求所颁布的一系列惠民政策，以及新阶段所取得一系列关于中国制度自信、道路自信、文化自信的成功的中国经验的共时性表达。

四是在融媒体时代语境下，越来越多的现代人愿意在网络空间进行个人经验的书写以及情感之间的互动与表达，所有这些诞生在网络空间下的网络文化诸如二次元文化、宅文化以及其他的网络亚文化形态实则就是对当代人情感状态、思想变化的经验化表达。与此同时，现代人在对网络文艺的消费过程中抑或是在网络文艺的互动生产过程中，也进行着自身情感的诉求与满足，因而，网络文艺中凝结着当代中国人的情感经验与人生经验，这些也就构成了融媒体时代下中国经验的网络化与即时性表达。

新时代网络文艺的挑战还体现在如何用中国话语表现中国经验。"话语体系与思想、知识的表达形式有关，又显然不仅仅是话语表达的知识体系化问题，更重要的是建立和坚持一种富有'中国经验'的学术表达理念。"[③] 所以，具体到话语表达形式上，就要立足于本国的民族文化特性与网络文艺本身的艺术特质，创造一种中国式的网络文艺画面语言，继而能够真实、生动、立体、全面地实现对于中国经验的表达。

---

① 魏建军：《浅谈新时代视域下的中国经验表达》，《文艺报》2018年10月22日第7版。
② 魏建军：《浅谈新时代视域下的中国经验表达》，《文艺报》2018年10月22日第7版。
③ 罗时进、阎丽：《坚持富有"中国经验"的学术表达理念》，《中国社会科学报》2019年8月6日第6版。

网络文艺区别于传统文艺的最鲜明的特质就是它的网络性，因而根植于网络空间的网络文艺的本质特性就是互动性，大众在网络文艺的消费过程中也可以与其他消费者进行交流互动，在这过程中，大众所进行的多是一种情感的互动，作为大众情感的艺术表达，网络文艺回应了读者的情感需求和大众的情绪关切，所以，在网络文艺的生产与消费过程中所凝结的多是现代人的情感经验。这就要求网络文艺在创造带有本土性、民族性、创新性的中国式的视听语言或者是画面符号时，应与新时代下中国民众现实经验下的情感状态相契合。

	尤其是我国现已步入融媒体时代，网络文艺作为新兴的艺术形态，迅速崛起成为现代人主要的娱乐方式与精神消遣。诚然，网络文艺的"网络性"使网络文艺作品具有先天的通俗性，实现了融媒体时代的大众文化狂欢。文艺作品的通俗性本应是对人类普遍性价值与情感的描写与传达，是在对生命状态的体认与情感消遣中实现精神的启悟，继而通往文化的自省。但在"注意力"经济的驱使下，网络文艺的通俗性愈加受到商业性的侵蚀，致使越来越多的网络文艺作品由通俗走向艺术的低俗、滥俗与媚俗。文艺创作者应对世俗经验进行精神性的艺术创造，通俗而不流俗、由俗通雅，而实现这一目标的前提则是文质兼修。网络文艺同样追求"文质兼美"，唯其如此，创作出的作品才能实现艺术性与商业性、思想性与通俗性的双效统一。尤其是网络文艺的主要受众为"网生一代"，其理性思考能力与甄别能力还未成熟，因此网络文艺的健康发展必须将"文质兼美"的艺术作品作为其创作追求，用文质兼美的创作来抵御碎片化的时代，对抗时下浅表化的文艺创作生态。

	新时代的社会主义文艺思想，应当面对新时代文艺出现的新情况和新问题，作出新的学术阐释和理论回答。网络文艺所出现的很多理性失范现象，使我们不得不以一种审美批判的思维来重新审视这一媒介语境下的"文艺的狂欢"。近年来很多研究学者都不约而同地选择了用社会主义主流文艺思想规范、引导网络文艺的发展。社会主义主流文艺思想中的"诗教"传统、"人民本位"等思想是具有时代意义与当代价值的，一方面它召唤着文艺理论家们再续中华文脉，激活文论传统的生命力；另一方面它又警示着文艺创作者时刻牢记社会主义文艺创作的历史使命，努力创作出以社会主义"道"义为内容的文质兼美的优秀文艺作品。这对于时下的网络文艺创作有很好的修正作用，有利于改善网络文艺创作市场的不良风气，继而引导网络文艺创作的主流方向回归。

	本书的研究目标主要有以下几个方面。

（1）对网络文艺生态系统进行多向度的宏观考察，总结其形式层面的共性，并置于社会大系统下进行历时性与共时性的文化学与社会学的深度分析。

（2）结合媒介语境与网络文艺发展现状来探究网络文艺生产机制及其背后的生产逻辑，在与传统文艺的生产机制的横向比较中总结网络文艺的特殊性与创新性。

（3）结合中国社会文化语境与网络文艺的文化表征探究网络文艺的现代性与后现代性。

（4）拓展网络文艺文化研究的向度，挖掘其生产背后的意识形态与文化逻辑。

（5）以社会主义主流思想为指导原则对网络文艺生产进行审美规范、精神引渡及道德伦理规约，并配之法理监管来探究通往我国网络文艺创新发展的可行性路径。

全书共分为七章，各章之间既有内在的逻辑关系，又有独立的品格特征。

第一章和第二章是从生产与消费之维对网络文艺进行深入考察和分析。"艺术生产"是马克思在研究政治经济的过程中提出的一个概念，包含艺术生产的精神生产与物质生产的双线逻辑，将艺术生产的方式与人的行为活动相结合，提出艺术生产的方式是人艺术地掌握世界的方式。在此理论基础上，第一章主要通过对网络文艺生产特质与消费规律的考察分析来探究网络文艺这一新兴文艺样态的新质。第二章主要解决两个问题：一是网络文艺如何表达了现代人的心灵经验，并以一种怎样的生产逻辑而迎合了当代文化发展的合理性；二是网络文艺在消费环节是按照一种怎样的逻辑而参与着对于媒介时代的文化建构。

第三章和第四章是从审美批判之维对网络文艺的审美透视与文化批判。网络文艺的出现是带有艺术的革命性色彩的，因而对于网络文艺的认知还须回到网络文艺本身。即从艺术的、美学的维度，在艺术与技术、艺术与娱乐、艺术与产业的多重关系中去窥探网络文艺"美"的规定性。第三章主要是从艺术本体论角度来考察网络文艺的审美本质、后现代主义审美范式以及网络文艺以"爽"为机制的审美逻辑。第四章则是在网络文艺技术性分析的基础上进而转入对于人与媒介关系的研究，主要透过媒介生态学这一研究视角来考察网络文艺整体的媒介生态。其目的在于用一种人文价值理性置换掉原来媒介研究的工具理性，将现代审美原则渗透到媒介研究之中，在强调媒介素养一维的同时更关注媒介对人的价值建构，使得对网络文艺的媒介研究更具有价值学说与人文色彩。

第五章和第六章是从审美解放之维对网络文艺的主流规制。通过前几章的分析可看出我国网络文艺在生产、传播、消费等环节还存在诸多问题，这就需要在社会主义主流文艺思想的指导下推动网络文艺这一新兴文艺形态向社会主流价值观靠拢，让正能量引领网络文艺，让网络文艺真正担负起作为精神性文艺作品的社会功能，重拾文艺的人民本位与诗教传统、现实指向与人文坚守，在对我国优秀传统文化与传统文艺的继承中实现破与立的创新性转化，促进传统文艺与网络文艺创新性融合，真正实现我国网络文艺的健康、繁荣、有序发展。基于此目的，本书对于网络文艺的生产规制，主要从网络文艺的"自律"与"他律"两个方面着手，"自律"主要是侧重于从文学艺术本体出发，对网络文艺生产进行美学规范。第五章着重侧重于对网络文艺的引导，在与传统文艺的价值比对中探讨网络文艺应然状态与符号特征。随着网络文艺的迅速发展，网络文艺已经不再是一个单纯的文艺新形态而是一个庞大的文艺生态系统，而"他律"则主要是发挥本土制度优势，对网络文艺的发展进行价值把控与宏观调节。第六章则侧重于网络文艺的监督与管理问题，对于此问题本章主要从"伦理监督""法理监管""体制规制"等几个方面强调对网络文艺意识形态引导与建设的重要性。单靠"自律"与"他律"这一单极力量，很难让网络文艺在保证其艺术特性的同时还能走出一条具有中国特色的网络文艺发展之路。基于此，本书在章节的行文逻辑上，选择了"自律"这一内部规约与"他律"这一外部规制两个章节来综合论述，这不仅是中国网络文艺生长的现实经验，亦是中国网络文艺发展的道路选择。

第七章从审美理想之维展开对网络文艺创新发展的路径分析与美学想象的考察。本书认为，对于网络文艺"质"的规定，至少要有这三个方面——情感、精神与价值。因为真正的文学艺术作品都是创作者以人类为出发点而面对历史、面对世界、面对自我的情感表达。因而无论是形式上传统化还是先锋性，无论是现实主义还是浪漫主义审美倾向，都需要创作者从现实出发，从人性出发，完成对现实的叩问与灵魂的追问。但是，就网络文艺目前的发展来看，距离这样"文质兼美"的艺术范式还有一定的距离。网络媒介的超真实性使得网络文艺符号世界走向了鲍德里亚对于"内爆"的寓言。因此，对"超真实"的批判，必须超越"超真实"的迷雾，使网络文艺对所指意义有一种整体性的回归，即作为意义的真实的回归，作为生命的符号的伦理意义的回归。对于网络文艺"质"的规定只是从"网络文艺是什么"的角度对网络文艺进行了本体论的分析，如果我们只停留于对网络文艺的理论探讨上还是远远不够的，我们更要解决的是这样新兴的且具有强大生命力与发展潜力的艺术形态应如何与现代人的精神生活相适应，在丰富现代人娱乐生活的同时又该如何丰盈现代人的精神生活。

因而本书中的"规制"二字则是主要侧重于对于网络文艺的价值规定。鉴于网络文艺庞大的生产体量、庞大的受众基群等现实实际，对于网络文艺的价值规定，不是创作者这一单极力量的职责，这需要依赖创作者、网络平台、相关文化部门、受众选择等多极力量的共同参与。本书对于网络文艺生产"规制"研究的目的不是单纯地提供一种理论上的价值指引，而是旨在建构一种汇聚历史传统与现实经验，一种能够贯通创作实践与理论体系，一种能够整合产业发展与文化价值建构的实践文艺观。而这样一种文艺观是在习近平文化思想的指导下，总结我国网络文艺发展经验的基础上，尊重网络文艺自身特质、赓续本土文艺传统，站在新时代文艺发展的历史基点上融贯中西，努力建构具有全球视野的中国文艺话语。

诚然，网络文艺在实际的发展过程中仍存在一些问题，网络文艺作品的整体价值性、精神性、文化性还需要进一步提升，网络文艺的相关研究还需要更全面、更深入、更透彻。只有抓住新时代中国文化的"灵魂"使之大放光彩，成为引领时代进步和中华民族走近伟大梦想的火炬和灯塔，网络文艺的繁荣才是真正的繁荣，网络文艺的发展才能在历史的长河中写出属于自己的篇章。

第一章 网络文艺的符号特质

什么是网络文艺？通俗意义上，网络文艺是以网络文学、网络剧、网络电影（微电影）、网络游戏、网络音乐、网红经济、网络娱乐、网络动漫、网络演出等为代表的新兴文艺类型的整体称谓和概念。需要特别强调的是，在当今社会还没有对"网络文艺"有一个统一且权威的定义以及概念诠释，上述的界定算是一种约定俗成的公约性认识。

但是，值得注意的是，对网络文艺的理解须排除对其的误解才能对其有一个准确的认知。

首先，网络文艺不是传统文艺的网络化移置，这两种文艺不仅仅是存在形式上的差异，由于二者的生发地不同，因而不能忽视对于网络文艺生发地即网络环境及其特性的考量。此外网络文艺现在已经是整个中国甚至世界范围内"新"的文艺生态系统，因而需要在网络和社会与世界的联动中来理解网络文艺，而不是只局限于"网络"这个范畴。

其次，网络文艺相对于传统文艺而言是一种新兴文艺类型，但是如果仅是停留于该界定的表层理解，则很难触碰到网络文艺的本质层面，也就无法厘清网络文艺的生产机理。因此，就需要我们对网络文艺有一个开阔的认知，在其"类型"之下把握其深层结构性的思路、逻辑和发展规律。

最后，网络文艺也不是仅限于"文艺"领域，由"网络"的专有特性所带来的新组织、新理念、新舆论、新经济而形成的"重组与重塑"特征仍然是我们需要把握的范围。如果没有把握好这层隐在逻辑就必然会产生"网络红人，为什么也是一种网络文艺？"这样的疑问。如果将该问题不框架于"人"的理解范畴，而是将其理解为一种自媒体娱乐的"秀"文艺，如此情况下，才能对这种问题做出解答。

而本书中对"网络文艺"的理解是以网络文学、网络剧、网络电影（微电影）、网络游戏、网络音乐、网红经济、网络娱乐、网络动漫等新兴文艺类型为代表的"互联网+新文艺"。本书对"网络文艺"的理解则遵循了周志雄教授在《网络文学研究》一书中对于"网络文艺"的概念解释,即对于网络文艺的研究,"它的重心不在于'文艺',也不在于'网络',而是在于'新',是贯通互联网新领域、中国社会当下新兴文艺领域以及跟整个世界'新'文艺潮流互动互文和同步对接的'新'文艺类型、业态与形态、机制与体制、生态与现象"[①]。

随着网络媒介迅速崛起,现代社会进入了新的社会转型期,即从媒介时代进入融媒体时代,互联网技术所带来的技术维度、媒介思维,让现代人的生活实现了一种技术转向,形成了带有互联网文化与网络社会关系的技术语境,于是现代人的生活方式与社会文化都被进行了数字化的改写,媒介视野下的文艺创作与审美实践也被打上了深深的数字化烙印。基于媒介技术而诞生的网络文艺,其符号形式以及形态构成都极大区别于传统文艺,并呈现出新的符号特征与美学新质。

第一节　媒介语境下新型艺术符号部落

2001 年,曾任国家语言文字工作委员会语言文字应用研究所所长的于根元教授主编的《中国网络语言词典》一书,就是我国首本对网络语言进行系统性、全面性、专业性的收集与汇编,其中像"斑竹"(版主)、"大虾"(网络高手)等网络词汇就收录了 4000 多条。这些新型的艺术符号部落,蕴含着现代人的个人经验与现代社会的现实经验,因而带有鲜明的时代气息与全新的文化内涵。可以说,一种新的语言的诞生并不仅仅意味着语言形式的革新,在更广阔的文化层面、社会层面与历史层面来说,其价值在于这种新型语言形态所反映出的社会内容以及在这内容背后人的精神面貌与生存状态,即是说语言的所指与意指使之具有更深刻的文化内涵与时代意义。

一　网络话语符号的自由生产

传统文艺的符号生产相较于网络文艺符号而言,不仅在生产之前将符号意义先行确定,而且其生产还暗含"话语权势"。罗兰·巴尔特(Roland Barthes)在《法兰西学院就职演讲》中提到"话语权势是指具有社会性话语权威,是被主流意识形态所奴役了的语言结构"。由于传统文艺在被消费者消费之前要经过严格的审查监管,因而传统文艺在内容生产上

[①] 周志雄:《网络文学研究》,山东人民出版社 2015 年版,第 382 页。

则带有较强的主流"话语权势"意味,这种"话语权势"不是来自创作者本身的创作冲动而是来自看不见的"第三方"——主流意识形态。这种意识形态以一种"介入"的姿态进入传统文艺的创作生产之中,从而使各个符号之间的组合都是带有目的性的,带有隐喻意义的功能性和社会功用性。其实不仅是文学的创作过程中,在很多传统艺术的生产过程中这种"话语权势"的隐藏意味都有其体现。诸如一些红色影片《建国大业》《建党伟业》,像近年的《战狼2》《红海行动》《厉害了我的国》等影片,再如像以舆论监督见长的电视新闻评论性栏目"焦点访谈"。"传媒创造出以影视形象为主要象征符号,借助于特定的话语形式,形成对人们的日常生活和自我意识具有习惯性的支配作用的'话语权力'。"[①] 在很多的伦理电视剧中,"话语权势"则通过剧中主人公大家长式的语言符号的形式传递出这种思想意味。像费穆导演的影片《小城之春》中对于"发乎情止于礼"的道德伦理的恪守,像电视剧《中国式离婚》中在男权统治下的关乎性别地位的理性思考,再如像影片《亲爱的》中对于"情与理"的冷峻发问,"话语权势"都隐含在片中。这种隐喻的符号表达使观众在潜移默化的接受过程中,维系了社会主流话语的主导地位。再如时下正热的相亲节目《非诚勿扰》,在"婚恋观"的定位上,点评嘉宾与主持人的语言表达亦是受隐约的"话语权势"的控制,于是点评嘉宾与主持人的语言符号则成为一种观念指引,使整个节目的意义生产上不偏离主流意识形态的主向。我们在这里所说的"话语权势"不是一种权威式的官方思想的操控,而是一种受主流思想伦理道德所规范后的语言结构。

到了网络文艺的创作时代,网络文艺创作空间的自由性,使这种"话语权势"的隐含效果大大减弱。如果说传统文艺是由意指符号组成的一个意义空间,那么网络文艺则成为由视听符号组成的互动空间。网络文艺的自由性也恰巧是由于可以在很大程度上摆脱"话语权势"的控制,摆脱这种被规范过后的带有功利性的语言结构,网络文艺是一种大众参与的互动性艺术,而这种自由性也大大增加了受众的情感能动性的表达,继而使大众在无功利性的开放空间中情感表达更加奔放真切,在审美原动力的驱使下,促使网络文艺新的艺术形态形成。网络文艺的互动性不仅仅是受众之间指令的相互反馈,更像是一个情感互动的艺术形式。像"奇葩说""脱口秀大会""大学生来了""脑大洞开""冒犯家族""火星情报

---

① 谢明香:《符号与权力:电视文化的"隐秘之脸"——电视文化的符号学解读》,《当代文坛》2007年第6期。

局"这样以"说"和"秀"为主要内容的网络综艺,就是抓住了人类对于表达的欲望与冲动,嘉宾们的语言表达的内容建构推动该节目意义的不断生产。而这里的"说"和"秀"都带有即兴的成分,因此"说"的内容在很大程度上是不受"话语权势"所约束的自我随性表达,这使网络综艺节目成为网络社会下的一种话语传播场域,嘉宾的行为活动与语言表达以符号的形式贯穿于节目内容的生产之中,加之即兴所带来的不确定性与偶然性又能带给观众一定的刺激感与新鲜感。

网络文学以一种娱乐化的形式、戏谑幽默的风格改变了中国传统文学语言一直以来的严肃性与沉重面貌。网络语言的范式性意义在于它不仅仅是一种文字性语言,而是包含了数字、字母等各种静态符号以及动图表情包等动态符号的符号系统,继而实现了语言形式极大的自由性,这种极具自由度的语言也赋予了艺术形式以极大的自由性。《第一次亲密接触》作为网络小说的开山之作,当时能够在网络上引起轰动的很大一部分原因就在于它使用了大量的网络语言,在文中是这样描写"痞子蔡"与网友"轻舞飞扬"之间的对话的:

"……痞子,……那你想我吗?……"

"A. 想;B. 当然想;C. 不想才怪;D. 想死了;E. 以上皆是……The answer is E"

"如何想法呢?……"

"A. 望穿秋水不见伊人来;B. 长相思,催泪干;C. 相思泪,成水灾;D. 牛骨骰子镶红豆——刻骨相思;E. 以上皆是……The answer is still E"

这种以英文、现代语、文言文互掺的遣词造句并以选择题展开的对话方式来描写情侣之间的暧昧情愫,打破了以往传统文学的叙述方式。这种完全陌生化的语言在给人以一种新奇感的同时,又以一种轻松幽默的文风使读者对这种网络语言参与叙事的手法产生了极大的兴趣并继而引发了日后网络小说的创作热潮。南帆在《游荡网络的文学》一文中谈到《第一次亲密接触》的语言运用时说道:"网络聊天式的交往将立体的现实简化为一些无不风趣的对话。"[1] 华莱士·马丁(Wallace Martin)在《当代叙事学》中说过,"正是由于脱离传统形式和假想情境,小说才获得生命。

---

[1] 南帆:《游荡网络的文学》,《福建论坛》2000 年第 4 期。

因此，免于形式约束的自由可被视为小说的规定性特征"①。

在"微话语""微知识"的背后，实则是"微文化"语境对于网络文艺创作的渗透，具体体现在网络文艺创作中则是"微叙事"的流行，这也使得网络文艺顺势开启了"微审美"时代。学者南帆认为我国文学的叙事范式正在经历着由宏大叙事向微小叙事转变的变革。南帆认为"文学对于个体的持续注视表明，另一些微型的小叙事始终在顽强地探索。……眼花缭乱的话语实验汇集在文学领域，各种微型的小叙事此起彼伏，前仆后继"②。事实上，网络文艺的这种以"微"见长的叙事风格在很大程度上契合了南帆所说的这种叙事转向。网络文艺的微叙事就是通过一个个碎片化叙事段落或是叙事碎片，将个人话语的声音不断放大，将很多尘封的、不被人知的、琐细的历史经验拨开并以个性化的艺术形式加以创作改编，这样的小叙事风格颠覆了传统"大文艺"的那种气势宏伟的叙事范式，突破了人们对于艺术叙事的传统认知。在南帆看来，小叙事并不是在艺术性上低于宏大叙事的一种叙事方式，而是认为小叙事只不过是以另外一种艺术形式对历史的一种叙述，但是其叙事本质并没有抛开对于历史的关注，并没有脱离历史而独立存在。

二 网络文艺的符号化过程

说到底，艺术作品的生产就是艺术符号的生产，艺术形式的创新就是对于新的艺术符号的创造，而对艺术符号进行编码的过程就是增加物的符号化的过程。某个符号在符号化之初，它只是一种指代型符号，并不具备承载历史、承载情感的先天性的功能特性，但是某些艺术创作者在对该符号进行编码之后，该符号则成为某种情感的承载。随着人类基于共同的需要对这种情感的定性和不断强化的意识和体验，这种个人态度被转化为现实中群体的意识，偶然的、个别的符号行为就逐渐被具有普遍意义的符号行为所取代，就此进入了符号化的世界。这个符号向符号化的转化过程也就代表了符号由个别符号向类型符号的转变过程。例如"红豆"本是对于客观实在物的"红豆"的一个指代，但是，在当代人的观念里我们一提到"红豆"便会联想到这是情人之间的相思寄托之物。关于"红豆"是"相思豆"的象征的演变起初是源于民间神话故事，但人们对于"红豆"为"相思豆"的思维定式却主要还是由于唐代著名诗人王维的五言

---

① [美]华莱士·马丁：《当代叙事学》，伍晓明译，北京大学出版社1990年版，第5页。
② 南帆：《文学形式：快感的编码与小叙事》，《文艺研究》2011年第1期。

绝句《相思》"红豆生南国,春来发几枝,愿君多采撷,此物最相思"。主要原因在于相比于神话故事的故事性描写,唐诗则是一种需要情感注入的艺术创作,而情感则是打动人心的密钥。此后无论是温庭筠的"玲珑骰子安红豆,入骨相思知不知"、还是纳兰性德的"那将红豆寄无聊?"、还是王士祯的"江南红豆相思苦,岁岁花开一忆君",诗人们纷纷将"红豆"视为相思之物。其实,这本是诗人的个人化的艺术创作,由于人们在这些艺术创作中找到了情感认同,这一情感上的共鸣也使得"红豆"转化为群体意识,"红豆"的符号化过程也随即完成。直到现在,无论是在文学、电视剧、电影、音乐中,"红豆"的这一符号化意涵依然存在,依然在著名歌手王菲的代表作《红豆》中传唱,经久不衰。不仅仅是"红豆",在传统文艺的创作中,自"昔我往矣,杨柳依依;今我来思,雨雪霏霏"后"折柳"寓意"离别";自李白的"举头望明月,低头思故乡"后"明月"寓意"思乡";"绾青丝,挽情思,青丝不堪绾,情思何处系"后"青丝"寓意"情思"都是由符号向符号化转化,都是个别符号向类型符号的转化。而对于艺术创作者来说,他们苦苦追求的正是寻求可以引发大众共同情感基底的类型化符号,一种将个人态度外化为一种公共的符号行为。

由此可以看出,传统文艺的符号生产过程是努力将符号转化为符号化的过程,而符号成为类型符号之后,其意义也随即固定,在传统艺术的各个艺术种类中都有其相似的意指,也就是类型符号一般带有意义的流通性属性。从时间维度上来看,传统文艺符号的符号化过程则是在符号的不断使用中、重复中的一种程式化的确定,因而是一种"历时性"的存在,又因该符号的符号化一旦确定就不会随时间的变化而发生很大的改变,因而传统文艺的符号化过程又是一种必然性的存在。从本体的角度来看,传统文艺符号的符号化过程则是符号脱离了其物的属性,而携其文化属性,这种文化属性包含了本民族共同的审美经验与情感认同因而又是一种社会性的存在。

符号的"符号化"进程是从它获得符号功能时开始的,只要它"获得了超出了它作为自在与自为的个别存在的意义时"[1],它自身的"符号化"也就随即完成。而这个"个别存在的意义"在传统文艺符号与网络文艺符号身上又有很大的区别。从符号本身的意义属性来看,传统文艺重符号的文化意义和象征价值。我们拿"狗"这个符号来说,"狗"的原生

---

[1] 陈宗明、黄华新:《符号学导论》,河南人民出版社2004年版,第201页。

符号指代的就是一种犬科动物,当我们读出"狗"这个发音时,我们联想到的是"狗"这个形象。但是由于狗不嫌家贫,对主人绝对忠诚的品质,在传统文艺中很容易找寻到"狗"这个动物形象的足迹。古诗中有"唯有中林犬,犹应望我还"(费冠卿《秋日与冷然上人寺庄观稼》)、"此行无弟子,白犬自相随"(贾岛《送道者》)、"旧犬喜我归,低徊入衣裾"(杜甫《草堂》);画作中有南宋李迪的《猎犬图》,有画师郎世宁为乾隆皇帝十条爱犬所画的《十骏犬图》;电视剧有《神犬奇兵》《警花与警犬》;音乐剧中有赖声川的《流浪狗之歌》,人们将"狗"这个动物形象作为艺术创作客体,不仅是出于情感上对它的喜爱,更多的是人们看重"狗"身上的"人性",即忠诚、感恩、依恋、重情、义气、善解人意等,人们将"狗"列为十二生肖之一,其原因也是看中"狗"的文化意义。而正是这些"人性"使得"狗"这个犬科动物成为这些意义携带的文化符号,"获得了超出了它作为自在与自为的个别存在的意义",使得"狗"这个名词符号拥有了一种符号功能,完成了该符号的符号化。所以很多传统艺术中的"狗"这个艺术符号,就不再是"狗"原生符号的指代含义而是它的文化意义。电影《那人那山那狗》中的"狗"是忠诚的陪伴,是建构父子之间沟通的桥梁;小说《义犬》以狗的忠诚来讽刺人与人之间的背叛。所以受众对传统文艺中"狗"这个形象的解读,解读的是它的意指。

而到了网络语言符号这里,我们以"单身狗"这个网络语言符号为例,在网络文艺中只要出现了秀恩爱的情节抑或是场面,网民就会在弹幕中纷纷留言"请给单身狗一点关爱""我这个单身狗感受到了一万点伤害",这里的"狗"不再是忠诚、感恩、依恋、重情、义气、善解人意这些意义的象征了,所要表达的不是其背后文化符号的深层意指,而是对于自己单身状态的一种戏谑,一种自嘲,一种对没有伴侣较为凄惨情绪的表达。相比较而言,传统文艺是由视听符号组成的一个意义空间,而网络文艺则是由视听符号组成的一个情绪互动空间。在皮尔斯(Charles Sanders Peirce)的"符号三元论"中,皮尔斯已经认识到符号要解决的不是用一物表示该物的自身,而是用一物去表示另一物的问题。他认为,符号在本质上是一种三元关系,即由符号自身、符号对象和符号解释构成的三元关系。从这一角度来看,传统文艺看中的是符号自身,是其本身所携带的意义属性,是符号自身与符号对象的这种解释关系,用它所指称的东西产生一种感情或态度,也就是以原来的符号为能指,另外赋予它"感情或态度"的所指,是属于罗兰·巴尔特符号论的"第二系统"①。而在网络文艺中,例如很多女生在精心装扮自己之后抑或将自己的物品整理得整洁而温馨的时候都爱说一句"从今天起做一个精致的猪猪女孩",这里的"猪"也不再是传统意义上人们对于"猪"符号的文化意义的解释,而是热爱生活的一种情感的传达;再如那句"陈独秀,你不要再秀了""陈独秀都没你秀",这里的陈独秀也不再是五四运动先驱者的旗帜,不再是共产党先锋人物,使用者侧重的则是这个"秀"字,对于"秀"这个词的用法最早出现在网络游戏中,指明明很优越,但非要秀一波,醉翁之意不在玩游戏而在"秀"的快感。这句话一般用于看到别人秀恩爱或者是各种"秀"时,表达的是使用者对于"秀"的人的一种"嫌弃"的调侃。还有"我买几个橘子去,你就在此地不要走动等我回来"中关于"橘子"的用法,这句话本出自朱自清的散文中的一段,是描写"我"要上车劝父亲回去时,父亲所说的一句话,本是对于父爱的一段描写,但是,到了网络文艺这里,又成了一种新的语言符号,它指的就不再是父爱,而是侧重于这句话所隐含的这一层父子关系,一般用于要别人等自己时说这句话,以此来表达"我是你爸"的这一层意思,从而达到一种占别人便宜的目的。因此我们可以看出,相较于传统文艺对于"符号本身"的侧重,在网络文艺中,网络语言符号则比较忽视符号本身,而更看重符号的使用者及符号的使用情境,看中的是符号在介质环境中所能传达的情绪意义,符号只是表达使用者感情的一种媒介。

  传统文艺符号的符号化是基于共同的公约认知、共同的情感认同中的一种思维程式化,在重复性中固定,因而是一种必然性存在。但是网络语言符号不在于重复性而在于情感共鸣,是在一种偶然性中找到了人类共同的情绪交点,是个性化言语偶然在"特定的语境"中成为大众化语言,而这种"特定的语境"本身就带有一定的偶然性,加之这种"特定的语境"又是在网络互动中产生,互动的随机性与互动的多频性所诱发的互动的不确定性机制,又使得网络语言符号的符号化成为一种可能。

  传统文艺的传播与消费是一种线性关系,在传播上是按照传递→接收这样的单向传播模式,在传播的过程中,符号的原生词义不会发生改变。又因为受众在对传统文艺消费之前,呈现在受众面前的是一个完成时的艺术作品,因而艺术作品在生产、传播、消费这三个过程之中,其符号构成

---

① [法]罗兰·巴尔特:《符号学原理》,李幼蒸译,中国人民大学出版社2008年版,第152页。

都没有发生明显的改变。由于传统文艺在对符号的意义进行编码的时候是基于共同的公约共识与相同的文化经验，受众在消费时，也就是在解码的时候，同样也是依赖于相同的共识与文化认同，所以编码→解码，受众对于符号的解读也不会偏离太多符号的原生词义。之前我们说过传统文艺在生产这一环节会对符号"内涵"进行多重意指的建构，成为一种"多义"符号，但是，从接受维度来讲，符号的"多义"性还有一部分来自消费环节，原因在于接受语境发生了改变。例如随着语境的改变，受众对于钱锺书《围城》中"围城"符号，会解读出新的意味。所以说，受众对于传统文艺的解读是带有时代接替性的，是在"历时性"的境况下的符号意义的叠加式赋予。"围城"符号的内涵丰富性就是不同时代不同受众对其的解读，因此，受众对于传统文艺的消费，于符号来说是一种意义的建构过程。

　　但是，到了网络文艺时代，网络文艺的互动性打破了传统文艺生产→传播→消费的线性关系，缩短甚至取消了符号在时间和空间上的限制，实现了传播即消费，而对于实时互动的网络游戏、网络直播来说，甚至实现了生产即消费。互动性不仅打破了这种线性关系，而且互动性所带来的反馈又打破了原来的线性关系的不可逆，成为可逆的圆形回环模式。这种反馈不是一种既定的完成时，而是一种不断循环反复的过程。所以，网络文艺的消费，不只是对符号的解码，还有对解码的反馈，并将这种反馈促成了新的符号生产，甚至影响了网络文艺的符号系统构成。例如在网络直播中，主播会根据受众的互动反馈随时调整网络直播符号系统中的符号构成，有的受众会要求主播换一下直播场景，主播所处的环境构成意义生产与传播的情境符号，那么直播的"情境符号"也随即发生改变，受众的反馈也会影响主播的服饰、妆容等人物符号内容，也会影响主播的语言符号和行为符号，最终影响整个网络直播中的符号内容构成，其意义也会在互动中不断地生产、更新、再生产。而在网络游戏中，游戏者既是符号的生产者又是符号消费者和反馈者，多重身份也就意味着生产、传播、消费、反馈又是同时进行的，消除了四个环节在线性上的时间差，使符号意义的生产与消费在实时中建构。正是网络文艺的互动多频性及不确定性机制，也使得符号在生产、传播、消费、反馈相对于传统文艺的四个环节中来说则存在一定的"异变性"。但恰恰是这种互动性所带来的"易变性"，大大提高了符号的能动性。索绪尔（Ferdinand de Saussure）在《普通语言学教程》中曾经提到"语言的历时态"与"语言的共时态"。在这里如果我们将"历时性"看作对于时间过程的侧重，"共时性"是对于结构关系的侧重的话，那么符号在传统文艺生产—消费的线性模式下的线性解读就是符号的"历时性"。按照这种思维,网络文艺符号生产—消费的这种循环结构下符号的不断地更迭、置换的多次"易变"过程就是符号的"共时性"。

像我们之前谈到的"老司机""我开始方了""蓝瘦香菇"这些符号的生产,其符号的所指是在消费过程中发生了改变,是在原生符号的消费过程中对原生符号进行了"换义",并在消费中进行了符号的创造及再生产的编码过程。因而网络文艺的消费就不再像传统文艺消费对于符号意义的建构,而是对于符号意义的解构与重置。再者,互动性不仅改变了符号在能指层面的"易变",也改变了符号的形态构成,创造了新的符号,使符号发生了"异变"。

三 网络文艺的元语言

媒介通过改变人的交流方式而为现代人提供了一种新的生活方式,加之媒介语境同时涵盖了网络语境与后现代文化两种语境,这使得基于媒介语境生产出了一套独有的可为现代人用来表情达意的符号系统——网络语言。语言不仅是沟通与交流的一种方式,同时也是心灵、意识、思想、精神的一种可视化、可听化的外部形态表达,用马克思的思想来说就是语言是思维的外壳,因而语言的变化与更迭也是时代精神的反映。中国现代文学就是以白话文代替文言文而推动了中国文学的现代性转型;到了革命文学时期,革命背景与政治语境通过对文学的渗透而形成了一套政治语言系统;到了反思文学时期,文学语言重拾语言的抒情性与个人性;再到后来的先锋文学,更是以一种更加强劲的姿态发扬了语言的个人性,语言的实验化与先锋性置换了语言的通俗性,并开启了一个新的文学时代。而到了媒介时代再到后来的融媒体时代,人们的交流方式又出现了新的时代变革,即是以网络语言为代表的新型语言符号。作为批判性话语分析学派的代表,诺曼·费尔克拉夫(Norman Fairclough)就注意到了话语的变化与社会变迁之间的内在联系,并在《话语与社会变迁》一书中提到"语言使用中的变化方式是与广泛的社会文化过程联系在一起的"[1]。

索绪尔认为,语言是一种符号系统,符号由"能指"(Signifier)和"所指"(Signified)两部分组成。而符号的意义便是由能指和所指之间的

---

[1] [英]诺曼·费尔克拉夫:《话语与社会变迁》,殷晓蓉译,华夏出版社2003年版,第1页。

关系决定的。网络流行语往往伴随着现实社会新闻事件的发生，在网络几乎同步产生。学者黄碧云认为，网络语言凭借着这层天然的联系，在传播的过程中逐步实现了传播符号能指的"第二次"诠释。经过二次诠释的网络流行语经过网络土壤培育后迅速膨化长大，进而反射进入全民语言，再次介入现实生活语境。这种符号就具备了美国符号学派创始人皮尔斯所指象征符号的含义。因而，现在的网络语言不再只是亚文化的代名词，它已渐渐成为管窥社会文化变迁的窗口，具有符号的象征与隐喻意义。从"996""撸起袖子加油干"到"社畜""搬砖""打工人"再到"早安，打工人""打工人气氛组"；从"鸡汤学"到"反鸡汤学""反矫情学"再到现在的"糊弄学""摸鱼哲学"；从"越努力，越幸运"的时代宣言到如今"在地怨为打工人"的自嘲调侃……这些网络语言的变化不仅是映射社会现实的语言表征，通过网友的语言表达方式亦可管窥社会文化与现代人的情绪变迁：从励志到"丧"再到自嘲。现代人用自嘲来抵抗生存焦虑，维特根斯坦说：想象一种语言，就是想象一种生活方式。如今，网络语言不仅是现代人的情绪表达方式，也是他们的生活方式。它不仅仅是网络文学或网络文艺其他艺术形态的叙事语言，同时也是现代人在媒介语境下的交流语言。这些新型的艺术符号也因承载并表达了现代人的心灵经验而具有了当代文化发展逻辑的合理性，并在互动交流与文艺创作过程中参与着对于媒介时代的文化建构。

英国文化研究学派大师斯图亚特·霍尔（Stuart Hall）对传播过程进行重新认识时，运用符号学提出了著名的编码与解码理论。笔者将霍尔的这个理论搬用到艺术的生产创作过程中依然适用。艺术符号的生产依然遵循一套编码与解码体系，而这种规则的制定是以社会公约认知与文化认同为前提的，是一种约定俗成的程式化的意识形态编码。

网络文艺相对于传统文艺来说不是一种"互联网+传统艺术"，而是一种独立的新兴的艺术形态。网络文艺之所以可以成为一门独立的艺术，就在于网络文艺有其自己独立的艺术语言。从网络文艺的符号系统构成上来看，网络文学、网络剧、网络音乐、网络综艺节目、网络电影、网络直播、网络短视频、网络动漫、网络游戏都有网络语言的介入。网络语言不同于社会性语言，它的生发地不是社会环境，而是网络环境。可以说，网络语言是网络系统的衍生物、次生品。而互动性是网络文艺的本质，网络文艺中的符号在互动中实现不同符号之间的接收及反馈，这种反馈不仅是一种指令之间的反馈，更是一种情感上的反馈，因此，我们在一定程度上可以将网络文艺中的符号看作一种情感符号，那么符号之间的互动也就是情感符号之间的互动。但并不是网络文艺中所有的组成符号都可以被称作情感符号,只有可以引发受众情感认同的符号才能被称为情感符号,情感符号的达成则依赖于网络语言,而网络文艺与传统文艺的最大显在区别就是网络语言。因而,网络语言符号的本体特征也就成为网络文艺符号本体的重要特征之一。

(一) 一种基于使用情境下的情绪符号

像"红红火火恍恍惚惚"这个语言符号,从符号本身来看,是两个词语的组合,但是单凭停留在符号本身的词义去理解的话,根本不能体会符号所能次生出来的情绪意义。此符号是由连打8个"h"后,输入法的智能显示,多用于自嘲,义为"哈哈哈哈哈哈哈哈",后来演变成使用者在遇到大事后精神恍惚,不知所措。再如"感动吗?不敢动"这句网络语言,如果从传统意义上的词义解释来看,对于"感动吗?"这个问句的回复"不敢动"是一个词不达意的错别字式的回复。如果"感动""敢动"这两个具有相同读音却不同词义的两个词语搭配到一起并用于网络语境中时,就产生了新的化学反应并创造出了新的网络语言符号。"感动吗?不敢动"最初来自2017年网络上流传的一张贝尔公益广告宣传图片,图片中贝尔双手抚摸着一只企鹅,企鹅仰头看着贝尔,画面中充满了人与动物的和谐。但是,看过《荒野求生》和《跟着贝尔去冒险》这个节目的观众都知道,贝尔是一名野外求生专家,在野外探险的过程中几乎什么动物、植物都敢吃,被网友称为"站在食物链顶端的贝爷"。于是就有网友针对这张图片吐槽:问企鹅感动吗,企鹅表示一点不敢动。这种带有戏谑的问答也被网友广泛运用。"感动吗?不敢动"作为新的网络语言也就产生了新的网络释义。之前在网上流传的一张关于三个共骑一辆摩托车在等红绿灯的年轻人与他们一侧同时在等红绿灯的一排交警对视的图片。于是就有网友留言:"这么多交警陪你一起等红绿灯,你感动吗?""不敢动……",这张图上配上了这样的文字会让人忍俊不禁,产生了原有词义不具备的情绪意义。由此我们可以看出,这些网络语言符号所携带的情绪意义已经远远大于符号本身的含义,而这些网络语言符号的情绪意义只有在特定的语境中才得以体现,也就是说,网络语言符号的符号化需要依赖于一定的使用情境。"意义的产生不仅在于符号本身,更在于符号使用的情境,以及人与情境的互动之中。"[①] 符号学家皮尔斯就曾注意到了符号

---

① 关萍萍:《网络直播的符号互动与意义生产——基于传播符号学的研究》,《当代电影》2017年第10期。

的"使用情境"的问题,他认为,"使用情境"是"指符号使用者运用符号进行认知和交际活动的客观环境,它包括特定的时间、地点、场合以及认知对象自身的发展变化等客观因素"①。同置于相同的情绪环境,相对于一般性的社会性语言,大众中的绝大多数会选择使用网络语言来表达自己的情绪,其原因就在于网络语言符号与一般的社会性语言符号的生发地不同。社会性语言诞生于社会环境,是基于共同的社会认知与文化经验用于人与人之间表达与交流的通用性语言,它的主要功能是自我思想意愿的表达,因而是一种描述性的语言。而网络语言则诞生于网络环境,是在网络互动之中在特定的语境下诞生出来的一种语言符号,这种符号的主要功能已不再注重于内容的表达,而是对于情绪的表达。正是网络语言符号诞生的生发地的不同,网络语言符号所传递出来的情绪更契合当时网络主体的情绪。著名的美国符号学系统理论的创始人之一莫里斯(Charles W. Morris)将符号学与行为主义社会学结合起来提出了"符号—行为"论,莫里斯认为,"符号是这样的事物(a),它指导有机体(b)应对当前刺激的某事物(c)的行为"②。在这里,莫里斯将符号看作一种控制符号,一种功能性符号,它的功能在于可以刺激行为。从功能性的角度来看,网络语言符号不仅仅是刺激,而是在接受者身上激起的一种反应,一种情绪上的反应,所以网络语言符号的功能则在于传递情绪,相较于莫里斯的"符号—行为"论,网络语言符号遵循的则是"符号—情绪"论。由此我们认为网络语言符号是一种基于使用情境下的情绪符号。

(二) 一种解构式的外延符号

在传统文艺与网络文艺中共同存在着"能指与对象之间具有声音上相似性的象声符号"③,但是,在意义的属性上又有很大的区别。传统文艺的语言符号作为一种社会性语言符号,其语言符号的意指多取自于传统意义上对于该符号的意义设定。在传统电视剧中,当自己的孩子要远行时,母亲往往会塞上几个苹果,寓意平平安安。因为"苹果"中的"苹"字与"平安"的"平"同音,因而"苹果"也便被赋予了"平安"的美好寓意。还有电影《夏洛特烦恼》中,夏洛回到四十平方米的小屋吃着马冬梅做的茴香打卤面时说:"你第一次做饭,就是做的茴香打卤面你说茴香的味道,能让我将来在厌倦你的时候多去回想你的好。"在这里"茴

---

① 关萍萍:《网络直播的符号互动与意义生产——基于传播符号学的研究》,《当代电影》2017年第10期。
② 陈宗明、黄华新:《符号学导论》,河南人民出版社2004年版,第302页。
③ 陈宗明、黄华新:《符号学导论》,河南人民出版社2004年版,第302页。

香"因与"回想"同音,而使得"茴香"这一原本普通的菜蔬被赋予了浪漫的意义携带。除此之外,"分梨"寓意"分离",结婚时用枣、花生、桂圆、栗子装盘寓意"早生贵子",都是一些象声符号。但是,我们发现,传统文艺中的这些"能指与对象之间具有声音上相似性的象声符号",它的对象是一些带有文化意义的符号,由于存在声音上的相似性,因而这些象声符号的意指也就带有这些文化符号的意义属性,故而说这是一种符号意义的"嫁接"。在传统文艺中多看重"把符号第一系统的能指和所指结合为符号第二系统的能指,另外给定一个所指"①,即意义的传达,尤其是文化意义的传达,因而传统文艺中的符号是一种"内涵"符号。

我们经常在网络文艺中看到这样的语言符号——"我要对你笔芯""这就杯具了""真希望是洗具啊",乍一读有一点摸不着头脑,但如果你了解网络语言中的这些象声符号后,意思就明了了。其实"笔芯"是"用手比个心"即"比心"的意思,"杯具"是"悲剧"之义,同理"洗具"则代表"喜剧"之义。我们可以看到,虽然这些网络语言符号也是同这些对象存在声音上的相似性,但却并不像传统文艺中的那些语言符号,由于声音上的同音顺而直接把意义嫁接。再如"蓝瘦,香菇"这个象声符号,出自广西南宁一小哥失恋后录的一个视频,他在视频中说道:"难受,想哭,本来今天高高兴兴,你为什么要说这种话?"由于广西壮语里面的发音没有翘舌音,所以听起来就像是"蓝瘦,香菇"。所以网民用"蓝瘦,香菇"来表达"难受,想哭"这一情绪。再如光良在自己的代表歌曲《童话》中唱道:"我想了很久,我开始慌了,是不是我又做错了什么",也是由于发音的问题,听上去像是"我开始方了",所以"我开始方了"则代表"慌了,不知所措"的意思。诸如还有"李时珍的皮"不是"李时珍的皮肤"而表达的是"你是真的顽皮、调皮";再如"就酱"则是"就是这样";"开熏"就是"开心";"小公举"就是"小公主";"555"就是表示哭泣的声音"呜呜呜"。由此我们可以看出,网络文艺中的这些象声符号脱离了文本符号意义,重其声音符号意义。象声符号与对象符号两个符号本身之间没有任何联系,只因声音上存在相似性,所以,只是能指之间的一种替代,因而相比于传统文艺中象声符号的"第二系统",网络文艺的象声符号只触及"第一系统"层面。

在传统文艺中创作者喜欢对自己作品中的符号做内涵上的扩充,使其

---

① [法]罗兰·巴尔特:《符号学原理》,李幼蒸译,中国人民大学出版社2008年版,第152页。

成为"有意味的形式",且不仅仅是一个"意味"的传达,而是多重"意味"上的附加,重"意味"的丰富性,因而是一种"多义符号"。如张艺谋电影《大红灯笼高高挂》中的"灯笼"在这里是封建、欲望、权力等多重意指的携带;费穆电影《小城之春》中的"城墙"是落败的家园,是传统文化,是道德礼法规范等多重意指的集合;钱锺书小说《围城》中的"围城"不仅是主人公方鸿渐的职业"围城"、爱情"围城",是人类理想主义和幻想破灭的永恒循环的"围城",同时又是人类永恒的困惑和困境"围城";而电视剧《北京人在纽约》中的"纽约"既是改革开放潮流下人们所向往的"外部世界",又是主人公在异乡困惑与挣扎的"内部世界",既是充满自由与"美国梦"的"天堂",同时又是充满残酷与失望的"地狱"。传统文艺中符号多层意指的扩充与叠加,也给作品以多重意味的传达。受众的消费乐趣也就在于对这些"有意味的形式"的多义解读,人们往往也将这些"多义"符号的意指丰富性作为衡量作品好坏的一个因素。但是,这些"多义符号"的多义性是有限定性的,是适用于所在作品的特定语境中,这种"多义性"带有一定的特定性,而不具有通用性。

  传统文艺看重符号"内涵"的丰富及对符号意义的扩充与叠加,在传统文艺中,能指和所指与其意指之间的关系是一种对应关系,一种固定的链条关系。网络文艺则打破了这层链条关系,转而偏于对符号意义的解构与重置。如今在网络文艺中到处可见"老司机带带我""快上车,老司机要开车了",这里的"老司机"不再是指生活中驾驶经验丰富的老司机。它最早出自网络上流行的一首云南民歌《老司机带带我》中的歌词"老司机带带我,我要上昆明啊,老司机带带我,我要进省城啊""老司机身体差不会采野花,老司机身体差不会放野马",由于歌词的低俗性使网民对"老司机"引发了其他方面的联想,颠覆了人们对于"老司机"这个符号的认知,解构后的"老司机"是指对各种规则、内容以及技术、玩法经验老到的人,对某件事轻车熟路的行业老手。"我要为你疯狂打call"这个词语从字面上解释就是"打电话"的意思,但在网络语言里"打电话"的意思与"打 call"的意思大相径庭。根据百度百科,"打 call"一词源自日系应援文化,指 LIVE 时台下观众们与台上的表演者互动的一种自发的行为。但在网络社交用语的情况下,"打 call"的意义发生了更大的变化。一般在网络上的"为×××打 call"的用法,其实就是为了表达"我为×××加油""我支持×××(的某种行为)"的意思,表达一种赞成、支持的态度。诸如还有"厉害了,word 哥",实则是"厉害了,我的哥",但这里的"哥"并不是和"我"有血缘关系的"哥",而是觉得对方十分厉害,称赞对方,以表敬佩之意。由此我们可以看出,网络语言符号是将"符号第一系统的能指和所指结合起来成为第二系统中符号能指的所指"①,由原来传统文艺中的"多义"转为"换义",而这种"换义"则是基于网络这个特定的互动环境下的特殊语境中催生出的对于原生词义的一种解构与重置,而成为一种相对于"内涵"符号的"外延"符号。

(三) 注意力生产下的欲望符号

奥古斯丁(Augustine of Hippo)在符号解释中曾这样谈论符号:"使我们想到在这个东西加诸感觉印象之外的某种东西",这句话已经表明了符号与心理的指涉关系,而索绪尔对于此观点的表达则更明确,他认为,符号学"将构成社会心理学的一部分,因而也是普通心理学的一部分"②。由此我们可以看出,符号与人的精神和心理层面有其内在的关联性,所以通过对符号精神层面的分析继而可以探求符号创造主体的精神世界。

通过前文的论述我们可以了解到,网络文艺作为一种带有召唤性的审美创造力活动,就其能指的丰富性而言,网络文艺符号世界是一个重修辞而轻文本的艺术"浮世绘",是区别于传统文艺的新的艺术符号。由于网络互动性的存在,网络文艺作为一个符号文本,在其文本的内部又隐含着一种"话语",即网络语言,网络语言作为基于网络互动机制下的一种新的言说方式,是言语活动的重新活跃,那么网络文艺的生产则是受众与网络文艺文本的一种"对话"。根据"符号的三元关系论"理论,网络语言符号对符号对象也就是使用主体有强烈的依赖性,网络语言符号的符号意义只有在使用主体的使用过程中得以显现,因而网络语言符号的存在方式又寄生为主体的第二性,本身作为一种"情感符号",它又是人类感官的延伸,是抽象情感的具象化形式。因而网络语言作为一种新的表达方式,它的出现必然带有人类心理或精神的强烈印记。将精神分析与结构语言学相结合,进行艺术研究上的"语言转向",通过语言对言说主体进行精神分析已实属不鲜。早在拉康(Jacaueo Lacan)就曾提到"无意识是语言的产物,它受制于语言经验,是语言对欲望加以组织的结果"③。那么,网

---

① [法]罗兰·巴尔特:《符号学原理》,李幼蒸译,中国人民大学出版社2008年版,第114页。
② 俞建章、叶舒宪:《符号:语言与艺术》,上海人民出版社1988年版,第12页。
③ [英]玛尔考姆·波微:《拉康》,牛宏宝、陈喜贵译,昆仑出版社1999年版,第4页。

络语言作为一种戏谑式的语言符号,该符号生成以及符号类型特点的背后又隐藏了符号创造主体怎样的精神状态呢?

首先,由于网络自由性的存在,网络语言符号是一种摆脱了"话语权势"的"自由语义";其次,网络语言符号自身的社会性、功用性减弱,又使得网络符号成为一种解构式的外延符号,一种基于使用情境下的情绪符号。与此同时,网络的互动性使得网络文艺在生产机制上实现了传播即生产、消费即生产,因而使其符号在传播、消费过程中,在能指层面"易变"的同时又在一定条件下发生着"异变",所以,网络语言符号的构成方式又是一种能指的序列。

如果从精神分析的角度出发,能指、语言、精神性之间又存在哪些微妙的联系?在精神分析学大师拉康看来,能指构成了语言,而网络语言符号的构成正是游离于价值序列之外的能指的序列碎片。立足于这一点,作为网络语言符号的创造主体而言,就是对于价值世界的逃避,是一种"避世"心理的驱使。前面我们提到,网络语言符号是具有依赖性的,而存在于符号构成中的能指同样具有依赖性:依赖于使用主体,依赖于情绪语境。此外,网络语言符号中单个能指的无意义性,意味着能指又依赖于能指之间的组合方式,这样网络语言符号中的能指就具有了"多重依赖性",而"能指链的'多重依赖性'向下延伸就到了精神过程的隐蔽世界"[①]。同时,网络语言符号也是放逐所指的能指的嬉戏,而对于网络语言的创造主体而言,他们作为"能指的主人",对于网络语言符号的创造过程就是对于"能指游戏"的把玩。在这里,快乐既不是产品的属性,也不是生产活动的属性,它是精神分析学性的,因为它把审美的精神关系引入了网络文艺符号文本中,沉迷于网络语言符号的创造者会使自己符合于切割的文本,符合于零散的语言拼贴的形式,这一过程就是符号创作主体对于"能指游戏"把玩的快乐。

前文提到网络语言符号是一种"解构式的外延符号",而网络语言符号是存在于网络文艺这个符号文本之中,网络文艺符号文本系统由于网络的互动性使得受众对网络语言的元语言符号进行多次解构、无限解构提供了可能。例如,"我买几个橘子去,你就在此地不要走动等我回来"这句网络语言,语言主体在这个元语言的基础之上又解构出了:"你站在这里不要走动,我去给你搬一棵橘子树来""你站在这里不要走动,我去种棵橘子树""我去吃几个橘子,你就在此地不用等我回来了"等多种语言形

[①] [英]玛尔考姆·波微:《拉康》,牛宏宝、陈喜贵译,昆仑出版社1999年版,第4页。

式。同样还有"你是真的皮""你不是人造革,你是真的皮""皮卡丘都没你皮""皮一下很开心吗?""皮一下会很开心,而皮几万(pgone 的谐音,与明星李小璐夜宿风波的男主角)就很难过"。然而,网络语言符号的这种解构特性是带有"召唤性"的,这种"召唤性"主要体现在以下几个层面。

第一,网络语言符号的可解构性、可解构的无限性以及解构后变义的不确定性又共同引发了网络语言符号能指链的自我扩充,所以网络语言符号系统内部就隐含着一种隐性的"召唤"。

第二,前文中所提到的受众对于网络文艺文本的阅读行为,其中的"抵抗式阅读"和"破坏式阅读"也都是带有解构特性的审美创造力活动。所以,在网络文艺符号文本中,解构"是一直存在于结构内部的一种充盈着勃勃生机的颠覆性力量",而这种"解构性"的颠覆性力量同时又是一种"创造性",网络文艺符号文本的意义就存在于受众在其解构中重构的审美再创造,因而当重构完成之后,解构便重新苏醒,新一轮的解构又重新开启。从这一层面而言,网络文艺符号系统的这种解构性是带有"召唤性"的。

第三,在伊瑟尔(Wolfgang Iser)看来,召唤结构存在于文本中的"意义空白与未定性"中,由此发挥受众的能动性作用。对于文本中的"未定性",它实则是属于文本内部的不稳定性结构,而这种不稳定性则取决于受众的审美活动。在前文中提到,受众对于网络文本的阅读行为过程是一种享乐过程,享乐和文本的结合,是一种实践同另一种实践的对接,一方面这两者的相会绝不可能被准确地固化定位;另一方面,这种相会作为一种动态过程本身就带有一定的不稳定因素,又加之这种动态过程是基于网络互动性实现的,而网络互动的不确定性机制更加剧了这种不稳定性。与此同时,伊瑟尔认为,"文本结构的空白成为作品和读者相互作用的驱动力"[1]。然则,在网络文艺符号文本系统中同样存在着"空白",在网络文艺符号系统的生产机制上,相对于传统文艺的意义先行置入,在互动性的驱动下网络文艺符号系统的意义建构则是一种循环式的更迭。首先,"意义是一个不稳定的特性,它有赖于其在各种话语的构建里的表达";其次,这样的意义建构又带有一定的"未完成"性,而这样的"未完成"性正是网络文艺符号系统中的"空白"所在,只是网络文艺中的能指形式互动性越强,则文本内部存在的"空白"区域越大。同时,网

---

[1] 刘涛:《解读伊瑟尔的"召唤结构"》,《文艺评论》2016 年第 3 期。

络文艺符号文本中所存在的"空白"区域也是受众对于网络文艺文本的第一种阅读行为——"创造式阅读"发生的原因。

由此我们可以看出，网络语言符号作为网络文艺的主要生产内容，一方面，网络文艺内部"召唤结构"的存在以及网络语言符号本身的"召唤性"，使网络语言符号带有一种"引诱"特性，这种"引诱"从精神分析的角度出发则恰恰是对于受众"欲望"的引诱。另一方面，文字重书写，语言重表达，而网络语言所衍生的环境正是基于网络中的情绪语境，作为一种社交语言，它渴望的是情感的互动，是人类欲望表达的一种符号承载。基于此意义，网络文艺的符号生产是一种注意力生产，而网络语言符号是一种"欲望符号"。

第二节 基于 IP 与流量的网络文艺

我国目前的网络文艺生产模式多是一种基于 IP 与流量的生产，在某种意义上，IP 与流量是一种孪生体。一部具有 IP 效应的作品必定携带着巨大的流量与注意力，而具有巨大流量的作品也同样具有成为 IP 的潜力。当资本渗透网络文艺生产，其生产模式将逐渐趋向商业化、工业化与模式化，资本逻辑或者说是商业逻辑成为推动网络文艺创作与生产的发展逻辑。因而，基于 IP 与流量的网络文艺生产就是在对元 IP 商业价值、艺术价值、文化价值等价值内涵的基础上的横向挖掘与纵向延伸，对元 IP 内容进行复制、改编与创造，形成一个个子符号并以此实现整个网络文艺生态系统的扩容。

一 IP 催生下的网络文艺符号

2021 年，网文 IP 改编的影视剧超 100 部，网文 IP 改编动漫作品超 30 部，约占全年上新动漫的一半，2021 年，网文 IP 微短剧数量比例由 2020 年的 8.4% 增长至 30.8%，2021 年新增网文 IP 有声授权数量超 4 万个，同比增速 128%[①]。从这组数据中我们可以看出网络文艺生产中 IP 强大的生发力。不仅如此，IP 符号作为网络文艺的基础性生产要素，还被用于网络文艺符号的扩大再生产之中。像网络文学《盗墓笔记》，作为原生网络 IP 在网络小说连载完结之后，由于产生了极高的流量，之后又出现了

---

① 该数据出自报告《中国数字文化娱乐产业综合分析 2022》，由易观分析发布。

网络剧《盗墓笔记》、网络电影《盗墓笔记》、网络动漫《盗墓笔记》、网络游戏《盗墓笔记》等新的文艺符号形式。诸如此类的还有《仙剑奇侠传》《何以笙箫默》《鬼吹灯》《择天记》等都是在文字类的基础之上所衍生出网络视频类、网络游戏类等形式的多样衍生产业，这种对原创IP进行联动开发的多边生产机制成为网络文艺类型生产的主要模式。

"当一个原生网络IP被作为网络文艺的基础性生产要素，而被用于其他形式的网络文艺的扩大再生产时，这种生产模式就被称为基于网络文本IP要素的网络文艺内循环生产机制。"① 网络文学现已成为网络文艺其他形式生产的IP内容输出库，如果从符号发生学的角度出发，网络文学成为整个网络文艺符号生产链的原生符号，其他符号是在其基础之上再进行线上到线上的再创造，在此过程中，每经过一次内循环生产，原生符号都会经过一次嬗变，其嬗变的结果就是新型符号的诞生。由于这些新诞生的符号与原生符号在符号的内部构成上具有一定的相似性，是在原生符号的基础上进行的符号再生产，因而这些"新"的符号就是原生符号的次生符号，原生符号与次生符号的集合就形成了网络文艺符号链。

当然，并不是说只有网络文学才可以作为符号生产内循环的原生符号，网络剧、网络综艺节目、网络游戏等此类网络文艺都可以作为原生符号促进符号的内循环生产，如网络剧《万万没想到》作为原生符号在符号内循环过程中衍生出了网络电影、网络动漫等新的次生符号；又如多次创收视新高的玄幻剧"仙剑"系列就是由"仙剑奇侠传"网络游戏这个原生符号衍生而来，开创了网络游戏作为原生IP符号的网络文艺符号链条生产模式，随后的"仙剑"漫画系列、动画系列都是基于同名网络游戏而衍生出的次生符号，此外，《仙境传说》《地下城与勇士》《剑灵》《梦幻西游》等网络动画的生产模式也是基于其同名网络游戏IP这个原生符号的扩大再生产。

与网络文学作为原生符号不同的是，这些网络剧、网络电影、网络游戏作为符号内循环的原生符号时，它与所衍生出的次生符号，两者都是视听类符号，因而符号经过内循环生产嬗变之后，次生符号与原生符号在符号属性上并没有发生根本改变，所以同类型符号之间的转换就意味着整个符号生产链的缩短。而网络文学作为文字类的一个文本符号，它是一种可视性符号，因而在符号内循环生产过程中不仅可以生产出网络广播这样的

---

① 马立新、洪文静：《基于IP和流量要素的网络文艺内循环生产机制研究》，《艺术百家》2018年第1期。

可听类符号，也可生产出网络剧、网络电影、网络游戏等视听类符号，所以当网络文学作为促使网络文艺符号内循环生产的原生符号时，所生产出的次生符号类型就会更加多样，因而整个符号生产链也会拉长。我们可以看出网络文艺符号的内循环生产机制，就是线上符号之间的转换，转换的结果是产生了新的符号类型，但是，其符号本质并没有发生根本改变。也就是说，不论内循环生产过程中符号生产链的长短，其经过嬗变后的所有次生符号类型与原生符号在符号本质上都属于数字符号，因而网络文艺符号的内循环生产机制就是数字符号之间的转换过程。一方面，数字艺术是对于数字信号的编码，其符号的再生产的生发环境没有发生变化，所遵循的依旧是数字符号的编码机制，也都是在二向度或多向度的互动中完成；另一方面，受众的消费环境也没有发生改变，依旧是基于数字环境下的艺术消费，在此情况下，受众依旧是以对数字艺术的解码思维对其进行艺术消费，进而其审美心理并没有发生根本性变化。由此而论，基于数字艺术的数字符号再生产，只是符号之间不同形式的变化，对于受众而言，只是其自身自由情感的重新活跃。

与此相对应，网络文艺的外循环生产机制就是线下 IP 到线上 IP 的生产，简称 off 2 on 模式①。例如作为我国文学史上四大名著之一的《三国演义》，背景是东汉末年三国鼎立，其时硝烟四起，乱世奸雄尔虞我诈，英雄豪杰肝胆相照，忠义两全，煮酒论英雄。整个故事节节相生、荡气回肠，复杂的人物性格刻画、微妙的人物关系与爱恨情仇、文武将相之间的明争暗斗、权宜之争都为后人所津津乐道。越来越多的文艺创作者抽取其中的人物关系与英雄事迹并进行艺术化再创造，将这一文学经典搬上荧幕。2006 年，随着《百家讲坛》之"易中天品三国"节目的热播，在全国各地又掀起了"三国热"的旋风热潮，一时间大量的文艺作品蜂拥而出。2008 年，以"三国"时期为历史背景的网络游戏"三国杀"在线发行，同一时间电影《赤壁》上映，直到现在以"三国"为背景的文艺作品依旧活跃在网络文艺的舞台之上，前段时间风靡全国的网络游戏《王者荣耀》，其中的角色设定有大部分是来源于《三国》中的英雄人物。《三国演义》这个原生符号在整个网络文艺符号的外循环生产环节中实现了线下符号向线上符号的转换。此外，像"女娲补天""愚公移山""哪吒闹海""牛郎织女"等民间神话故事也如经典文学一样以原生符号的身

---

① "off 2 on"模式的叫法最先由马立新、洪文静《基于 IP 和流量要素的网络文艺内循环生产机制研究》（《艺术百家》2018 年第 1 期）一文中提出，本文沿袭了这一用法。

份参与了网络文艺符号外循环的生产之中,所衍生出的次生符号也延伸了整个符号生产链。2017年,由传统经典电影《无间道》改编而来的超级网剧《无间道》,累计播放近8亿次,微博话题阅读量2.4亿次,并成功带动爱奇艺平台同名电影播放的增长①,这份亮眼的成绩单不仅是经典电影IP网剧化改编的成功示范,也再次印证了基于传统IP符号进行网络文艺符号外循环再生产这条路径的可行性。

从网络文艺符号内循环的生产规律反观符号的外循环生产过程,我们同样可以发现网络文艺符号的外循环生产机制,属于线下符号向线上符号的转换过程。但是与符号内循环生产机制不同的是,此次符号转换的结果不仅产生了新的符号类型,而且其符号本质也发生根本改变。因为在符号外循环生产过程中的原生符号在符号本质属性上属于原子符号,经过嬗变后的次生符号本质上则属于数字符号的范畴。因而相较于网络文艺符号的内循环生产,网络文艺符号的外循环机制就是原子符号向数字符号之间的转换。"原子艺术都是艺术家按照美的法则采用原子媒介和原子形式创造出来的审美符号。"② 一方面,从原子艺术的创作主体与创作方式可以看出原子艺术是精英艺术的代表。网络文艺符号外循环下的原子艺术,其艺术价值在于它是携带了较高艺术性与文化性的感知符号,因而原子艺术向数字艺术转化的推动力就在于原子艺术符号自身的符号价值。另一方面,原子艺术向数字艺术的转化过程中,不仅符号的形态构成发生了变化,符号功能也发生了改变。因为转化后的数字艺术是一种带有强烈泛娱乐性质的艺术符号,在符号转化过程中,从对符号的阐释转向只停留于符号的表象,所以原子艺术在向数字艺术转化的过程中发生了符号自身的艺术性降位,符号功能不再是意义指向,符号的审美性也随之弱化,最后符号的娱乐性、商业性掩盖其艺术性而成为符号的主要特性。因此,基于原子艺术的数字符号再生产是一种用数字艺术编码思维对于原生符号的重新编码,是语境转向下对原子符号价值的重新解码。符号功能的改变所带来的是艺术符号审美意境的消失与受众审美心理的转向,即由对艺术的审美转向对艺术的感官消费,以及审美功利性情感向自由情感的转向。所以,网络文艺符号的外循环生产是审美符号向消费符号的过渡。

---

① 《网剧〈无间道〉收官,爱奇艺成功示范经典电影IP网剧化改编》,中国网,https://ent.rednet.cn/c/2017/04/10/4261568.htm,2019年12月6日。
② 马立新:《数字艺术与数字美学初探》,《山东师范大学学报》(人文社会科学版)2006年第4期。

二 流量要素与网络文艺的循环生产

通过之前的论述可以看出,与网络文艺符号生产内循环一样,文学作品在符号外循环生产过程中一直处于核心位置,是作为原生符号的主力存在。但并不是所有的传统文学作品和网络文学都可以成为原生符号而进一步促进网络文艺符号内循环与外循环的生产。上述所提到的可以作为符号循环生产原生符号的网络文学的共同特征就是在所刊登的各大网站都具有很高的点击量与讨论热度,在这种极高关注度里包含了受众对于该符号类型创造与再生产的审美期待,因而是一种能够自生"流量"的符号,一种"注意力"符号。可以看出,原生符号所具有的"流量"大小与之后所发生的符号内循环生产的次数与频率成正相关。

与传统文艺相比,网络文艺作为一种大众艺术的代表,其符号可以自生"流量"的特质则意味着网络文艺符号的商业性要大于艺术性,网络文艺符号生产也就是一种在利益杠杆操纵下的商业性艺术符号的创造与再生产,而流量就成为推动符号循环生产的内在推动力。从发生学的角度来看,网络文艺符号生产是一种媒介生产下的符号类型创造与再生产。在此过程中,符号的生产、消费、循环再生产的完成都需要以数字化媒介载体为依托,网络文艺符号的媒介特性更大程度地区别于传统文艺符号消费的固态性,受众对网络文艺符号的消费过程中随时可以产生可见性的数据记录,而这种数据就是对于流量的收集,数据的量化使"流量"这个抽象名词具象化,而这种以数据为参照的"流量"就成为能否推动符号循环生产的重要指标。

然而,网络文学为什么更容易成为原生符号从而可以促进网络文艺符号生产的内循环呢?网络文学相比于其他的文艺符号更容易成为网络文艺符号循环生产的原生符号的原因就在于,网络文学更容易成为一种可以自生"流量"的符号。

首先,网络文学的呈现形态是以连载的形式,所以受众对网络文学的消费是在它未完成式的形态下进行的,网络文学作为一个叙事文本,在故事的叙述中就带有一定的悬念性,是一种显性的悬念设定,而这种连载模式在受众阅读过程中也暗含了一种隐性的悬念机制,双重的悬念性所带来的审美期待成为吸引流量、稳定流量的保障。

其次,流量一部分来自点击量,而点击是一个瞬时性活动,流量的产生则是一个历时性行为过程,受众作为产生流量的主体,主体的主观性使流量的生成过程中带有很强的偶然性、无规律性与不稳定性。而在受众群中，粉丝是可以带来稳定流量的符号主体，是可以将原生 IP 符号开发价值最大化的消费主体。例如，网络小说《后宫·甄嬛传》，由粉丝设立的"后宫甄嬛传吧"共收获 7 万名粉丝，97 万发帖数，同名改编电视剧开播后，"甄嬛迷"们又专门为该剧设立了"后宫甄嬛电视剧吧"，贴吧热度并没有随着电视剧的完结而消退，在后续的重播中，电视剧吧依然非常活跃，在一年时间里该吧的点击率高达 500 多万次。

最后，网络文学的消费机制有利于滋生"粉丝"这类群体。一方面，粉丝群体的形成是一个缓慢的意志行为活动，而一般的网络文学，尤其像网络小说，字数都在几十万字或几百万字之上，自刊载到完结所需要的时间一般都在一年以上，网络文学历时性艺术创作的时间域为粉丝提供了一定的成长空间。另一方面，粉丝是拥有着相似审美取向，对某种风格痴迷的一个类型群体，网络文学作为一个叙事文本，语言风格、人物性格的刻画、悬念机制的设置、故事的叙述方式等构成了整个叙事文本的审美风格，当文本的审美风格与受众的审美取向相一致时，就会引发受众的倾向阅读；而叙事文本故事性的强弱决定了该文本能否成为一个具有召唤力量的"召唤文本"，"召唤文本"的召唤特性可以吸引受众进行积极阅读，在审美满足中一批忠实的粉丝群体被培养起来，在时间的推移中，粉丝量在稳定的前提下会出现逐渐叠升的态势。"粉丝的阅读既是文本性的，也是互文性的，他们的愉悦来自将特定节目内容和其他文化材料进行特殊的并置。"[1] 网络文艺的互动机制使这些粉丝量活跃起来，而这些忠实的粉丝成为携带这部网络文学影响力的价值符号主体，网络文艺的互动机制让这些忠实的粉丝在与其他受众互动传播中会将影响力扩散，在互动中粉丝又是能够将其他受众与其自身整合为统一意义向度的功能符号主体，在互动中该网络文学的点击量、话题量也会迅速增长，引发新一轮的流量增长流。这就意味着该文本符号开始向流量符号演变。文学所营造的想象空间离不开主体的想象力与主观臆想，而这种对于二维文本转化为三维文本的想象构建只能存留于主体意识思维中，是一种依赖于转化思维的虚拟的幻觉。很显然，二维文本已经不能满足受众的审美诉求，把对于文学想象的虚拟幻觉转化为具象可感的形式成为受众新的审美诉求。在这里受众已经产生了对于将文本符号转化为视听符号及其他类型符号的审美冲动，与此同时受众对于改变文本符号类型生产的期待视野已经形成，而这种"期

---

[1] Jenkins Henry and Textual Poachers, *Television Fans and Participaton Culture*, New York: Routledge, 1992, p. 93.

待视野"就是一种隐性的流量。

　　某一网络文学类型能否成为流量符号，决定了该符号能否成为可具有IP开发价值的原生符号，而受众的期待视野则是影响网络文艺符号循环生产链条延伸的后推力。这里所提到的流量符号是存在于网络符号生产内循环之中的线上流量符号，由于是依附于网络文艺形式而自生，因而是带有"物"的属性的符号。流量符号的符号价值在于粉丝影响力，粉丝的另一源头则是明星偶像。2017年4月7日，明星谢娜微博粉丝数正式突破一亿大关，成为微博首个破亿用户，阅读量、点赞量和传播量均位居女艺人第一，是当之无愧的"流量明星"。因而，"流量明星"就成为可以自生流量的符号主体，是带有个人主体属性的符号代表。当艺术文本符号作为流量符号作用于网络文艺符号循环生产中时，经过循环再生产后的次生符号文本与原生符号文本在文本内容上属于"孪生文本"，文本之间的可复刻性正是由于文本符号其"物"的属性特点。很显然，当明星作为流量符号参与网络文艺符号循环生产时，它所担任的符号功能是与文本符号所不同的。

　　在网络文艺生产中，明星是重要的身份主体构成，是以重要的参构因素而存在，当明星摆脱身份主体而以一个流量符号的身份作用于网络文艺符号循环生产中时，则不再是要素构成而成为扩大网络文艺符号生态圈的源头。2018年2月24日晚8点，《这就是街舞》节目开播，作为节目明星导师之一的易烊千玺在微博上发出一张宣传节目的个人海报，产生了1629万的微博转发量，微博上"#说到街舞就能想到易烊千玺#"的话题，已产生大约70亿的阅读量[①]。我们注意到，明星作为流量符号参与网络文艺生产时，其符号的主体性发生了变化，向"代言人"的身份改变，并且所参与的网络文艺其商业性大于艺术性，是一种"广告"性质的商品文艺。英国文化研究者霍尔在《表征》中指出，广告表征则是在现实的文化景观中为商品赋予特定的意义，并通过具体的符号创意和共享的媒介传播获得大家认可的文化过程。在这里，明星就是"具体的符号创意"中的符号象征。

　　网络文艺符号的循环生产过程是生成文本，而这种商品文艺则是一种现象文本，明星的宣传与代言则是对现象文本的解释，是一种携带意义的符号感知，实质上并没有参与现象文本的意义生产，扮演的只是伴随文本

---

① 《易烊千玺对〈这就是街舞〉贡献度分析：流量、技术和态度》，搜狐网，https://www.sohu.com/a/229476512_436725，2020年3月12日。

的角色功能。因此，这种现象文本＋伴随文本生成了最后的合成文本，采用的就是"流量明星＋"的网络文艺生产模式。网络文艺符号循环生产中的流量符号是一种能够自生流量的符号，因而该符号在循环生产中其流量是带有传递性与延续性的。而明星流量符号作为生产符号参与网络文艺生产时，是以一种"介入"的姿态参与其中，最后合成文本的流量实际来自流量明星符号这个伴随文本的流量效应，当抽取明星流量这个符号时，这个现象文本则不具有原来的流量符号的特性，因此明星流量符号的流量特质具有其独立性。正是由于网络文艺符号循环生产中原生 IP 流量符号其"物"的属性，所以，内容及形式上的可复刻性得以促进网络文艺符号的循环扩大生产，所生产的次生符号在符号形态构成上是一种像似符号，而明星流量符号作为网络文艺符号生产的源头时，由于其主体的独立性使网络文艺的生产模式不再是循环生产，所参与的文艺形式之间的联系性较弱，因而属于一种链接式生产。

第三节　网络文艺符号的生产模式

　　在网络文艺没有出现之前，传统文艺一直是人们文化生活的主要组成部分。传统艺术又被认为是精英艺术，在艺术作品创作之前要经过创作者的斟酌思量，艺术创作者在传统艺术的创作过程中也会将自己很多的主观意愿架构于作品之中。无论是柳宗元批判黑暗统治的《捕蛇者说》，还是白居易讽刺玄宗昏庸无为的《长恨歌》，抑或是鲁迅揭露国民劣根性的《阿Q正传》，还是余华感慨命运无常的《活着》，等等。很多情况下，在这种传统文学的创作中能指不再是语音层面的指代，而成为不同的艺术表现形式，使得艺术作品中每一个单独的符号不再只停留在符号能指的表象层面而成为可被解读的意义个体，也就是说传统文艺所创造出来的这些意义符号，其本身所携带的意义可以使它脱离艺术文本甚至是情景语境而成为一个单独的解释项。当我们提到"阿Q"这个名词时，它所代表的已经不是单纯的"阿Q"这个人物形象，而是当时整个国民的缩影，进而成为一个时代的象征。在这一层面，传统文学扩大了艺术符号系统中的意指成分，因而所创作出来的艺术作品带有很强的思想意义属性，而作品中的语词、语句、段落等符号也成为"携带意义的感知"。

　　在传统电影的创作过程中，前期要经过导演及创作人员反复缜密的策划，所以说我们可以将电影看作导演思想的产物，而"导演阐述"正是导演的创作构思与思想表达的最好的说明。陈凯歌在电影《黄土地》的导演阐述中写道："今年元月，我和摄影师、美术师一起为酝酿剧本修改事，到陕北体验生活，我们在佳县看到了黄河……我们就是在那个清晨，明白了应该写什么，怎样写。在我们的影片所要展示的那个年代，引导着整个民族去掬起黄河之水的就是共产党。翠巧，是觉悟到了应该掬起黄河水的人们中的一个。"① 可以看出，传统电影在前期的策划过程中，会对于即将创作的作品给予指定的意义，在意义设定的前提下，影片中的语言符号、动作符号、视听符号继而也成为意义的附庸，"黄土地"不再只是一片贫瘠的土地，"翠巧"也不再只是一个普通的陕北姑娘，它们都因承载了导演先行植入的意义设定而成为"有意味的形式"的表达。至此我们可以看出，传统文艺的能指一般都脱离了最初的语音层面的表达，不再是那个把约定性关系和存在性关系结合在一起的单纯的"指示性符号"，所指也不再只是能指所指代的那个客观存在，所指与能指原有的一一对应的链条关系，在传统文艺的创作过程中，所指延伸为深层的意指的层面。

一 网络文艺符号的意义建构

到了网络文艺时代，互动性极大地改变了原有的艺术创作规律，打破了传统文艺的线性创作模式，将之前的意义先行植入作品的思想设定弱化甚至是淡化，而是在互动中建构意义。作者在与读者交流互动下所完成网络文学作品已成为网络文学写作的主要模式之一。例如网络小说《琅琊榜》自连载起，作者海晏就在百度琅琊榜吧、海晏吧、QQ 等贴吧与平台与读者交流互动，贴吧主题数竟高达百万余帖。像网络游戏这种互动性极强的文本，它的互动性不仅存在于受众与角色的互动作用中，也存在于受众与其他受众的互动作用中，因而这种双重互动大大加强了原有互动所产生的作用力。网络游戏意义的生产者与消费者都是受众自身，受众与受众在游戏中的作战使网络游戏的意义在实时中不断地建构更新。不仅在网络游戏中，近几年新兴的网络直播其本质也在于这种实时的互动性，主播与受众之间的互动就成为网络直播的内容生产。在这种实时互动的艺术中，先行的意义植入已经不存在了，符号不再是"携带意义的感知"而成为最初的原生符号。

网络文艺的互动性使网络文艺的"意义"层不像传统文艺那样是一

---

① 陈凯歌：《〈黄土地〉导演阐述》，《北京电影学院学报》1985 年第 1 期。

个完整的、封闭式的呈现状态而是一个开放型结构，同时互动性大大提高了受众参与作品生产的能动性，这种能动性也使网络文艺的意义建构是一个主动地带有创造力的生产过程。我们提到传统文艺的解码与编码对符号的解读上存在一致性的实现前提是有共同的公约共识和相同的文化认同，而在网络文艺中，这种符号的"异变"的实现前提则是互动性所带来的情绪语境。以上所得，网络文艺中艺术创作者不再是作品意义的植入者，消费者也不再是那个被动接受意义的观赏者和作品意义的阐释者，转而成为参与内容生产的生产主体，成为作品意义生产的一部分。加之网络互动不确定性、随机性、自由性机制的存在，继而打破了能指与所指原有的链条式的对应关系，很多网络新名词正是在受众的互动中诞生的，网络新名词所具有的新的释义正是对于元名词中能指与所指对应关系的割裂，如此也使得网络文艺中的所指不再像传统文艺作品中那样具有确定性，而是充满了偶然性与多义性。

在传统文艺中，艺术作品在被创作者完成之时，其意义也随之可以确定，艺术作品在没有被欣赏、消费之前它的意义基本上是确定的。但在网络文艺中，生产与消费的这种线性模式弱化，意义的生产是在实时同步的过程中完成的，因而意义的生产是一种进行时态，意义的完成时也正是消费的完成时。所以说，网络文艺作为一门共时艺术，在其实时意义的生产过程中，意义是在不断更新和不断建构中完成的，相对于传统文艺的填充式的意义的累积生产，网络文艺的意义生产则是一种循环式的更迭。

二 传统文艺符号与网络文艺符号的意义分野

传统文艺符号历时性的线性创作一定程度上也决定了符号文本意义先行置入的必然要求。传统文艺符号创作过程中先行置入的"意义"主要来自两个方面，第一个方面来自创作主体的主观意志，是主体精神意志的指向，所以从这层意义上来说，创作主体成为隐藏在符号文本的"他者"，所以受众与符号文本的对话不仅仅是与文字抑或是影像的对话，实则也是间接的与文本中隐性的"他者"的对话。第二个方面是符号文本内部字词的选择与字词、段落之间的搭配组合，而这些字词、段落也都是意义指向的功能符号，符号文本意义的呈现在于字词、段落间的关系整合。所以符号文本的意义来自这两方面的交织，由于这种交织是对于意指的定性，因而传统文艺符号文本又属于一种定性文本。

张艺谋在《黄土地》的摄影阐述中也曾提到"古人有语：'……故善

画者，必意在笔先。宁可意到而笔不到，不可笔到而意不到。'"① 并对影片的立意、主题、风格、摄影基调、造型处理都做了预设。陈凯歌在其导演阐述中，提到对影片的主题定位时也说道："如果我们清醒地看到，能够孕育一切的，也能够毁灭一切，那么，对于生活于旧中国民族整体中的翠巧而言，她的命运就一定带有某种悲剧的色彩。"② 所以陈凯歌通过影片想表达的是一种简单而残酷的生存哲学，事实上最终影片的摄影风格与故事叙事所呈现的内容核心也正是"生存"二字。所以，无论是片子的创作动机还是创作目的都是电影文本隐性的意义先行置入。在文本意义先行的视野下，影片对于故事背景的选择、叙事方式的选择以及人物命运的设置等都是对于文本的定性。

一方面，传统文艺符号文本作为定性文本，其文本内部还暗含了一层稳定关系。首先，从客观存在上看，意义的先行置入属于一种存在状态下的稳定。其次，置入的意义是关乎于文化的，文化历史背景下的文化稳定性也赋予了符号文本意义基调的稳定性。这种文本意义的稳定性，从文本消费上看，也一定程度上保证了受众对于文本的解读不会偏离其先行置入意义的文化历史背景，就此意义而言，符号文本内部的稳定是一种双重稳定。网络文艺符号文本的意义生产是基于互动机制下的生产，这种生产方式首先打破了文本内部意义体系的不稳定性，另外，网络文艺的受众作为符号文本意义生产主体，其选择的不确定性与不可知性，于主体自身而言，其主体属性也带有一定的不稳定。如此主体属性的不稳定性也导致了不同受众之间的组合搭配、对话互动又是一种不确定与不可知，继而加重了网络文艺符号文本内部的不稳定关系。至此，存在于传统文艺文本内部的双重稳定关系走向了网络文艺文本的双重不稳定性。所以，就此而论，网络文艺符号文本的意义生产就是对于"未知"的生产。

另一方面，传统文艺符号文本中字词、段落又是经过创作主体思维意识与文化意识所规范后的符号集合，继而形成了文本内部的文化符号部落。从文本意义的来源可以看出，先行置入的意义是对于文化的折射，是客观现实与历史背景投射后的文本。所以，传统文艺符号文本的创作不仅隐含着文本与创作主体的关系，还有文本与创作环境的关系，文本意义最后的呈现则是两者关系的产物，因而作为意义先行置入的传统文艺符号文本又是一种"互文文本"。就文本本身而言，在其内部形成了单独封闭的

---

① 俞剑华：《中国古代画论类编（第一编）》，人民美术出版社 1957 年版，第 204—205 页。
② 陈凯歌：《〈黄土地〉导演阐述》，《北京电影学院学报》1985 年第 1 期。

一个意义体系，但由于文本中的字词符号都是对于文化的感知，"它不是一般意义上的文本具有，而且是人类意识和意义形成的根本性关系，对应于全称意义上的大文本和大书写"①。基于此意义，符号文本的"互文"属性又形成了文本与历史文化的对话，所以传统文艺文本内部又是一个开放性文本。

网络文艺符号文本的意义是在互动中产生的，这使得在网络文艺的世界没有了绝对意义的唯一的创作主体，网络的互动机制使网络文艺这个互动文本造成了文本内部的"起源的缺席"。如果将传统文艺意义的先行置入看作创作主体与文本间的对话，那么网络文艺意义的产生则是不同受众之间在文本内部的多层对话互动。这种"对话"形式不仅存在于个体之间，而且存在于群体之间，例如像很多网络游戏分为团体作战与单机模式，团体作战属于群体对话，单机模式属于个体之间的对话。又如在网络直播中也存在着群体对话与个体对话两种类型，主播与粉丝的互动可以看作个体与群体的对话，而粉丝之间的互动则隶属于群体之间的对话类型。所以，网络文艺符号文本也属于一类对话型符号文本。

于传统文艺符号文本而言，存在于传统文艺符号文本中的"他者"只有创作主体这一个符号主体，所以传统文艺也就成了巴赫金（M. M. Bakhtin）所认为的"独白型"文本。在传统文艺"独白型"文本中，唯一的主导者与掌握话语权的主体即是创作者，文本中所有的符号构成"是在作者意识的支配下构成一个统一的客观世界"②，客观世界中的主体都是被言说者，被言说主体的意识也就变成作者的意识，即文本中"他者"的意识，这个客观世界也就成为作者统一意识的说明。而在网络文艺的自由世界中，缺失了唯一的主导的创作主体，受众被提到创作者的主体地位，受众不再受制于某个统一意识支配下的符号主体，而是各自独立发声、拥有平等地位的众多的"我"，受众之间的互动构成了网络文艺符号文本的意义所在，受众在互动中"每一个人的思想都仅仅只是一场未完成型对话中的一个话语"③，因此，网络文艺这个对话型符号文本内部又暗含了一层复调结构，继而使受众成为构成该结构的功能符号主体。

三　基于互文性的符号文本重构

网络文艺文本将某种特定的艺术内容以一种特定的艺术形式凝结起

---

① 汪民安：《文化研究关键词》，江苏人民出版社2007年版，第118页。
② 汪民安：《文化研究关键词》，江苏人民出版社2007年版，第81页。
③ 汪民安：《文化研究关键词》，江苏人民出版社2007年版，第82页。

来，最终以一种物态化的、感性实体的形式呈现。但是网络文艺文本的意义不是存在于这种外在的、物化的显性实体之中，它的文本意义需要在与受众的互动之中才得以呈现，即是说网络文艺文本意义的产生需要触及这种显性文本之下的并与之所密切联系的隐性文本之中，换句话说，网络文艺文本的意义生产是由多层文本的互文交织的结果。文艺自诞生起，就带有很强的大众性与草根性，因而作为媒介语境下的大众通俗文本的代表，网络文艺在其内容呈现上并不具有话语的"陌生化"抑或是"作者文本"的先锋性品格，受众可以自主地、自由地消费其文本内容。这里的读者具有双重角色：一方面以一种破坏性姿态肆意地对文本内容进行破坏性、颠覆性的解读；另一方面又以一种建设者的姿态积极主动地参与文本意义的再生产之中。因而，相比于费斯克（John Fiske）在研究电视生产时所提出的"生产式文本"而言，网络文艺文本更像是一种"消费式文本"，是罗兰·巴特笔下的那个"可写的文本"。

由此可论，互文性是网络文艺文本在文本内部构成上所体现出的主要特征之一。"互文性"这一概念最早是由后现代主义思潮理论家克里斯蒂娃（Julia Chisteva）受巴赫金对话理论的影响和启发所提出的，用来指代某一文本中交叉存在其他文本表述的现象。法国学者萨莫瓦约（Tiphaine Samoyault）在《互文性研究》一书中指出，对于"互文性"的研究需要回到文本自身的环境中，并采用一种历史与批评相结合的方法去回顾文献，萨莫瓦约还在书中提出了"引用"（citation）、"暗示"（allusion）、"仿作"（pastiche）、"参考"（reference）、"戏拟"（parodie）等词语论述了互文性的具体方法。可以说，萨莫瓦约从实操层面加深了我们对"互文方式"多样化的理解。对于网络文艺文本互文性的理解则需要从广义"互文性"概念去理解，即是说网络文艺文本是一个具有多重话语的层构，其内部存在多重话语的交织。例如在网络文学中关于清代穿越小说的"阿哥系列"，关于"四阿哥胤禛"的有《步步惊心》《勿忘》《陌上花开》《四爷党》《日落紫禁》《情倾天下》《尘世羁》等小说；关于"五阿哥胤祺"的有《我心荡漾》《隔雾红墙》《祺心》等小说；关于"八阿哥胤禩"的有《清空万里》《至爱吾爱》《瑶华》《清风吹散往事如烟灭》《三世一回眸》等小说；关于"十三阿哥胤祥"的有《梦若流星》《梦锁清缘》《梦回怡王府》《缘定三生》《世上桃源》等小说；而关于十四阿哥胤祯的则有《清风摇曳》《清秋万代》《陌上花开缓缓归》《九龙玉杯》《雁回月满楼》等小说。这几类小说由于都是围绕着清代的阿哥们展开，因而在历史背景、人物关系、情节设置、叙事手法等方面相互移置、交叉,于是文本与文本之间形成了一定的互文性。

现在我们对网络文艺文本的"互文性"有了新的理解,"互文性"不仅是网络文艺文本的内部构成,在一定程度上也是网络文艺文本的一种生产方式。这使得网络文艺文本在外部构成上是一种互动性的、流动性的动态文本,在与受众的互动之中呈现一个开放的意义空间,这样就影响了网络文艺文本的"互文性"具有两层含义:一层是指文本与文本外部之间的互文;一层则是文本与文本内部之间的互文。刚才在上文中提到的关于清代阿哥小说就是一种典型的文本内部之间的互文。而文本外部之间的互文则不只局限于文本,而是扩大到文本外部的文化空间,与整个文化文本或其下的子文化文本之间形成互文。例如《盘龙》这部网络小说,作为一部西方玄幻类小说,整部小说想象瑰奇,故事惊险刺激,将读者完全带入了一个别样的异域世界。但是细看就会发现,就文本内部来说,它与网络游戏文本《魔兽世界》、骑士文学、传统小说文本《魔戒》、"哈利波特小说系列"、电影文本《指环王》等多重文本之间具有人物、叙事、情节等方面的交叉表述,存在不同文本之间内部的互文,但是就文本外部来看,在这部小说中对于场景的描写、故事背景的设置实则与西方的凯尔特文化有某些因素的交叉,因而在文本外部与西方大的文化文本形成了一定的互文性。

网络文艺文本的诸多特征与媒介的发展有着密切的联系,麦克卢汉(Marshall Mcluhan)的"媒介即信息"在网络文艺时代又得到了新的印证。换句话说,网络文艺文本的诸多特征都带有媒介特性的痕迹与烙印。所以说,网络文艺文本的"互文性"不仅是多种文本之间的交叉表述,亦是多种艺术形态之间的融合。尼古拉斯·米尔佐夫(Nicholas Mirzoeff)在《视觉文化导论》一书中在对摄影技术与图像的分析中提出了"互视性"的概念,他指出,"具有全球互视性的像素化模式正式形成……摄影使人们轻视绘画,直到某一天有别的东西使摄影变得不堪忍受"。[1] 尼古拉斯·米尔佐夫虽然是"互视性"这一概念提出的第一人,但是,他并没有对这一概念进行深入的阐述,我国周志强教授则对这一概念做了通俗且直白的注脚,他认为,"互视性"就是"众多形态各异的图像往往呈现出一种你中有我我中有你的内在相似性"。[2]

---

[1] [美]尼古拉斯·米尔佐夫:《视觉文化导论》,倪伟译,江苏人民出版社2006年版,第37页。

[2] 周志强:《图像,一种改变世界的方式》,《中国社会导刊》2008年第1期。

"互文性"与"互视性"这两个概念提出的历史背景都与媒介的发展有着密切的联系,媒介影响了艺术的表现手法与艺术形态,继而进一步影响并推动了文艺理论的变迁。随着媒介的不断发展与进步,加拿大的电影理论研究者安德烈·戈德罗（Andre Gaudreault）在对电影与文学的关系研究中引入了"互介性"这一概念,认为电影就是一种处于互介性与文学性之间的一种艺术形态。1911年,意大利电影先驱乔托·卡努杜（Ricciotto Canudo）发表《第七艺术宣言》,第一次将电影列为"第七艺术",位于文学、戏剧、绘画、音乐、舞蹈、雕塑之后。虽然电影在诞生时间上相较于前六大艺术是最晚,但是,在其艺术形态构成上,电影却是一门涵盖了前六大艺术形态的综合艺术,是集时间艺术与空间艺术于一体的时空结合的艺术。因而,安德烈·戈德罗用"互介性"的概念去定义电影、理解电影是很具有启发意义的。我国学者陈定家教授立足于新的媒介语境,主张在"互文性"、"互视性"与"互介性"这三种概念下研究网络文学,为我国的网络文学研究提供了一种新的研究视角与观察维度。鉴于网络文学作为网络文艺下的一种子艺术形态,我们是否可以借鉴陈定家教授研究网络文学的致思路径来研究网络文艺呢?即是说,基于"互文性"、"互视性"与"互介性"来定义网络文艺、把握网络文艺的本体特征与本质属性,理解网络文艺与其他艺术文本、其他艺术形态以及其他媒介技术之间的内部关系,继而帮助我们更好地理解网络文艺,并在认知的基础上评价网络文艺、指导网络文艺。

第二章 网络文艺的消费规律

消费主义最初是在西方等发达资本主义国家兴起,其消费的主要目的不是追求生存的基本需要,而是对于欲望的消费,最终目的是获得商品背后的象征意义与符号价值。随着经济的发展与时代的进步,消费主义逐渐由西方发达国家向全世界扩散。消费主义作为一种生活方式抑或是一种价值理念,其产生与发展一方面主要依赖于资本主义制度的经济政治方面的原因;另一方面则是在大众媒介的推动下,通过广告、电视剧、流行音乐等大众文化形式在全世界范围内对消费主义进行宣传,这是导致消费主义在现代社会不断蔓延的文化原因。

在现代社会,人们消费不仅仅是一种欲望的释放与宣泄,消费甚至成了现代人进行自我表达与实现自我身份认同的一种方式。消费主义下的"消费"已经逐渐成为一种社会权利并在一定程度上建构了新型的社会关系,由消费主义所带来的消费文化也作为一种新兴的意识形态潜移默化地影响着现代人的思维方式与价值观念。不能否认,消费主义或消费文化在一定程度上刺激了当今社会经济的发展,而消费文化作为一种文化形态与价值观念,其中依然存有一定的亚文化意识形态的属性,像20世纪的新"消费伦理"概念就是旨在宣扬得过且过、享乐主义、自我表现、身体之美、异教主义、逃避社会责任、远走他乡、培养风格和生活的风格化[1]。因而对于消费主义或消费文化的批判声音在学术界一直存在。为此,在20世纪30年代,马尔科姆·库利(Malcolm Cowley)就曾提出过新"消费伦理"的概念。美国著名学者丹尼尔·贝尔(Daniel Bell)也曾在《资本主义的文化矛盾》一书中批判了消费主义、享乐主义对于资本主义内部结构的冲击,认为其结果是"使资本主义丧失道德或超验伦理,这不仅反映出文化准则与社会结构准则之间的分离,而且也反映出社会结构自

---

[1] Mike Featherstone, *Consumer Culture and Postmodernism*, London: Sage Publication, 1991, p. 85.

身内部的严重矛盾"①。自 20 世纪 90 年代以后,各种西方思想思潮涌入中国,其中具有代表性的就是消费主义以及消费文化,在这种意识形态以及思想价值观的影响下,我国国民的价值观也开始逐渐向消费主义倾斜,这种情况也引起了我国学者的注意。陈芬教授就曾对消费主义进行了伦理学批判,她谈道:"消费主义淡化了人们的政治意识,使人们丧失了对现有的社会制度和社会问题的批判力和辩证否定的思维能力","造成了现代人的精神危机"②。

消费主义价值思想与消费文化在对我国社会的渗透中,大众媒介也必然起到了一定的推动作用,媒介语境不仅是现代文艺或是现代商品的生产语境,在此影响下媒介生存也成为现代人的一种生存方式。"消费文化是建立在高科技背景之上的,如果缺乏科技的支持,就不可能形成消费文化","网络文化消费与现实商品运作合谋,实现着市场经济行为,网络虚拟与现实市场达成了一致。互联网为消费者提供了文化娱乐、通信、现金拨付和购物等多种服务,引起了人类消费文化生活方式的全面变革。"③因而,消费主义搭乘媒介的快速列车使得消费主义对现代人思想的渗透也越发严重。于是我国的众多学者从文化社会学、符号学、精神分析学等多种角度对媒介中的消费主义及其影响展开了批判与反思。罗雯在《消费主义时代中国传媒的文化表现》一文中,从文化批评的角度审思了消费主义对于我国传媒的渗透与影响,罗雯的观点是"消费主义在某种意义上正通过渲染一种享乐主义的、物质主义的价值观及生活方式,在消解中国新闻传媒的传统知识分子的精英文化情结,摧毁着精英文化深厚的社会基础,从而日益把精英文化推向当代中国文化舞台的边缘"④。蒋建国的《符号景观、传媒消费主义与媒介文化向度》一文则从社会批判的角度出发,对消费主义对于我国文化的冲击进行了严肃的分析与反思,并指出了我国媒介文化建设的出路。他在文中指出:"传媒消费主义文化是市场经济的必然产物,但传媒娱乐化、同质化、碎片化所导致的消费风险和文化断裂,是媒介文化研究尤为值得注意的问题……防止传媒消费主义的蔓延,提升媒介消费的文化品位、社会价值和聚合作用,是媒介文化建设的

---

① [美]丹尼尔·贝尔:《资本主义的文化矛盾》,严蓓雯译,人民出版社 2010 年版,第 71 页。
② 陈芬:《消费主义的伦理困境》,《伦理学研究》2004 年第 5 期。
③ 张品良:《网络文化传播:一种后现代的状况》,江西人民出版社 2007 年版,第 141—142 页。
④ 罗雯:《消费主义时代中国传媒的文化表现》,《理论月刊》2007 年第 1 期。

应有之义。"① 这些文章也为本书审视消费主义下的网络文艺以及网络文艺如何参构消费文化提供了可供参考的价值坐标。

第一节 图像时代与技术审美的转型

对于网络文艺消费规律的考察，需要将其放在广大的媒介背景之上进行，那就不能回避消费文化下现代主体的文化行为与文化心理。20世纪90年代，我国面临着社会转型与现代化进程推进的双重压力，在文化层面就不可避免地面临文化上的转型。随着西方哲学思潮的涌进，尤其是消费主义等后现代主义思想在我国社会的风靡，这些新颖的理论思想虽为我们提供了一种新的文化视角，但是也在潜移默化地影响着大众的认知方式与思维习惯，其中最具代表性的就是以追求符号象征为文化表征的消费主义对我国社会的影响与渗透。如此，消费文化连同后现代主义思潮共同作用于融媒体等媒介，形成了我国现阶段网络文艺消费的媒介语境。

一 视觉消费下的美学新变

一种新的媒介，就意味着一种新的媒介语法诞生。在媒介时代，这种新的语法所引发的则是以视觉思维为主导的审美范式革命。网络文艺时代所带来的视听盛宴，也印证了媒介是人的感官的延伸的预言，丰富的视听画面给受众带来了极大的感官享受，使人们从繁杂忙碌的生活中暂时地抽离出来，在网络文艺视听语言的沉浸中获得片刻的精神解脱。总体而言，网络文艺的发展还是更侧重于"视"这一层面，因为画面式的呈现更能带给受众直观的感官刺激，对于"视"的消费是一种更为简单快捷的消费方式，图像相比文字更加直观、清晰、立体，更能够满足瞬间传播中快速吸引人的诉求。所以说"图像时代"依然是进行时。

根据2019年《微信用户行为分析报告》，有77.28%的用户愿意用图片代替文字进行交流，并且图片发送功能位居微信使用功能的第二位。相比于传统交流中的语言、文字抑或是邮件，在融媒体语境下，随着微媒介的兴起，现代人越来越青睐于使用"表情包""斗图"来进行交流，这种以"表情包"替代文字的社交方式也成为媒介语境下的交流之变。这种

---

① 蒋建国：《符号景观、传媒消费主义与媒介文化向度》，《新闻与传播研究》2008年第4期。

交流之变所隐含的则是语言的弱化与视觉表达的强化，现在越来越多的文章也倾向于围绕着图像进行文字方面的内容生产，"无图无真相"也成为一种网络流行语，这句话背后所隐藏的则是通过视觉图像进行交流已经成为现代人网络交流的一种共识。网络这种将情绪图像化、体验图像化的思维转向将视觉的主导地位加以强调与突出，同时又进一步促进了图像文化的流行与图像的再生产。

从媒介语境下的交流之变，我们可以看出图像文化对于人们传统的感知模式与交流模式的冲击与改造。与此同时，现代人对于外界的感知一方面越来越依赖于媒介，另一方面自身的感觉也逐渐地媒介化、主体自身也逐渐媒介化。不仅如此，媒介不仅改变着现代人的感知模式，在很大程度上媒介又以其自身形式与特性重塑着现代人的感知与认知。

消费社会以及消费主义文化都在表明，现代社会无论是艺术生产还是日常生活，其背后的逻辑都是受消费逻辑的操控与支配。不仅如此，现代人的欲望、身体也都带有了商品的属性，都逐渐沦为一种消费品。现代社会开始逐渐从"生产型"社会向"消费型"社会转变，但根据马克思生产与消费的理论来看，生产的目的是消费，消费的目的是刺激再生产。就此意义而言，现在依旧是"生产型"社会，只不过是这种生产已经不再仅仅是对于有形商品的生产，更多的是对于现代人欲望的生产。这样的生产逻辑也可在网络文艺的生产与创造中看出端倪，之前的传统文艺生产都是建立在某种深刻性的文艺观之上的，但是现在的网络文艺生产则是对于同质化符号的生产与再生产，这样的符号大规模批量生产并没有丰富与充实网络文艺的符号生态系统，其原因在于这样的符号具有"内在秩序"同质。伴随着网络文艺符号逐渐从审美符号向消费符号嬗变，现代人的"身体"也具有了被消费的意义，慢慢成为网络文艺内容生产的对象与载体，成为遵从消费逻辑的文化表征。因此，在技术审美下呈现出以视觉思维为主导的对于"身体"的视觉消费趋势。

二 市场主体的精神意志

目前我国网络文艺生产还是基于以市场为导向的一种运作模式，而当资本介入文化，当商业思维浸透文艺创作，这将必然导致文艺创作朝着商业化、工业化、模式化的方向发展。与经济的文化相伴而来的就是文化的经济化，如若商业逻辑成为文艺生产的主导逻辑，市场主体的精神意志也会逐渐被唯利思想所挟持，网络文艺创作市场就变为商业逐利下的狂欢化娱乐图景。尤其是在这个以视觉文化为主导的图像时代，视觉思维于是成为当前网络文艺市场主体的主要思维主导。

（一）以视觉思维为主导的融媒体时代

视觉思维是一种将生活经验可视化的冲动，无论是网络文学对于修辞性符号的堆砌而成的想象空间还是网络游戏所营造的超真实意象空间，都是一种空间叙事转向，都是在视觉思维的主导下对于生活经验可视性的创造冲动。宗白华在描述中国古典美学的审美特征时，认为中国古典艺术中的留白是对于审美意象空间的营造，对于中国古典艺术的欣赏是一种时间率领空间，但是到了网络文艺，则发生了以空间体验为主导的审美转向，即空间率领时间的审美体验。

在阿恩海姆（Rudolf Arnheim）看来，视觉思维是一种积极的理性活动，是对于意象的视觉把握。但主体在网络文艺符号生产抑或是消费过程中所主导的视觉思维不是一种凝视静观的理性沉思，而是一种感性活动，在对现实的一种创造性的把握中与理性思维相融合，在观察、想象、构绘等形式的不断交替、变化中而进行的创造性活动，值得注意的是，对于网络文艺符号消费下的视觉思维则不是对于意象的把握，因为网络文艺符号是一种解构式外延符号，是拒斥所指意义的能指的漂浮，所以这里的视觉思维只是对于表象的把握。与此同时，在新媒介的冲击下，最初的读图时代开始向视频时代转向。本雅明（Walter Bendix Schoenflies Benjamin）在《机械复制时代的艺术作品》中在对传统艺术的考察中曾提出，传统艺术具有一种膜拜价值，对于这种带有"灵韵"的艺术的欣赏是一种凝神观照。但是在融媒体时代、在视频时代，凝视静观则被视觉暂留所替代，艺术接受也由从侧重膜拜价值的凝神观照接受方式转变为侧重展示价值的消遣性的消费，视觉暂留式的消遣性行为也就注定了媒介革命下现代人"浅阅读"的命运。

（二）视觉消费诱导下的身体消费

在消费语境下、在图像时代的需求下，也激发了现代人对于身体的视觉消费，而社会的图像化趋势也反过来加剧了对于身体的符号化消费。在视频时代下对于"身体"的消费主要分为两类，一类表现为对于"身体展示式"的消费；另一类则表现为"身体参与式"的消费。前者是主体观赏式的消费，后者是主体主动式的消费，而在这种主动式的消费过程中，主体又逃不出被消费的命运。

在本章节我们主要谈论的是视觉思维下的"身体展示式"的消费。在现代意义上的"身体"概念不是生理意义上的肉体存在，而是一种承载了文化观念与个人生存经验的历时性存在，是意义生产空间。英国理论家布莱恩·特纳（Bryan S. Turner）就曾提出了"身体化的社会"这一概念（somatic society）。他在《身体与社会》一书中提到："我们近来对于身体的兴趣与理解是西方工业社会深刻的、持久的转型的结果，特别是身体的意象在大众文化与消费文化中的突出与渗透，是身体（特别是它的再生产能力）与社会的经济、政治结构分离的结果……劳动的躯体正在变成欲望的躯体。"① 与布莱恩·特纳关于"身体"看法相似，我国学者陶东风在《消费文化语境中的身体美学》一文中结合中国的社会文化语境对"身体美学"做了消费文化意义上的阐释，他曾提出"在当代大众文化与消费文化的语境中，身体的外形、身体的消费价值已然成为人们关心的中心"②。诚然，消费文化下的"身体"除了具有传统的文化意义外，还具有了更强的消费意义。

1. 身体——消费文化与媒介社会下的商品核心

"身体"结束了数千年来被规训的命运，在进入人类文明社会之后，"身体"获得了其自身的独立意义，具有了本体论上的价值，但是目前很多有关"身体"的理论都诉诸其形而上的意义，却很少关注身体的社会意义。在媒介社会，身体的社会文化意义、消费价值开始受到社会的关注，审美—游戏价值成为网络文艺世界下"身体"的核心价值，不可否认的是，如今身体已然成为消费文化和媒介时代的核心商品与商品的核心。这一切都说明，在媒介社会下"身体"正在以其颠覆性意义创生着我们的想象和存在。

无论是中国古代还是西方社会，无论是在宗教森严的中世纪还是禁令严苛的专制时代，民众的身体都被法律和意识形态规训和束缚着，因而身体审美似乎是一种贵族特权。即便如此，人们还是没有停止过对于身体的膜拜，例如古希腊的裸体雕像，就是一种赤裸裸的对于人体的欣赏与赞美。在黑暗的中世纪，民众的身体再一次受到了更严厉的规训与束缚，到了文艺复兴时期，身体才迎来了新的大解放。对于身体的描写甚至有关身体放纵的描写在薄伽丘（Giovanni Boccaccio）和莎士比亚（William Shakespeare）、拉伯雷（Francois Rabelais）等人的文学著作中都有迹可循。而到了媒介社会，人们对于"身体"这个概念又有了新的认知，麦克卢汉在《理解媒介》一书中将媒介当成人类身体和神经系统的延伸。

---

① ［英］布莱恩·特纳：《身体与社会》，马海良、赵国新译，春风文艺出版社2000年版，第292页。
② 陶东风：《消费文化语境中的身体美学》，《马克思主义与现实》2010年第2期。

可以说媒介社会下的新技术与新媒介一并开启了 21 世纪大众对于"身体"的新的想象。网络文艺以图像、视频的形式进一步推进了关于"身体"的现代性叙事,开始了建立于身体展示之上的主体性书写。在文字时代人们主要是依靠文字来建构自身与周围世界的"想象共同体",在融媒体时代影像与图像则成为新的表现媒介。

2. 身体——融媒体时代下的主体价值认同与身份建构

我国的胡正荣教授曾提出,现在社会已经开始步入"屏媒"时代。手机与电脑荧屏也就成为现代人身体展示的窗口,图像时代与视觉思维的盛行之下,对于身体的消费也变得愈加明目张胆。从积极意义上来说,这种"身体展示"更多的是一种新时代下的身体大解放运动,身体不再是为人所不齿与避而不谈的名词,而是走到荧屏前的自我展示,甚至成为现代人自我价值的标榜。还有之前在微博上兴起的"反手摸肚脐""马甲线"等挑战,之前在抖音大热的"A4 腰"挑战,等等,都是将身体展示作为网络文艺的内容生产。在抖音中,越来越多的女性愿意露出自己的"蚂蚁腰""大长腿""天鹅颈""直角肩",同样,有越来越多的男性也开始大秀肌肉与男性气质,但是这一切身体的主动展示并没有引来很多关于伦理上的指责,相反收获了更多的赞美与追捧。再如像《爱上超模》《超模 24 小时》等网络综艺,表面是一档由来自多元文化背景的素人模特女孩展现其独特时尚态度的互动真人秀,实则背后也隐含了一种价值观导向,即是将"超模"的身材作为女性身材的标杆。其中无论是每期的标题如"爱上超模第 3 季之超模湿身诱惑沙滩倒走 MV 成顺拐""爱上超模第 3 季之 PK 第一长腿女权大片挑战裸男",还是展示女性曼妙身材与大尺度身材裸露的宣传海报,都是将身体作为一种展示型的存在,使观众在综艺娱乐之中潜移默化地完成了对于身体展示式的消费,继而完成了媒介社会下的身体拜物教。还有像《奔跑卡路里》《拜拜啦肉肉》《香蕉打卡》等减肥健身类综艺,亦是一种将身体作为展示性与消费性的节目,将对"身体"的消费作为网络文艺生产的主要内容构成,而对于完美身材的追求成为现代人自我价值与身份建构的重要标尺。

三 欲望时代的身体拜物教与思想规训

毋庸置疑,网络文艺的自由性、大众性确实为现代人对于"身体"的欣赏与消费提供了一个展示的窗口,但是当我们在大声疾呼网络文艺的繁荣所带来的身体解放时,也不能不回避这样一个问题:大众的身体展示与身体消费虽然在一定程度上将"身体"从原有的伦理道德层面解放了出来，摆脱了意识形态的束缚与制约，可将其看作一种人性的解放，但是这种身体展示也成为一种景观式的视觉呈现，因而在"身体展示式"的消费中，"身体"不可避免地沦为一种观赏型符号。在娱乐性审美主导下的符号创造的符号特征则是意义在场的终结，其结果就是很多符号元素已经摆脱了符号的本体意义，而成为一种功利化审美下的"景观"符号。网络直播中的有些女主播则或通过撒娇卖萌的方式向受众索要礼物，通过浓妆艳抹的妆容和或性感或可爱或妩媚的着装这些外在修饰符号来博取眼球与关注，有的女主播则借助大胆暴露的着装以及带有诱惑性的搔首弄姿来获取点击量，其身体脱离了主体本体的一部分而成为一种具有观赏性与消费性的符号，形成了一种服从身体原则的自性冲动，一种融幻想和快感于一体的生存景观。主体本身也随即成为人类欲望观照下的纯身体展示的能动性能指的替代。在网络文艺符号世界中，功利化审美下"景观"符号的生产与消费就不再是简单纯粹的对于视觉艺术符号的生产实践，更是能指符号与金钱、欲望以及名利纠缠。与此同时，在这种景观式的视觉呈现中，现代人又进入了关于"身体"的拜物教之中，而且受众在对"身体"的观看与凝视中，在"看"与"被看"的过程中，依然存留着一种被审视的权力关系。而这种从"含蓄式"到"直露式"的审美文化的嬗变，也引发了受众对浅阅读的选择和偏爱，最终让理性思考让位于感性体验。

"人类文艺发展史表明，急功近利，竭泽而渔，粗制滥造，不仅是对文艺的一种伤害，也是对社会精神生活的一种伤害。低俗不是通俗，欲望不代表希望，单纯感官娱乐不等于精神快乐。"[1] 这也值得我们对网络文艺中"身体展示"式的艺术行为进行全新的理性审视，重新审视"身体展示"与欲望、权力的关系，从而引导网络文艺消费从一种对于消费符号、欲望符号的感官消费中过渡到对于优秀艺术作品的欣赏与审美观照中，从而获得精神上的审美享受而非片面短暂性的感官娱乐与精神麻痹。

第二节 媒介生存与日常生活艺术化

在技术化时代，技术几乎成为主导各领域的媒介存在，技术转向所带来的"数字化生存"也让文艺创作逐渐向媒介技术领域靠拢，由艺术的技术化逐渐转向技术化艺术。当媒介思维渗透到艺术生产，于是就创生出

---

[1] 习近平：《在文艺工作座谈会上的讲话》，《人民日报》2015年10月15日第2版。

了众多艺术与技术的"混血儿",网络文艺的诞生亦是如此。现在媒介问题已经不单单是传播学的一个核心问题,在融媒体语境下媒介问题已经变成了一种社会问题。倘若要回答我们生活在一个怎样的时代这个问题的话,就不能回避"媒介是什么"这一元问题,只有对媒介有了一个正确的认识,才能更好地认清我们究竟生活在一个怎样的世界之中。诚如媒介大师基特勒(Friedrich Kittler)所说:"媒介决定我们的现状,是受之影响,抑或要避之影响,都值得剖析。"① 为了回答"媒介是什么"这个问题,就不得不回到麦克卢汉的思想以及他的经典著作中寻找答案。媒介大师麦克卢汉于1964年推出的《理解媒介》一书,当时被人认为惊世骇俗的思想竟然在数十年之后都成为一种现实,麦克卢汉对于媒介发展的忧虑也成为现代社会对于媒介进行理性之思的关键。受此影响,后来的施蒂格·夏瓦(Stig Hjarvard)在他的《文化与社会的媒介化》一书中也提到"新媒介最为重要的是社会个体之间的社会关系生产,而社会个体也越来越多地激励参与内容生成。相应地,双重逻辑主宰着当代媒介:媒介专业主义和受众/用户参与"②。麦克卢汉在《理解媒介》一书中首先提出了"媒介是什么"这一问题,并用"皮肤""部落鼓"等修辞对这个问题做了隐喻性的解答。麦克卢汉对当时社会的媒介作了理性的分析与透视,得出了"万物皆媒,媒介之外别无一物"的论断,并将人们的生存状态概括总结为"媒介生存"。可以说,麦克卢汉是从存在论的角度来认识媒介、理解媒介以及理解人与媒介之间的关系的。麦克卢汉选择去"理解媒介",媒介本身并不是理解的目的,其真正的目的在于理解媒介所构成的这个社会,以及生活在这个社会下的人的生存状态。就此意义而言,麦克卢汉的媒介理论,并不是完全的实证主义,而是一种带有人本主义色彩的学说。本书对于网络文艺的理解始终将其看作"人的文艺",基于此,那么对于网络文艺"何以存在"之疑问就转化为对现代人在网络文艺时代"何以存在"问题的解答。

一 融媒体时代下的媒介生存

随着媒介迅速发展,"媒介化生存"成为社会生活的重要表征。媒介发展已经不单单是社会文明进步的标志,它在推动社会转型的同时也对人

---

① [德]弗里德里希·基特勒:《留声机 电影 打字机》,邢春丽译,复旦大学出版社2017年版,第1页。
② [丹麦]施蒂格·夏瓦:《文化与社会的媒介化》,刘君等译,复旦大学出版社2018年版,第29页。

类生存产生了很大的影响。其中很重要的一个表征就是，媒介已经不单单是信息的载体与联结主体与客体之间的中介，而是已经渗透到人类生活的诸多方面甚至参与到现代主体的建构之中，最终成为现代人一种主要的生存方式。

（一）媒介生存与媒介生存下的"身体"

网络文艺作为一个自由的艺术世界，它的"自由"只能是相对于现实生活而讲的相对的自由。网络文艺的生产、传播、消费等过程受社会规则、道德伦理、意识形态的规范较弱，而网络自身的匿名性、互动性又赋予了网络文艺以更大的自由度，但是我们不能说网络文艺世界就是一个脱离了社会规范与意识形态规约的野蛮疆域，一个无道德、无伦理、无法律规制的泛自由的虚拟世界。虽然网络文艺在很大程度上消弭了阶级差别、年龄差距、性别歧视，让受众以一种平等的姿态参与到网络文艺的消费与再生产之中，但马克思在《1844年经济学哲学手稿》中对于文学艺术与经济基础与上层建筑之间的关系的论述，以及在《德意志意识形态》和《神圣家族》等著作中对于文学艺术意识形态的分析，抑或是后来发展起来的西方马克思主义代表马歇雷（Macherey）在对文学艺术文本分析过程中对于资本主义意识形态的警惕，还是伊格尔顿（Terry Eagleton）提出的文学艺术就是对意识形态的生产的论断都在时刻提醒着我们，网络文艺生产不是大众参与的无度狂欢，也不是无规则、无束缚的无序自由生产，其背后所遵循的文化逻辑依然具有很强的意识形态属性。

网络的自主性与随意性等威胁到共同价值观与文化共同体的现存机制，媒介建构了我们的世界和生活方式。因而在"媒介化生存"的景观下的学术研究，不仅需要着眼于媒介发展的现实，而且更要着眼于人的生存发展的需要。在媒介社会下，人的生命活动区域在扩大的同时，也出现了一系列问题，如个体片面化存在的尴尬状态、本能主义奉行下的理性失范以及网络化的精神犬儒主义等。这种精神症候严重影响了现代人对于"身体"的认知。媒介生存在很大程度上割裂了中国古代哲学对于"身心一如"的认知经验，使得"身体"这一概念只停留在肉体化的实体存在之上，丧失了心灵之澄明、精神之贵生的精神性的一维。如此，我们可以看到"身体"作为人之主体性构成的主要范畴之一，其内涵在媒介社会也发生了很大的变化，其中最明显的一个方面就是媒介社会下"身体"的政治性书写。

在消费文化的引导下，"身体"不单单是一个感知外界的肉体的实体的存在，而是成为一个被展示的存在、一个可消费的符号性的存在。"人们消费的时候，也是在表达他们的美学偏好，同时也和其他人分享了一种共有的品味。"[1] 在这里，审美的逻辑让位于消费逻辑，娱乐性取代了身体传统释义中的精神性。网络文艺在二次元文化、宅文化、非主流文化等青年亚文化的挟持下，很多传统的审美标准也在悄悄发生着变化。诸如杨超越的走红，王菊对于"偶像"定义的宣言以及李嘉琦的意外出圈，抖音红人韩美娟的翻红以及充斥于各种视频网站的美妆大佬以及耽美小说、同人小说，等等，在以往看来让人匪夷所思的现象以及文学艺术形态，在媒介社会的网络文艺世界里以一种光明且正大的方式大行其道，让人们再一次见识到了网络文艺对于传统的颠覆性力量，可以说网络文艺对于传统的颠覆不是只停留于外部表象的出新求奇，而是对于人们认知思维的改变与颠覆。当我们带着社会批判的眼光重新审视这些"另类"的、匪夷所思的文化现象和文艺文本时，就会发现这一切并不是娱乐性的、审美性的而是带有很强的政治色彩。这种对于美与丑、胖与瘦、传统与现代的重新定义，其背后也都是社会权力操控的话语，在"媒介生存"下的主体也同样受着媒介社会下的意识形态的影响。正如著名学者费斯克（John Fiske）所认为的那样，身体也难逃消费主义的编码。就此意义而言，网络文艺文化亦是一种文化政治，媒介生存下的身体也属于一种身体政治。

（二）媒介社会下的存在主义之殇

人的历史就是人的生命活动史，媒介转型下，网络空间丰富了人类的存在形式，扩大了现代人的精神视域。然而，网络媒介不仅仅是人类智慧的彰显，更是作为一种精神生产的桥梁和载体。碎片化的、无深度的视觉符号形成了现代人的思想困惑、精神上的流离失所、对生命价值的怀疑以及个人存在感的虚无等。那么，人们在精神视域的扩宽下主体该如何完成对于生命价值的体认，如何完成生命意义的发掘与找寻？大家知道，媒介延伸实则就是人被媒介延伸下的体外进化，然而这是不是人类生命真正的进化？在虚拟化的数字环境下，主体在媒介机器的主宰下进行着数字化生存，现代人的精神世界也被无意义的数字符号冲蚀，主体生命在步入纯粹的数字化过程中最终沦为片面的人，片面的人的存在状态则成为现代人在媒介延伸下的存在主义之殇。

何为生命，如何走出现代人生命存在的围困？我们可以折返回中国哲学那里寻求答案。中国哲学向来被看作关于人生的学问甚至是生命的哲

---

[1] ［芬兰］尤卡·格罗瑙：《趣味社会学》，向建华译，南京大学出版社 2002 年版，第 110 页。

学,《易经》谓"天地之大德曰生","生生之谓易";老子则追求长生久视,注重人的生命本色的探讨;庄子则对精神自由、个性独立心神迷往;儒家则将仁义道德、内圣外王为圆满的"中庸"人格视为人的最高生命形态。在中国古代哲学思想中,是强调"身心一如"的,身体不仅是丈量、感知时间存在的客体,而时间存在于生命的展开之中,生命存在于身体对于时间的感知之中是一种生命的"当下"或"在场";同时,感知的时间性表明主体在生命体验中建构自身的经验认知,就此意义而言,生命的存在是一种生命的流动,是生命力的绵延。所以中国古代著名哲学家王船山的生命哲学中,关于生命的认知就是形色之实的真实感,是天命之性的充盈感,是心性之志的不屈感,其中对于形色之实的"实"、天命之性的"性"以及心性之志的"志"的理解都需要将"身体"作为考察的对象。

反观媒介时代,网络世界则是一个由虚拟符号堆砌而成的视听集容空间,网络文艺的审美触动效应则是用修辞符号的堆砌让受众在审美认同中进而获得审美快感,身体作为媒介感官的延伸,但这里的"身体"仅仅是停留于机械意义上的"肉体"而非王船山所强调的生命张力的切身性。一方面,这种肉体感官延伸割裂了生命存在的一体性,最后俨然成为一种生命"缺席的在场";另一方面,网络文艺存在内容上的同质化倾向,于受众主体来说,则是感知的重复,感官上的麻木相较于王船山的生命流动性来说,则是一种生命力的"停滞"。

法国哲学家鲍德里亚(Jean Baudrillard)通过对后现代下的媒介进行一番审视之后尖锐地指出,大众传媒是一种"真实的内爆",内爆空间里的符号不再具有指涉外在真实的功能,只是停留在符号本身的真实和产生符号体系本身的真实。网络游戏是一种建立在数字化拟态环境上基础上的虚拟世界。在这个独特的空间里,"真实"与"虚拟"的界限变得模糊不清,玩家在网络游戏所营造的仿真环境中对"真实"的感知力逐渐降低。这种强烈的沉浸感进一步模糊了网络游戏世界与现实世界之间的边界,导致两者之间的界限变得愈发难以分辨。这种沉浸和融合的结果,最终促成了网络游戏世界内部的"内爆"现象。媒介"真实"是一种没有本源的真实,是在虚拟之上塑造的"真实",只是一种效果真实,是拟象。因而,媒介社会下的主体只是停留于"耳目之官"之上的实体化存在,它与王船山所批判的宋明"理学""心学"下的存在是一种观念中的存在一样,都是一种虚假的存在。因此,从存在意义上来说,网络虚拟世界是现实世界的魅影,是对主体生命存在的遮蔽,主体在网络世界中的存在则是一种"伪真实"。王船山生命哲学的意义在于,解决主体生命存在的"祛魅"问题,是网络主体由"伪真实"走向存在之真实的要旨,也是现代主体摆脱存在主义之殇的关键。

二 生活经验的艺术化

后现代主义文化作为一种普遍性的文化现象,它已经渗透到人类生活的方方面面,体现在艺术生产上就是使生活与艺术这两种不同的世界的平行状态实现了偏移,象征着两种不同世界的渐近线实现了交叉与融合,它在将生活艺术化的同时又将艺术生活化。因而,无论是"日常生活的艺术化"还是"日常生活的审美化"其本质都是对于后现代社会的一种审美透视。著名的英国文化研究学者费瑟斯通(Mike Featherstone)在其代表性著作《消费文化与后现代主义》中第一次使用了"日常生活审美化"这一概念,若要理解费瑟斯通所提到的"日常生活的审美化"这一概念,则需要联系费瑟斯通在书中所经常提及的另外两个关键词来理解,即"消费文化"与"后现代主义"。费瑟斯通在书中曾这样提到"后现代的日常文化是一种形式多样的异质性文化,有着过多的虚构与仿真,现实的原型消失了,真实的意义也不复存在。由于缺乏将符号和形象连缀成连贯叙述的能力,连续的时间碎化为一系列永恒的当下片断,导致了精神分裂症式的强调对世界表象的紧张体验,即生动、直接、孤立和充满激情的体验"[①]。因而,在费瑟斯通看来,"日常生活的审美化"这一概念至少要包括以下这三个方面:一是对于艺术与生活两者界限的消解,对艺术品的传统概念与定义进行了质疑,打破了人们对于艺术馆中的艺术品之"灵韵"的想象,将日常生活中的现成品与艺术品相等同;二是赋予了日常生活以艺术的属性与特质,"既关注审美消费的生活,又关注如何把生活融入到(以及把生活塑造为)艺术与知识反文化的审美愉悦之整体中的双重性,应该与一般意义上的大众消费、对新品味与新感觉的追求、对标新立异的生活方式的建构(它构成了消费文化之核心)联系起来";三是指"充斥于当代日常生活之经纬的迅捷的符号与影像之流"[②]。的确,网络文艺文本的生产模式使网络文艺在对其他艺术形式进行戏仿的同时,也在进行着自身符号的复制与再生产,其结果就是符号的同质化现象的泛滥,网络文

---

① [英]迈克·费瑟斯通:《消费文化与后现代主义》,刘精明译,译林出版社2000年版,第95页。
② [英]迈克·费瑟斯通:《消费文化与后现代主义》,刘精明译,译林出版社2000年版,第98页。

艺世界不仅呈现出艺术的"泛艺术化"而且在很大程度上又呈现出艺术的"泛符号化"特性。

最早提出"将日常生活艺术化"这一口号的是法国学者列斐伏尔（Henri Lefebvre），他主张赋予日常生活以一种审美的理想性，将日常生活作为审美精神的现实起点，将审美化的生活与人的理想生存状态紧密相连，从而为我们重新审视现代生活以及媒介社会下的审美精神提供了新的观察视角。作为马克思主义者，列斐伏尔对于大众生活的考察却并没有像其他的西方马克思主义研究者那样激进。列斐伏尔反对将日常生活看作哲学批判的对象，而是力求寻找一种新的视角来进行对日常生活的批判分析与价值重构。"如果我们采用黑格尔主义和马克思主义倾向，那就是通过哲学实现合理性，日常生活的批判理论必须随之而生；如果我们采用尼采主义的价值理论、前景设定和在事情无意义之上的意义预设理论，那么日常生活的建构理论就随之产生。"[①] 在列斐伏尔看来，对于日常生活的建构理论需要有人的参与，需要充分发挥人的主体作用以及人的主观能动性与创造性。在人的主体性价值的发挥过程中人的价值也不断彰显，而这种对于人之价值与意义的展示不恰恰正是文学艺术永恒的主题以及它的存在意义所在吗？通过自身主观能动性，将自身对于生活的想象与创意创造性地运用到对象作品中，以此作为塑造人类理想生活的一种实现路径。可以说将生活经验艺术化，就是艺术地、审美地对待生活。在融媒体时代，大众主要是通过"蒙太奇逻辑"与"诗意逻辑"来实现生活经验艺术化。

（一）网络文艺创作中的蒙太奇逻辑与故事逻辑

按照波兹曼的观点，一种重要的新媒介会改变话语的结构。照此说法，融媒体相较于传统媒体而言就是一种新的认识论，一种新的话语方式，亦一种新的修辞。每一种媒介都为抒发情感与思考人生的方式提供了新的定位，并以此创造出新的独特的话语符号与话语体系。的确，就目前来看融媒体确实改变了当代中国社会符号环境的性质，伴随着融媒体而长大的"90后""00后"相较于受电视文化熏染的"70后""80后"而言，他们之间观察世界与理解世界的维度、方式和标准有着很大的不同，而这种不同也加剧了这几代人的文化观念与价值观上的差异。

在电视文化阶段，人们接受的是以电视剧为主的电视文化，但是到了融媒体时代，以"抖音"为首的短视频已经超越电视而成为时下年轻人所青睐的短视频文化。"抖音"App采取音乐与视频相结合的方式，为用

[①] Henri Lefebvre, *Everyday Life in the Modern World*, London: SachaRabinovitch, 1971, p. 15.

户提供流行、欧美、嘻哈、电音等26种音乐类型，能提供视觉与听觉的双感官刺激。"抖音"自带的视频剪辑软件"剪映"，使视频制作的操作简单易懂，可直接在手机上进行视频、音频的剪辑，并带有强大的滤镜与特效功能，用户可以轻松制作出新潮好玩、诗意浪漫的视频。不可否认，"抖音"这些强大的功能为大众更好地记录生活提供了有利的技术支撑，如果就艺术创作而言，"抖音"的这些滤镜、音乐特效及剪辑技巧都为视频创作提供了艺术技巧上的便利，提供了形式上的参考。在一定意义上，"抖音"上的短视频并不是对生活的纯记录，在这短短的几十秒中依然有着艺术化的编排与构思，即蒙太奇式的艺术创造。

蒙太奇是塑造电影的一种手段，因而蒙太奇可以创造电影，那么也可以创造现实。有学者将现代性过程看作一个蒙太奇的逻辑过程，即是说，把历史视为电影导演，从而将各种不同的文化组织进了整个世界的现代化进程之中。从这个角度出发，"蒙太奇逻辑"不仅是一种编排组合逻辑更是一种认识论，因为蒙太奇逻辑让我们学会用蒙太奇的眼光与思维方式去审视世界、理解现实，思考生活的本源。在电视文化时代，与电视文化相适应的是"遥控板逻辑"，如果说"遥控板逻辑"是一种选择逻辑，那么"蒙太奇逻辑"就是一种创造逻辑。如果说"电视的遥控板逻辑是一种观众的逻辑、是一种从观赏者角度重组虚真世界的逻辑。"[1] 那么从艺术创作的角度来看，"蒙太奇逻辑"又是一种导演的逻辑，一种从创造者的角度出发去裁剪、拼接、组织世界的逻辑，即一种故事的逻辑。"蒙太奇逻辑"赋予创作者以极大的艺术创造力与艺术创作自由，即以自我想象为中心组织世界的创作自由。"蒙太奇逻辑"的本质就在于——创造与想象。

（二）网络文艺创作中的修辞逻辑与诗意逻辑

相比于对生活进行编排组织处理的蒙太奇逻辑，这种对于日常生活中的平凡小景进行滤镜等艺术化处理的手法，我们可称为"修辞逻辑"抑或称为"诗意逻辑"，通过对生活的修辞而达到一种诗意的美，继而实现生活经验的艺术化表达。之前在"抖音"上大火的"泼花成画"视频，其内容生产就是服从了"修辞逻辑"。该视频就是一位姑娘在外婆家的田地里将收集的黄色小落花放在一个盛满水的碗中，然后泼洒出去。本来这一行为并无任何美感。但是经过添加慢镜头特效、光晕特效、滤镜美颜、

---

[1] 张法：《电子文化影响下的在世方式、思维方式和世界模式》，《杭州师范学院学报》（社会科学版）2005年第6期。

音频处理后，泼洒出去的落花与水帘在空中缓缓展开，反射阳光后的水帘波光粼粼，配着"最美的花朵，盛开过就凋落"的音乐，整个画面变得岁月静好、唯美动人。于是引发了全网的争相模仿，一碗清水，半盏落花，在"抖音"的"泼花成画"的视频中记录最美的人间四月天。在这看起来似乎是盲目从众的行为背后，难道不是人们对于诗意生活的追求、对于美的向往吗？正如在这段原创视频的留言中，获赞较多的这句"生活中并不缺少美，只是缺少发现美的眼睛"。这段短小却精美的视频，给那些因抗击疫情而神经紧绷、惶惶度日的人们带去了多少心灵的抚慰，这难道不是生活的艺术化所带来的美的震撼吗？基于此也不难理解列斐伏尔的美学主张，即通过审美来实现对当代日常生活碎片化的救赎，最终完成审美的终极关怀的意义。也正如习近平总书记在2014年文艺工作座谈会上所提到的："应该用现实主义精神和浪漫主义情怀观照现实生活，用光明驱散黑暗，用美善战胜丑恶，让人们看到美好、看到希望、看到梦想就在前方。"[1]

在列斐伏尔看来，作为重塑日常生活的重要文化力量，审美在现代社会的地位发生了重要转变。把审美理想贯穿于日常生活之中，不仅是对工具理性支配日常生活的解脱，更是通过精神乌托邦的营造提供了对生命意义的解答。列斐伏尔的这个观点虽带有一定的审美乌托邦色彩，但不可否认美所带给人的力量，更不能否认现代人通过"修辞逻辑"想要实现生活经验艺术化的努力。创造美，从发现美开始。短视频记录，是对于美的发现，"修辞逻辑"是对于美的创造，而发现美的眼睛，就是人们对于美的初步觉醒。

三　网络文艺的价值重构

日常生活审美化作为与消费主义、后现代主义并生的一种文化现象和社会思潮，它实则就是消费主义和后现代主义文化思潮在社会生活的审美反映。因此，日常生活审美化表面上看是美学意义的，但从背后的文化逻辑来看，它又是消费性质的。因为日常生活审美化主张将生活中的一切与审美人为地建立某种象征关系，通过这个象征关系来勾起人们对于其消费的欲望，继而促进商品或服务的再生产与再消费。从这层意义来说，日常生活审美化在赋予生活一定的审美意义的同时也赋予了其可消费的价值。审美与消费共谋所造成的后果就是"美学和艺术的泛滥化，使大众日常

---

[1] 习近平：《在文艺工作座谈会上的讲话》，《人民日报》2015年10月15日第2版。

生活的衣食住行，都给消费文化的审美设计圈套起来"①。随着网络文艺的兴起，尤其是以"抖音"为代表的网络短视频在媒介社会的风靡，这种将生活镜像化的处理也进一步加剧了日常生活审美化这一趋势的发展。可以说网络文艺下的日常生活审美化这一命题也逐渐成为费瑟斯通对于日常生活审美化第三层释义的寓言。费瑟斯通在《消费文化与后现代主义》一书中提出了他对于"日常生活审美化"的三重理解，其中特别指出第三种释义即日常生活审美化"指充满当代社会日常生活结构的、迅速变化的符号流和影像流"②，这样的"日常生活审美化"也在逐渐成为消费文化的中心范畴。

（一）工具理性与价值理性的矛盾与和解

时下的以"抖音"和"快手"为首的短视频App，已经成为当代人主要的娱乐方式。2018—2022五年间，短视频用户规模从6.48亿增长至10.12亿，年新增用户均在6000万以上，其中2019、2020年，受疫情、技术、平台发展策略等多重因素的影响，年新增用户均在1亿以上。同时，用户使用率从78.2%增长至94.8%，增长了16.6个百分点③。据Quest Mobile 的《2022移动互联网半年大报告》；截至2022年6月，抖音用户规模为6.8亿，据Quest Mobile最新数据，抖音2023年5月月活用户规模达7亿多。作为专注年轻人的15秒音乐短视频社区App，"抖音"现已成为线上最火爆的短视频平台之一，深受年轻人的追捧与喜爱。2017年底，"抖音"用户数量快速增长，从一个小众、潮流人群的产品，变成了普通人记录生活的平台。很多人在"抖音"上记录下了他们开心、朴实的生活瞬间。于是"记录美好生活"，这句话也就成了"抖音"2018年的宣传口号，成为该平台价值的表达。于是对于"抖音"所引发的生活艺术化与艺术生活化的问题也引起了学界的探讨，很多学者对此持批判的态度，认为后现代社会消解了生活与艺术的边界，使艺术沦为生活。

此外，工具理性与价值理性的矛盾问题不仅是学界一直所争论的话题，同时也是媒介社会无法回避的一个基本问题。物质文明与精神文明的悖论式存在仿佛在昭示这样一种吊诡的逻辑：物质文明的进步似乎必然会带来价值理性的退步与消解，必然以浪漫诗意、田园情怀、伦理道德的流

---

① 陆扬：《大众文化理论》，复旦大学出版社2008年版，第127页。
② ［英］迈克·费瑟斯通：《消费文化与后现代社会》，刘精明译，译林出版社2000年版，第66—67页。
③ 中国互联网络信息中心（CNNIC）：《第51次中国互联网发展状况统计报告》，http：//k.sina.com.cn/article_6375433705_17c0165e9019019ui3.html。

失为代价。这样的现状不仅是近代以来西方哲学试图解决的矛盾,也成为目前中国社会所要解决的现实问题。所以,很多西方的大哲认为媒介的工具理性消解了价值理性,并以此展开了对于后工业社会的批判。不可否认的是,媒介现在已经成为现代人感知世界的一种方式,甚至成为现代人的一种存在方式,无论是媒介生存还是虚拟生存,都在向我们说明这样一个不争的事实,即媒介已经成为现代人生活必不可少的一部分,媒介的发展是时代发展的要求,并且这一发展势头依旧强劲。因而在这样的时代背景下,一味地对于媒介进行价值批判仿佛有点无济于事,我们思考的应是如何实现工具理性与价值理性的和解。

在这种情况下,审美的途径成为很多大哲解决以上问题的出发点。譬如康德(Immanuel Kant)先将两种理性做了严格区分,最后将审美作为两者之间嫁接的桥梁;而唯意志主义和法兰克福学派的做法则显得更为激进,他们更多的是从工具理性对现代人所造成的异化批判入手,试图通过审美来挽救工具理性对人所造成的精神侵蚀以此实现人类的解放;但是马克思与杜威(John Dewey)的主张则显得温和得多,他们不否认工具理性对人类所带来的危害,但是也不否定工具理性,而是"将其还原为生活行为,通过生活的审美属性来疏通它和价值理性的关系"①。

在对待工具理性的态度上,法兰克福学派认为工具理性具有物化的倾向,对于这种对工具理性持否定性批判的看法,美国实用主义哲学家杜威则表示了与之不同的看法。杜威认为工具理性并不是先天性的具有物化的特征,工具理性之所以会带来物化的原因在于它的误用,也就是说如果用形而上学的思维去看待工具理性,那么其结果则是误将思维当作存在。为了避免这种误用以及为了避免对于工具理性物化倾向的误读,杜威主张工具理性应回到自己的本质,即回归生活经验。因为在杜威的生活美学逻辑中,所有的生活经验都应该是审美经验,换句话说生活经验就是审美经验本身。虽然杜威的美学观点具有一定的片面性,但是他对生活经验审美性的肯定、对于工具理性的肯定,以及对科技文明带动精神文明的信心,带给我们关于对媒介的价值重估,对工具理性与价值理性之间的关系问题思考的新的启示。

(二)媒介价值重估——以网络短视频为例

从媒介之用途来看,"抖音"在诞生之初只是一个通过降低视频创

---

① 张宝贵:《工业社会的歌者——杜威生活美学思想简述》,载《外国美学》第31辑,凤凰教育出版社2020年版,第23页。

作，以视频分享的方式来帮助用户更好更快地分享信息的媒介载体。"抖音"是短视频的一种，但是并不意味着网络短视频与网络剧、网络电影这种长影像相比，它的艺术性与审美价值性就会被削弱。影像上的长与短只是一种外部的艺术形式，并不是衡量艺术价值高低的一种标准。从古到今，一些"短"内容的文艺作品依旧可以在历史的长河中抵抗住时间的冲洗而成为经典，给人以精神的力量。例如，相对于《诗经》来说，五言绝句是短内容；相对于司马迁的《史记》来说，庄子的《逍遥游》是短内容；相对于《图兰朵》歌剧来说，周杰伦的歌曲是短内容。就此意义来说，从艺术的外部形式来评价艺术品的艺术价值是现代人的一种审美偏见，认为以短视频为代表的短内容是一种碎片化、无内容、无意义的艺术形式，这种偏见也影响了现代人对网络短视频之存在价值的思量。因而在谈到"抖音"的内容生产及其价值时，"抖音"总裁张楠曾提出"每个用户在抖音上留下的每个视频，都会是历史的底本，最终汇集成人类文明的'视频版百科全书'"①。

短视频作为媒介社会下新型的艺术形态，其价值又是什么呢？对于短视频价值的探讨，我们不妨参考福柯"知识考古学"的办法。视频的英文"Video"，这个单词来源于拉丁语，它的拉丁语词源相当于汉语"我看见"的意思。而"我看见"正是网络短视频所存在的价值与意义。它是现代人在融媒体时代之下通过媒介之眼对于生活的重新发现。生活有丑陋也有美好，对待生活的态度可以悲观也可以乐观，但是在丑陋与美好之间，在悲观与乐观之间，网络短视频更多的是选择了美好与乐观。之前在"抖音"上特别火的一个视频就是一位69岁的双腿残疾的老人，凭借着两条假肢努力地向珠峰攀登。在这短短十几秒的视频中，所呈现的是自强不息的民族精神，是对生活、生命的一种极致的热爱，其中所蕴涵的情感与震撼已经完全不能用时间去丈量，这样的生命强力你能说是不美的吗？这样的短内容你能说它是无意义、无价值的吗？因为毛笔酥、兵马俑、摔碗酒、"大唐不倒翁"等城市文化特色，让西安这个城市在"抖音"上走红，变成了"抖音"上的"网红"城市，而这些"网红城市"的诞生不正是人们对于生活之景的记录吗？不正是人们留意生活、热爱生活、记录生活，并努力将生活诗意化的最好的佐证吗？

---

① 《抖音总裁张楠：抖音的美好和价值》，搜狐网，https：//www.sohu.com/a/336127810_305564，2020年4月12日。

（三）艺术化的生活——现实主义精神与浪漫主义情怀

任何的艺术都是来源于生活，根植于生活的，不是存在于艺术馆抑或橱窗里的才叫作好的艺术，也不是只有出自大师之手的才称为好的艺术作品。艺术可以以真为美，也可以以善为美，只要真实中带有感动人的力量都可以称之为好的艺术作品。对于现实生活的艺术化处理使之成为美好的生活，则不就是"浪漫主义情怀"吗？当然，我们在这里讨论的不是什么才是真正的艺术品的问题，也不是艺术品的价值判断问题，而是如何看待艺术与生活的关系问题。时下，确实有越来越多的人选择用"抖音""记录美好生活"，"抖音"的确为"人人都是摄影家""人人都是艺术家"提供了一个展示的窗口。

同时，也确实有很多的人将生活拍成了艺术，像以拍短视频而爆红网络的李子柒，她视频的内容就是对于农家生活的记录，在李子柒的视频中，你能看到那种田园牧歌式的美好生活，而这种理想生活，是陶渊明笔下"黄发垂髫，并怡然自乐"的桃花源；是梭罗笔下的"托身森林、不染声色的人，是不会忧郁结滞的"《瓦尔登湖》。她 4 月酿枇杷酒，5 月酿樱桃酒，7 月做七巧饼，8 月做苏式月饼，在李子柒的视频中，她把生活过成了诗。所以值得我们深思的是，生活通过"抖音"这一媒介是否实现了生活经验的艺术化？需要承认的是，目前"抖音"上的很多作品不能被称为艺术品，但也不能因此片面地抹杀"抖音"上优秀作品的全部意义，须看到现代人通过"抖音"这一媒介形式正在由生活经验向审美经验过渡的努力。谈"抖音"的价值理性，实则探讨的是，现代人在借助"抖音"的形式技巧对生活进行创造性的裁剪、组接，而这个过程不就是对生活经验的艺术化处理吗？当平凡无奇的生活经过这种艺术化的编辑处理后，就不再是对于生活纪实性的纯记录，而是建立在"蒙太奇逻辑"与"修辞逻辑"之上的艺术化的生活。

四　日常生活的审美特质与解放之维

自由，是人的本质力量的体现。而文学艺术则是人在审美的过程中实现其本质力量而达到审美自由的一种实现路径。文学艺术的主体性特征就在于它的创造性，日常生活的艺术化过程也是人的本质力量的展示过程，是人的生命的过程性与完整性彰显的过程。文学艺术之所以是实现人主体本质力量的最高形态的原因在于，它能够帮助人完成从"完整的人"向"人的完整"的转变。不是说文学艺术可以实现人的主体性与本质力量，真正帮助人能够实现这种转变的是人们在对文学艺术的欣赏与创造过程中所产生的审美经验。就此意义而言,文学艺术中的审美经验就具有了解放人的特质,但是在杜威的美学思想中,审美经验、艺术经验并不只存在于文学艺术之中,实际上审美经验涵盖人们日常生活的方方面面。当然,如杜威的美学思想的初衷一样,主张生活经验的艺术化并非提倡艺术的泛生活化或者生活的泛艺术化,而是说人们在生活经验艺术化的创造过程中,也锤炼了现代人的审美感知力。

中国传媒大学的王晓红教授曾在《光明日报》刊文阐述网络短视频之于日常生活审美的意义,他认为短视频作为媒介社会下的新型文艺形态正在以其特有的艺术形式"重构'生活化'的艺术情境"、"扩展'审美化'的活动形态"以及"创造超时空的感知经验"。王晓红认为网络短视频的美学意义在于它让生活重新被"看见",让其用一种诗意化的形式重回大众视野。王晓红在论述的过程中用李子柒的短视频为例证,认为李子柒的视频展现了她的生活状态,但是又超越了单纯的生活展示。诚然,网络文艺在很大程度上打破了艺术与生活的界限,艺术在生活中的消隐,也让很多人开始再次质疑网络文艺的艺术性,于是有人惊呼这是一个"艺术消亡的时代",这是一个"人文精神失落"的年代。事实上,每一种艺术样态的诞生都是对于艺术可能性的一种挖掘,都是以其自身的形式来探索艺术与生活的边界。艺术与生活的关系是一种隐秘而又复杂的,艺术与生活的关系实质就是艺术与真实的关系,艺术是创作者以精神之眼对于生活的审美透视,艺术作品中的现实是被创作者心灵浸透过的现实,艺术不是对于现实生活的原本的描摹,不是对于现实生活的照搬,更不是全部的现实人生。艺术与生活之间的距离也隐藏着巨大的表现空间,而这正是艺术创新的施展之域。像"抖音"这样的短视频 App,大多采用的是 UGC 式的内容生产模式,也就是由用户自主制作短视频。从主观能动性来看,这有利于提高受众的参与度与创造力,从审美经验来看,则丰富了受众的审美体验与审美感受力。在杜威那里,"一切学说的目标就是塑造一个感知敏锐的、有想象力的以及有真正创造力的人,并且能够推至群体。"[1] 网络文艺正是在艺术与生活的边界触摸着艺术的可能性,试图以一种更为激进的姿态来探索更为广阔的艺术空间。

---

[1] 张宝贵:《工业社会的歌者——杜威生活美学思想简述》,《外国美学》第 31 辑,凤凰教育出版社 2020 年版,第 21 页。

第三节　融媒体语境下的消费心态

　　由对商品的使用价值消费转向对符号价值消费，这是消费社会最明显也是最典型的表征之一，这种情况在网络文艺世界中亦是存在的。与网络文艺相伴而来的还有粉丝经济与网红经济，在粉丝经济与网红经济加持下，受众对网络文艺的消费不单单是对其内容的消费，更多的则是对内容背后所携带的符号的消费。受众通过对于网络文艺内容背后的符号价值的消费，这样就"共同拥有同样的编码，分享那些使您与另外某个团体有所不同的那些同样的符号。正式与另外一个团体的差异造成了团体成员们之间的相同"[①]。受众与受众之间在心理上则建立了一种基于网络媒介而生的身份认同感，这种认同感的获得的途径就是受众在观看网络文艺之时通过弹幕而进行的实时的情感互动与情绪交流。

　　消费主义价值观带有很强的功利主义哲学的色彩，热衷于追求能够为人们提供最大幸福感的商品，人们对于商品的选择也更侧重于那些具有更多符号价值的商品。因而，在消费主义价值观的驱使下，受众为了追求符号的象征意义而不断地加入消费欲望的行列之中，以一种盲从式的时尚追逐而将自己抛入一个更大的欲望循环之中。这一切正如海德格尔（Martin Heidegger）在《存在与时间》中那一针见血的批判一样："在运用沟通信息的情况下，每一个他人都和其他人一样，这样的共处同在把本己的此在完全消解在'他人的'存在方式之中，而各具差别和突出之处的他人则更其消失不见了。在这种不触目而又不能定局的情况中，常人展开了他的真正独裁。常人怎样享乐，我们就怎样享乐……就是这个常人指定着日常生活的存在方式。"[②] 海德格尔从存在论的角度对消费主义进行了哲学意义上的审视与批判，的确，消费主义价值观不仅为主体生产着更大的欲望而且也生产着主体，这些主体在对符号的消费享乐之中，逐渐丧失了对于选择的理性判断，在对大众趣味的趋同认可中，将自身的独特性消弭在一个个的"类"与"同"之中，将一个个独特的个体降为类化的"常人"，而这一切，消费者自己竟是那个操纵自己存在之片面性的刽子手，而更具

---

① ［法］让·波德里亚：《消费社会》，刘成富、全志钢译，南京大学出版社2008年版，第76页。
② ［德］马丁·海德格尔：《存在与时间》，陈嘉映、王庆节译，生活·读书·新知三联书店2006年版，第147页。

黑色幽默与讽刺意味的是，消费者在对网络文艺娱乐性内容以及其背后的符号意义的消费过程中浑然不知并乐在其中。

因而，鲍德里亚曾严肃、尖锐地对后现代社会发出那样的警醒并非耸人听闻，而是对于社会清醒的认知。"我们这个世界的气氛不再是神圣的。这不再是表象神圣的领域，而是绝对商品的领域。在我们符号世界的中心，有一个广告恶神……把世界引入了一个幻境，我们都是被其迷惑的受害者。"① 根据鲍德里亚的这一番话，我们再以理性的、批判的眼光重新审视发生在网络文艺下的这些消费病象时，就会发现迷惑我们的并非广告恶神而是受众在对网络文艺消费时所抱有的消费心态，以及隐藏于其背后的消费主义价值观，而受众在对网络文艺的消费中所获得的身体快感以及对那些放逐了历史内蕴、拒斥了现实意义、消弭了文化价值与伦理道德后的娱乐性内容以及对于娱乐性内容的盲目热衷行为才是现如今媒介社会下的"完美罪行"。

一　网络文艺的社会狂欢

在融媒体时代，人们的生活方式、文化与艺术观念也发生了质的改变。"文变染乎世情，兴废系乎时序"，而在融媒体时代的中国文艺百花园中，迅速崛起的网络文艺可谓独领风骚。根据 2019 年相关数据，手机网民惯常使用的各类 App 中，使用网络视频、短视频、网络音乐、网络文学和网络音频类应用的时长占比分列二到六位②。而在短视频领域，发展最为迅速，影响现代人生活最大的非"抖音"莫属。在抖音公布的《2019 抖音数据报告》中，抖音在 2019 年的日活用户超过 4 亿，而此距离 2019 年 7 月抖音日活破 3.2 亿仅过了 5 个月时间。除此之外，"抖音"已成为中国最大的知识、艺术和非遗传播平台，依靠"抖音"出现了"#一个人带火一座城#"的现象级景观。"大唐不夜城不倒翁"抖音视频播放量超二十三亿次，并成功使得西安成为"网红城市"；2019 年共有 46 万个家庭用"抖音"拍摄全家福，相关视频播放 27.9 亿次，被赞一亿次；709 万对情侣分享婚礼；176 万次分享迎接新生；等等。"抖音"用这一连串的数字，上交了一份亮眼的成绩单，这也足以显示出"抖音"巨大的影响力，不仅改变与见证了现代人的生活方式，并且与其他发展强

---

① ［法］让·波德里亚：《消费社会》，刘成富、全志钢译，南京大学出版社 2000 年版，第 103 页。
② 《中国互联网络发展状况统计报告》，中国互联网络信息中心，http://cnnic.cn/gywm/xwzx/rdxw/20172017_7056/201902/t20190228_70643.htm，2019 年 3 月 2 日。

劲的网络文艺形式构筑了融媒体时代下新的社会场景,影响了现代人的社会交往行为。

二 媒介与现代人的动态性关联

社会场景与人们的日常生活息息相关,它不仅建构了人与周围世界的关系,而且也塑造着场景下人们的行为。芝加哥学派的代表人物威廉·托马斯(William Isaac Thomas)和戈夫曼(Erving Goffman)都曾对"社会场景"进行了相关的研究,但是随着媒介的不断发展,场景理论也被不断地丰富与发展,其中最有时代性的是乔舒亚·梅罗维茨(Joshua Meyrowitz)在其书《消失的地域》中所提出的"媒介情境理论",梅罗维茨结合时代变化将媒介的特征与人们的社会交流的动态性联合起来进行考察,继而提出了"媒介—情境—行为"这样的媒介情境论模型。

梅罗维茨的"媒介情境理论"也为思考媒介的功能、人与媒介的关系提供了一个新的思维方式与研究视角,从而更好地知晓媒介社会场景下的人们的社会行为又发生了怎样的变化。虽然梅罗维茨的"媒介情境理论"是20世纪所提出的学说,其中的很多内容已经不再适用于现在的融媒体时代,但是依旧有很多很有预见的思想发人深省。例如,融媒体的即时性与交互性的传播方式进一步消融了时间与空间的距离,因而在融媒体时代下"消失的地域"不仅依旧存在而且还在不断地扩大。伴随着融媒体的发展也诞生了很多新的社会场景,新场景的出现使相应的新的社会交往行为也伴生而来。可以说,电子媒介并非通过结合内容抑或是其自身的媒介优势对人的社会交往行为产生影响,而是通过对生活的场景的改变而发生作用。因而在融媒体时代,对于"场景"的理解不应着眼于它的空间概念,而是应将它更多地看作一种思维方式,即"强调覆盖用户移动和碎片式消费,强调以人的体验为中心,强调契合或者引领新生活方式"[①]。

网络文艺生产作为一种开放式意义的互动生产模式,实则是一种嫁接于媒介之上的社会场域的营造,任何主体都可以在这个场域中进行生活经验的展示,因而这个场域则成为一种虚拟的公共舞台形式,打破了精英文化壁垒,所奉行的是平等的众说原则。在此情况下出现了一种更为乐观的论调,即认为融媒体时代推动了古希腊"广场政治"的回归——它通过建构一个广场式的公共对话空间,通过借助公共场景的融合使群体之间的

---

① 潘彩云、徐萌晟:《2018年中国移动短视频行业发展概述》,人民网,http://media.people.com.cn/n1/2019/0815/c429251-31297514.html,2020年7月11日。

传统差异也部分地模糊了，为人们寻找情感共振与建构自我存在提供了新的社会场景。

倘若说电视在促进人类经验的丰富性的同时也在促进人类经验的同质化，那么融媒体下的网络文艺这个集合系统则是一个人类生活经验差异化的文化生产空间，一个允许多种文化并生的集合空间。网络文艺能指的多样化、对于文化差异的包容以及平民大众参与文化的盛行，很大程度上实现了巴赫金笔下的"狂欢化"图景。在源自情感欲望的"娱乐狂欢"中既可以将其看作以审美的形式观照和情感体验为主导的大众流行文化，也可以看作受到文化工业、消费主义和媒介技术制约的社会感性文化。狂欢下的主体以一种节日共在的形式，即互动群话的形式实现了自身的存在。

三　互动仪式链之上的网络社交行为

（一）基于互动仪式链上的网络社会场景

在这种新的媒介场景下，人们之间的交流行为也发生了很大的变化。因为新的媒介场景是一种去中心化的网络格局，在这里社会文化的壁垒被打破，个人文化丛生，从而个人行为叙事成为新的社会场景下的社会行动逻辑。"互动逻辑"成为融媒体环境下主要的交往逻辑，所以个人行为叙事也主要是通过互动仪式链从事网络社交，在互动仪式链过程又实现了个体的激活与群体协同。

戈夫曼最先提出"互动仪式"理论，该理论认为社会主要是通过"仪式"继而确立社会道德秩序的行为准则，而"互动"则是一种表达意义的程序化活动。社会学家兰德尔·柯林斯（Randall Collins）在戈夫曼"互动仪式"理论的基础上又发展了他的"互动仪式链"（Interaction Ritual Chains）理论。该理论的核心是思想主体之间的高度相互关注与情感联系。以此来看，网友在社会化媒体上发生的互动就可以看成一次"互动仪式"，而这种"互动仪式"通过平台的延伸构成一条条彼此关联的"互动仪式链"，最终形成虚拟空间中新的社会场景。"当新的传播手段模糊了我们这个时代的等级制度和秩序时，我们就正在经历着许多分裂角色的重新整合。"[①]

（二）围绕弹幕、表情包、点赞等网络文化展开的网络社交行为

群体成员在这种新的社会场景下进行互动，分享各种现实生活场景，

---

① ［美］约书亚·梅罗维茨：《消失的地域：电子媒介对社会行为的影响》，肖志军译，清华大学出版社2002年版，第304页。

从而形成了一种基于虚拟空间用户同在的集体意识和情感联系，促进用户进行信息传播和互动，从而推动网络社交行为的产生，而这一切又主要是围绕"弹幕文化圈""表情包文化圈""点赞文化圈"等网络特有的文化形式展开。像坐拥2000万粉丝的百度第一大吧同时也被称为"帝吧"的"李毅吧"就是在网络文艺这一大的社会场景下的一个小的社会场景，在"李毅吧"这样以娱乐自嘲为审美趣味的"趣缘文化"或者说亚文化的社会场景下，带有解构意味并承载着多重情感指向的"表情包"则成为该群体下成员的主要社交方式。"李毅吧"还是"表情包文化"的主要诞源地，甚至还贴出了相关的表情包制作教程，使表情包创作实现了大众参与批量生产。可以说"表情包"不仅是新的社会群体下的社交方式，还是成员之间建立群体认同感与归属感的中介。"李毅吧"实际上不只是一个带有青年亚文化色彩的社会群体，它还是旨在建构海峡两岸网友集体认同的微型场域。例如"李毅吧"在借给台湾地区网友的"表情包"上都印有"中华人民共和国专用"的水印，后又改为"打'台独'专用"等，平日里那些戏谑无厘头的"表情包"则担任起区分"我们"与"他者"的重要角色，以实现一种"规范性认同"（Project Identity），并进一步地使自身语境向对方语境融合，表情包交流的语境也成为形成认同的一种象征性内容。

  表情包文化作为图像时代的产物，现如今已经取代文字而成为现代人在网络上交流的主要方式。表情包是一种"表情"，更是一种符号，不同时期盛行的表情包就是对不同时期现代人情感思想的形象化的表征，聊天符号实质上是将现实中人类传播的表情、动作、神态等行为抽象或具象成为一幅图画，以辅助单纯文字无法表达的传神"表情"，以此作为虚拟空间交往的话语表达方式，图像符号代替其内容意义而成为主导，只是符号所指向的是情绪意义。正如陈原在《社会语言学》中所指出的："现代社会生活的某种特殊情境，不能使用或不满足于使用语言（有声语言或书写语言）作为交际工具，常常求助于能直接打动（刺激）人的感觉器官的各种各样的符号，以代替语言，以便更直接、更有效，并能更迅速地做出反应。"[1] 正是因为现在大多数网民普遍生长于后现代主义消费文化之中，他们倾向于更加主动地表达自己，在思维模式上也更加注重感觉。柯林斯认为，互动仪式的核心实际上是相互关注和情感连带，在此基础上产生个人情感能量和群体团结感，人们进行互动仪式的根本动力则来源于对

---

[1]　陈原：《社会语言学》，学林出版社1983年版，第23页。

情感能量的追逐。

四 情感冲动与集体匿名的符号交际

在融媒体与网络文艺的互动过程中，有越来越多的网络文艺采用UGC的内容生产模式，这样也为各用户之间相互联系提供了交往的平台。UGC式的内容生产模式，实则是以特定的内容为纽带建构网民社会交往关系、传递情感共鸣、强化身份认同，在互动对话中生产意义。像很多的短视频、微博等平台，用户之间的交流互动所产生的意义已经远远超过了信息本身的价值。越来越多的人愿意在这些平台分享自己的生活与情感，同时也有越来越多的人愿意去观看别人的生活趣事与情感故事，并在娱乐消遣中获得了情感共鸣。面对网络文艺世界下的狂欢化图景，我们看到了媒介所赋予现代人极大的自由性与个人力量，网络语言的戏谑性、解构性不仅是现代人将现实压力投放于网络空间的一种话语释放，还是现代人在网络空间下基于各种网络经验的一种话语表征，是一种带有溶解状态的社会经验在网络空间的弥散，这种带有亚文化性质与后现代主义文化色彩的感觉结构成为当代媒介社会具有标识性的公众心态与社会情绪。受众以一种戏谑的、荒诞的、恶搞的消费姿态来释放自身的情感冲动，在娱乐化的消费图景下，在实时在线的情感互动中进行着集体匿名的符号交际。

（一）以情绪消费为内容主导的网络社交行为

在现实的社会场景下个人主要以社会人的身份存在，因而在文化规训与法律道德的制约下对自我价值感的追求成为主体自证其存在的主要形式。而网络空间的虚拟性，使大众可以将其作为自己抒发情感的场地。相比于印刷媒介的非个人化，电子媒介则带有更多的个人化色彩。在网络世界，受众更注重个人情绪感受，以此作为网络交往行为的准则。可以说在融媒体下的新的社会场景下，情感追求要大于伦理追求，情感的共振与情绪的恰合是网络主体在新的社会场景下主要的心理诉求。

然而，倘若一味地进行情感抒发而没有情感回应还是会有所失落，而网络互动不仅可以让受众的情感得到回应，而且这也是现代人在网络世界证明其存在的一种方式。弹幕，就是以一种群话的形式进行交流互动，而这种互动主要是侧重于情绪这一层面。例如在观看某一网络剧、网络电影抑或是网络综艺中一旦出现情绪高潮，屏幕就会被刷屏，刷屏意味着该情绪点触发了受众统一的情绪感受。除此之外还有另一种情况，就是如果在观看的过程中有人发的弹幕的内容具有一种共鸣感，那么同样会引起跟风刷屏。因而，受众在对网络文艺的消费过程中，与其说消费的是内容不如说消费的是情绪。

正因为融媒体所营造的新的社会场景是以情绪为主的，因而越来越多的网络文艺的内容无论是鸡汤型的、励志型的还是毒鸡汤型的，无论是怀旧主题的、冒险主题的还是校园主题的，都是在贩卖情感、消费情感。像很多无主题、无内容的网络综艺，点击率依旧很高，原因就在于它们虽然没有生产意义，但是它们生产了情绪，在一片无意义、无指向、无主题的众声喧哗中，受众消费了自己的情绪获得一种宣泄的快感。现在很多网络音乐播放平台也有了评论、点赞、实时弹幕的功能，很多评论都不是对于这首歌的点评，而是对听这首歌时情绪的抒发与记录，因而点赞数最高的都是能在情感上引起共鸣的评论。因而在网络文艺所营造的新的社会场景下，情绪上的相通与情感上的共鸣是诱发主体交流行为的动力机制。

媒介环境下的新的社会场景不仅影响着受众的社交行为，同时媒介环境与受众的群体属性共同影响了受众的消费行为，越来越多的受众愿意为自己的情感消费买单，并热衷于消费那些能满足自身情感体验与欲望需求的文艺商品。例如越来越多的受众愿意消费那些娱乐性质的网络文艺，甚至愿意主动消费那些付费的音乐，付费的表情包，或主动为网络主播或者网络作家打赏，等等。马克思在《〈政治经济学批判〉导言》中详尽论述了生产与消费的相互关系，"两者之间的每一方表现为对方的手段；以对方为中介；这表现为它们的相互依存；这是一个运动，它们通过这个运动彼此发生关系，表现为互不可缺，但又各自处于对方之外"①。

针对受众这样注重情感体验的消费习惯，很多网络文艺也改变了原有的生产模式。目前，网络综艺的生产思维正在从传统的"做节目"向"做体验"过渡，并且其创新的重点不仅仅是在内容上的改良，而是以用户的情感体验为主导。"像腾讯视频提出'体验才是网络综艺核心竞争力'的观点，并将网络综艺为用户创造的体验细分为时空伴随体验、个性化内容体验、人际社群化体验以及深度参与互动体验等四种类型。"②与此同时，为了带给受众更极致的情感体验，很多网络综艺采用全景移动摄像技术、VR 技术、全程 Glxss 智能眼镜无死角直播等新媒体技术。如主打"伴随式"观看概念的《我们 15 个》就动用了 120 台 360 度全高清摄像机、60 个麦克风以及全球最先进的内容管理系统，进行 365 天 24 小

---

① 《马克思恩格斯选集》第 2 卷，人民出版社 2012 年版，第 2 页。
② 《腾讯视频打造网综新局面"体验才是网综核心竞争力"》，搜狐网，https：//www.sohu.com/a/73643570_162758，2020 年 7 月 11 日。

时不间断的拍摄、直播。用户可以通过 App 或网络进行实时全景观看。长时间的陪伴与全景视角，使用户产生了强烈的代入感，创造出一种"平顶之下第 16 个居民"的体验。① 网络综艺《约吧！大明星》更是将嘉宾与网友的互动作为节目的核心要素。由众明星组成万事屋，线上收集网友的烦恼然后帮助解决，甚至实时完成网友提出的需求。受众在这样的网络综艺中不仅得到了浸润式的情感体验，并且还可以通过弹幕等实时互动的形式与其他网友进行互动群话，从而得到了双重的审美快感。

（二）对于新的社会场景与社交行为的理性审视与思想规制

融媒体时代下的新的社会场景下，主体又有了新的言说机制与社交行为。而这种新的社交行为法则也必将使主体走向情绪的无节制宣泄与欲望的无止境流动，在个人与群体的狂欢式的互动群说中拒斥了现实与意义。

在霍克海默（Max Horkheimer）、阿多诺（Theodor Wiesengrund Adorno）眼中，媒介文化工业是资本权力与欲望工具的结合，是在不断制造虚假的娱乐，是在畅销书中的胡言乱语中泯灭人性，是要让大众在盲目狂欢中控制大众的情感走向。在网络文艺符号的生产与消费过程中，社会场景的狂欢式表达与明目张胆的身体展示，使网络文艺符号的叙事逻辑与消费逻辑都彻彻底底地揭示了其背后的欲望宣泄原则，因而审美体验由情感的净化走向了欲望的宣泄。媒介神话在宣泄、欺瞒、蛊惑等多重功能叙事中得到了媒介社会下的"集体无意识的书写"。最终在这一新的社会场景下，主体模糊了日常现实与虚幻的边界，在生命的无意义耗散中错写了生存的意义。

2014 年习近平总书记《在文艺工作座谈会上的讲话》中在谈到时下网络文艺的发展现状时也提到，"文艺工作的对象、方式、手段、机制出现了许多新情况、新特点，文艺创作生产的格局、人民群众的审美要求发生了很大变化，文艺产品传播方式和群众接受欣赏习惯发生了很大变化"。② 需要明确的是，网络文艺的发展是不可逆的时代潮流，但网络文艺的发展不可肆意妄为地生长。现如今，网络文艺创生了新的社会场景，在新的社会场景下又催生出了新的社交行为，这种新的社交行为不应只是主体生存体验的扩充而应更好地促进人的全面发展。如若这种新的社交方

---

① 文卫华、楚亚菲：《网络综艺：互联网思维下的综艺新形态》，《中国电视》2016 年第 9 期。

② 习近平：《在文艺工作座谈会上的讲话》，《人民日报》2015 年 10 月 15 日第 2 版。

式只是一种浅层次的感官欲望需求，其结果只能导致主体性的萎缩。这就要求新的社群应有新的规范，在符合法律与伦理要求的前提下，在社会主义主流价值思想的规训下根据人民的新需求做出新的改变，更好地服务于人民更高层次的情感需求，实现与现实主流社群的和谐并生，这应是融媒体下新的社会场景与社交行为的发展之义。

第三章　网络文艺的审美本质

克里斯丁·麦茨（Christian Metz）在探讨电影的本质时曾说：人们通常称作"电影"的东西，"实际上是一种范围广阔而繁复的社会文化现象"，"是一种涉及许多方面的整体"①。麦茨的这种对于一事物定义的逻辑同样适用于"网络文艺"。

"网络文艺"是一个广阔的概念，它可以是文化、艺术的代名词也可是消费、娱乐的象征，因而我们可以从多个维度去认识网络文艺。在国外，网络文艺可被表述为数字艺术、网络艺术、新媒介艺术等，并在这些概念的基础上衍生出了像迈克尔·海姆（Michael Heim）的虚拟现实艺术、莱恩（Rane）的数字音乐、本达兹（Giannalberto Bendazzi）的数字动画等多种艺术形态。这些新的艺术形式与概念也为我们加深对网络文艺的理解提供了新的视角与研究维度。"网络文艺"不单是个艺术名词还是一个复合性的概念，其中既有商业的因素又有文化的因素还有技术的因素。尽管如此，需要承认的是，网络文艺是作为一种新兴的艺术形态出现的，它的出现是带有艺术的革命性色彩的，因为它不仅打破了人们对于传统文艺的认知，而且颠覆了传统文艺的艺术创作手法，更重要的是，网络文艺以其独特的生产、传播、消费方式向我们展示了一种新的艺术思维方式，一种关于艺术的新的可能性。网络文艺不仅影响着人们的娱乐方式，而且影响着现代人的思维方式与生存方式。所以，对于网络文艺的认知，还须回到网络文艺本身，从艺术的、美学的维度，在艺术与技术、艺术与娱乐、艺术与产业的多重关系中去窥探网络文艺"美"的规定性。国外在对网络文艺的研究中产生出了瑞安（Marie-Laure Ryan）的沉浸诗学、库比特（Sean Cubitt）的数字美学等理论成果。因而我国的彭文祥教授在《在传统和现代的张力中，迸发文艺的创造力》一文中，在谈到对网络文艺的定位与认知这个问题时，提出了"对接"的概念，"即是要在与超文

---

① 李幼蒸：《当代西方电影美学思想》，中国社会科学出版社1986年版，第12页。

本、赛博文本、数字艺术、数字美学、数字文化等的对比、关联中拓展视野、跻身前沿,乃至在数字文化范式中对艺术概念及整个艺术理论和批评作出相应的变通与诠释"[1]。对于网络文艺的审美特征以及审美本质的研究,就是对于网络文艺"美"的规定性的恪守,除此之外,"还须有'历史理性'与'人文关怀'的双重烛照,以免创作生产陷入商品拜物教的资本逻辑、娱乐至死的消费主义、技术主义神话论的泥淖,也以免艺术在各种各样舍本求末、冠冕堂皇的借口和夹击中沦为蛋糕上的酥皮"[2]。

第一节 符号享乐与能指狂欢

党的十八大以来,党中央高度重视网络文艺的发展,推出一系列扶持政策,让网络文艺发展更加规范化、有序化、健康化。网络文艺也逐渐突破"流量为王"的限制而进入"内容为王"的时代,如今的网络文艺更注重作品的内容与质量。但是在主流规制之前,网络文艺的发展实际经过了一段"野蛮生长"的阶段。在网络文艺发展初期,作为媒介社会的产物,网络文艺的发展遵循的是以技术为中心的发展逻辑;在此阶段,网络文艺生态主要呈现为"草根生长、数据为王"的创作景观与多元驳杂的文化面貌。文艺创作群体向平民大众下沉,不同阶层、职业、年龄、地域的普通人依托于媒介赋能将个人生活经验融入网络文艺的创作之中,差异化的主体的艺术表达欲望得到空前的释放,此时的作品具有很强的"网感",但作品的艺术性、精神性、价值性都不太高。2010 年,由网络小说大神南派三叔主编,并会聚了众多优秀网络小说创作者而创办的杂志《超好看》,就旨在打造"COOL CHINA"这一理念,毫不避讳地追求文之"爽",追求故事的新奇与刺激,并大张旗鼓地将其宗旨定为"以故事本身为卖点,重要的是,读者可以从故事的精彩情景中获得单纯的阅读快感。事实上,凡不以好看为目的写小说都是耍流氓"[3]。随着"泛娱乐化"语境的日益渗透,网络文艺迎来了"流量至上"的"IP"时代,跨媒介

---

[1] 彭文祥:《在传统和现代的张力中,迸发文艺的创造力》,光明网,https://wenyi.gmw.cn/2017-10/18/content_26531194.htm,2020 年 10 月 3 日。

[2] 彭文祥:《在传统和现代的张力中,迸发文艺的创造力》,光明网,https://wenyi.gmw.cn/2017-10/18/content_26531194.htm,2020 年 10 月 3 日。

[3] 王科、黄葆青、丁燕、刘晶:《写小说不以好看为目的就是耍流氓》,《钱江晚报》2011 年 9 月 15 日第 3 版。

IP 商业运营模式在推进网络文艺发展日渐产业化的同时，也进一步推动网络文艺走向资本和技术的融合发展逻辑。在一个个网络"爆款"作品的背后实则是"眼球"经济的驱使，在这种语境下，网络文艺主要遵循的是一种以"爽感"为主的创作逻辑。

一 身体快感与瞬间之美

鲍德里亚曾这样评价消费社会，正是现代社会中影像生产能力的逐步加强、影像密度的加大，它的致密程度，它所涉及的无所不在的广泛领域，把我们推向了一个全新的社会。在这个被影像包裹的社会一切变得亦真亦假，而在影像与消费共在的时代，就连我们的"身体"也发生了很大的变化。有人这样说道："我们的时代是一个迷恋青春、健康以及身体之美的时代，电视与电影这两个统治性的媒体反复地暗示柔软优雅的身体、极具魅力的脸上带酒窝的笑，是通向幸福的钥匙，或许甚至是幸福的本质。"[1] 当身体成为一种被展示、被消费的客体，其结果就是开启了属于消费社会的"身体神话"，于是感官娱乐、身体快感成为网络文艺创作的主要审美追求，传统美学上凝神、静观、体悟等时间性的审美体验也被置换为短暂但情感强烈的瞬间之美。

（一）符号享乐下的身体快感

网络文艺所具有的符号学共性是能指的丰富性和意指的缺席。能指的丰富性营造出较之传统艺术丰富多彩的"视觉奇观"，带给受众强烈的感官刺激；意指的缺席赋予了网络文艺内容情感上的无功利性，两者共同创造的则是网络文艺内容上的泛娱乐化特质。而这种泛娱乐化恰巧迎合了人们对于享乐的追求，因为享乐从情感本质上来看就是一种无功利性的意志冲动。网络文艺消解了真理、理性和终极意义，成为"能指的嬉戏"、符号的享乐。罗兰·巴尔特在《文本的快感》中提到："享乐正是符号的享乐，享乐正是在符号的真实性和虚构性之间，在符号的不确定性、符号的断裂、符号的弄虚作假之间产生的。"[2] 如果将网络文艺这个由视听符号组成的三维空间也看作一个平面的二维文本的话，那么受众对网络文艺的消费也就是对文本的阅读。享乐没有所指，没有内容，只是生产和体验，网络文艺的文本特性就是丰富的能指、匮乏的所指。享乐和文本的结合，

---

[1] 徐南铁：《守望与守护》，暨南大学出版社2017年版，第632页。
[2] ［法］路易-让·卡尔韦：《结构与符号——罗兰·巴尔特传》，车槿山译，北京大学出版社1997年版，第96页。

是一种实践同另一种实践的对接，而不是内容对形式的填充、掌握和支配。享乐首先表现为一种实践形式、一种动态过程、一种吸收程序。而享乐就是在对网络文艺文本的阅读过程中所收获的快感，快感的来源一方面体现为网络文艺的互动性，另一方面体现在受众的阅读行为上。

受众在网络文艺消费中身体快感的来源主要来源于两个方面。首先是网络的互动性机制：网络文艺的互动性一方面来自受众与生产者之间的互动，这种互动是一种受众渴望参与网络文艺生产的一种交流冲动，在网络文艺中的具体体现形式之一就是"弹幕"，受众在这种互动中收获的是一种欲望冲动得以满足的精神快感；另一方面体现在受众之间的互动，这种互动是未知用户之间的互动，是一种陌生化交流互动，未知带来渴望，而探索未知是一种本能，并且这种未知不是一次性的"静止"的未知，而是一种多频性的不固定性的"流动"的未知，这种未知所引发的不确定性又会给受众带来反馈心理期待上的刺激快感。

其次是受众的三种阅读行为。快感的另一来源就是受众的三种阅读行为上，即"创造式阅读"、"反抗式阅读"和"破坏式阅读"。网络文艺中的受众，不仅只有消费者这一个主体属性，而且部分还以生产者的身份存在。受众在阅读文本过程中，也就是对符号进行消费时，同时还进行着创造新符号的再生产活动，即"创造式阅读"。在此过程中，受众被赋予能力，成为网络文本生产的"主动的参与者"，这种主动参与性大大提高了受众的阅读能动性。像最近大热的《偶像练习生》这档选秀节目，对练习生的考核、晋级、淘汰完全由观众的投票决定。在该节目中，观众不再被称为"观众"，而是被称为"全民制作人"。这一名称符号的转变，将观众从一个被动的消费者的地位、一个看客的地位提高到生产者主体地位。名称符号的转换所带来的是身份上的转换，完成的是权利的赋予，因而是一种"姿态"上的转换。而像网络短视频这样的艺术能指，它将生产权利完全赋予消费者，消费者也就是该艺术的生产者，在发布短视频之前需对所要拍摄内容进行录制、剪辑、特效等艺术加工，因而它不是简单的对于生活的记录，而是一种带有鲜活能动性的艺术创造活动。网络文艺的全民参与的热潮印证了受众的这种能动性是带有激情的创造力量，是艺术形象、艺术构思和艺术传达的辩证统一，受众在这种创造式阅读中享受成就感所带来的精神快感。

在网络文艺文本阅读中，受众可以摆脱"话语权势"的约束，自行从文本中构建意义，打破既有的规则，或是嘲讽权威，或另行创造诠释空间，即"反抗式阅读"。在把玩"文化政治"的游戏中，获得精神上对权威挑战的快感。这种意义生产的快感，类似于巴赫金的"狂欢节理论"，因此，强调快感就需要在文本中对"话语权势"予以或回避或拒绝或反抗，从此意义上来说，这种"反抗式阅读"也是一种"自由吁求"，享受着"语义自主"，于是受众生产所得到的就是一种创造式的、自由式的、解放式的快感。

在网络文艺的文本阅读中还存在着对于既定规则破坏的欲望冲动，在能指嬉戏中，对能指与所指、意指链条关系进行着解构破坏，对传统主流意识话语进行着戏耍嘲弄，即进行着"破坏式阅读"。后现代主义哲学家吉尔·德勒兹就将欲望视作一种积极的创造性力量，而非一种本能的生理驱动，他认为所谓快感就是人是对欲望的实施过程。享乐和求新紧密相连，像"小猪佩奇身上纹，一看就是社会人""独秀同学，请你不要再秀了""我是一个没有感情的杀手""我一只狗吃饭睡觉旅行，到处走走停停""你站在这里不要动，我去给你搬一棵橘子树"诸如此类的网络新语言就是在对传统符号的解构和破坏中生成的，"对于这种旧俗套的轻视，就是不尊重既定的法则，就是享乐"[1]，受众对于符号的这种戏谑、恶搞、解构与破坏，使传统思维在认知过程中发生断裂，而快感也正是在生产断裂、发现断裂和制造断裂中生成的。

无论哪种阅读行为都是一种积极阅读的姿态，它不仅是主动性的而且还是生产性的。受众在这种积极阅读中调动的是全部的感官，在阅读中收获的亦是生理感官上的快感，因而在审美效能上引发的是感官型的审美感受，而网络文艺互动性所带来的致瘾性特性，又使得审美带有一种沉浸型的审美感受的倾向。

网络文艺符号世界的构成中，各符号之间组合的任意性与停止于能指层面的符号序列，使符号失去了独立的可解读性，其符号意义的体现只能依赖于情绪语境的预设和各符号之间的组合关系，从而使网络文艺符号变成一种只停留于感官消费的感官符号、产生快感的表现符号。受众对于这种感官符号的消费也只是一种无深度的浅层阅读，受众的审美鉴赏力也只是一种对于艺术表象的直观感受，审美活动也变成一种感觉体验，最后沦为一种审美的快感主义。如果受众对于艺术的欣赏一直沉浸于对于艺术表象的直观感受，则很容易丧失自身的审美判断力。在某些情况下，受众在对网络文艺符号的消费中所收获的快感体验并非来自艺术符号，而是将产生快感的表现品（美的东西）与产生快感的（美感以外产生快感的）东

---

[1] 汪民安：《罗兰·巴特为什么谈论快感?》，《外国文学》1998年第6期。

西混淆后的感觉误判断。例如，受众在网络游戏中所感受到的快感，很大程度上是一种"发泄身体富裕精力所产生的快感"①，而不是美学意义上的审美快感。

（二）审美体验的碎片化

网络语言符号不仅是网络文艺符号系统中的重要符号组成，而且还是一种新的语言符号。网络语言符号的可解构性和符号组合的任意性所呈现出的未定型性，使网络语言符号在外部形态上呈现出碎片化的特征，这里的碎片化是能指层面的碎片化，这种碎片化的形态是能指组合的无规律。此外，网络语言符号因打破了传统语义中能指与所指的链条关系，能指的象声功能与指示功能在网络文艺中转而以情绪功能所代替，而情绪作为一种感觉也是无规律可遵循的。然而，这种网络语言符号的无规律性也恰巧与审美规律相吻合。此外，网络语言符号作为一种情绪符号，符号的感性意义大于理性意义，甚至可以说它是一种感性符号，因为它不能凭理性去衡量，也不能用一种规范使语言的习惯用法归于统一。所以网络语言符号的无规律性、无理性是与审美判断相符合的，因此，网络语言实现了语言学与美学的相对统一。

1. 网络文艺符号构成上的碎片化

网络文艺符号在形态构成上呈现碎片化的特征倾向，在内容构成上也同样带有碎片化趋势，像网络文学，该艺术的呈现方式不同于传统文学是一个完整的文本，由于网络文艺的反馈机制的存在，很多网络文学作品是根据读者的反馈意见来安排后续的叙事，属于"断点续传"式的呈现。同样，在网络动漫、网络剧这样带有叙事性的网络文艺能指，依旧存在着"边拍边播"的播放方式，所以网络文艺在内容构成上也不是系统性的、完整性的、一次性的呈现，而是整体被分割的片段式的组接。由于网络文艺进行呈现的依托介质是移动互联网，所以受众在对网络文艺的消费过程中，可以做到随时随地的自由消费，在对某一个网络文艺能指消费的过程中可以任意暂停，做到"断点续看"。在此过程中，受众的时间被切割的同时网络文艺的空间形态被切割，呈现出碎片化的形态特征。此外，像网络短视频这样的能指，每个短视频的内容时间只有短短的15秒，视频内容也不是简单的原记录，而是由一个视频被剪辑切割或者是多个视频剪辑拼凑再加以特效后整合而成，是对原视频打破后的碎片化的重构。

---

① ［意］克罗齐：《美学原理》，朱光潜译，上海人民出版社2007年版，第113页。

2. 受众消费体验的碎片化

网络短视频无论是在原初的形态构成的时间性还是空间性上都带有一定的碎片化属性。这就导致受众在对于网络文艺空间形态进行碎片化式的消费过程中,其审美关系也发生了断裂,审美效能不断被中断,审美想象也不断被破坏,最终使得受众对于网络文艺的审美也成为一种碎片化的审美。网络文艺的这种碎片化的存在形态使文艺作品的意义被切割而无法得到完整的呈现,同样,受众在这种碎片化审美过程中,收获的只是片刻的官能愉悦、是被简化了的感性世界、是断续的审美感受,从而也无法获得完整的审美体验。受众在对网络文艺的审美过程中,审美体验被破坏,那么对于网络文艺的理性思考也退至边缘角落,理性的缺失也使受众无法在对网络文艺的审美过程中发现自我、观照自我,审美愉悦又谈何说起呢?

二 能指泛滥与所指缺失

当我们对网络文艺作品进行文化透视后就会发现,很多网络文艺创作都是将后现代主义美学思想作为精神指导,以去政治化的方式实现对于自由的吁求,并以非美学化的表现手法对传统艺术准则发出质疑,并以此来维护自身的合法性。詹姆逊在对后现代主义文化考察时就将各种视觉符号泛滥所带来的文化上的同质化称为"类像文化"。詹姆逊曾这样描述"类像文化":"用以表达一个可再现的客体世界的某些特性,它非复制或复制式的再现,而是指一种'没有原件'的假象的泛滥;'类像'与媒体文化或'景观社会'有两种关系:(1)形象或'物质的'或最好说是'字面'的能指的独特地位——媒介原先的感官丰富性被从这一物质或字面存在性中抽取出来……(2)从作品的时间性中产生一种'文本性'美学,一般被描述为一种精神分裂式的时间感,最后是所有深度概念,尤其对历史性本身的遮蔽,以及随之出现的拼凑艺术或怀旧艺术,也包括对哲学中相应的深度阐释模式(各式各样的阐释学以及弗洛伊德关于压抑、关于表层和潜层的观念)的取代。"[①] 詹姆逊以类比的方式将后现代主义文化与现代主义文化作了审美意义上的分析比较,将后现代主义文化看作一种类像文化,直接戳明了后现代主义文化或是类型文化的同质性内核,类像文化的美学表征就表现为所指的缺失与能指的泛滥。创作者在艺术创作过程中不再注重对于所指内涵的提炼与挖掘,这就导致在网络

---

① [美] 弗雷德里克·詹姆逊:《60年代断代》,见王逢振主编《六十年代》,天津社会科学院出版社2000年版,第30页。

文艺作品中所指变得无足轻重，文艺作品也只是一轻飘飘的能指。

（一）"本我"狂欢走向"本我"的群体化狂欢

"狂欢理论"是巴赫金所提出的文学理论概念，按照巴赫金的理解，"狂欢"意味着"狂欢广场式的自由自在的生活，充满了对一切神圣物的亵渎和歪曲，充满了不敬和猥亵，充满了对一切人一切事的随意不拘的交往"[①]。网络文艺作为一个虚拟性空间，主体身份的虚拟性与"他者"的不在场性，使网络语言符号的言说地位被大大提高，甚至在有些网络文艺的能指形式中，网络语言符号成为重要的甚至是唯一的符号在场。网络文艺中的主体通过网络语言符号这个中介形式进行欲望表达、情感释放、身份认同，于是网络语言的对话盛宴成为主体进入"狂欢"的重要途径。既然网络语言符号是一种无序列、无规则的能指碎片，那么主体在使用网络语言符号的过程中，就不需要遵循任何的语义规则与语法规范，是一种带有创造性的使用。因而在网络语言的使用过程中，主体"本我"的欲望诉求也得到了极大的满足与能量宣泄，最终实现了个体"本我"的狂欢。然而，网络语言符号的生成机制遵循的是传播即生产、消费即生产的"共时"模式，其符号可以在这种圆形的循环结构下不断地更迭、置换并多次"易变"最终实现符号的"共时性"的原因就在于多主体实时的共同参与下而构建的，是群体"本我"欲望的共同"在场"。因此，个体的"本我"狂欢就走向了群体的狂欢。

网络直播在一定条件下也会成为受众群体化"本我"的狂欢场域。群体的狂欢的发生需要具备广场式的场域、一定数量的人数、相同的情绪迸发、狂欢化的言语或动作等条件。网络直播间就是广场式的场域，同时网络直播会有不限人次的在线观看，拥有了一定数量的受众基数群，此外受众在观看直播过程中可以自由地留言、评论、送礼物，在一定条件下，在这种人数众量的"共时性"互动中很容易达到相同的情绪燃点。现有的网络直播内容以秀场类、游戏类、泛生活三类为主，而最容易引发群体化"本我"狂欢化的就是网络游戏直播。一方面，网络游戏直播相比于其他两类直播类型来说它的受众人数最多；我们以"斗鱼"网络游戏直播平台在 2018 年 8 月 1 日 23 点过去一小时内的数据统计为例。在斗鱼直播平台排行榜上前三名的主播观看人数及弹幕总数都在百万以上，排名第一的是名叫"旭日宝宝"的游戏主播，在线观看人数达到了 619.8 万人

[①] ［俄］巴赫金：《陀思妥耶夫斯基诗学问题》，白春仁、顾亚铃译，生活·读书·新知三联书店 1988 年版，第 184 页。

次,弹幕总数为122311条,礼物总值58580元。另一方面,网络游戏作为一种数字化虚拟符号能指,受众在消费过程中的情感是一种无功利性的审美诉求,因而是"自我"与"超我"让位后的"本我"欲望的自由释放。在对网络游戏的观看过程中,逼真的场景设置使受众很容易产生代入感,受众很容易投入网络游戏的虚拟环境中以及游戏角色之中,并获得一种沉浸型自由情感的自我投入。此外,游戏的紧张刺激性也容易激起受众共同的情绪燃点,并且在同一直播间的受众都是该游戏和主播的喜好者,所以受众的情绪燃点更容易达到,也更容易形成群体化"本我"狂欢的场面。

在2018年5月20日英雄联盟MSI总决赛的游戏直播中,群体化"本我"狂欢甚至达到了狂欢的极致化。该比赛冠军的争夺是在我国队伍RNG和韩国队伍KZ的巅峰较量中展开,这是时隔三年后LPL又一次进入决赛,自然吸引了众多受众的收看。根据Esports Charts的数据,中国共有126659400人次同时在线观看。在RNG夺冠的那一刻,直播界面上被"我们是冠军!"这句话刷屏。在网络文艺中,"弹幕"是带有"受众之间对话"与"自我对话"性质的语言符号。在这种集体化的场域下,整齐划一的弹幕由原来的自由对话体变成了口号式的集体话语,在满屏的口号式的集体话语中强化了狂欢秩序并营造出了一种狂欢的仪式感,受众"本我"的燃点瞬间就被激活,受众的思想和语言给予了最为积极的外在的和内在的自由,受众个体的"本我"狂欢融入,这时受众的信仰、情感和意愿达成了高度一致,同时这也是受众欲念的狂欢化表现。

(二)狂欢—民间—笑—自由序列下的狂欢式表达

"在狂欢仪式上,等级制完全被打破,插科打诨的语言、俯就的态度和粗鄙的风尚主导了所有诙谐游戏。"[1] 符号创造主体们在网络文艺世界中享受个体狂欢和群体狂欢之下的双重狂欢过程中,形成了狂欢—民间—笑—自由的序列。

1. 消解了话语权势的草根"民间"

在这里"民间"与"官方"相对,第一层面是身份上的相对,网络文艺空间的极大自由性,对主体身份姿态的要求不高,"在假定场景中消弭了贵贱上下的森然界限,毁弃一切来自财富、阶级和地位的等级划分"[2],因而是群众性参与下的艺术符号的自由构建。第二层面是形式

---

[1] 汪民安:《文化研究关键词》,江苏人民出版社2007年版,第142页。
[2] 汪民安:《文化研究关键词》,江苏人民出版社2007年版,第142页。

上的相对，相对于精英艺术象征的传统文艺，网络文艺则是大众文艺的代表，无论是在艺术形式还是艺术内容呈现上都带有极大的通俗性与娱乐性。

网络文艺虽然作为一种媒介生产，但是它不是媒介权力下的艺术生产，媒介所带来的分享的无差别性与共享的自由性，消除了"民间"与"官方"之间权力地位所形成的张力。越来越多的"草根"在网络文艺的世界中进行艺术创作而成为网红，这种现象则意味着网络文艺的"狂欢"开始向"民间"转移。"papi 酱"一位普普通通的在读研究生，因自导自演小视频而爆红网络，成为"超级网红"。"papi 酱"与其他网红不同的是，她不是肤白貌美 V 形脸，没有强硬的背景，没有"官方"式的不苟与严肃，视频中她素颜出镜，自嘲是贫穷+平胸，以笑谑的语言去吐槽社会。以"papi"为代表的"草根"是与"官方"相对的非正式力量，"七大姑八大姨逼婚盘问""双十一购物狂欢""男性生存法则""情人节送女朋友礼物指南"这些略带生活化、非正式化的话题视频却是摆脱了任何教条主义、专横性与片面严肃性的"民间"最真实的话语，这种话语形式在网络文艺的自由世界中获得了新生。在巴赫金看来，笑谑任何时候都不带有正式的性质，它没有被官方化，也不会被官方化，它是反官方的。当代文学批评家陈思和对民间的解释为："民间的传统意味着人类原始生命力紧紧拥抱生活本身的过程……民间往往是艺术产生的源泉。"①"民间"以它笑谑式的语言打破旧的语言与思想两者之间的联系，以非正式的态度去解读世界。因而"民间"不仅仅停留于文化意义之上，从哲学意义上来讲，它还是一种非正式化的世界观，"民间"下的狂欢是一种对于自由的真正吁求，是一种对于快乐原则的淋漓释放。

2. 拆解了严肃文化之后的"游戏"的笑

这里的"笑"是指主体在戏谑式的、自嘲式的网络语言符号创造过程中的"游戏"态度。像"生活不止眼前的苟且，还有诗和远方"本是著名音乐人高晓松的母亲对他的一句生活启示句，但由于这句话中所蕴含的人生况味与希冀触动了人类内心的最柔软处，众多人将其奉为生活的颂歌。但是在网络文艺的自由世界里，受众将这句话进行戏谑解读，"生活不止眼前的苟且，还有过去的苟且和以后的苟且""生活不止眼前的苟

---

① 翟应增、莫莉、王小可：《"民间"视野下文学史叙述空间的开拓——以陈思和〈民间的浮沉：从抗战到文革文学史的一个尝试性解释〉为中心》，《现代语文》（文学研究）2010 年第 4 期。

且,还有三年高考五年模拟""生活不止眼前的苟且,还有前任寄来的请帖",在这样戏谑式的语言中所蕴含的否定性的诙谐的"笑"是对严肃文化的拆解,是用游戏的态度对严肃性进行消解颠覆的精神抗争,因而这种"笑"本身就是一种游戏。当这种"笑"介入语言之时,语言就成了对游戏的戏仿,这样双重的游戏功能使得这样"笑"的话语成为狂欢式表达。如此的话语表达于传统的话语来说,是以游戏的形式进行解构后的陌生化的语言,这样的话语表达与其说是一种戏谑,不如说是一种民间狂欢的胜利。所以就此意义来说,这样"笑"的话语表达不再是对于新的语言形式的创造,言说主体把自身也置于否定性的诙谐的"笑"的话语之中,而不是与这种否定性相对,选择用一种诙谐的笑的角度去看待世界的整体性,因而于表达主体而言是一种对于世界观的建立。所以这样的"笑"的狂欢话语就是一种身体转向,是带有自我降位的自贬化色彩,"贬低化,既是埋葬,又是播种,置于死地,就是为了更好更多地重新生育"[①]。也就是说,贬低化不再是带有否定性的嘲讽性定义,而是一种面对戏谑的无畏,它在民间狂欢的"笑"中收获了新的释义:贬低化不再只意味着毁灭与否定,同时它也象征着肯定与再生。因此,主体在对网络文艺符号的创造过程中,力求把所有精神性的东西世俗化、肉体化,用"游戏"式的狂欢化态度去解读意义,用"游戏"式的狂欢化态度去面对世界,从而收获了一种前所未有的对于世界的新鲜感,多了一种感受世界的体验模式,同样这也是网络文化的独特式表达。

3. 摆脱了秩序体系后的狂欢的自由

"自由"也是相对于"权威"而言的。从发生学的角度来看,存在于网络文艺世界中的狂欢序列,无论是来自"民间"的创作还是戏谑的"笑",两者得以存在的基础就是"自由",自由成了网络文艺符号生产与传统文艺符号生产的明显划分,它是网络文艺符号世界环境因素的重要因子,同时自由表达作为一种权利存在才得以划分出网络文艺符号世界中狂欢的发生场域,因而网络文艺符号世界中狂欢是一种以自由的名义进行的狂欢。于网络文艺符号系统而言,无论是本体还是网络文艺各个能指之间都存在着极大的自由性,网络文艺符号系统内部的网络语言符号作为一种摆脱了"话语权势"的"自由语义",暂时摆脱了秩序体系和律令话语的钳制,欢快的、放肆的、无惧的、桀骜不驯的言语就在这样的氛围中创造

[①] [俄]巴赫金:《拉伯雷研究》,李兆林、夏忠宪等译,河北教育出版社1998年版,第25页。

出来，这是属于网络狂欢文化的胜利。网络语言符号的自由可解构性也成为网络文艺符号系统内部的不断可更新的持续的力量，使网络语言具有了狂欢式的特征，一股强大而变革的力量，产生了坚不可摧的新生命力，而成为狂欢式语言。这里的狂欢式语言成为语言的"嘉年华"，这样的话语具有对于游戏与对游戏戏仿的双重式戏谑表达。

因而这样的狂欢话语使主体同时感受到个体内在情绪抒发的"酒神精神"和对外在理性所标画的超越世界的追寻的"日神精神"，但是这样的狂欢话语作为一种精神上的新秩序，亦"不再有说教的力量"，最终主体在这种"具有迷惑的力量"的狂欢化享乐中走向了狂欢的极致化——疯癫。网络文艺符号世界中狂欢序列中的自由既是狂欢的生发基底也是狂欢的精神诉求，因而狂欢表达既是一种自由的狂欢也是狂欢的自由。

第二节 网络文艺的审美趣味

在"泛娱乐"语境与消费社会的共同驱力下，我国现如今的文艺创作尤其是网络文艺创作正面临着艺术标准丧失与艺术价值的泯灭的后审美范式创作困境，与之带来的则是高雅文化与大众文化的界限越来越模糊，艺术"灵韵"的殆尽与"审丑"趣味的流行，最终导致艺术的发展走向艺术的越界与冒犯。网络文艺的后现代主义审美趣味所带来的一系列艺术病态景观，艺术标准的丧失使得网络文艺抛弃了艺术德性使之走向艺术的反艺术化的方向，严重污染了我国的文艺创作环境，不利于我国网络文艺的健康可持续发展也不利于我国健康积极文风的建设。

一 艺术的越界与冒犯

（一）艺术与商业的合谋——艺术商品化

消费文化作为后现代主义文化与文化工业的产物，不仅渗透到现代人的日常生活中，而且渗透到网络文艺的生产与创作之中，流露出拜金主义、享乐主义等非主流价值观的痕迹，成为网络文艺生产背后的主要的意识形态推手。例如在早期的网络剧中，女主角大多是"白富美"而男主角则都是"高富帅"，其人物设置的背后流露出当代年轻人对于金钱、身份、地位的过分追逐。不仅在网络剧的生产环节，在网络剧的传播消费环节上也受消费主义价值观的驱使，越来越多的网络剧播放平台将会员付费、衍生品开发等方式作为网络剧工业化生产的主要营销手段进行商业宣传。有的网络自制剧为了进一步追求商业利益最大化,甚至不惜以牺牲艺术内容质量来谋求利益,将广告植入与网络剧剧情相结合,将广告词与剧中台词相嫁接以"广告小剧场"的形式进行广告宣传,此举不仅大大影响了观众的观看感受而且使文艺内容沦为商业的附属品。

艺术与商业的合谋所带来的艺术商业化问题已经威胁到网络文艺的艺术性与价值性问题。由于网络文艺过度的商业化生产模式,造成了创作者艺术创作力的羸弱,对于精品化制作缺乏耐心。为了抢占市场,在题材选择上秉承着"IP为王"的理念,最后形成了以消费热点为中心的同质化网络文艺市场。如此艺术性让位娱乐性、思想性让位商业性的网络文艺的价值引导和传承等诗教功能又谈何而起呢?

(二)艺术与娱乐合谋——流俗的艺术

网络文艺生产病象除了艺术与商业合谋造成艺术商业化之外,还存在着艺术与娱乐的合谋,其结果就是艺术沦为流俗的艺术。在消费主义价值观加持下,资本强势涌入文艺市场的年代,网络文艺生产似乎进入了一个"全民娱乐"的年代。与此同时,"一切皆娱乐""一切可娱乐"似乎成了网络剧创作者的文艺价值观,在这种"泛娱乐"的语境之下,政治、社会事件、历史人物、时代新闻等诸多严肃的话题在网络剧这里都成为被娱乐、被消遣的素材,为了赚取流量与点击率甚至用暴力、色情等低俗的内容作为宣传的噱头。

在此境遇下,粉饰歪曲历史、戏谑解构历史成为网络历史小说或网络历史剧惯用的伎俩,用玩笑的、戏谑的、时尚的形式来包装历史的创伤与苦难仿佛成了网络历史剧叙事的"潮流"。历史的庄严性、严肃性在一个个嬉笑打闹的情节片段中被消耗殆尽,从表面上看,网络文艺好似以一种玩世不恭的态度解构了集体主义意识形态对于个人的压迫,但事实上背后所传达出的则是痞子文化与犬儒主义面对民族文化、民族精神重建的恐惧与无力。网络文艺创作者这种对于历史的不尊重、对于艺术的不敬畏、对于社会责任的逃避的背后则是商业利益与文艺娱乐价值观的合谋与沆瀣一气。

如此对于文学艺术之艺术性的漠视,对于文艺之高雅、之"灵韵"的消解,应是网络文艺创作者需警惕与规避的。但是有些缺乏艺术良心与艺术德行的创作者却以"为艺术而艺术"当作借口,并大张旗鼓地将之视为"艺术创新"。诸如此类关于艺术的闹剧让我们看到了网络文艺创作市场的文化遁形与精神弱化。作为精神产品的网络文艺首先应严肃地面对我们现处的生存与历史的真实,坚守自身对于艺术"质"的本体属性,避免流俗的审美趣味而应树立"通雅"的精神格调与价值品味,最后在此基础上寻求艺术性与思想性、价值性、娱乐性的统一,重拾网络文艺作为文学艺术的精神品格。

(三) 网络文艺的独创性和真实性已经衰弱

在网络文艺作品中,"个人不再是依赖组织、听命领袖的机器,他们更倾向于以自己的思维方式和努力完成任务,他们崇尚自由、不畏惊险;不再是完美无缺、万人景仰的超级英雄,他们有自己的喜怒哀乐,也有自己的缺点和瑕疵,他们是有血有肉的小人物式英雄"[1]。随着后现代主义美学思想对于网络文艺的渗透,我们仿佛进入了一个"审丑"趣味盛行的时代,一个"小品"的时代,任何关于庄严的、严肃的事物都被解构被戏谑。随着《屌丝男士》的热播,网络文艺越发倾向于"小丑式"的人物,人们好像毫不避讳地承认自己的低俗趣味,并高呼着这是一个审美自由的年代。高雅趣味、精英主义、精神至上在这里仿佛成了虚伪的代表词,他们将其看作一种阶级趣味,为了打破这种趣味,他们于是反对崇高,自我降格。这种反对一切崇高的背后实则是人们对于"真实"的逃避,于是这部分人为了逃避真实而甘于逃进自己所建构的那个虚幻的"屌丝"世界之中。受之于这样的消费者的审美趣味,网络文艺的内容生产又怎会有艺术上的真实、精神上的力量以及思想上的不朽呢?

意大利思想家凡蒂莫(Gianni Vattimo)在论述后现代的艺术时提到,艺术的独创性和真实性已经衰弱和消耗在与大众文化的接触过程中,他指出须用一种"衰弱的本体论"来阐释艺术的衰弱。他认为后现代的艺术品不再是一种永恒的形式,而只是一种记载时间流逝效果的形式。而西方马克思主义者阿多诺则是从社会批判的角度对大众文化展开了更为激烈的批判,认为大众艺术丧失了艺术的否定性与批判功能。对于后现代艺术的批判的基本主张认为后现代的艺术抛弃了自身的自治领域,丧失了本身的本真性与独特性,模糊了生活与艺术的界限,使艺术等同于生活。我们不可否认这些观点学说的批判意义。但是,在这个一切可解构的时代,我们又该如何重获艺术的价值与生活的意义呢?尼采(Friedrich Wilhelm Nietzsche)的永恒轮回思想给了我们以新的启示。尼采的思想总是带有一种石破天惊的意味,他否定传统、否定上帝、否定现实中原有的一切。但是

---

[1] 徐轶瑛、沈菁、李明潞:《网络剧文化的后现代特征及成因》,《现代传播》2018年第5期。

尼采并不是一个传统的破坏者,他实际上是以一个建设者的姿态,在传统思想颓靡的废墟上进行思想的重建,并以此给人以希望。因而他永恒轮回思想中对于传统线性时间观与历史观的否定,其目的是肯定"瞬间"的意义与价值。可以说,尼采的永恒轮回思想具有海德格尔笔下"此在"的意义。尼采的观点即是说,生活的意义就是创造,就是对于"瞬间"生活的创造,将"瞬间"的生活丰富化、奇异化,并在此过程中超越现在获得永生并以此收获生活值得一过的意义与价值。就此意义来说,尼采的永恒轮回思想为网络文艺的生产创造指明了方向,打破现在网络文艺真实性衰弱、创造性萎靡的现状,用艺术去窥见、去创造生活之永恒。

(四)后现代主义审美范式转向

作为后工业时代的产物,后现代主义最开始是以一种颠覆者的形象出现的,虽然对于"后现代主义"与"后现代性"概念的界定以及后现代性与现代性之间的关系还为很多学者所争论不休,但是不可否认的是,后现代主义思想中的多元化、反思性、否定性思维还是受到了当时无数年轻人的追捧。到了媒介社会,后现代主义又与崭新的文化形态——网络文化,碰撞出了新的艺术力量。诞生于互联网时代与融媒体技术的网络文艺,由于自身天生的互联网基因,继而使其在艺术生产与创造过程中与后现代主义思想中的"扁平化"、"非中心化"、"非本质化"以及"消费性"实现了高度的契合。可以说,现在的网络文艺不论是叙事特征还是审美倾向都已经深深地打上了后现代主义的烙印,并实现了网络文艺创作的后现代主义审美范式的转向。

网络文艺的最初生长离不开网络文化的反哺,其中最为明显的就是青年亚文化。日本二次元文化"侵入"中国网络并与中国青年话语相融合后滋生出了中国的网络文化,中国的网络文化与二次元文化达成了文化上的共谋,并构成了网络文艺的亚文化精神内质。网络文艺创作的后现代主义审美范式所带来的最重要的一个特征,也是最值得引起我们警惕与注意的就是对于传统价值解构。在解构主义大师德里达(Jacques Derrida)看来,"传统的形而上学的一切领域,一切固有的确定性,所有的既定界线、概念、范畴、等级制度都是可以被推翻的"。德里达也正是以这种推翻一切的姿态,从而开启了他的解构主义时代。德里达向思想界开的第一个大炮就是对于传统价值的解构,这种解构一切的思想一直延续到了后现代主义。在具有后现代主义文化因子的网络文艺,它解构传统价值观的结果则是多元价值观的并生。

网络文艺的最初生长离不开网络文化的反哺,其中最为明显的就是青年亚文化。以青年话语为主导的亚文化最开始并不是以一种激进的方式,即站在主流文化的对立面还维护自身的话语权,也不是以一种解构式的方式对主流文化进行戏谑与瓦解,而是以一种"圈地自萌"的姿态,以一种软性的方式与主流文化相抗衡。诚然,至今在很多带有青年亚文化色彩的网络文艺中仍存在一些与主流价值导向相抵牾的现象。就拿"耽美"题材的网络文艺来说,"耽美"一词来源于日本近代文化中的一个概念,最初的释义是唯美、浪漫或是沉醉于一切美的事物,后来慢慢延伸为用来描述男性之间的恋情,可以说这种脱生于二次元世界的"耽美文化"就带有很强的非主流价值的倾向。"耽美文化"在网络文艺中的盛行不仅引发了消费者审美趣味的转型,即开启了一个由"女性主诉"到"取悦女性"的女性经济时代,而且在一定程度上冲击并消解着主流价值观的正统力量。这也是国家最近打击耽美题材创作的原因所在。

对此,在我国的学术界针对网络文艺对于传统价值的消解这种现状出现了多种严正的批评声音。国家新闻出版广电总局监管中心的郑笑冉曾发文严厉强调了价值观导向之于网络文艺生产的重要性,他谈道"传达什么样的价值观,是网络文艺发展的重要问题。网络文艺的文化供给和传承属性,决定着网络剧内容供给必须强调引导意识"[1]。此外,2015年9月11日通过的《中共中央政治局关于繁荣发展社会主义文艺的意见》(以下简称《意见》)中指出:网络文艺充满活力,发展潜力巨大。坚持"重在建设和发展、管理、引导并重"的方针,实施网络文艺精品创作和传播计划,鼓励推出优秀网络原创作品,推动网络文学、网络音乐、网络剧、微电影、网络演出、网络动漫等新兴文艺类型繁荣有序发展。可以说《意见》对网络文艺今后如何实现健康平稳的发展和如何为社会主义精神文明建设贡献力量指明了方向。

二 书写的伪艺术化与文本的假、大、空

中国古代传统文论中的"文",不仅仅是作为与质相对的文论范畴,刘勰从"文"与"道"的角度出发阐释了"文"的重要性,提出"文之为德也大矣",在《文心雕龙·序志》篇中写道:"盖《文心》之作也,本乎道,师乎圣,体乎经,酌乎纬,变乎骚,文之枢纽,亦云极矣。"[2]

---

[1] 郑笑冉:《网络剧不能以吸引眼球作为首要价值评估标准》,《广电时评》2016年第4期(5月25日刊)。

[2] 王运熙、周锋撰:《文心雕龙译注》,上海古籍出版社2012年版,第3页。

在此基础上，刘勰提出了"文本于道"的文之本原论，与人为"天地之心"的主体论，其文艺思想带有浓厚的人文色彩。因而，"文"在中国古代的文论话语中更是一种蕴含着中国古代礼仪规范与道德伦理等多重意蕴的文化符号，是沟通天与人之间关系的"有意味的形式"的自行展示。其中明末清初著名的思想家、文论家王船山在其文艺思想中特别重申了"文"的价值性，从进化论的角度肯定了"文"是人的本质特征。王船山在这里所强调的"文"不是与"质"相对的以形式为表义的"文"，而是作为本体论意义上的"文"。王船山文艺思想的人文性主要体现在他在论说"文"的价值意义时总是联系着"人"来谈的。王船山关于这方面的思想在其诸多著作中都有论说，诸如在《思问录内篇》中先肯定了"人"的价值地位，提出"天地之生物，人为贵"；在《诗广传·小雅》中又指出了"文"之于"人"的重要性，同在《诗广传》中，王船山又谈到了"函文"与"通情"之间的平衡关系："生，天也；质，人也；文，所以圣者也""文者，圣人之所有为也"；"忠有实，情有止，文有函，然而非其匿之谓也……性无不通，情无不顺，文无不章。白情以其文，而质之鬼神，告之宾客，诏之乡人，无吝无惭，而节文固已具矣。故曰《关雎》者王化之基"[①]。王船山是从人学的角度去看待"文"的，认为是"文"确立了人的维度，将"文"视为人的本体特征。另外，"王船山的'文'之思想也暗含了自然人成为伦理之人的审美自觉。王船山将'文'的涵义范围扩大，不仅包含了礼、道等精神维度，而且还将'节文'、'止乎礼义'等精神内涵内置其中"[②]。我国著名的船山学研究大家熊考核先生在谈及这一问题时也说"船山认识到了美的进化要由自然之'质'美上升到人为之'文'美。而'文'美正是自然人成为伦理之人的审美自觉。船山把'文'的审美自自觉看作人类进化的文明标志以审美方式去改造人的自然状态，使自然人成为审美人无疑是一种深刻而又杰出的见解"[③]。王船山基于这种"文"之思想，又提出了"曲写心灵"说。王船山认为"文"不同于一般的日常语言，它需要发自真情，需要经过心灵的润色。这样"曲写心灵"的文字才可意藏其中，才可将个人情感升华为对普世的人文关怀。而现在的网络文艺受后现代文化价值观的渗透，在对文艺的认识上已经严重偏离了我国古代文论思想中对

---

① （清）王夫之著，王孝渔校点：《诗广传》，中华书局1981年版，第96页。
② 聂茂、付慧青：《媒介视野下王船山生命哲学的当代意义》，《船山学刊》2019年第6期。
③ 熊考核：《王船山美学》，中国文史出版社1991年版，第57页。

于"文"的质的规定，丧失了网络文艺作为"文"的本体属性，造成艺术价值的丧失与艺术标准的消失，最后导致网络文艺朝着伪艺术化与文本的假、大、空方向发展。

（一）艺术价值的消隐

中国古代的文学艺术将意境作为最高的美学追求，而意境并非一种具体的存在，而是指一种不尽之意、无穷之味，它是严羽《沧浪诗话》中所说的"空中之音，相中之色，水中之月，镜中之象，言有尽而意无穷"；它也是司空图《二十四诗品》中所写的"超以象外，得其环中"；它亦是陶渊明诗中所言的"此中有真意，欲辨已忘言"……境界是无，是不可言说，但是在无中又包含了无尽的有，它是从有限的意象而上升到无限的自由之境。简言之，意境就是形而下的器物对于形而上的"道"的追求，是有限对于无限的追求，是自在对于自由的追求。因而，意境超越了"现实—人生"的范畴而上升到"宇宙—人生"的范畴，"它超越了文本层次的形式构素，超越了一般感觉的生理与心理感受，超越了情欲与伦理的冲突体验，而进入对于生命本体和灵性世界的顿悟与冥思"[1]。正因如此，人们在这样的文学艺术中感受到精神的蕴藉、心灵的自由，有意境的文学艺术让人们窥见了诗化的人生与存在的意义。

在消费文化与后现代主义文化的共同合力下，现代社会中的文学艺术变得世俗、日常，它让审美不再只是艺术的专利，区别艺术与非艺术的根本性特质也不再是审美性或是艺术性。一方面它让艺术渗透生活扩大了审美的边界，使生活中的物品具有了可被审美观照的价值；另一方面它让生活渗透艺术，对于艺术创作而言艺术来源于生活，生活是艺术创作的素材，但是在后现代主义文化中的生活渗透艺术，它不是让生活成为艺术可被加工、可被创作的素材，而是直接成为艺术本身。这样的结果就是城市广场、购物中心、街心花园成为艺术活动的场所，艺术活动与娱乐活动、商业活动等各种生活活动交织在一起，艺术被完全日常化与被完全泛化了，一切皆为艺术，因而也不存在什么真正的纯艺术。艺术与生活相等同，高雅艺术与通俗艺术相互取缔，艺术失去了其之为艺术的本质，又何谈艺术之价值？人们不再追求高雅的精英艺术，不再热衷于对形而上的哲思与终极至理的追问，甚至让唇口留香的指尖文字都让位于带有视听冲击的图像景观。大众的审美趣味也由以崇高为主形态的高雅文化向戏谑解

---

[1] 金元浦：《审丑时代的终结与中国传统美学精神的重张——从〈中国诗词大会〉的热播谈起》，《人民论坛·学术前沿》2017年第10期。

构、娱乐通俗的消费文化转变。滑稽、扮丑、无脑、谐谑等艺术风格成为当今审美文化的主形态,"喜"替换"崇高"成为艺术美的主范畴。自此我们似乎进入了"小品"的时代,其中包含非历史的细说,非现实的神剧,无聊的综艺,毫无艺术含量的网剧、直播,等等。

联想到最近几年大热的《小鸡小鸡》《老司机带带我》《小鸡哔哔》等网络歌曲,歌词不再遵循专业作词的平仄押韵而是带有低级趣味的日常口语能指罗列,旋律也多是重复性的高频率欢快基调,而这些网络音乐的MV也是以一些恶搞、戏谑的flash动画为主要的视觉符号的组接与拼贴。荀子在《荀子·乐论》篇中提到君子与礼乐的关系时有言:"君子以钟鼓道志,以琴瑟乐心。动以干戚,饰以羽旄,从以磬管。"网络音乐这种网络文艺的"纯能指"化只满足于听众的情绪表达与感官享受,消解了"君子以钟鼓道志"的音乐教化意义,在某种程度上剥夺了音乐的本原艺术化表达的权利,而成为"唯娱乐化"下的纯粹欲望消遣。再如曾大热的网络文学改编剧《太子妃升职记》,男女换身的滥俗穿越情节,古代故事中充斥着夸张化的当代潮流元素,古代语言中更是穿插着港台腔无厘头等无稽言语,表演夸张怪诞,一味地迎合观众的欲望享乐。

(二)艺术标准的丧失

首先体现在"审丑"趣味的流行。"审丑"是相对于"审美"而言的,萨特曾将"审美"与"审美愉悦"这两个概念并置,认为审美愉悦是一种喜悦的感觉,它产生于人类的"审美"行为之中。如果将萨特的这番表述来理解"审丑"仿佛也是可以适用的,的确,人们在对"审丑"行为的消费中也会获得一种喜悦感,但与审美所不同的是,审美在收获喜悦感的同时还会收获一种幸福感,而人们在"审丑"过程中感受到的却是一种恐惧、厌恶、鄙夷等负面感受相掺的心理感觉,而毫无幸福感可言。

但在现如今的网络短视频创作中却到处充斥着"审丑"的趣味,具体表现为犹如观看一些残缺病象的怪异感与忍俊不禁之感。网络短视频通过背景音乐与剪辑手法所营造出的反差化效果将这种所谓的"病理"给掩盖掉,而是通过艺术的手法,即一种揶揄的手法将这种"病态"夸张化、诙谐化、荒诞化,从而使这种对于"病理"缺陷的观看行为合理化,避免了所应承担的道德压力,最后观众在假想的高姿态中获得一种快感。像"giao哥"这样的网红仅凭一种怪言怪语和一种癫狂的说唱行为就能在网络短视频中的成功走红。从快手社会摇一哥"牌牌琦",到癫狂说唱的"giao哥",再到"郭言郭语"的"郭老师"与"脚艺人"……"审丑"趣味下的"审丑"行为与土味文化以一种反常规化的风格引起了当代年轻人强烈的好奇心与新鲜感,使这些网红的本来缺陷成为其自身最具特色、最具标签性甚至是最"迷人"的地方,其背后的审美逻辑就是"审丑"趣味的流行,人们在对一桩桩反常态化、反常规化的"审美"行为的消费狂欢下享受着猎奇的快感。与其说网络短视频将"giao哥"的缺陷合法化,不如说我们当今社会的审美趣味存在严重缺陷。现代人仿佛毫不避讳自己对于"审丑"趣味的喜好,不仅不会加以鄙夷甚至还争相效仿,不仅不以之为耻反以之为乐。

其次是艺术"灵韵"的退隐。"灵韵"(aura)也被译为"光晕",是德国哲学家本雅明在《机械复制时代的艺术作品》一书中提出的概念。本雅明认为当人们身处自然界中,当我们眺望远山或是注视树枝时就会感受到自然界中一种独一无二的意境,仿佛处于一种神圣静穆的氛围之中,继而身心也会得到舒展与放松。而这种感觉与人们观赏一幅画作所产生的感觉是一样的,于是本雅明就借用自然界的光晕来描述传统艺术作品中的光晕,以此来表现传统艺术的本真性,而这种本真性则来源于艺术作品创作的此时此刻性与此时此地性,一种艺术作品诞生时的独一无二性。本雅明用传统艺术作品的"灵韵"特质来审视技术时代下的艺术,思考技术发展对于艺术创作、艺术作品以及艺术审美的影响。本雅明敏锐地看到,技术时代所带给艺术最大的变化就是使艺术作品具有了可复制性,而这种可复制性的结果就使得艺术作品不再具有诞生时的此时此刻性与此时此地性,也就丧失了作品的独一无二性。本雅明对于艺术"灵韵"的丧失的态度以及对于技术的态度并不是单纯的悲观,而是悲观与乐观的交织。技术的发展使艺术作品丧失了其"灵韵",对此本雅明是深感惋惜的,但是本雅明也欣喜地看到了技术复制手段对于传统艺术的解放,他提到"技术复制有史以来第一次将艺术作品从对礼仪的依附性生存中解放出来,被复制的艺术品日益成为专门为方便复制而设计的艺术品"[①]。人们对于传统艺术作品的态度由顶礼膜拜变为消费观赏,所以本雅明认为艺术品在技术的可复制时代实现了艺术的大众性。事实上,本雅明的这种看法是立足于当时特定的历史环境,从政治视角出发对技术复制以及对传统艺术的"灵韵"所做出的带有政治性的评价。

在本雅明所处的技术复制时代,技术发展所带来的只是艺术"灵韵"

---

① [德]瓦尔特·本雅明:《技术复制时代的艺术作品》,胡不适译,浙江文艺出版社2005年版,第13页。

的丧失，但到了现在的融媒体时代，越来越多的网络文艺创作者过度地依赖于技术手段而无视艺术作品的艺术性。无论是泛滥于网络文艺市场中的"口水歌""DJ摇头歌""喊麦歌"还是一些用拙劣的技术手段剪辑的恶搞视频，都暴露出创作者浮躁的功利性心态，一味地追求快、新、奇，从这样的网络文艺作品来看，技术性已经代替艺术性、本真性而成为艺术的本质属性，最后致使艺术"灵韵"不仅消失殆尽甚至艺术标准也无处可寻。

再次是"审丑"趣味与艺术创作病态的呈现。就目前情况来看，"审丑"不仅在现代人的审美倾向中获得了肯定，而且捕获了大众的趣味，甚至还呈现出蔓延加剧之势。长此以往，不仅会拉低整个社会的审美标准，而且还会对青少年的审美价值观产生不良的后果，继而影响青少年的身心健康。2019年颁布的《新媒体蓝皮书：中国新媒体发展报告》里就将"审丑"比喻为"毒瘤"，那些凭借着低俗的恶趣味段子博取眼球与关注的"审丑"行为，实则就是对大众精神的麻痹与心灵的毒害，因为在对"审丑"行为的消费中根本无须思想的参与，无须理论的干涉，更无须灵魂的拷问，只是单纯的傻乐。可以说，伴随着娱乐语境与"审丑"趣味而生的"傻乐主义"，同时也是目前让大众停止思考而盲目追求享乐的"弃智主义"，这样的审美价值观与审美趣味追求又怎么不是精神的"大麻"、社会的"毒瘤"呢？像成功带火"郭言郭语"的抖音网红"郭老师"，她走红的商业逻辑就是成功抓住了时下年轻人对于"审丑"趣味的偏好。这个在抖音上自称"迷人的郭老师"的网红，实则是河北沧州一个小镇子的普通的农家妇女，喜欢在网络短视频上发布自己吃东西的视频，但是在视频中她总是用一种蹩脚的怪腔异调说话，譬如把姐妹们说成"集美们"，把猕猴桃说成"迷hotel"，把香蕉说成"香居"，把杧果说成"忙锅儿"，等等。由于"迷人的郭老师"总是在不经意之间冒出一些匪夷所思而又让人忍俊不禁的词语，所以被网友戏称为"郭言郭语"，并引起了众多网友的争相模仿，就连著名演员沈腾也在网上模仿过她的"郭言郭语"。抖音同名话题"#郭言郭语#"达12亿次播放，其他短视频平台有关话题播放量合计近30亿次。

当热度退去，我们再以文化批判的眼光来重新审视这一文化热点现象时就会发现，网络红人"郭老师"的"迷人"之处就在于她能够使现代社会下人们的欲望得到不断的满足，对带有"审丑"趣味的网络文艺作品的消费可能不只是对其内容形式的消费，其背后也象征着消费欲望在这种快感之中得到满足。所以说，我们对于"审丑"行为的消费不单单是对于"丑"的消费，更多的是对于畸形快感的消费，这种快感包含着猎奇的快感、自大的满足感等多种带有人性卑劣色彩的感受。"审丑"趣味下的反艺术化以及低俗流量产生的乐趣实际上源于一切服从"审丑"趣味判断的产物。这样的艺术品，这样的审美趣味，这样的审美标准根本不会有助于形成一个健康理想的网络文艺内容生态。

早在数百年前，王船山在总结明朝灭亡的历史教训时，就清晰地看到"文"之于一个民族振兴的价值与重要性，因而面对当时文艺创作"风雅坠地"的局面，则大力推崇"风雅"之作，并从国运与文运的关系角度肯定了"文"的社会功能，以此警醒后人。当时身处天崩地析、江山换改的乱世，王船山作为一位爱国主义哲学家曾高喊"清风有意难留我，明月无心自照人"以诗明志，也曾痛心地慨叹道"三国以降，风雅几于坠地"。在对历史的反思中，王船山将文运与国运相连，认为文风的衰退、世风的颓靡也加速了明朝的灭亡，于是王船山高举重振民风的大旗，推崇"风雅"之作。王船山将杜甫诗作的沉郁风格看作个人情感积郁的抒发，而无风雅做派。当然，不可否认，王船山对于杜甫诗作的评价有失偏颇，这主要是与王船山的政治主张相关，我们暂且不论。但是一个毫无争议的现实则是，我国现如今的文艺创作也面临着风雅坠地的风险，有很多文艺作品只写些"一己之欢"，将家国情怀、民族精神搁置一旁，只沉醉于个人欲望的宣泄书写与个人情感的浅吟低唱。这样的文艺作品只是一种精神鸦片，文学艺术的开民智、育民风、培根铸魂的价值与功能也同被消费社会的滚滚车轮所碾压。王船山重视"文"之价值的另一个原因在于，其文艺思想是与他的"夷夏观"紧密相关的。面对曾经的国土如今沦落至敌夷之手，王船山痛心疾呼"故吾所知者，中国之天下，轩辕以前，其犹夷狄乎！太昊以上，其犹禽兽乎！禽兽不能全其质，夷狄不能备其文"[1]。王船山将明王朝的灭亡视为野蛮对文明的胜利，继而从国家命运的角度肯定了"文"之培根铸魂的价值意义。习近平总书记在2014年的文艺工作座谈会上也表述了与王船山类似的观点，也将"文"提升至了很高的地位，提出"文运同国运相牵，文脉同国脉相连"。

"审丑"趣味的流行从侧面也反映出我国网络文艺生态系统的自我净化能力还有所欠缺，这也让我们不得不开始反思有关媒介素养的诸多问题，媒介是中性之物，它的价值与意义在于我们如何使用，所以媒介素养的养成问题还须依赖于舆论的监督与平台和政府的监管。"审丑"趣味的

---

[1] 王夫之：《思问录外篇》，载《船山全书》第十二册，岳麓书社1996年版，第467页。

流行、艺术"灵韵"的消失和与之所带来的一系列艺术病态景观,严重危害了网络文艺的健康发展,艺术标准的丧失使得网络文艺抛弃了艺术德行,使之走向了艺术的反艺术化的方向。其创作本质实则是对于艺术社会功能的逃避,是艺术与市场以及流俗的利益沆瀣一气,这样的文艺作品对于传统文化和民族精神没有丝毫重新激活与振兴的能力。在这个"审丑"趣味纵行、艺术性丧失的网络文艺创作市场,越来越需要屈原"扈江离与辟芷兮,纫秋兰以为佩"这样高雅的审美趣味,越来越需要王船山所倡导的"温雅"艺术风格,并以之来引导网络文艺的创作与发展。

三 从"文质彬彬"到"文质汹汹"

我国文坛之所以出现"有高原""无高峰"的文艺创作窘境的原因就在于"文胜于质"或"质胜于文"的情形还大量存在,一些创作者还未形成"文质兼美"的创作自觉。像之前的主旋律电影因叫好不叫座而经常被人诟病,其症结就在于在创作过程中创作者秉承着主题先行的创作理念,在表现英雄人物的时候习惯套用"苦难之花"的艺术模式来表现他们鞠躬尽瘁、忍辱负重的高贵精神与崇高品质,最终呈现出道德化、泛情化的艺术特征。在文质关系上,没有做到文与质的兼和,没有实现情与理、道德与政治、个人与集体、情感经验与意识形态的弥合,最终导致创作出的作品"质木无文""平典似道德论",审美价值与观感体验也随之大打折扣,致使我国的网络文艺呈现出"文质汹汹"的审美特征。我国文艺创作中所存在的质胜文的问题,依王船山的文艺思想来看实则就是没有处理好"意"与"情"的关系。王船山认为作品之"意"是以情镶嵌的,是以"情"为主导再融入理性认知,而不是直白的说理,亦不是抽象的理念。"意"的获得是通过创作者的"自得"而来,只有从己情自兴感发而来的"意",才具有动人的审美情感与感发读者的艺术力量。

网络文艺的后审美范式转向所带来的则是文胜质,甚至是文胜而无质,即文艺作品沦为拒斥意指的无意味的形式。现如今我国的网络文艺创作出现了后现代叙事转向,呈现出削平深度模式后的浅表化与快感写作和无历史主义倾向,出现了一些戏弄、嘲讽、充满历史虚无主义,用无知乱拼和低级趣味迎合市场需要的作品。我国文艺现如今的形式主义文艺创作很多都是创作者脱离艺术真实的主观臆想,所以影片中无论是在特效奇观上还是在人物的造型上都追求浮夸的艺术效果,呈现出一种外在形式上的艺术虚假。电影《西游记之大闹天宫》在人物造型上可谓与原著中的人物原型相距甚远,周润发饰演的玉皇大帝却长发飘飘,玄纹云袖,少了原著中的威严而多了几分古代书生的儒雅,牛魔王造型则变成了一袭黑衣盔甲,蓬头乱发,牛角像是飘扬的海带,给人一种忍俊不禁的唏嘘之感。不只是这部剧的台词,越来越多文艺作品中的语言文字浅露直白、戏谑无厘头,毫无思想内涵,不必说有经心灵润色后的艺术美感,更不必说启迪思想、陶冶精神、"曲写心灵"之用。正是这种良莠不齐的品质导致"商业效益和口碑倒挂"的现象频生。这种文艺创作的极端形式主义倾向,也是我们应杜绝与警惕的。网络文艺在追逐"文"的新、奇、怪的同时也抛弃了"质"的思想深度、人文关怀与批判力量,不可避免地走向后现代式的无主题、无中心、无主体式的写作。受众最后也只是在浅层娱乐下的感官享受的狂欢,只能在语言游戏、文化沙漠的精神荒漠中游荡。如此的文艺创作实则偏离了王船山所倡导的文艺创作应"以意为主"的创作理念,成为融媒体时代的"齐梁之病",而这种颓靡文风正是王船山所严厉批判的。诚然,无论是何种文体,亦无论在媒介语境下所诞生的诸多新兴的文学形态,明确的主旨以及深远的命意都是必不可少的,唯有此,才可言之有物、言之有理,否则便会成为个人欲望叙事下的浅吟低唱与无病呻吟。

尤其是我国现步入融媒体时代,网络文艺作为新兴的艺术形态迅速崛起,成为现代人主要的娱乐方式与精神消遣。诚然,网络文艺的"网络性"使得网络文艺作品具有先天的通俗性,实现了融媒体时代的大众文化狂欢。文艺作品的通俗性本应是对人类普遍性价值与情感的描写与传达,是在对生命状态的体认与情感消遣中实现精神的启悟,继而通往文化的自省。但在"注意力"经济的驱使下,网络文艺的通俗性愈加受到商业性的侵蚀,致使越来越多的网络文艺作品由通俗走向艺术的低俗、滥俗与媚俗。我国文艺创作除了面对"狂欢化"的娱乐语境与消费主义的侵蚀外,还要面临融媒体时代所带来的文艺创作形态的嬗变。在碎片化写作盛行的媒介语境下,如何面对融媒体对于传统审美范式与写作思维的冲击与挤压,传统的叙事方式又该如何在不断受到挑战的情况下做出调整?中国传统的文艺观给予了我们新的创作致思路径,即用文质兼美的创作来抵御碎片化的时代,对抗时下浅表化的文艺创作生态。

四 重申"文质兼美"的审美主张

网络文艺作为一种精神性文艺产品,不应只有"网络性"而忽略了艺术的艺术性、精神性与雅性。王船山所主张的"意"须出于"自得",辞尚"温雅",文应"曲写心灵"等命题则正是主张文艺创作应对世俗经验进行精神性的艺术创造，通俗而不流俗、由俗通雅，而实现这一前提则须文质兼修。网络文艺同样追求"文质兼美"，唯其如此，创作出的作品才能实现艺术性与商业性、思想性与通俗性的双效统一。尤其是网络文艺的主要受众为"网生一代"，其理性思考能力与甄别能力还未成熟，因此网络文艺的健康发展必须将"文质兼美"的艺术作品作为其创作追求与审美理想。

"文质兼美"的审美理想是优秀文艺作品的立根之本，文与质的关系问题是中国古代文论话语中的一对重要诗学范畴。在我国古代文论家的理论学说中，其文艺思想都是围绕文与质的关系展开。刘勰立于时代发展之需，在对齐梁绮丽文风批判的同时也提出了自己"文质并茂"的文艺思想，刘勰在《文心雕龙·情采》一篇中谈道："研味《孝》《老》，则知文质附乎性情；详览《庄》《韩》，则见华实过乎淫侈……文采所以饰言，而辩丽本于情性"。南朝的钟嵘在其书《诗品》中也标举自然英旨的审美理想，主张作诗应"干之以风力，润之以丹采"，其主要思想亦是对于文与质华实并重的强调。东汉王充也提出了类似的审美旨趣"实诚在胸臆，文墨著竹帛，外内表里，自相副称"。唐代魏征在其所编的《隋书》一书中提出"若能掇彼清音，简兹累句，各去所短，合其两长，则文质斌斌，尽善尽美矣"，其中所反映出的文艺思想也是与文质兼顾的文艺观一脉相承的。同是唐代的白居易从整体观出发，在《与元书》一文中再次重申了文质彬彬这样的文学创作主张，提出"诗者，根情，苗言，华声，实义"。

总的来说，中西文论大家对于文质关系的探讨都倾向于文与质相中和，相较于西方文论局限于美学范畴内谈文质，中国古代对于文质关系的探讨则是美学与伦理学相标举，中国古代大多数的文论家对于文质关系的探讨大多是对孔子文质思想与刘勰情采说的继承与发展，而王船山却将这一儒家传统文论思想提升到了一个新的理论高度，提出了以"气"论为哲学基础的文质观，其文质思想具有更高的美学价值与理论普适意义。刘勰因看到了齐梁文胜质式的形式主义颓靡文风的弊端与危害，继而提出"文质不能偏废"的文艺观。百年之后的王船山又立于相似的历史境遇与萎靡不振的文坛风气，不仅重申了"文质兼美"这一传统的审美理想，而且创造性地从哲学的高度阐释了文质不相离的原因，并进一步深化了这一命题。

王船山对于文质关系的思考集中体现在《尚书引义》这本著作中，"盖离于质者非文，而离于文者无质也"（《尚书引义·卷六·毕命》）就集中体现了王船山的文质观,这句话意为:离开了质则无所谓言文,离开了文也无所谓谈质。后面几句"故文质彬彬,而体要立矣",在王船山看来,体若要立之的前提则是文与质彬彬相兼和。这段话不仅体现出王船山对于文质关系的辩证思考,而且也表达出王船山的审美理想追求,即以"文质兼美"的文艺作品为旨归。在如何创作出"文质兼美"的艺术作品这个问题上,王船山对"文"与"质"都提出了一定的美学要求,以此来规范文艺创作。

首先是对文的要求。王船山对"文"所提出的第一个要求就是"神采天成"。相比于其他的儒家文论家将文视作载道的工具不同,王船山并不否认文的修辞意义,从王船山的诗评中可以发现,王船山善用"旖旎""茂美""韶采""芳丽""绮丽"等词语来评价某些佳篇诗作,这足以看出王船山对于诗歌文采的重视。对于这一论断,我们可以从王船山对谢庄《北宅秘园》一诗的评语中管窥一二。王船山曾这样评价道:"物无遁情,字无虚设。两间之固有者,自然之华,因流动生变而成其绮丽。"(《古诗评选》卷五,谢庄《北宅秘园》评语)在王船山看来,文字之绮丽是出于自然之华,是对于自然姿色、高华的自然描写与审美反映,而非华丽辞藻的堆砌与文笔的炫技。除此之外,王船山经常用"天姿国色,不因粉黛""但用本色,自尔烟波""撰饬自然"等此类评语来赞美诗作中的自然文采美。王船山在隋炀帝《泛龙舟》一诗的评语中更是直接提出了"神采天成"这一文学主张,可以说"神采天成"不仅是王船山对于文采所提出的审美要求,而且也可看作对王船山文采观的总结概括。因而王船山对于这种"遇白皆'银',逢香即'麝',字月如'姊',呼风作'姨'"(《古诗评选》卷五,谢庄《北宅秘园》评语)的做法是十分反对的,并将其视为"外来之华辞"。因为这样的文辞不是自然之色的"貌其本荣",因而这种描写只是一种流于文字表面的文笔卖弄,不能属于真正的文采之列。王船山的文采观是将文之丹采看作自然之本色,因而对创作者在文辞的选择与使用上提出了很高的要求,即追求一种本色天然的文采美。王船山对"文"还提出一个要求就是"不可以韵害意"。"神采天成"与"修辞立其诚"是王船山从"器"与"道"的关系角度来阐述"文"之价值,"不可以韵害意"则是从有机整体观的角度出发,对文与质的层次关系问题所提出的要求。王船山十分肯定音韵格律之于诗歌的艺术价值与美学意义,但若是将音韵美放置诗歌批评的主要地位的话,王船山是极力反对的。因而在"韵"与"意"的关系上,王船山主张"不可以韵害意",认为如此才可实现审美意义上的"以穆耳协心"。与此同时,王船山也将

"不可以韵害意"作为评判诗歌艺术水平的重要标准。王船山曾这样评论杜甫的《登岳阳楼》:"'昔闻洞庭水','闻','庭'二字俱平,正尔振起。若'今上岳阳楼'易第三字为平声,云'今上巴陵楼',则语禁而蹇于听矣。"(《夕堂永日绪论·内编》)的确,从音律美的角度来看,杜甫的这首诗似乎不符合诗歌创作的平仄规律,但是韵的不和并没有影响整首诗意蕴的合一。相反,杜甫如若追求形式上的整一与格律上的平仄,那么诗之意蕴也便会大打折扣。王船山将"不可以韵害意"作为对"文"的要求,实则为了说明,一定的艺术形式应与能够与之相匹配的艺术内容相协调,而不是主导一方,亦不能喧宾夺主。若一味地追求形式上的出新,就会使艺术作品流于表面,再精湛的艺术技巧也需要一定的艺术内容去丰满,再深刻的思想内容也需要相应的艺术形式去烘托,文与质的关系应是相辅相成的,如此,艺术形式才会更具审美价值,艺术内容才会更易产生动人的力量。

其次是对质的要求。王船山强调"意"在作品中的主导地位,主张"以意为主"。王船山在进行诗歌批评的过程中,多次提到了"意"之于诗歌以及其他文体的重要性,可以说王船山对于文之"质"的要求,多是围绕"意"展开的。例如,"李杜则内极才情,外周物理,言必有意,意必系衷。"[1] "一篇载一意,一意则自一气,首尾顺成,谓之成章。"[2] "既以命意成章,则求尽一物、一景、一情、一事之旨,得尽而毕。"[3] 在王船山看来,"意""是统摄字句、辞采、物象的主导性力量"[4]。王船山还提倡"意"应与"情"合。"以意为主"作为儒家传统的诗教传统,经过宋明理学的阐释,该命题逐渐向"以理说文"的明理性方向发展,内容几乎与义理道统相等同,文甚至一度成为载道的工具,丧失了文应有的艺术美感。但王船山的"诗道性情"说与诗歌"主情"观使得王船山在对"意"的阐说上又进行了"情"的限定,常常将"意"与"情"并举,如"用意迎情",[5] "意旖旎以无方,情纵横而皆可",[6] 大大丰富了

---

[1] 王夫之:《夕堂永日绪论外编》,载《船山全书》第十五册,岳麓书社2011年版,第843页。

[2] 王夫之:《夕堂永日绪论外编》,载《船山全书》第十五册,岳麓书社2011年版,第847页。

[3] 王夫之:《唐诗评选》,载《船山全书》第十四册,岳麓书社2011年版,第1048页。

[4] 杨宁宁、文爽:《王船山"以意为主"说考辨》,《海南师范大学学报》(社会科学版)2014年第4期。

[5] 王夫之:《明诗评选》,载《船山全书》第十四册,岳麓书社2011年版,第1322页。

[6] 王夫之:《古诗评选》,载《船山全书》第十四册,岳麓书社2011年版,第663页。

"意"的审美内涵。王船山并没有完全否定"意"中之"理",并将"意"中之"理"进行合理化的改造,成为融情之"理"。王船山尽管反对宋代"以议论入诗"式的诗歌创作,但是没有完全否定不可以"理"入诗的做法,相反,王船山还认为"理"与"情"的关系是不矛盾、不冲突的。王船山曾提到:"诗源情,理源性,斯二者岂分辕反驾者哉?不因自得,则花鸟禽鱼累情尤甚,不徒理也。"① 王船山的这段话,不仅对诗中"情"与"理"的关系给予了合理化的说明,而且还创造性地指出了实现"情"与"理"相融合的方法——"自得"。在王船山看来,只有通过诗人的"自得",才能实现理性认知与感性情感的互通互融。这样我们就可以理解,王船山批判宋代的言理诗的"主理"化倾向,并不是反对诗中之理,而是反对宋代诗人对于诗中之"理"的处理方法,认为太过直白、浅露、生硬,而非诗人"自得",因此没有处理好理与情的关系,丧失了诗的审美性。虽然"以意为主"是一个古老的文学命题,但王船山还是进行了创造性的阐发,赋予"意"以新的释义。即是说,王船山所强调的"意"是一种广义的"意",是一种以"情"为诗歌本体、"并融入内隐式理性元素的综合体"②。如此,在王船山的阐释之下,文质之辨成为一个集伦理、审美、哲思于一体的文学新命题。

在大众艺术狂欢的时代,在高雅遁形、娱乐纵横的年代,无论是现在的传统文艺创作还是网络文艺创作,都缺少一种"雅"的文学风度。我们不是说要追求阳春白雪式的曲高和寡,而是追求一种文学风骨与雅度,一种可以将世俗经验进行生命创造性超越的艺术境界,一种可以管窥生命精神律动与流行的审美感悟。从文艺创作者的角度来看,正脉、静气与文雅之风,也恰巧是当今文艺创作者所缺乏的。创作出文质兼美的艺术精品是任何一个民族任何一个时代的文艺审美理想与美学追求。文质兼美就是恩格斯在谈《济金根》这部历史剧时所提出的"意识到的历史内容"和"较大的思想深度"要与"莎士比亚剧作的情节的生动性与丰富性"相结合;就是别林斯基(Vissarion Grigoryevich Belinsky)在评价普希金(Pushkin)的诗所提到的"诗的优点是在艺术性,在于它的内容和形式之间的有机的、生动的配合"③;就是毛泽东《在延安文艺座谈会上

---

① 王夫之:《古诗评选》,载《船山全书》第十四册,岳麓书社 2011 年版,第 588 页。
② 杨宁、文爽:《王船山"以意为主"说考辨》,《海南师范大学学报》(社会科学版) 2014 年第 4 期。
③ [俄]别林斯基著,别列金娜选辑:《别林斯基论文学》,梁真译,新文艺出版社 1958 年版,第 8 页。

的讲话》中所期盼的"政治和艺术的统一,内容和形式的统一,革命的政治内容和尽可能完美的艺术形式的统一"。①

　　我国的文艺创作病象,于文艺创作者而言,则是没有做到人品与文品的统一。在消费社会与眼球经济的驱使下,文艺创作者在进行文艺创作时易缺乏艺术道德修养与艺术敬畏心,脱离人民群众、脱离历史真实和理性真实,创作出一大批无视艺术创作规律的"爽文"与"雷剧",看似百花齐放、文艺峥嵘的背后,实则是一场无营养、无意义的众声喧哗。王船山"气不昌则更无文"这一命题,就是强调人品决定艺品,人格决定艺格。现在中国文艺创作者的最大问题就是"浮躁",用王船山的话说就是"气不昌"。可以说,王船山的文气理论是讲求集作品之辞气与作者之才气于一体,又以诗教传统为伦理指向的文艺思想。不可否认,"文质兼美"依旧是我们这个时代文艺创作的艺术理想与审美追求。文艺工作者需立足于时代发展的要求,在"文"上做到"神采天成""修辞立诚";在"质"上做到"以意为主"、意与情合、意出"自得",创作出文质兼美的优秀文艺作品,实现审美内涵与伦理意味的统一,艺术价值与诗教传统的统一。这有利于引导文艺创作者提高艺术道德修养与社会责任意识,实现坚持人品与文品的统一。

---

① 《毛泽东选集》第3卷,人民出版社1991年版,第869—870页。

第四章 网络文艺的媒介生态

媒介生态理论就是以"生态学"的视角对媒介以及媒介与人的关系进行批判式的研究。而对于媒介生态理论的考察需要追溯到20世纪70年代,传播学大师马歇尔·麦克卢汉在对媒介进行了一番审视之后将"媒介"与"生态学"这两个关键词关联并置,主张从生态学的视角理解媒介、使用媒介,继而实现人与媒介关系的和谐共生。后来,美国著名的媒介批评理论家尼尔·波兹曼(Neil Postman)沿着麦克卢汉的这一致思路径,于1970年正式提出"媒介生态学"(media ecology)这一概念,并规定了"媒介生态学"的研究任务,即考察"媒介对人类洞察力、理解力、感觉和价值观的影响以及媒介与人的相互作用对于人类生存的促进和阻碍作用"。[1]

现如今,随着科学技术的进步以及媒介的快速发展与更新速度,媒介犹如一股巨大的时代洪流将现代社会下的每一个人都卷入其中,每个人的生活都被媒介带来的信息洪流裹挟,媒介技术在影响我们日常生活以及情感生活的同时也在不停地进行着颠覆与重组。就此意义而言,对于媒介的研究不仅能够更好地理解媒介本身、媒介对人和社会的影响,更能够帮助现代人来理解自身的生存状态以及自身的主体性构建。

波兹曼对于"媒介生态学"的理解,也为我们观察媒介、审视媒介提供了新的研究视角。对于媒介的考察与研究,不能仅仅停留于媒介本身而应着眼于媒介与人与世界的关系,赋予媒介与人之互动以文化的特性,寻找媒介文化与现代人类文化之间的生态平衡。之于媒介研究,"媒介生态学"不仅提供了一种新的研究视角而且也提供了一种新的审美范式,一种可资比照的价值尺度。这种研究视角摒弃了法兰克福学派对于大众媒介的社会批判,也置换了英国文化研究伯明翰学派对于媒介文化的经验研

---

[1] Neil Postman, "The Reformed English Curriculum", Cited in A. C. Eurich, ed., *High School 1980: The Shape of the Fufure in American Seconday Education*! New York: Pifman, 1970.

究，而是更加关注媒介的美学意味与人文内涵。即是说，用一种人文价值理性置换掉原来媒介研究的工具理性，将现代审美原则渗透到媒介研究之中，在强调媒介素养一维的同时更关注媒介对人的价值建构，使媒介研究更具有价值学说与人文色彩。

第一节 主流价值的疏离与亚文化的蔓生

"青年"这一概念最初是对于社会某一特定群体的一种属性上的概括，而随着社会的发展，"青年"这一概念也逐渐被赋予了越来越多的社会意义与文化内涵。根据相关的学者调查，社会学意义上的"青年"作为工业化和现代化进程的产物，在18世纪70年代以后，"青年"这一名词开始以社会学和政治学意义上的概念逐渐成为文化研究的对象，并在研究与批判之中成为不断被呈现和建构的对象。在我国的传统文学中，尤其是受五四运动的影响，"青年"这一群体被视为一种进步性力量，一向以一种积极的、正面的"新人"形象出现在小说、电影、戏剧等传统文艺形式之中。诸如"李双双""高占武""孙少平"这些人物形象在塑造的过程中承载了不同时代下人们对于未来生活的美好期待，因而这些进步的青年形象一度成为一个时代精神的象征，成为人们心中的一种精神情结，成为一种符号性的存在。这也就是为什么《平凡的世界》这部小说在现如今这个快节奏的媒介社会依旧占据着各大图书热销榜，其原因就在于这种精神可以穿破时间的阻隔与岁月的沧桑而给予人以精神的力量与心灵的慰藉。

可以看出，青年文化走向青年亚文化的过程中亦是掺构着文化的、社会的等多重因素的影响。如果将青年文化视为青年群体对于社会性压力的一种文化回应，那么网络文化就是网络群体对于现实性压力的一种文化回应。那么诞生于网络媒介的青年亚文化则是青年亚文化与网络亚文化的一次共谋，亚文化一向被看作对于主流价值的疏离，是非主流文化与主流文化之间的博弈。这类文化形式以一种拒绝性、抗争性的姿态实现着对于现实的反抗、对于主流的反抗。

一 弹幕互动下"无根一代"的聚集

网络文艺区别与传统文艺的一个很重要的特性就在于它的媒介属性，其中"弹幕"的出现就是网络文艺具有媒介属性的一个表现。如果将网络文艺看作一个大的符号文本的话,那么"弹幕"就是网络文艺符号文本的一个伴随文本。弹幕一开始是作为网络视频播放平台所研发推出的一种评论功能,让受众在观看视频的过程中可以自由地发表自己的言论并与同在观看的受众共享以产生实时的共鸣感。由于弹幕的实时互动性使弹幕不仅仅是一种评论功能,更像是一种新型的交往方式,它成功地塑造了一种新型的社会场景与"虚拟在场"式的社交方式,以一种沉浸式的互动体验带给受众一种互动交流的狂欢化体验。也正是由于弹幕所具有的这种个人性、自由性与狂欢化特征,使得弹幕所引发的"弹幕"文化与后现代主义文化的某些特性相暗合,因而具有很强的青年亚文化特征。正是由于弹幕文化的后现代主义的文化属性使得弹幕成为"95 后""00 后"等"无根一代"进行情绪狂欢的重要场域。

(一) 青年亚文化与主流文化的对抗

2018 年以来,我国未成年网民规模连续四年保持增长态势。2021 年,未成年网民规模达 1.91 亿,互联网普及率为 96.8%,较 2018 年(93.7%)提升 3.1 个百分点,未成年人接触互联网的低龄化趋势更加明显[①]。我国现在的青少年群体多为"00 后""10 后",这类群体多伴随着二次元文化长大,成长环境比较宽松自由,崇尚个性独立,而以"80 后""90 后"为主体的青年现在多面临工作或生活上的压力,这种情绪上的压力与感情上的孤独情绪无法在现实中发泄,于是网络就成了他们情绪的宣泄场。一方面由于弹幕不仅能够让受众有一种与他人"共在"的感受,消解了独自一人看视频的无聊感与孤独感;另一方面受众还可以通过对于剧情的吐槽、调侃来实现一种解构的快感、情绪宣泄的快感以及自我实现的快感。正因如此,弹幕在青年人群体中迅速风靡,形成了看视频必点弹幕的习惯。弹幕的自由性、匿名性使得恶搞文化、二次元文化等青年亚文化在弹幕这一新型社交场景中疯长,弹幕也成为粉丝文化的聚集地,因此,弹幕在与众多的亚文化相互交融中形成了具有亚文化色彩的独特的弹幕文化。相比于主流文化与传统文艺的严肃与理性,现代社会的青年或"网生一代"更愿意选择轻松、娱乐、自由、个性的文化,像二次元文化、宅文化、嘻哈文化等多种边缘亚文化成为他们青年一代的审美偏好,于是他们高举青年审美趣味,在对主流文化、主流价值的解构之中构建了带有玩世不恭或是嘲弄态度的青年亚文化。受众通过弹幕来恶搞剧情、嘲弄现实、

---

① 中国互联网络信息中心(CNNIC):《第 51 次中国互联网络发展状况统计报告》,http://k.sina.com.cn/article_6375433705_17c0165e9019019ui3.html。

挑战权威，肆意地展现着亚文化的破坏力量，正因如此，弹幕文化为青年亚文化提供了自由生长的沃土。

不可否认，由于弹幕的发布没有很高的门槛设置，受众可以以匿名的形式畅所欲言，有时出现无意义言论的刷屏现象，比如在观看视频的时候经常会看到"前方高能预警""233333""×××年完结打卡"等满屏的弹幕，这样的弹幕刷屏也极大地影响了受众的观看体验。很多学者不仅看到了弹幕凭借其自身的复调特征为网络视频带来的巨大的表意空间，而且还敏锐地预见到这种带有亚文化特质的弹幕文化所可能滋生的文化危险，即对于主流价值观权威的解构与挑战。我国著名的弹幕视频播放平台A站（AcFun）从2010年到2013年连续四年在春节之时发布"春节联欢晚会"的弹幕视频，其视频内容主要是日本动漫歌曲配上日本动漫主人公再加以汉语字幕解说，此举引发了"弹幕族"在除夕夜的弹幕狂欢，以用弹幕的形式庆祝春节。从表面上看，A站的这种弹幕型的春节联欢晚会是一种"弹幕族"的狂欢，但用著名的大众文化研究者霍尔有关亚文化的观点来审视这种行为时就会发现，虽然这样的行为无法撼动传统春节晚会的权威地位，但是，它却在仪式上完成了对于主导文化与主流价值观的某种解构与反抗。与此同时，这种去身份化的泛自由化现象如果不用主流价值观加以规顺引导的话，也势必影响网络影视弹幕的健康发展继而不利于清朗文明的网络空间的营造。

（二）弹幕互动下的青年亚文化群欢

每一种新的信息形态或是新的媒介革命都会滋生一种新的文化形式。伴随着弹幕在青年人群体之间的风靡，弹幕文化作为一种新的意识形态与价值观也在潜移默化地影响着现代青年人的思维方式与行为方式。有关的数据显示，最先以弹幕形式播放视频的视频播放平台B站（bilibili），目前每日的活跃用户数量已经超过1.5亿人，用户的平均年龄约17岁，其中将近75%的用户年龄在24岁以下，每天的视频播放总量已经超过1亿次，其中每日的弹幕总量却高达14亿条之多。可以看出，视频用户日益年轻化的网络文艺时代，弹幕不仅成为当代年轻人的一种娱乐方式更成为一种交友方式、行为方式甚至说是一种存在方式。而每日超过14亿条之多的弹幕总量也足以证明弹幕文化强劲的生命活力。

弹幕文化之所以有如此强劲的生命活力，其原因不仅在于拥有庞大的受众基数群，而且还在于弹幕文本的开放性与自由性特征。弹幕文本首先作为一种开放性文本，它可为受众提供一个无限制的自由可写空间，赋予每一个网络空间下的大众以可写的权利，受众可以肆意地表达情绪与情感。而且这种表达既可以是单向度的也可以是双向度的，在双向度的表达中则会极易引发受众之间情绪的共鸣，于是弹幕通过跨越时空的情感共享而得以构建成现代媒介社会下的一种大型共鸣场域。这种情感共鸣机制在一定程度上还会引发情感上的"多米诺骨牌效应"，其结果就是受众的欲望被不断激起同时又被不断地满足，于是在弹幕文本中不断地演绎着欲望的生产与再生产。基于此，像弹幕这样的开放性文本就成为著名大众文化研究者约翰·费斯克笔下所谓的"生产式文本"，其文本内部存在多种不同的话语声音所构成的多种异质力量，这种异质力量不仅存在于文本内部，同时也是一种对于整个视听文本的意义颠覆力量与可改写的力量，继而使得弹幕这种"生产式文本"成为一个无限的开放场域。我国曾一果教授在其书《恶搞：反叛与颠覆》中当谈到弹幕文本问题时也表达了相似的看法，他提到"（它）是一种自由、松散型的文本，受众可以随时随地参与和介入到这些大众文本中去，按照自己的意愿，进行重新拼贴、组合，创造出无数新的大众文本，大众不断参与、介入，深入到这些文本内部，任意肢解文本，也可以将文本与社会现实紧密结合起来，不断生产出新的意义来"①。可以说，作为开放性文本与"生产者式文本"的弹幕为青年亚文化提供了可滋生的土壤。

（三）弹幕文化助推消费主义文化的盛行

费斯克在对大众文化的研究过程中曾这样谈到"当它赢得的消费者越多，在整个文化工厂现有流程中被再生产的可能性就越大"。费斯克的这番言论虽然是对大众文化的表述，但是，他所表达的这种消费逻辑却依旧适用于融媒体时代下弹幕文化与青年亚文化的再生产。弹幕这种评论形式最初开始于网络平台上的视频播放之中，随着"弹幕族"群体的不断壮大，于是就有商家看到了其背后所能带来的巨大的消费生产力与经济效益，致使越来越多的制作方将弹幕引入了电影的播放之中并形成了一条以青年亚文化为推动力的产业链。在 2014 年暑期，弹幕正式并首次从荧屏转到大银幕，《秦时明月之龙腾万里》和《小时代 3》两部电影在影院相继推出电影的弹幕版，此举引发了众多观众的参与与肯定，让观众在观影过程中获得一种新颖奇特的观影体验，此外《秦时明月》动漫最新番外篇的网络弹幕更是以平均每秒 300 条的速度被用户源源不断地产出，可以说，"弹幕+"这种新型的网络文艺内容生产方式仍具有广大的市场空间。一方面，在消费主义价值观与消费文化的推动下，因不断满足观众欲

---

① 曾一果：《恶搞：反叛与颠覆》，苏州大学出版社 2012 年版，第 46 页。

望的弹幕文化正以一种强劲的势头发展壮大；另一方面，弹幕文化又与电影、电视、动漫、游戏等文化产业相结合，形成了以快感体验、参与体验为核心，以娱乐、个性为内容表达的网络亚文化产业链，继而进一步助推了消费主义文化的盛行。

（四）弹幕亚文化正加大网络文艺作品创作的风险

网络文艺在最开始的"野蛮生长"阶段，在作品的题材选择以及内容表达上把关不够严格，最终导致一大批具有不良价值导向的网络文艺作品的下架。例如《萌妃驾到》这部搞笑古装剧因搞笑幽默的剧情自开播以来就受到观众的热烈追捧并一直保持着超高的播放量，即便如此该剧还是因为剧中台词现代化色彩太过浓重以及大量露骨的台词有违主流价值导向，于是被下架整改。但是《镇魂》这部网剧的下架却不是题材抑或是内容上的原因，而是在于观众在观看的过程中所发出的弹幕存在问题。弹幕中所折射出的青年亚文化内容带有很强的反主流化倾向继而影响了整部剧的价值导向，最后惨遭下架。网剧《镇魂》改编自网络同名小说，原著小说是由晋江文学城耽美小说大神级作家 priest 创作完成，事实上，网剧《镇魂》无论在人物情感上、单元故事上相较于原著小说都进行了升级改造，在整部剧的价值输出上也有意向社会主义主流价值观靠拢。尽管如此，该剧在播出时，由耽美文化而滋生出的所谓"镇魂女孩"群体，在弹幕中不断地刷自己脑补出的 BL（Boy Love）情节，因而有影评认为，网剧《镇魂》的弹幕让该剧变成了一部腐剧。不仅如此，由于弹幕也是粉丝文化的聚集地所以有时会引发粉丝间的骂战，有些言论低俗粗鄙甚至还会滋生网络暴力，产生了极大的社会不良影响。

在前文中所提到的像 B 站这样的视频播放平台的受众人群多偏向"90 后""00 后"这样的"网生一代"，根据相关数据，在 B 站出生于 1990—2009 年的用户就占到了用户总量的 81.7%，受众群体年轻化趋向十分明显。面对如此年轻化的受众群，弹幕的内容质量却十分堪忧，为了我国青少年身心的健康发展，需要有规范化、标准化的监督与管理去挽救弹幕低俗化与受众低龄化的双重失衡的局面。像 B 站为了规范弹幕管理而推出了弹幕会员制，即只有成为 B 站的会员才可在观看视频时发送弹幕，成为 B 站会员的其中一种方式就是通过 B 站的考试，考试内容虽然是以二次元文化为主但是有的题目还会涉及地理、古汉语等具有一定难度的问题，以考察网友的素养。除了平台的自我管理措施外，国家近几年也在通过不同的举措加大对于弹幕的监管力度，致力于为受众营造健康清朗的网络空间。早在 2016 年 8 月，国家互联网信息办公室就在北京召开的网络专题座谈会上鲜明地提出了要加强对于网络直播等新产品、新应用、新功能上线的安全评估工作,其中就特别提到了弹幕这一新功能。2016年11月,国家网信办又发布了《互联网直播服务管理规定》,其中就提到互联网直播服务提供者应当加强对评论、弹幕等直播互动环节的实时管理,2017年10月1日起施行的《互联网跟帖评论服务管理规定》再次对弹幕加强了管理。这些规定的颁布与实施可以有效地改善弹幕生产环境,引导弹幕文化向主流化、健康化方向发展。

二 低欲望的佛系青年与高欲望的"光头强"

在脱离了话语权势的虚拟语境下,无论是网络文艺符号的创造者还是消费者,都是在对网络文艺符号的自由艺术想象中,在所建构的符号景观世界与想象图景之上来彰显在现实世界所觊觎的话语权,继而实现对现实的"替代性满足"。网络文艺所建构的情感自由的狂欢王国,也为各种网络文化的文化传播与文化展演提供了一个绝佳的传播场域。虚拟语境下的自我放逐,"泛娱乐语境"下的本我狂欢成为网络文艺符号文化的重要表征。当欲望蔓生、思想遁形之时,生活在此的现代人也只能是高举欲望但内心虚无的"光头强",扮演着媒介时代下的精神"小丑"。

(一)逃遁避世的"犬儒主义"

"犬儒主义"本是一种历史转型期下特有的文化现象,以反对传统、藐视政治权威、抵制世俗而著称。到了现代社会,英国哲学家提摩太·贝维斯(Timothy Bewes)则尖锐地指出,犬儒主义具有后现代品格,"是一个不仅异化于社会而且异化于其主体性的形象"[1]。在互联网语境下,犬儒主义的讽刺和超然转而退化为一种低姿态,并不具有批判的实质意义,而是以情绪宣泄和态度游移式的行为实践成为网络时代下的亚文化意识的产物,以知行相分、身心二元的"小丑"姿态与整体性理想相对抗,体现出消极避世的虚无主义、反智倾向的怀疑主义以及追求物质享乐的消费主义。"作别理想""拒绝崇高""享受当下"成为网络时代下犬儒主义为走向自贬和遁世所作的普遍说辞。

"佛系"是网络亚文化的一种新形态,是网络犬儒主义的代表。"佛系"实则是在片面解构传统佛教伦理的基础上的"伪佛",它绝非追求内心的平静与慈悲为怀的超然态度,而只是媒介消费时代下网络青年情绪消

---

[1] [英]提摩太·贝维斯:《犬儒主义与后现代性》,胡继华译,上海人民出版社2008年版,第8页。

费的产物。"佛系"是一种以"佛"字为能指,以"无欲无求""随俗浮沉""畏葸不前"为所指的娱乐消费符号,是一种"强调网民个体'不要太过作为'的认知范式"①。但是,网络亚文化主义下的受众将这句话进行了网络犬儒主义式的解读:"生活不止眼前的苟且,还有过去的苟且和以后的苟且。"所谓的"佛系"实则是"不思""不为""不进"的遮羞布,是一种事不关己的漠然,是一种犬儒主义下的逃遁避世。这种欲与时代脱轨,欲与历史时运断层的心态成为媒介社会下青年人生命的不可承受之"轻"。尼采曾言其使命旨在拯救意志衰微的"现代灵魂",于是提出了"强力意志说"与"超人学说",而王船山生命哲学的现世价值则是指引现代大众重新发现生命的价值与意义,坚守生命的信仰,既有忧患之下的责任担当,又有内在的恒志与凝静,做到"历乎无穷之险阻而皆不丧其所依,则不为世所颠倒而与立矣"。②

(二)自我矮化的"奴隶道德"

"主人—奴隶道德说"是德国哲学家尼采所提出的哲学概念。所谓"主人道德"则是以自我肯定、骄傲、主动为表征,"奴隶道德"则是与主人道德相悖。而网络时代下的"奴隶道德"是泯灭了主体生命的能动性与创造性后的平庸主义,是游离于精神价值边缘的"非道德化",是丧失生命意志之后、消解精神信仰之后的消极力量。以"奴隶道德"为代表的网络亚文化,是以"屌丝"为语言身份与当代主流价值观的博弈。网络上诸如"舔狗""给女神跪了""请收下我的膝盖""真是亮瞎我的狗眼""求××爸爸带我装B,带我飞"这类屌丝话语,就是一种自甘轻贱式的精神降格,它以自贬来消解正统,以矮化来对抗崇高,以一种温和却丑陋的低姿态来板结社会,是对人生热情的全盘降低,是理想斗志的油尽灯枯。"屌丝文化"是一种后现代式的"精神胜利法",是网络犬儒主义在语言中的映像,从生之理想、人之尊严走向自甘下流的轻贱,以此来完成自我生命的自贬化与悲情化。网络亚文化中的"奴隶道德"与中国传统哲学中"志于义,归于道"的"尚志"精神和尼采的"强力意志说"形成了鲜明对比。

丧志的一代,是时代之不幸,亦是生命之不幸。不知尊严何为,何来生命价值之有?在中国传统生命哲学思想中,生命之价值在于"忧勤"

---

① 蒋建国、李颖:《"佛系"亚文化的动向、样态与社会观照》,《探索与争鸣》2018年第4期。
② (明)王夫之:《读通鉴论:卷13》,载《船山全书》第十六册,岳麓书社2011年版,第486页。

"惕厉"，在于坚贞之志，在于自强不息之人之尊严，如此生命才可丰盈，遂与日月争光。尼采在其后期特别喜欢讨论"颓废"（decadence）问题。什么是"颓废"？尼采为何要谈论"颓废"呢？笔者相信在尼采那里，"颓废"不光是指意志消沉、精神萎靡，而是更一般地指感性身体的不断病弱，指生命意志和力感的丧失。在这方面，尼采构造了两项对立：一是艺术与真理的对立，即艺术的非真理性；二是艺术与道德的对立，即艺术的非道德性。在他看来，艺术乃是"权力意志"的基本表现方式，而只有通过艺术我们才有可能抵抗"颓废"和"蜕化"。以艺术性反对真理性和道德性，这尤其是尼采晚期的一个重要努力，由此形成了具有尼采特性的"生命美学"。

（三）对主流价值观温和抵抗的"丧文化"

媒介技术的革新与消费文化的盛行让整个互联网以及网络文艺世界弥漫着一种亚文化的气息，相比于其他的青年亚文化形态来说，"丧文化"则是一种较为温和的亚文化，但它的文化本质依旧是与主流价值观相抵牾的。"丧文化"的流行要追溯到2016年的"葛优躺"这一表情包的走红。2016年7月2日，"@一颗裁缝"发布了绘制"葛优躺教程"的微博，"葛优躺"表情包的人物原型出自1993年推出的情景喜剧《我爱我家》之中的一个情节片段。在《我爱我家》中，由演员葛优所扮演的季春生是一个毫无进取心的人物，平日寄宿在贾家，并在贾家蹭吃蹭喝，平时爱瘫躺在沙发上露出一脸颓废之样，而他的这一慵懒的体态与生无可恋的神态与当代年轻人劳累完一天之后回家瘫躺的样态极为神似。由于"葛优躺"这一表情包形象地描绘了当代年轻人的心理现状，即在社会压力之下的无奈与想要自我放弃的冲动，"我不想努力了"也成为当代年轻人的心灵呐喊。"葛优躺"这一表情包通过图片、动图的形式将当代年轻人的心理写实给具象化了，因而在青年群体之中引起了强烈的情感共鸣与心理认同，与"葛优躺"表情包随之相伴而来的则是以"全员颓废"为文化表征的"丧文化"在网络空间中的流行，各式各样的"××躺"表情包随之兴起，"丧文化"也成为网络文艺生产的主要的内容价值载体。可以说，网络文艺生产中的"丧文化"主要是指当代年轻人群体面对巨大的现实压力与情绪压力时的无能为力与无可奈何，在这种消极迷茫的情绪中，借用文字、图片等形式将这种心理状态具象化，并同时对自己这样带有颓废色彩的生活方式进行了自我解嘲。

"在后亚文化视阈下，网络'丧文化'最初是在青年群体中自发生成的一种亚文化，在'丧文化'创作形式上，青年群体自主挖掘开发，并在已有元素的基础上进行意义和语境的解构与重新拼贴,这是生产'丧文化'最原始的过程。"① 可以说"丧文化"是属于当代年轻人消极情绪的群体狂欢,是我国在社会与文化转型期下的青年群体精神焦虑的缩影,其中所透露出的价值观是以一种温和的姿态与主流价值观相对抗,这仍是我们所要深虑与反思的。《人民日报》与《光明日报》就曾联合刊文警惕青年人遭受"丧文化"的侵蚀。文章从价值的角度表明青年人应该"趁年轻胸怀理想、志存高远,自觉加强学习、自觉奉献青春,敢爱敢拼……",最后从政府和学校的角度表示"在关心青年人用语和思想的同时,也要关心青年人的生活和心态……引导青年人积极向上,彻底远离丧文化的侵蚀"②。

第二节 非理性主义张扬

西方马克思主义代表人物之一马尔库塞(Herbert Marcuse)曾将现代社会下人的压抑归咎于西方的启蒙思想与理性精神,是理性对感性的压制,西方理性精神的胜利是以感性的被压制为代价的。马尔库塞认为"个体感官的解放也许是普遍解放的起点,甚至是基础。自由的社会必须根植于崭新的本能需求之中"③。为此,马尔库塞提出了"新感性"理论,将人的解放与审美艺术解放相结合,认为现代社会下"新感性"的获得只有通过艺术才可实现,只有以审美的方式才可实现人之自由,将艺术之维作为感性反抗理性的方式,并将感性的解放与"新感性"的唤醒作为资本主义社会下单面人实现自我解放与救赎的途径。"'感性'在理论上被理解为当代日常生活中人的现实情感、生活动机以及具体生活满足的自主实现,亦即人的日常生活行动本身"④,网络文艺创作的自由性与宽容度不仅解放了艺术的感性,而且极大解放了人的感性维度。鲍德里亚也看到了消费社会下非理性精神的力量,"在经历了一千年的清教传统之后,对它作为身体和性解放符号的'重新发现',它在广告、时尚、大众文化

---

① 苏宏元、贾瑞欣:《后亚文化视阈下网络"丧文化"的社会表征及其反思》,《传播文化》2019 年第 5 期。
② 夏之焱:《引导青年人远离"丧文化"侵蚀》,《光明日报》2016 年 9 月 30 日第 10 版。
③ [美] 赫尔伯特·马尔库塞:《审美之维》,李小兵译,生活·读书·新知三联书店 1989 年版,第 143 页。
④ 王德胜:《回归感性意义——日常生活美学论纲之一》,《文艺争鸣》2010 年第 5 期。

中的完全出场……今天的一切都证明身体变成了救赎物品。在这一心理和意识形态功能中它彻底取代了灵魂"①。

媒介社会激活了一个张扬个性的"表现时代",定格了一种新的文化范型。主体在网络文艺世界中实现了价值取向的反转——反对禁欲主义、追求个性解放进步、激发个人创造力,同时,"个人欲望的无阻碍的永续流动构成了现代性的典型特征"②,在非理性主义的主导下,主体丧失了对于现实的理性认知,在"失我"的状态下,慢慢走向精神的异化。

第一点,主体"本我"在网络文艺无道德制约、无现实压力束缚的自由疆场里横行,其本能的欲望与诉求得到了最大程度的释放与满足,"自我""超我"的统治力量弱化而为"本我"力量所奴使,主体在这种极度享乐中成为自身感官的奴隶,并且在"本我"统治下形成了主体"第二人格",继而影响了符号创造主体自我意识与现实人性的形成,最终成为拉康镜像中的"伪自我"。

第二点,网络语言符号作为一种无序列的能指的碎片,主体在网络语言这样的语言符号言说过程中,摆脱不了在能指中分裂并被能指分裂的悲剧化命运。此外,能指不能描述任何意义,就像拉康所说的,它只不过是空虚的缺失的无意义的场所,"媒介化与能指化相伴随而引发的意蕴的消失、所指被拒斥的弊端"③,因此主体在对网络语言言说的过程中,将面临对意义的主动性否认的危险。另外,网络文艺符号作为"情感符号"的代表,其主体在网络文艺的符号世界中,需要的情感互动实则是与"他者"的情感互动,主体情感的发出动因是为了引起"他者"的"被注意"。这种"他者"欲望的置换是一种"否定性的自欺",是一种丧失主体性的"失我",而这种"被注意"的欲望也就成为"他者的欲望"。在与"他者"情感互动的过程中,主体也在"他者"的"意见"之中完成了其自我身份的构建,但是这种身份构建是对主体自身"他者"身份的构建。主体在网络文艺中对"他者"欲望认同和想象性移置,并将"他者"形象在多次认同中转化为主体心中的"心象"。

第三点,主体在网络文艺符号世界中实现了个体"本我"的狂欢。又因为网络文艺符号"共时性"特性的存在,使得个体"本我"的狂欢

---

① [法]让·鲍德里亚:《消费社会》,刘成富、全志钢译,南京大学出版社2000年版,第139页。
② 张凤阳:《现代性的谱系》,南京大学出版社2004年版,第153页。
③ 隋岩、姜楠:《能指丰富性的表征及新媒介的推动》,《现代传播》(中国传媒大学学报)2013年第6期。

就走向了众"本我"同时"在场"的集体化狂欢,最后成为群体的狂欢。网络文艺符号作为拒斥价值序列的能指的碎片,亦"不再有说教的力量",最终主体在这种"具有迷惑的力量"的狂欢化享乐中走向了狂欢的极致化——疯癫。

由此,在历史语境的消失、政治话语的缺席的网络文艺符号世界之中,主体始终遵循的是享乐主义,而享乐是社会性的突然失去,"此后不会向主体(主观性)、其人格、其孤独显示任何散落物:一切均都完全消失"①。从精神分析的角度出发,主体在网络文艺符号世界中的"审美享乐主义"则是"心理分析从作为结果的艺术中消解掉所有否定性,从而把对这种否定性的分析复归到本能冲突的层次上"②,形成了一种服从身体原则的自性冲动,一种融幻想和快感于一体的生存景观。主体在网络文艺符号世界中所遵循的从生命本能出发,"过度追求生理感官的快感和刺激,将自己的精神愉悦建立在对外在之物的体验上"③。主体在这种享乐景观下,官能快乐的满足与欲望满足成为被改写后的目标追求,人生终极意义被搁置,最终导致了个人存在上确定性的欠缺和个人存在感的消失。

一 "主奴辩证法"下的本我统治

(一)"欲望符号"背后的人格结构互动

根据前文,网络文艺的符号生产是一种注意力生产,网络语言符号是一种"欲望符号"。在精神分析的世界中,欲望是内心之所"想"和内心之所"要",而处于人格结构最原始、最神秘处的"本我",则是对这种"想"和"要"的肯定与诉求。"本我"从不思索,它只是愿望和行动。因此,"本我"将"想"和"要"架构成可能,而这种欲望的表达则意味着"本我"对这种欲望冲动的完成式满足,是对人类内心本能欲求的恢复。

在网络语言符号中,没有稳定的所指,没有稳定的意指,只有变幻莫测的能指,而能指的丰富性则是为了主体情绪之表达,所以,从某种意义上说能指的所指就指向了"能指的主人",即符号创造主体。前文中提到,网络文艺符号作为一种专注于能指而放逐所指的能指的碎片,它打破

---

① 包亚明、陆扬、李钧、张德兴等:《二十纪西方美学经典文本》,复旦大学出版社2000年版,第453页。
② 包亚明、陆扬、李钧、张德兴等:《二十纪西方美学经典文本》,复旦大学出版社2000年版,第453页。
③ 马立新:《低碳人》,山东人民出版社2015年版,第12页。

了传统文艺符号中能指与所指的一一对应的链条关系，只可找到不可言说的欲望。主体的欲望，一方面是通过像封自己为"屌丝""单身狗""心机girl""绿茶婊"等带有自嘲口吻的网络语言符号或用"陈独秀你不要再秀了""我是一个没有感情的杀手""见过很多猪，还是你最可爱"等此类带有戏谑意味的网络语言表达，来缓解隐藏于内心深处的压抑。像这些带有"自嘲"口吻的网络语言符号是一种象征着语言"垂直"关系的"联想式"的"隐喻"语言，而像这些带有戏谑意味的语言符号则是象征语言"平面的"关系的"横向组合"的"转喻"语言。拉康将"转喻"和"隐喻"两种模式引入精神分析中，得出了这样的结论，他认为转喻是"一个沿着能指链从一个能指到另一个能指的历时运动，因为一个能指在一种意义的永远延搁中不断地指涉另一个能指"[①]。这些"戏谑式"的语言符号是带有"召唤性"解构的"外延"符号，通过一个元语言符号就可以解构再生出一些语言符号，在能指对于下一个能指的指涉过程就形成了能指链。因为欲望是"他者的欲望"，所以欲望的特征也就是网络语言符号能指链中无止境的不断延搁，所以拉康说"欲望是一个转喻"。由此，主体的欲望在能指的不断指涉的"转喻"中得到缓解。这种"转喻"存在于网络文艺符号系统的内部之中，在网络文艺符号系统的外部依旧存在着"转喻"。

另一方面，网络文艺世界中能指的多样性与丰富性为主体压抑宣泄的输出提供了更多的可能，主体可以在各个网络文艺能指形式组成的能指链中任意选择，其自身的压抑也在能指链中滑动。由此而论，所有的网络文艺能指形式就构成了网络文艺符号系统外部的"隐喻"。因此，主体在网络文艺符号系统的内部与外部"隐喻"中都存在着欲望的可释放，"本我"也在这种双重释放中自由移动。

那么网络语言符号作为一种"欲望符号"，在该符号被创造的背后，创造主体人格结构的另外两个构成——自我和本我又处于怎样的状态之中？本我、自我和超我，这三者在人格结构中的互动形式又是怎样的呢？

（二）本我、自我、超我之间的统治等级序列

在精神分析中，精神学家将人格结构作为主体人格的组成部分，并将其解释为个体差异的内在力量。弗洛伊德（Sigmund Freud）认为，处于人格结构中最底层的是"本我"，它是一切心理能量之源，它无视规则与纪律，不受道德伦理的规范，它是个人有机体生命真实目的与先天需要不

[①] 汪民安：《文化研究关键词》，江苏人民出版社2007年版，第443页。

加掩饰的表达，它无组织同时也不产生共同意志，"快乐原则"是它所信奉的行动源。"自我"是以"本我"为存在基础，是一种可被感觉的理性力量，是意识的可活动区域。在弗洛伊德看来，自我是人内心"心理过程的连贯组织"，它遵循的是"现实原则"，因而是最接近于现实主体的行为意识。"超我"起源于自我，"超我"遵循的是"道德原则"，此外，"超我"也被称为"道德化自我"。

　　本我作为一种人类原始欲望冲动力量，它的能量运作属于能量宣泄。自我是一种受现实原则限制的心灵管理力量，而超我则是"一切道德限制的代表，是追求完美的冲动或人类生活的较高尚行为的主体"。此外，自我和超我还存在着反能量宣泄，当自我和超我作为一种反能量宣泄发挥作用时，人格内部这种隐性的能量对抗就变成对本我冲动的一种抑制力量。由此可以看出，本我、自我和超我三者之间的能量作用关系。自我与超我作为反能量宣泄的代表同属于本我的对立面，和本我都存在能量上的对抗与冲突：本我与自我的冲突，本我与超我的冲突，自我是本我冲动与超我压制冲动而发生冲突的"中介机构"，所以，超我与本我能量冲突的发生则需要自我作为过渡；与此同时，自我与超我也会因为能量比的大小而发生冲突。本我、自我、超我能量上的矛盾与对抗产生了内心冲突。我们从能量宣泄的角度可以看出本我、自我、超我三者之间的统治关系——自我统治本我，自我被超我统治，由此形成了三者之间的统治等级序列。

　　（三）"主奴辩证法"下的本我统治

　　"主奴辩证法"是黑格尔（Georg Wilhelm Friedrich Hegel）在《精神现象学》中提出来的阐述自我意识在精神发展的环节中所形成的一个寓言。主人统治奴隶，在这样的统治关系中还存在着这样一种单方面承认关系：奴隶肯定主人的尊严，而由于主人将奴隶视为实现自己欲望的工具或手段，因而奴隶自身的尊严却没有被主人肯定。主人强迫奴隶劳动，对奴隶来说这个劳动是被节制的欲望。奴隶在劳动中脱离了"奴"的本性而获得了自为的存在，通过劳动"赋予物的形式是客观的被建立起来的"[①]，由此，奴隶的意识被重新获得。长远来看，所有的奴役劳动实现的是奴隶的意志，而非主人，由此看来，最后的获胜者竟是那个曾经被奴役的奴隶。将黑格尔的"主奴辩证法"架构于人格结构之中，"本我"都受制于"自我"和"超我"的统治力量之下，在这种统治关系中，"自我"和"超我"是主人，"本我"是两者的奴隶，而在对网络文艺符号的劳动创

[①] 张一兵：《不可能的存在之真——拉康哲学映像》，商务印书馆2013年版，第113页。

造中，这样的统治关系却发生了一种内在的颠倒。究其原因在于，网络文艺符号的承载体是互联网，而网络世界又是一个相对于现实世界的"真实性"并基于人类想象的虚拟空间。但需要强调的是，网络世界中的虚拟性并不是剔除了任何现实真实性因素，亦不是与现实世界相对立、相割裂的"真空"世界。事实上，网络媒介并不只具有"技术革命"这类偏向技术的面相，它通过改变文艺的创作方式、传播方式与消费空间，使其逐渐沾染了现实空间的文化属性与社会属性，成为一种带有虚拟性质的社会空间。网络空间虽具有很强的虚拟性，但并不是一个脱离了现实指向的幻象空间，仍然是对现实世界的镜像反映，仍然是与现实世界互为对照、互为表述的符号世界，其背后都具有一种真实的力量。本章节所提到的"虚拟性"则更侧重于网络虚拟所带来的一种审美沉浸，即摆脱了"身份面具"、摆脱了道德自律之后的"迷失"。

1. 无压抑的本我释放与占主导地位的快乐原则

在这种虚拟化的网络文艺世界中，主体个体追求无限制快乐的原始欲望以一种更加显性的方式存在于网络文学、网络游戏、网络动漫这样的网络文艺能指形式之中。网络文学的能指形式主要集中于玄幻类、仙侠类、恐怖类等几大类型。从这些不同题材的网络文学中可以看出网络文学的语言多空灵瑰奇、夸张奇特，用语言符号的丰富性与多变性去营造丰富的想象空间。对于网络游戏这一网络能指形式，弗洛伊德的游戏观就明确指出，游戏是人借助想象来满足自身愿望的虚拟活动，在网络游戏中亦是如此。"游戏者需要凭借自身想象力进入一种'假装意识'"，[1] 在网络游戏中，游戏者需要完全投入网络游戏的虚拟环境中以及自己所扮演的角色之中。而网络动漫所描绘的世界不是原生社会而是以现实世界为基础的对现实世界美化了的次生世界，网络动漫同网络游戏一样，构建形式都是以虚拟符号为主的带有超现实真实审美体验的二次元世界。由此我们可以看出，网络文学、网络游戏和网络动漫都是虚拟性与互动性而组成的想象性空间，这种想象空间是建立在"幻想"机制之上，而"幻想"作为一种"基本的、独立的心理过程，具有超越现实压抑法则的真理价值和无功利性的审美诉求。它所保留的最古老的精神结构，暗含了一种走向'无压抑文明'的深切渴望"[2]，在这种情况下，"本我"则以一种"幻想"的

---

[1] 王红勇主编：《网络文艺论纲》，山东教育出版社2014年版，第255页。
[2] [美] 赫伯特·马尔库塞：《爱欲与文明——对弗洛伊德思想的哲学探讨》，黄勇、薛民译，上海译文出版社1987年版，第103页。

形式突破"自我"与"超我"的控制而顽强地被表达,从而使其"快乐原则"的主导地位被彰显出来。

此外,前已论述网络语言符号是一种"情绪符号",这样的符号属性是带有主体的主观诉求,而这种主观诉求主要是来源于"本我"的能量宣泄之需要,因而它是主体的"本我"情感宣泄与情绪表达的符号载体。与此同时,网络文艺创作的自由性使得网络语言符号可以在很大程度上摆脱"话语权势"的控制,摆脱这种被规范过后带有功利性的语言结构,在很大程度上是不受"话语权势"所约束的自我随性表达。因此,网络语言符号的创造是对享乐的迎合,是对自由的吁求,是"本我"欲望的彰显与满足。

拉康在提到语言结构时曾这样写道:"语言结构的强大的制约力授予我们意义,给我们一个稳定的意义。"[①] 但在网络语言符号这里,它的语言构成序列是能指的碎片,是能指的拼贴和挪用,是带有"召唤性"解构的能指链,不存在一个稳定的结构。所以,在这样的情况下,网络语言对创造主体的制约性减弱,加之网络语言符号相对于传统文艺在一定程度上也是对所指的放逐,所以,符号创造主体在符号创造过程中无须动用深层的思考,而只需要在"本我"的统领下介入其表层感官,主体的"自我"与"超我"暂时处于休眠状态之中。与此同时,网络语言符号的召唤式的解构特性不仅在其内部隐藏着主体的"本我"快乐权力的建构,也使得它的符号跨越了网络文艺的世界蔓延到现实世界之中。然而,网络语言符号的解构特性是在创造主体"娱乐审美的游戏意义上得到确立的"[②],因而是主体"本我"的快感书写。另外,网络文艺符号对创作主体的吸引在于主体可以触及未知,而触及之动因及触及之结果,只是"好玩"。由此我们可以看出,创造主体在符号的创造过程中是在"本我"意志自由的牵引下去达到令自身快乐的目的的,因此,创造主体在网络语言符号的创造过程中遵循的是"快乐原则"。换句话说,在网络文艺符号的创造过程中,"超我"作为创造主体内心的"道德律",其道德规范力量被弱化,而"自我"的制约作用也没有彰显,甚至在一定程度上"自我"的天平也渐渐向"本我"一方偏移,"本我"在无制约、无束缚的自由疆场里横行,其本能的欲望与诉求得到了最大程度的释放与满足,主体

---

① [日]福原泰平:《拉康镜像阶段》,王小峰、李濯凡译,河北教育出版社2002年版,第118页。
② 王文捷:《另类奇幻的解构性娱乐意态的新兴》,博士学位论文,武汉大学,2011年。

在这种极度享乐中成为自身感官的奴隶,"自我"也自然而然为"本我"力量所奴使。

2. 主奴地位颠倒后的统治关系

一方面,网络文艺的符号创造主体在网络文艺的符号世界中通过网络语言来释放"本我"欲望,并在"本我"欲望的满足中,"自我"与"超我"为"本我"力量所奴使;另一方面,符号创造主体在网络文艺的符号世界进行身份建构的过程中,"本我"的力量依旧位于统治地位。首先,主体在网络文艺世界中通过网络语言对主体身份进行重新建构,而这种建构则是基于网络互动性机制下完成的,因而又是一种虚拟建构,是"本我"自身满足的一种参与。其次,这种建构的虚拟性又是逃避现实、规避道德伦理的一种"自我"与"超我"的主动妥协与让步。再次,这种身份建构既然是回避现实的,因而,这种身份建构又是基于遮蔽真实,在以娱乐为主导、以快乐为原则的"伪语境"下进行的。至此,"本我"在主体语言身份的建构过程中,实现了"主人"对"奴隶"的再统治。

其实主奴辩证关系中的主—奴斗争的动因就是自我意识对于欲望的承认,而"主奴辩证法"就是为了表明,人不能在孤立中成就其人性,只有在自我意识对欲望双方承认的基础上,自我意识才能达到最后的双重统一,自我意识与主体才能实现合体。很显然,就这一层面而言,网络文艺符号创造主体的人格结构中的主—奴关系呈现了欲望主导下的本我统治,人格结构的本我与自我、超我出现矛盾中的不平衡的承认关系,继而影响了符号创造主体自我意识与现实人格性的形成,最终成为拉康镜像中的"伪自我"。由此我们可以看出,创造主体在网络文艺符号的创造过程中建立起了以"本我"为主体的人格,我们称之为"第二人格",它是对现实世界中"自我"与"超我"为规范制约下的"第一人格"中被压抑人格的释放,这样,创造主体就拥有了双重的人格。然而,"第二人格"的建立必然与"第一人格"在现实生活中发生一定的冲突,在这种矛盾关系中产生人格的焦虑。

3. 主体无法逃脱的"被言说"的命运

主—奴辩证关系不仅体现在人格结构中,而且还体现在网络语言符号与符号创造主体的使用关系中。社会性语言符号的主要功能是自我思想意愿的表达,因而主体在使用社会语言进行交流表达时,是需要人格结构中的"自我"的介入的。在"自我"意识的主导下,主体可以在理性思维的指引下运用社会语言,在这种情况下,主体算得上是"语言的主人"。而在网络语言符号中,创造主体作为"能指的主人",他本是网络语言符号的创造者、使用者与言说者，但是，网络语言符号乃是一种无序列的能指的碎片，所以，在网络语言这样的语言言说中，主体摆脱不了在能指中分裂并被能指分裂的悲剧化命运。

此外，就能指本身而言，能指不能描述任何意义，就像拉康所说的，它只不过是空虚的、缺失的、无意义的场所，因此，主体在对网络语言言说的过程中，将面临对意义的主动性否认的危险。网络语言符号的创造主体创造了语言新的言说形式，赋予了网络语言以新的话语权力，并在语言中构建了其独特的身份——网民。主体在网络语言符号的运用过程中又可以自由地进行戏谑、解构，因而主体在网络语言中是"存在于言说"状态，他不是在说语言，他不是在使用语言，而是被语言使用。主体一旦进入网络语言，其主体性也会随之丧失，最后只剩下语言的"在场"、主体的"缺席"。由此我们可以说，主体从对网络语言符号的统治关系反转为被统治，网络语言由原先那个被统治的"奴隶"转而成为最终的言说"主人"。

二 符号主体的理性异化

"在现代都市主导的标准化货币经济中……货币制度将大部分人以公式化、理性化的方式关联起来"①，货币文化所带来的消费文化已经成为现代生活重要的文化形态之一，网络文艺符号世界这个纷繁的"浮世绘"除了带给创造主体以欲望释放的快感和感官刺激之外随之而来的还有能指空洞所带来的焦虑感与烦躁情绪，网络文艺符号世界下的主体只能借助打赏、充值这样的虚拟货币来反向地均衡，于是网络文艺中的符号创造主体与受众之间的互动关系也逐渐演化成为一种伪装了的交易关系，进而逐渐陷入了拜物教的神话里。因而网络文艺符号世界下的主体理性还存在着被功利化和商品化腐蚀的理性异化等问题。

（一）能指崇拜——符号拜物教下理性异化

网络文艺符号世界下主体的功利化理性主要体现在对网络文艺艺术创造的功利性上。对于艺术的功利主义，无论是中国孔子"尽善尽美"的艺术观和张彦远的"成教化，助人伦"的艺术创作理念还是古希腊苏格拉底（Socrates）"美善同一"的美学思想，都带有艺术创作的功利主义倾向。所以传统艺术创作者在这种功利主义艺术观的影响下多注重艺术符号内涵的价值承载，看重的是符号的教化功能、政治功能的工具属性。弗

---

① ［德］席美尔：《货币哲学》，朱桂琴译，光明日报出版社2009年版，第157页。

洛伊德认为梦是欲望的伪装,那么审美就是需要的伪装,主体在网络文艺符号世界中的无功利审美其实也是主体功利性需求的伪装,网络文艺符号创造主体对于符号创造的功利性体现在符号的欲望承载。

1. 网络文艺能指符号的聚类化生产比比皆是

在网络文学文本中,悬疑、穿越、猎奇、恶搞为其主要题材能指,用"一种直观的或者冥想的客观化"的个性化语言拒斥所指,而基于网络文学改编的网络剧则是这种二维的"个性语言"的可视化形式,并将网络文学中的元符号进行二次加工与再创造。像曾经大热的网络文学改编剧《太子妃升职记》,古代故事中充斥着诸多夸张化的当代潮流元素,古代语言中更是穿插着港台腔无厘头等无稽言语,剧中人物的服装的夸张性已经不再具有罗兰·巴尔特对于服饰体系的认识论意义,个性化的非主流服装已经摆脱了服装作为装饰性符号的本体意义,表演夸张怪诞,用这些形式性的能指为噱头吸引观众,反历史、反真实、反理性的虚无所指之下只能靠多样能指拼贴的"闹剧",使这类网络剧成为无意义符号的生产与复制。

在网络电影市场则存在严重的对于时下热门电影的能指低劣复制的"聚类关系",2016年《美人鱼》这部电影,在赢得票房与口碑双丰收的同时,网络电影市场也出现了蹭热度的跟风乱象。在网络剧的播放平台搜索关键词"美人鱼"就可以搜到《美人鱼前传》《城管大战美人鱼》《再见美人鱼》《我的美人鱼》《美人鱼回头是岸》等多达十几个与"美人鱼"词条相关的电影。再如之前大热的"人在囧途"系列电影,在网络电影市场中同样可以搜到《保囧》《巷囧》《贼太囧》《沪囧》《钱囧》《避风港囧》《澳囧》等几十个与"囧"字有关的电影。在利益驱动与商业化运作的背景下,网络电影的创造主体迎合大众审美,使得对于网络电影的生产仅成为对于能指符号的聚类化生产,而观众在这种功利化、娱乐化、能指化、感官化的艺术商品中沦为感官的附庸,沦为对于能指的崇拜。

2. 符号拜物教下的理性异化

网络文艺符号创造的功利性倾向就是对主体欲望与自然需求的迎合,功利性符号的创造主体的理性则变为一种功利化的理性。这一功利化审美特性具备了天然性的可被消费的可能,收视率、点击率、打赏额度成为网络文艺某一能指形式有其存在合理性与必要性的主要指标,而不是网络文艺自身的艺术生产力以及对受众产生的审美效能。传统艺术的表现形式主要服务于道德的象征性,而网络文艺则侧重于对艺术符号本身的可消费性，当网络文艺符号本身具备了消费这一特质之后，就从"物质形式"而变为一种"价值的形式"，消费者对于网络文艺符号能指的崇拜，也就导致了符号拜物教下的理性异化。

(二) 欲望崇拜——商品拜物教下的理性异化

1. 走向工具理性的审美理性

网络文艺符号的商品化使网络文艺符号的创造很大程度上嬗变为一种商业化生产，网络文艺创作主体的审美理性也开始向商业化理性偏移。以网络文学为例，决定网络文学作品在各大中文网站能否签约、出版的重要因素就是作品的点击率、收藏率、推荐率。所以，有大量诸如"求收藏""求火箭筒""拿月票砸我吧"此类带有对利益乞求性的文字符号出现在网络文学作品简介或章节尾部。这就意味着网络文艺创造主体对于符号的创造过程不再是简单的意志冲动下的自由创造而是利益驱使下的商业化创造，利益成为符号创造主体意志的牵引，所以其意志表达不再自由，因而主体理性亦不再是现代审美理性而是被利益腐蚀了的商业理性。由此我们也可以看出，网络文艺符号创造的"泛自由"实则是一种追逐名利的自由。此外，像"银河文学"网站突然倒闭，旗下的网络文学被撤稿；"起点中文网""创世中文网"网络文学整改，网络文学创造主体被迫修稿；某些网络综艺节目、网络视频也因内容不当或因侵权而被下架封禁。所以说，网络文艺创造的自由也是被限制的自由，是相对于传统文艺严苛的创作环境的相对宽泛的自由。

2. 被功利化、商业化了的主体理性

但是，像网络短视频，它与网络文学不同的是，它没有签约的艺术生产者定期地生产艺术产品，作品的生产者与消费者都是用户自己，它只是一个呈现和分享的平台。所以相比于网络文学的生产者，网络短视频的生产就具有很强的自由性与自主性，网络短视频背后的商家为了扩大流量则会以粉丝变现这样的利益引诱来促进用户的作品生产。像"火山小视频"这个网络短视频 App，用户在该平台的收益模式是以火力值作为衡量指标，并通过火力值的多少进行折现，一个火力值等于 0.1 元，而火力值又跟短视频的播放量、转发量、点赞数、评论数、视频清晰度有关。视觉符号成了可以带来注意力与金钱变现的载体，在这样以功利化审美为艺术生产力的环境下，视频生产者很容易偏离艺术的创作价值导向和艺术操守，而走向举着各种夸大标题、以各种噱头吸引关注的流量支配者。在金钱欲望的支配下，迎合大众的审美趣味，满足浅层次的感官娱乐的狂欢式"哗众取宠"。出现了大量诸如"恶意破坏超市产品""情侣高难度动作秀恩爱""未婚妈妈穿校服晒孕肚"等无视社会道德、内容格调低下、引导错误价值观的艺术非义行为。网络短视频作为一个为用户提供艺术创造自由的平台，也不乏有些商户将其当作谋取利益的手段，于是出现了大量关于"化妆品试用测评""跨境商品采购""名牌货真假对比"等商品宣销视频，使网络短视频的生产者已经脱离了艺术符号创造者的身份而成为名副其实的金钱的附庸，主体理性已经完全被功利化、商业化。

此外，网络文艺符号的价值不仅在于承载了受众的需求与欲望，而且它同一般的商品一样具有物质形式的使用价值。我们这里所谈到的网络文艺的使用价值是指消费主体对于网络文艺的二次消费。例如，对于网络文学的消费可以通过购买、打赏等形式实现；对于网络剧、网络电影、网络综艺节目、网络动漫等视听文艺能指的消费则可通过在播放平台进行会员充值进行；在网络游戏中可以充值买"皮肤"、买装备；在网络直播中则是以充值刷礼物的形式。有的充值平台按照充值金额的多少划分了公爵、贵族、国王等级别。当网络文艺将"不同文化、不同习俗、不同阶级、不同品味的人都连接在网络系统之中，将不同人的思想、体验、价值认同都整合在同一频道、同一观念模式和同一价值认同之中"① 时，它实际上已经利用金钱消费将网络文艺符号消费主体建构出一种新的虚拟的身份等级秩序，消费主体也就成为金钱的崇拜者与奴役者。

3. 对于商品符号的拜物消费

网络文艺生产的商业化成为一种统治文艺作品生产者及消费者的神秘力量，形成了网络文艺中的商品拜物教，但是在网络文艺符号的生产中，除了对文艺商品的消费，还存在着对于商品符号的拜物消费。

我们先来看一组数据，2017 年国产贺岁大片《西游·伏妖篇》以 3.67 亿元的首映票房刷新了华语贺岁电影的首日票房纪录，在这之前，还有多部收益非凡的西游改编电影《西游·降魔篇》（2013 年，12.45 亿元）、《西游记之大闹天宫》（2014 年，票房 10.45 亿元）、《西游记之孙悟空三打白骨精》（2016 年，票房 12.01 亿元）、《大话西游 3》（2016 年，票房 3.61 亿元）。这些电影都是在文学原著《西游记》的基础上进行改编，至此，西游改编系列电影的累计票房已超过 50 亿元，其中动画电影《西游记之大圣归来》达到了 9.52 亿元之多，刷新了中国国产动画电影票房历史之最。而与"西游"相关的网络剧、网络电影更是不胜枚举，像网络剧《我的西游》《愤怒的唐僧》《囧西游》《欧巴西游》《西

---

① 汪民安：《文化研究关键词》，江苏人民出版社 2007 年版，第 278 页。

游奇遇外传》等,还有网络电影《大笑西游之白骨精的爱情故事》《佬炮之西游行》《唐僧肉惊天大骗局》等。在网络游戏中,每年都有与《西游记》相关的游戏开发,最著名的莫过于《大话西游》《梦幻西游》《西游降魔篇》等网络游戏,这些游戏由于新鲜刺激的角色扮演与剧情体验,深受年轻人的喜爱,并频频霸榜国内游戏市场,产生至少超过百亿元的盈利。"网易游戏 2015 年度总营收 173.14 亿元人民币"[1]。这些数据足以表明"西游"这个超级 IP 巨大的商业价值、创作主体在商业化审美下把"西游"包装成消费品的能力以及受众对于"西游"文艺作品强大的商业化消费能力。

但需要注意的是,这些"西游"改编文艺作品已经很大程度上偏离了原著"西游"的人物原型、故事架构以及文本精神内核。原著《西游记》讲的是师徒四人西天取经的故事,师徒四人实则一人,唐僧是人的身,孙悟空是人的心,猪八戒是人的情欲,沙僧是人的本性,表面上讲降妖除怪,实则是战胜心魔。"三打白骨精"作为《西游记》中精彩桥段之一,它的精彩不在于孙悟空的火眼金睛和白骨精的变身障眼法,而是在于其中深刻的隐喻。三打白骨精,实则是与自我心魔作战,因而是讲述眼明与心明的深刻辩证。电影《西游记之孙悟空三打白骨精》只摘取了原著中的一章进行重构与改编,杜撰白骨精的前世今生,将情欲大肆建构于人物性格之中,斩除心魔的原著旨意在该电影中毫无彰显,只是将白骨精的形象拟化成几缕白烟的幻灭,整个画面充斥的白色阴冷可怖,将斩妖除怪的艰难简单地戏解为特效堆砌的视觉奇观。原著《西游记》中的孙悟空头上的"紧箍咒"是"宗教戒律、定心真言、社会礼法和社会文明秩序的象征"[2],所以唐僧对孙悟空念的"紧箍咒语"也就是"束缚咒语",以让孙悟空头疼炸裂的方式实现对孙悟空心灵秩序的一种规诫。而在电影《西游·伏妖篇》中,创作者将"紧箍咒语"戏说为《儿歌三百首》,唐僧以唱儿歌的方式让孙悟空大跳艳舞当众出丑的形式作为师父玩弄徒弟的一种卑劣手段,并以此激起了孙悟空心中的弑师念头与报复心理。师徒四人觐见丘比国王时,国王提出让唐僧展示武艺的要求,于是孙悟空使用技法将"听话符"贴于唐僧身上,让其在众人瞩目之下跟随自己一起做扭腰摆臀等带有挑逗性质的性感低俗的舞蹈动作。周星驰式的"无厘头"

---

[1] 《网易游戏 2015 年总营收 173.14 亿,〈梦幻西游〉手游收入或已超 50 亿》,搜狐网,https://www.sohu.com/a/60646173_114795,2019 年 12 月 20 日。

[2] 薛小娟:《浅析〈西游记〉中紧箍咒的象征意义》,《文学界》(理论版) 2011 年第 3 期。

风格那种自嘲式的深刻在这里也变味成了低俗趣味的迎合。

《西游记》作为我国四大名著中唯一一部带有神幻色彩的小说,它的经久不衰就在于魔幻题材的神话外衣下的深刻现实性,吴承恩在《西游记》的开篇写道:"欲知造化会元功,须看西游释厄传。"而这些电影对于原著极富"创造力"的改编已经成了对于"西游"经典的暴力改造,创作者妄在经典之上进行大肆颠覆与重构并冠之以现代元素与低级趣味,将经典沦为只剩玄幻外壳的高碳艺术作品。而与"西游"相关的网络剧和网络电影对于原著的"极具创造力"的改编更是到了令人发指的地步,在对其进行面目全非式的曲解亵渎后使得所谓的"西游"改编电影徒留下"西游"二字的空壳罢了。由此我们可以看出,这些打着"西游"大旗的网络文艺作品已经脱离"西游"的基本的形式与内容了,为什么还要冠以"西游"的名号呢?

很明显,原著《西游记》作为在漫长的时间长河中,在受众历时性的阅读消费过程中,已经成为带有鲜明民族特色的一个文化象征,积攒了一代又一代受众的审美期待的历史中的符号,它也不单单是一个具有极大的可开发价值和巨大商业价值的商品,而是一个可以被消费的文化符号。"新""奇""怪"是"西游"符号的表征,民族化审美与民族精神是"西游"符号的内涵与意义。而文艺创作主体在商业化与功利化审美驱动下只停留于对"西游"符号形式的能指游戏而放逐于符号的意指,创作主体的这种异化审美下的艺术创造也是对于受众趣味的迎合,所以受众也只满足于对于"西游"符号形式的浅层消费。人类创造了"西游"这个文化符号,而符号的形式力量已经超越了它的内涵继而成为可以影响人类审美创造的驱动力量,就此意义来说,创作主体与消费主体都是对于符号形式的拜教,都是一种理性异化的表现。网络文艺符号世界下的主体理性所存在的功利化和商品化的理性异化问题,实则是主体在网络文艺符号所营造的视觉奇观世界中的身份迷失,"碎片化的、无深度的视觉符号形成了对现代人的'围困'"[1]。

近几年我国网络文艺发展迅速,文艺样态、文艺形式层出不穷,网络文艺作品蔚然大观,尽管如此,我国网络文艺在发展过程中仍出现了几大问题症候:一是"有高原无高峰"的内容生产与发展瓶颈;二是"网络性"与"艺术性"的失衡症候;三是产业化发展中的"市场与审美""商业与文化"的矛盾冲突。这些问题所暴露出的多半是数字化技术在艺

---

[1] 杨萍:《短视频传播热下的奇观消费及其意义缺失》,《传媒观察》2018年第1期。

术审美中的意义承载问题。作为一种新兴的艺术形态，网络文艺"具有全新的独特的审美意象、审美理念、审美语言和审美实现方式，具备全新的独特的审美知觉体系"[1]，因而对于它自身"质"的规定性的认知需要从艺术的"美"的规定性的角度来对其进行观照。网络文艺的爆发是一场伴随媒介革命的艺术革命，艺术也在这场具有颠覆性的革命力量中进行了重塑。不可否认，网络文艺相较于传统文艺而言，它的独特性就在于"网络性"，但是作为一种精神性的文化产品来说，其发展的最终落脚点应落在"文艺"二字，"网络性"不应掩盖"艺术性"而成为网络文艺的本质属性。但现实却是，"网络性"所衍生出的亚文化特性、文化边缘性以及后现代主义倾向致使网络文艺逐渐丧失其思想的深度、精神的广度与艺术的纯度。

第三节 主体的退隐与客体的遮蔽

网络文艺的符号世界是一个主体的幻想和想象在数字化世界里用各种视听符号编码的现实虚拟世界，一个视觉符号占霸权地位的景观社会。网络文艺符号世界是建立在主体的幻想与想象之上的，主体在对网络文艺符号进行创造与再生产时实际就是网络文艺符号世界下的"数字化生存"，这种生存是不同于在现实生活中所经历的生活历史体验，因而我们不能基于原有的现实生活的认知模式去阐释在网络文艺符号世界中主体的感知体验。网络世界的虚拟性与交互性，在丰富现代人感知与体验的同时，在将主体感知经验媒介化的同时也让网络文艺世界下的主体与客体关系发生了改变，最后导致主体的退隐与客体的遮蔽。

一 主体性的退隐与符号中的他者

在拉康"镜像阶段"理论提出之前，弗洛伊德就提出了相对于"现实的自我"的"自恋的自我"理论。弗洛伊德的"自恋的自我"与黑格尔的"主奴辩证法"都是被看作主体自我意识的转移，都是在他者的自我意识中进行自我意识的确认。拉康的"镜像"理论则是以黑格尔"主奴辩证法"为哲学基础，是一种主体自我身份确立的过程。在拉康看来，"自我"作为主体的原初形式，是自身在与镜中的理想形象的认同中产生

---

[1] 彭宽：《网络文艺是现实生活的敏锐"探测器"》，《光明日报》2012年1月22日第2版。

的，是将他者的欲望加之于自身的欲望。到了网络文艺的世界中，创作主体意识从对"本我"欲望的肯定变成了对"他者"欲望的追求，并开始了主体自身的异化命运，即从符号的主体走向符号的他者。网络文艺的创造主体沦为"他者"的异化命运主要体现在"'他者'欲望追求"与"'他者'身份建构"。

（一）主体欲望移置——"他者"欲望追求

黑格尔认为欲望是一种欠缺和不在场，是存在的一个空洞，能满足它的只有一种事物——他者的欲望。在拉康看来，欲望从根本上来说是一种对缺乏的渴望，而欲望实则就是他者的欲望。主体在他者的欲望之中放弃自身，自我否定，如此一来，这种否定不仅是对主体自身的否定也是对主体欲望的否定。

1. 网络虚拟空间下"镜像他者"的发现

主体在网络文艺声色犬马的符号世界里，主要是通过对视听符号的感知来解读他人与社会，并寻找对于自身的欲望追求。网络文艺符号世界作为一个充满了视觉符号的景观社会则必然存在"看"与"被看"的视觉位置关系。网络文艺中的视听符号的搭配所营造出的景观图像带有很强的逼真感，因而主体在"看"的过程中很容易出现审美上的沉浸效应，在这样忘我的审美体验中缩小了"看"的距离，于是与景观图像中的人物产生人我不分的状态，在人我同构的过程中，其欲望也发生了移置，在"看"的过程中所产生的"共鸣"就是对于"镜像中他者"的发现。像网络直播、网络短视频这样的网络文艺能指，符号创造者成为视觉符号的主要构成要素，"观看主体"也摆脱不了"被观看"的命运。主体在网络文艺中的"看"与在传统文艺中的"看"是不一样的，主体在传统文艺中的"看"是一种静态的观看，而在网络文艺中的"看"则是一种动态的互动。所以，主体在这样动态的"看"的过程中，网络文艺中的视听符号就成为权力、欲望、意识的交织，所以网络文艺中视觉符号这种"看"与"被看"的视觉位置关系也就变成了主体之间心理上的权力关系，"看者"潜移默化地接受"被看者"（即"他者"）的思想与欲望控制，将"他者"的行为意识内化为在网络文艺世界中的欲望追求与价值判断。而主体丧失自身欲望转而满足于对"他者"欲望追求的行为体现就是"跟风"，而"跟风"行为的体现就是"模仿"。

2. 对自身欲望的弃置以实现对"他者欲望"的满足

网络短视频中那些具有高点击量的短视频都会在短时间内有大量的用户相继跟风模仿，其中有"费启明模仿效应""温婉模仿效应"此类模仿网络红人的短视频，还有大量以"爱的就是你""Panama""学猫叫"为背景音乐的手舞模仿视频，等等。而像"小咖秀"这样对嘴表演飙戏的网络短视频的录制更是掀起了一阵全民模仿竞技热，出现了大量对《还珠格格》《甄嬛传》《情深深雨濛濛》等经典影视剧的模仿表演，对宋丹丹、赵本山的小品模仿表演，等等，"模仿"已经成为主体在网络文艺符号世界中的一种新的生存方式，而在模仿的过程中，主体的表象系统和言语编码系统都会受到影响，其思维认知系统与主体定位也会发生偏差。网络文艺世界下的模仿主体将这种跟风式的模仿行为视为一种时尚，主体在对时尚跟风过程中所获得的愉悦感就是对"他者欲望"的取悦。所以主体在网络文艺世界中的"模仿"行为的过程就是从对主体欲望的弱化到对自身欲望的弃置最终实现对"他者欲望"的满足。此外，像网络短视频这样的全民参与型的艺术能指，各种互联网终端只是这种艺术能指的呈现载体，主体所拍摄的短视频可以在平台上上传分享，所以，它又是一种共享型艺术能指，而艺术创造主体自愿的"晒"的行为就是一种主动迎合"他者""看"的行为，就是满足"他者欲望"的行为。因而创造主体所晒视频中所有场景符号的集合都带有"他者欲望"的痕迹，当主体在把"他者欲望"内化的过程中，其主体本身的欲望就隐退至边缘地位。

3. 情绪的"在场"与主体"缺席的在场"

在网络文艺符号世界中，网络语言符号作为一种互动性极强的"情绪符号"，这种符号之间的互动行为实则就是一种满足他者欲望的行为。同时网络文艺又是一种"注意力"生产艺术，网络文艺符号创造主体的参与创造的心理动因则是对"被注意"情感的欲望诉求，而这种"被注意情感"是一种倾向情感，这种倾向情感的表达形式在网络文艺符号世界中则有关注、点赞、转发、弹幕、评论、人气值等几种能指形式，这几种能指形式的主体参与度越高，一是代表存在的"他者"欲望值越大，二是代表"他者倾向情感"越强烈，则"他者"欲望下的"自恋的自我"的主体建构完成得更彻底。但是，这种倾向情感的行为发生条件及前提则是需要一个"不在场"的"他者"的"在场"，由于网络的虚拟性，"他者"的在场方式相对于现实意义上的"在场"是虚拟的，因而它是在场形式上的"不在场"，而这个"他者"的"在场"则是在于他情感上的"在场"，需要"他者"的反馈。在网络游戏中，"他者"的"在场"则不仅仅是情感上的"在场"，相比于其他的网络文艺，网络游戏中"他者"的"在场"方式大多是以弹幕的形式进行双方情感的交流与传达，网络游戏的互动性是受众之间的意识支配下的虚拟性的行为交往。因而，网络游戏的"他者"的"在场"除了情感上的"在场"外，还有"行为"上的"在场"，但是，这种"行为"也是"他者"情感的一种表达方式，只不过是情感表达的介质不同，其他网络文艺能指形式的情感表达是以一种文字符号的形式，而网络游戏中的"行为"情感表达则是一种动作指令符号的形式。所以，在网络文艺的符号世界中，创造主体需要的就是"他者"的情感互动，而创造主体的自我身份的构建也来自"他者"的"意见"，因而可以指认为是一种"否定性的自欺"，是一种丧失主体性的"失我"，而这种"被注意"的欲望也就成为"他者的欲望"。

在前文中提到，网络语言符号是一种"欲望符号"，其原因在于在网络文艺内部"召唤结构"和网络语言符号本身的"召唤性"的共同作用下而带有的对于欲望的"引诱"。这种欲望的"引诱"对于网络语言符号本体来说，是对创造主体参与性的"引诱"，也就是对创造主体欲望的"引诱"，值得注意的是，这里的主体同时也是符号的创造主体，其自身对于网络语言符号的创造动因除了满足自身的意志冲动以及"本我"的欲望之外，另一个原因则是对于"他者"欲望的"引诱"。而这种"引诱"则是带有渴望"被关注"的倾向情感，带有被"他者"承认的期待感，是一种自我降位的欲望投射，诸如"××爸爸""求××爸爸带我装B，带我飞"此类网络语言符号在网络文艺中被创造主体的广泛运用。黑格尔曾经谈道："人的欲望在他者的欲望中发现意义，这主要不是他者掌握着能通向被欲望的对象的钥匙，而是因为欲望的第一对象应该被他者认可。"[1] 因此，在一定条件下，这种对于"他者"欲望的引诱甚至超越了主体对于自身欲望满足的需要，承认"他者"的欲望并将其当作自己的欲望，甚至将这种"他者"的欲望转嫁为自身在符号创造过程中的全部情感倾入。

（二）主体身份移置——"他者"身份建构

1. 通过想象秩序的建立来完成自身欲望的移置

创造主体在符号创造过程中还存在一种对"他者"欲望的想象秩序，这种想象秩序是镜像、认同作用和交互作用的秩序，这种想象秩序的基底构成则是以"他者"欲望为参构的。而这里的"他者"已不是上述存在状态上"不在场"但情绪"在场"的"他者"，而是一种在想象型关系中的虚拟的"他者"。网络文艺符号世界又是一种"拟像符号"系统，在这个过程中，是主体将自身的欲望移置到一种"虚拟"之中，"欲望的满

---

[1] ［英］玛尔考姆·波微：《拉康》，牛宏宝、陈喜贵译，昆仑出版社1999年版，第89页。

足总是他者欲望的象征在意指链中的转喻过程",例如,对于网络剧、网络电影中穿越题材热衷的主体而言,这类题材是距离现实生活较远的一类,而此类时空又是一种不存在的想象时空,主体只能通过想象秩序的建立来完成自身欲望的移置。同样,在网络动漫中亦是如此,主体通过这种想象秩序将自身的欲望移置到动漫中的虚拟形象中。而像"网络游戏"这样互动性极强的能指形式,人物符号、情境符号构成了网络游戏主要的内容符号。这里的人物符号,一个是游戏者这个本我符号和游戏者在游戏中所扮演的角色符号,游戏中角色所带有的技能和装备我们称之为"次生角色符号"。主体在进入游戏中要自觉进行身份的转换,主游戏者虽然是带有两个身份识别的人物符号,由于网络游戏自带的沉浸效应,在游戏中游戏者会自动切换到角色符号,至此,本体符号和角色符号以"同构"的形式存在,主体的身份借此也转换完成。而这种身份转换的完成,也就标志着主体在游戏的想象秩序中、在虚拟的角色符号中"指认"了自身。

相比于以上网络文艺能指形式中的虚拟的"他者",网络直播则是真实"他者"的虚拟性呈现,是可直观感受到的"他者"的在场。主播在现实的场景中以视频的方式与受众之间进行信息传播与符号互动的社交行为,"其传播符号体系连接了现实与虚拟,给受众造成一种关系真实存在的假象"。[1] 受众对于网络直播中"美女主播"的喜爱则是对内心那个"镜像"中"他者"形象的想象构建。在这里,想象不仅是一个主观心理构成活动,也是将感性行为操作中的现实模仿、类比和齐一。

2. "他者"身份标签建构自我身份与身份认同

主体身份的建构过程是一个"进行时"的动态过程,主体身份的建构是对于"自我"的建构,所以自我身份的建构是一个进行时态。自我身份的建构是一个过程,由于自我的社会性,因而它的建构不仅是在自我认知中,更多的是在与他者的交流中不断地进行自我确认,自我也就在这不断的自我确认中确立起来。在网络文艺受众群中,"粉丝"是其中带有一定"他者"身份标签的特殊身份主体。一方面,粉丝是一种群体类型,因而需要遵循粉丝群的群体规则,遵循群体规则则是粉丝的个人身份向群体身份的身份转移;另一方面,"粉丝"作为符号而言,是一种可以自行产生各种隐喻与文化表征的象征符号,"粉丝"这类群体则是带有强烈"他者化"的类型群体,因为每个偶像的粉丝都有自己的粉丝名,例如李

---

[1] 关萍萍:《网络直播的符号互动与意义生产——基于传播符号学的研究》,《当代电影》2017年第10期。

宇春的粉丝叫"玉米",张杰的粉丝叫"星星",何洁的粉丝叫"盒饭",等等,这些粉丝名在一定程度上象征粉丝甘愿放弃自身的主体个性而投身于一个带有强烈"他者"属性的身份中去,在粉丝们看来,自己的这种"他者"身份不是对于身份主体性的丧失,反而将这种"他者"身份认为是对自己身份的"加冕"。

德国著名的社会学家马克斯·韦伯（Max Weber）在其支配社会学理论体系中,提出了"卡里斯马"的概念,将"卡里斯马"认为是一种"超凡魅力",一种具有"被区别于普通人,被认为是具有超自然超人,至少是特别罕见的力量和素质"[①] 的人格特质。在粉丝眼中,偶像就是具有"卡里斯马"特质的一类人,所以粉丝对偶像的追捧与崇拜在一定程度上是"他者"欲望作用下的一种自甘降位的情感,而这种情感也是粉丝通向"他者"身份建构的"召唤"。在网络直播中,偶像与粉丝这种"面对面"互动,从直观视觉上消除了偶像与粉丝的时空距离,这种符号传送时空距离的消失,使得粉丝无法脱离其自身所处的语境,无法对此时语境下的身份进行理性的审视,很容易在这种距离消失的迷幻中迷失原有的主体身份。因此,伴随着粉丝与偶像之间符号传送时空距离的消失所带来的粉丝与偶像交流时空距离的"消失",粉丝对于这种交流时空的错觉,一方面加深了粉丝的"他者"欲望,另一方面也营造出了粉丝对于偶像的身份认同空间,"他者"身份的建构就在粉丝对偶像的欲望消费、情感消费和身份消费中慢慢建立。网络直播这一能指形式提供了粉丝"他者"身份的建构和强化文化认同的符号空间,对于粉丝来说,很多粉丝将与偶像的网络直播互动看作粉丝之间的集体庆典,是一种"仪式"性的活动。时下炙手可热的偶像明星,他们直播都会登上微博热搜榜或者成为关注话题,例如"鹿晗直播""蔡徐坤直播""杨幂直播""赵丽颖直播"等明星直播都曾位列微博热搜榜的榜首,可见粉丝对于偶像网络直播的期待。如此一来,网络直播也成为偶像向粉丝进行身份符号权力作用的最佳场域之一。"仪式"又被看作一种"社会模仿",是符号、意义与价值观的文化体系的象征。所以,粉丝与偶像的互动,是一种通过想象性的投射来建构自己的"他者"身份,是基于群体参与的身份内在认同,偶像与粉丝的互动,不只是纯粹的媒介经验,而是粉丝"他者"身份动态的、共时的能动性身份认同建构过程。

---

① [德] 马克斯·韦伯:《经济与社会》（上卷）,阎克文译,上海人民出版社 2009 年版,第 322 页。

3. 身份的误认与身份获取的错位

由于受众在网络文艺丰富多样的能指消费中，很容易引发沉浸型自由情感，这种审美情感，是受众"本我"主导下的情感互动，因而理性意识被置弃，所以受众在网络文艺的符号世界中总是在毫无知觉、毫不知情的情况下其身份主体性被打下"他者"身份的烙印。受众主体毫无知觉地完成"他者"身份的转换，这种情况尤其在网络游戏这一能指中经常发生。

对网络游戏的虚拟符号世界的理解，需要我们依赖于赋予其意义的各种符码和网络游戏语言系统。网络游戏符号世界作为一个虚拟符号的集合，它的超日常性就体现在受众在游戏中的"乔装打扮"上，"乔装或戴面具的个人'扮演'另外的角色、另外的存在物。乔装就是这个另外的存在物"。受众在进入游戏之前必须要先完成其"身份"的转换。例如时下火热的网络游戏"王者荣耀"，受众在进入这个游戏时要选择一个"英雄"的身份设定，共有82个英雄。这些"英雄"大多是"三国"或其他时期的历史人物，例如诸葛亮、大乔、小乔、韩信、关羽、孙尚香等，每一个英雄人物设定都有特定专属的技能、生存能力、攻击伤害。由此我们看出，受众在游戏中的身份标识就变成了"诸葛亮""韩信""貂蝉"等"他者"身份，因而也不再是游戏者之间的对决较量，就变成了这些历史人物之间的对抗。游戏者虽然是带有两个身份识别的人物符号，由于网络游戏自带的沉浸效应，在游戏中游戏者会自动地切换到角色符号，在这个虚拟的"他者"角色符号中建构新的身份认知。游戏中的受众，深知这些人物都是虚拟的人物符号，但他们"总是同时既是知信者又是受骗者。但他却宁愿做受骗者"[①]，甚至将游戏中的人物架构到现实主体身份中，建构"他者"身份。例如知名的游戏主播"冯提莫"，这个名字的由来是因为她在"英雄联盟"这个游戏中最常玩的角色名叫"提莫"，所以将角色身份掩盖其主体身份成为其身份的代称。在网络游戏中，受众的本体符号和角色符号也以"同构"的方式一同存在于游戏者自身，最终受众在毫无知觉的情况下完成了"他者"的身份转换。

"王者荣耀"这款游戏中的英雄人物设定因偏离了历史人物的真实性而受到大众的口诛笔伐。"诗仙李白变成了刺客，名医扁鹊是用毒高手"，更为离谱的是"荆轲"这个英雄角色，其性别属性都发生了改变，变成了性感曼妙的美女。"王者荣耀"游戏中的英雄人物设定一定程度上是对

---

① 王红勇：《网络文艺论纲》，山东教育出版社2015年版，第255页。

于历史人物戏谑式的再阐释，因而这些英雄人物成了脱离历史人物原型的虚拟人物符号。受众在游戏中以这些虚拟的人物符号对战过程，就是对于历史的实践性戏谑。在网络游戏虚拟符号建构的"拟像"环境中，受众对这些历史人物进行世俗幻想化的快感书写与认知，其结果是，受众在对历史的戏谑与把玩中，不知不觉地完成了"他者"身份的转换。

主体在网络文艺中对于"他者"欲望的认同和想象型的移植，并将"他者"形象在多次认同中继而转化为主体心中的"心象"，进而在网络互动性机制的致瘾下，进一步"反转"，掩盖原来主体性而成为新的主体。如此，只能通过回归"他者"的形式，从"他者"的欲望，成为"他者"身份。因此，符号创造主体对网络文艺符号的编码过程是一种有意识无意识的文化误读，是主体身份获取的错位。

二 真实性的遮蔽与生活中的"盲者"

网络文艺作为数字化时代下的必然产物，它是诞生于媒介之上的一个虚拟的符号世界，但同时，网络文艺又是诞生于大众文化之下的自由生产，在娱乐化的"伪语境"下进行艺术创造就注定了这种艺术形式很难做到对于真实的再现，这种情况在很多网络剧中尤其是历史剧中有所体现。历史剧的创作态度应当建立在尊重历史与敬畏历史之上，因为历史剧与其他剧种不同的是，作为一种艺术创作，首先，要做到对于艺术的尊重，尊重其艺术创作规律，继而做到艺术真实。而历史剧的创作中心是"历史"，首先要对历史尊重，历史是已逝的事件与人物，因而要怀有敬畏之心忠实于历史，做到本真真实。其次，历史的价值在于它的文化性与民族性，它是经验与教训的警示，它是文化的积淀。此外，历史剧创作是通向人类可以触摸历史的一条路径，所以在这其中又隐含了一定的责任态度：对于历史的负责感，对于艺术的责任感，对于受众的责任感。

在媒介社会中，主体在网络虚拟世界中的虚拟体验，在时间性上对主体来说虽是一种感知经验的"真实"，但是，这种虚拟性体验却无法在现实经验域中得到呼应，造成了虚拟经验与现实经验对接时的断裂，属于主体经验再现性的失败。主体在虚拟的空间中找不到存在的证据，所留下的一条条浏览记录也只是生命时间性消耗的证明，因此主体在网络世界中只能以原子式的个体身份，在视听喧嚣中聚众孤独。另外，在网络的泛娱乐化语境下，网络文艺世界中的符号特征指向是拒斥所指之后的漂浮的能指链，主体在能指遮蔽下的意义滑动的事变过程中无法以人主体的完整性再现自身，这样的媒介环境最终导致了生命的主体性再现失败。这种失败也致使了网络主体生命存在的不确定性与精神上的无所适从,亦成了网络主体存在主义上的尴尬困境。

然而,现如今的历史剧创作却走上"戏说"历史、"大话"历史、戏谑恶搞历史的可悲路径,在这里历史剧成为一种"反逻辑"的艺术创作,历史剧作为历史的一种延伸物,它的创作不能逃离历史的限定进而把戏谑恶搞因素呼唤出场,以此作为逃离历史限定的挡箭牌,让这些娱乐性符号走上历史之途,但终究不能达到历史的真实。在历史剧的创作者这里,历史真的成了"一个任人打扮的小姑娘"。在浮华繁杂的艺术符号交织的面前,历史的真实性被遮蔽,在戏谑与恶搞的娱乐语境下,历史的真实性被扭曲。历史剧属于一种可视性的历史存在,对于历史的恶搞是对历史时间性的解构,带有历史标记的符号只是一种"缺席的在场",只保留了它的娱乐可读性。如果说对于历史真实性的遮蔽与扭曲是艺术创作者的非义行为,而这种网络历史剧的热播则反映了受众对于这种非义行为并没有引起反感与不适,而是共同参与了对于历史真实性的抹杀。受众观看网络历史剧的过程"正是受众对于这个历史符号系统进行当下语境的解码与反应的过程"。这个过程,也是通过主客体联结生发出相关的表征意义,人类主体性是在"存在"中实现,历史剧本该是一个可视的历史的存在,而对于历史的恶搞则是对于历史的涂改,把在场的带有历史标记的符号隐没在划痕之下然而又保留了它的娱乐可读性,例如很多的清宫历史剧,虽然剧中的建筑、剧中人物的服饰与装扮成为带有清朝历史标签的文化符号,而故事中的"穿越""玄幻"却是对于历史真相的背离。所以,在这个过程中,受众借助已知的认知与能力"前结构"无法在这种"历史"中找到自己所认知的历史记忆。人类的主体性不仅存在于现实当下之中,它还是存在于过去、现在与将来中的自我的集合体,"过去"构建了主体自身对于自我认知的全部记忆,"过去"中的主体依然存在于主体身份之中。受众对于戏说、恶搞历史剧的态度,对于抹杀历史真实性的态度也一定程度上反映了自身对于过去主体的态度——对于过去主体的否认也是对现在主体的否定。"不管那些历史'能指'视觉'形象'、'符号'如何狂欢和虚化,在受众共享的文化代码和生活经验里,已经被潜在地进行了自我某些意义的置换与填充"①,所以受众在对这种否定真实、扭曲真实的艺术作品的沉迷中也会潜移默化地影响其自身对于自己主体真实性的否定性态度,丧失了真实性的主体亦不过是一个生活的"盲者"。

---

① 张一兵:《不可能的存在之真——拉康哲学映像》,商务印书馆2013年版,第237页。

第五章　网络文艺的创作转型

　　文艺作品作为一种精神性的艺术作品，其先天性的审美特性能够带给欣赏者感官的享受，解放身心，解除疲劳。文艺作品能够带给欣赏者感官的享受，但是如果一味重视感官刺激，将作品中的思想价值和美学价值置之一边不管不顾，那么文艺作品就会沦落成隐形的"精神毒瘤"。中国特色社会主义文艺的繁荣与发展，需要文艺创作者追求"文质兼美"的文艺理想，重振文艺诗教传统。文质兼美的艺术作品是在尊重艺术规律的前提下，实现内容与形式的完美结合，思想性与艺术性的和谐统一，因而是一种高标准的艺术追求与审美理想，只有这样的艺术作品才会产生巨大的动人力量，才会具有深厚的思想深度与艺术价值。

第一节　人民本位与诗教传统

　　回顾中华五千年的文化史和文艺史，我们可以鲜明地看到，只要是坚持了文质兼美的文艺作品都在历史的长河中熠熠生辉，为后代所颂扬和传唱，只要是将历史与社会的重任肩负在身上，将自己的满腹才情融汇到作品中来作为警醒现实的冲锋号的这些作家、诗人们，哪一个不被载入史册，让一代又一代的人所敬仰、所歌颂？中国传统文艺思想中的"诗教"传统是具有时代意义与当代价值的，一方面，它召唤着文艺理论家们再续中华文脉，激活文论传统的生命力；另一方面，它又警示着文艺创作者时刻牢记社会主义文艺创作的历史使命，努力创作出以社会主义"道"义为内容的文质兼美的优秀文艺作品。这对于时下的网络文艺创作有很好的修正作用，有利于改善网络文艺创作市场的不良风气，继而引导网络文艺创作向主流方向回归。

　　好的文艺作品的创作要立足于历史事实，要以现实为基，以中国传统文化为壤，以弘扬社会正能量为旗，以艺术德性为纲，从而创作出文质兼美的优秀文艺作品。无论是传统文艺创作还是网络文艺创作,文艺工作者都要立足于时代发展的要求,处理好作品中文与质的关系,吸收中国传统文论中的"气"论思想来提高自身的文学修养与艺术修养,要对艺术怀抱一颗敬畏之心,要时时刻刻铭记文艺创作者身上所肩负的历史重任和社会责任,而不是一味地追求经济效益和商业利益,只沉恋于写一己之欢而无视文艺培根铸魂的社会功能与诗教传统,辜负了人民群众所给予的审美期待和心理诉求,枉费了"文艺创作者"这一名号的荣光。

面对文艺的现代变革,需要我们以发展的眼光站在全新的时代语境下去思考网络文艺在新的历史阶段下的时代使命。目前我国网络文艺在生产、传播、消费等环节还存在诸多问题,其中比较突出的就是网络文艺的个人主义创作弊病与脱离诗教传统的欲望叙事,这就要求我国的网络文艺创作者在文艺创作的过程中必须要有批判意识与问题导向,需要在社会主义主流文艺思想的指导下,推动网络文学、网络剧、网络电影、网络游戏、网络动漫等新兴文艺形态向社会主流价值观靠拢,让正能量引领网络文艺,让网络文艺真正担负起作为精神性文艺作品的社会功能,重拾文艺的人民本位与诗教传统,现实指向与人文坚守,在对我国优秀传统文化与传统文艺的继承中实现破与立的创新性转化,促进传统文艺与网络文艺创新性融合,真正实现我国网络文艺的健康、繁荣、有序发展。

一 网络文艺的个人主义

(一)脱离人民本位的个人叙事

中国社会的现代性转型不可避免地带来阵痛,在这样的历史境遇下,文学的现代性转型也必然要经历一个痛楚的变易过程。因此在当时的文坛诞生了很多立足于现实、基于人民立场的、具有社会批判精神的现实主义文学,例如"底层文学""打工诗歌""改革文学"等,在此历史背景下,很多的文艺创作者也很自觉地担负起文艺创作者应有的社会责任与历史担当。

拿著名作家水运宪的小说创作来说,无论是水运宪个人的写作史还是其笔下人物的命运都与中国社会的快速发展有着密切的联系。水运宪不为西方经典与传统文本所束缚,大力提倡"从生活真实中来,到艺术真实中去"[①],他的作品亦可看作对裂变时空下文化镜像的深刻书写。如果我

---

① 张一兵:《不可能的存在之真——拉康哲学映像》,商务印书馆2013年版,第237页。

们把水运宪的作品横面展开，我们从中既可以看到社会发展的合理性，也能看到历史的偏激与冲动；既看到时代困境下的悲剧灵魂，也看到倔强而又狂热的人物性格。《祸起萧墙》是一面镜子。水运宪以犀利的批判力度，精确的细节描写，把人物命运推向强悍的集体意志面前，展示了生命个体在现实面前的懦弱与荒诞。作品剔除了那个时代流行的虚假的现实主义，体现了思想的超前意识和拓荒牛精神，体现了自觉的现代性追求。文本洋溢出超凡脱俗的理想主义情怀，一种内在的、被生命净化了的悲悯。主人公傅连山以一种暴式的激进情感以及自我献身的极端方式，冒着主流话语"叛逆"的指斥担负起社会批判的使命，水运宪用另一种人道主义再现了特定历史条件下的"人"的生命价值。可以说，《祸起萧墙》中的傅连山是现实主义文学在特定历史时期和时代语境规范下书写的典型形象———一个力图重建现实秩序、重建现实乌托邦里的时代悲剧英雄，深切地表现了那个时期焦灼而躁动的历史愿望，与其说这是一部成功的改革小说，毋宁说它是一部改革浪潮下的现代启示录。水运宪的写作与其说是一种作家对于文学想象的自我创作，不如说是将写作看作为一种"姿态"，一种有关知识分子的、文化工作者的"姿态"。

　　改革开放不仅让我国的经济水平实现了前所未有的发展与增速，在经济与思想实现双解放的同时也带来了一定的问题。市场经济、媒介技术以及消费主义文化对于文艺生产与文化产业的渗透造成了文艺生产越来越商业化、市场化、产业化，文艺内容也朝着低俗化、猎奇化、快餐化等方向发展，文艺创作者也被经济利益、商业利益引诱，社会责任意识也变得淡漠，不再执着于对于现实人生的观照、底层小人物的人文关怀与现实主义力量的社会批判。文艺对人民大众与现实生活的关注不断降低，对社会不良现象的批判力度不断减弱，有的甚至模糊了真善美与假丑恶的界限，出现了这样那样脱离人民的不良倾向。因而北京大学的董学文教授对此就曾发文严厉抨击道："一些作家进行所谓'私人写作'、'身体写作'、'零度写作'、'商业写作'，脱离群众、脱离现实、脱离生活，闭门造车，心里、眼里没有广大人民特别是底层群众这个接受主体的存在，怎么能写出好作品？怎么能让人民群众满意呢？"[①] 不可否认的是，现阶段我国网络文艺的发展确实存在上述所提到的这些问题，其中比较突出的是以下几个艺术病象。

---

① 董学文：《毛泽东文艺思想的现实意义》，《求是》2004年第1期。

1. 私人领域下的私人写作

"私人领域侧重于对外在权威的批判，但忽视了对本能欲望和文化无意识的警惕，这直接导致当代文艺活动在审美趣味上面临欲望化和再封建化的危机。"[1] 私人领域下的私人写作虽然使其作品避免沦为"时代精神的传声筒"，避免了将基于想象与情感的叙事沦为政治化的表达，但实际上，其中的作家还会以"为艺术而艺术"的说辞来标榜自己的文艺作品具有怎样的个性化、前卫化品格。但事实上，这些所谓的私人写作实则就是沉浸在自己的一己之欢中的、陈陈相因的平庸式写作，而那些所谓的前卫也不过是用一些时尚的话语与流行的网络语言以及新奇的句式来迎合市场与大众的口味，而全无先锋文学的那种批判先锋的精神品格，这样的作品只能是只见故事不见思想，只见形式不见内容，只见娱乐不见价值且缺失精神风度的个人话语，这样的作品只会看得到私人话语而不会引起共鸣。

近几年，我国加大了对于互联网的监管与对网络文艺的审查力度，但是仍然还是有很多网络文艺创作者将作品的经济效益而非社会效益作为自己的写作追求，将文艺工作者对意义的探索、人性的挖掘以及灵魂的透视、精神的唤醒降为对于欲望刺激与感官震撼的营造书写。针对我国网络文艺的这种不良现状，在不同领域的学者之间也不断涌现出众多批评与质疑的声音，且这些声音大多从经济、文化等多种角度来批判文艺生产的商业化、技术化或者从人文角度批判文艺工作者的责任意识的淡漠与职业道德的缺失。除了上述几个层面之外，其实我们还可以从网络文艺在私人领域创作的内在悖论来挖掘我国网络文艺创作走向形式化、欲望化与形式化的内部原因。

2. 私人领域媒介化

在融媒体时代，媒介与技术的力量似乎已经超越了之前的任何一个时代，渗透到文艺创作之中所呈现的一个显著特点就是创作的媒介化。私人领域也逐渐被媒介、技术攻陷，不仅催生出了"微博控""微信控"等媒介生存方式，还催生出了"宅男""宅女"此类的新兴群体，通过近几年网络直播的迅猛崛起之势也足以看出媒介对于私人领域的渗透与侵占。贡策林·施密特·内尔（Gunzelin Schmid Noerr）在《对当今技术的社会哲学批判》中就提到："人的生命在今天比以往任何时候都深刻地打上了科

---

[1] 李红春：《私人领域困境及其对当代文艺活动的影响》，《山东师范大学学报》（人文社会科学版）2014年第6期。

学和技术的烙印,不仅科学技术与社会处在一种交互性关系中,而且社会本身的实质已经技术化了。……社会技术系统的根脉远远超出了个体的感知,深入建构个人和社会同一性领域。……人们的恐惧和希望也同某种更为先进的技术紧密交织在一起。"① 于创作者而言,他们越来越依赖于媒介技术进行创作;于文艺作品而言,网络文艺所呈现出的新特点与新特质也是与媒介技术的变革亦步亦趋;而于受众而言,受众也愈加地依赖于媒介技术来感知社会、感知自身与生活的关系。

3. 文化无意识的膨胀

无论是私人领域的私人化写作还是私人领域的媒介化趋势,无非一个是从主体的层面而一个是从客体的层面来加剧文艺创作的个人主义倾向,这种狭隘的个人主义一方面是受西方个人主义、非理性主义以及后现代主义思想思潮的影响;另一方面则是前现代封建思想的残留与复现,在这两方面因素的共同作用下文化虚无主义、文化无意识思想不断膨胀。此外,我国经济与文化的不均衡发展也在潜移默化地加剧这种风险。我国在经济上已经很大程度上实现了现代化并逐渐步入现代社会,但是,对于我国是否在思想上实现了文化的现代性还存在很大的争议,因此,我国社会就面临着这样的尴尬,即随着传统社会的解体所带来的传统文化力量的式微,所带来的结果就是传统的伦理道德思想对于人心、对于社会的束缚力量正在衰弱,但与此同时,现代文明中的平等、自由、博爱等人文进步思想还未完全地深入国民的思想之中,还未形成一种思想的自觉。如此一来,私人领域所高举的所谓的自由空间就很容易沦为一种自欺欺人的空谈,也很容易陷入对于欲望叙事的危险之中。

(二)背离诗教传统的欲望叙事

1. "注意力经济"下的欲望叙事

网络文艺是基于媒介而生的一种艺术形态,网络文化则是一种基于媒介而生的文化形态,媒介本身不仅是科学进步的产物也是工具理性的产物,媒介经济在推动社会前进与发展的同时还成为改变社会经济形态的变革力量,从大众文化时代的收听率、收视率再到融媒体时代的点击率、播放量,这种"流量"式的标准已成为衡量网络文艺作品交换价值的依据。所以,网络文化产业也是一种以"注意力经济"为导向的媒介文化经济。

---

① [德]贡策林·施密特·内尔:《对当今技术的社会哲学批判》,载[德]格·施威蓬豪依塞尔等《多元视角与社会批判——今日批判理论》(下卷),鲁路、彭蓓译,人民出版社 2010 年版,第 43 页。

网络文艺就像是可以承载白日梦的一个自由场域，一个可以满足欲望的同时又可以生产欲望的幻象空间。网络小说作家猫腻在《间客》中就曾将第四卷第三百八十章的标题定为："虽千万人，我不在'异托邦'里建构'个人另类选择'幻象空间——网络文学的意识形态功能之一种同意！"，可以说网络文艺的创作就是通过制造幻象来规避意识形态的制约，并将其重点放在如何制造更大的欲望之上。换用精神分析研究学者斯拉沃热·齐泽克（Slavoj Zizek）的话就是"正是幻象这一角色，会为主体的欲望提供坐标，为主体的欲望指定客体，锁定主体在幻象中占据的位置。正是通过幻象，主体才被建构成了欲望的主体，因为通过幻象，我们才学会了如何去欲望"①。网络文艺正是通过不断地制造幻象来满足受众的情感欲望，并以此来换取"注意力经济"。但是，值得我们忧虑的是，当这些商业化、娱乐化的文化产业已俨然成为一种潮流与趋向，当"注意力经济"下的欲望叙事成为一种创作追求，那么价值理性、人文理性就会面临被工具理性置换的危险，就会失去反思意识，丧失艺术应有的否定性批判力量。

2. 拒斥意指的无意味的形式

在"注意力经济"的诱导下，越来越多的文艺作品的娱乐性、商业性压过其精神性与艺术性，精神文化价值让位于娱乐消费，拒斥意指的无意味形式取代了厚重历史与文化内容，文艺的社会责任与诗教传统越发受到消费主义与"泛娱"语境的侵蚀。在这样的文艺创作环境下，文艺作品的生产必然走向追求感官刺激、倚重形式翻新的形式主义文创之路。在这种感性欲望推动下的文艺创作，必然陷入欲望—感官刺激—更大欲望—更强烈的感官刺激—……的文艺生产的恶性循环之中。这种西西弗斯式的欲望循环在现阶段的文艺创作领域就表现为文胜而无质，形式之中意味的消除、思想的淡出、文化的消损，徒留下一堆华丽的能指碎片。

3. 审美趣味的畸变

美国学者马泰·卡林内斯库（Matei Calinescu）在其代表作《现代性的五副面孔——现代主义、先锋派、颓废、媚俗艺术、后现代主义》中论述了社会现代性与审美现代性之间的冲突与对抗，并从现代主义、先锋派、颓废、后现代主义、媚俗主义这五个侧面去论述审美现代性，在谈到

---

① ［斯洛文尼亚］斯拉沃热·齐泽克：《斜目而视：透过通俗文化看拉康》，季广茂译，浙江大学出版社2011年版，第9页。

"媚俗"时，卡林内斯库提到"媚俗艺术是对现代日常生活单调乏味的一种快乐逃避""构成媚俗艺术本质的也许是它的无限不确定性，它的模糊的，'致幻'力量，它的虚无缥缈的梦境，以及它的轻松'净化'的承诺"，不仅将"媚俗艺术"视为"现代人的五副面孔"之一，还将其看作一种"审美幼稚病"①。从卡林内斯库的这番对于"媚俗"的论述中可以看出，"媚俗"已经不是一种单纯的艺术风格，它的内在的非逻辑性与不确定性在悄悄地让现代人的思维方式有遭到贬值的风险。面对现在的网络文艺创作的媚俗之风，这就警示现在的网络文艺创作者要有文化忧患意识。

我国现如今的网络文艺创作受西方文艺思潮的影响，出现了很多诸如欲望叙事、身体叙事、游戏叙事等"用情"过度的"爽文"。诸如《淫荡少妇孙倩》《迷踪奸影》《奇淫宝鉴》《女文工团员最后的下落》等具有极高点击量的网络作品，几乎完全沦为各种匪夷所思的性虐幻想，思想内涵、文化意蕴更无从谈起。用情而不克制，谈情而不重内容，这样的"用情"只不过是个人欲望的宣泄，缺乏真正的内涵与深度。在我国古代文论中讲文艺创作时也谈情，讲求的是雅正且节制的"贞情"。除此之外，谈情但也谈意，主张"用意迎情"，是将个人感情审美伦理化，因此我们说，我国古代文论中的"情"是具有审美内涵与伦理意味的。

的确，创作者只有情入，才可情深，情深才会感人。而在所有的情感之中，爱国主义无疑是最深沉的情感了，创作者只有心系国家、心怀人民，才会让洋洋文字化笔尖波涛，笔尖担道义，创作出的文艺作品才更具历史深度与人文意义。屈原作为我国历史上著名的爱国诗人，他的每一句诗都沉淀着他深厚的文化修养和高贵的审美取向。因为他关注和忧虑楚国的命运和前途，所以，他的文字充满着对于祖国与人民的深情，他给怀王引路："乘骐骥以驰骋兮，来吾道夫先路！"他不惧"路漫漫其修远"而"上下求索"，"虽九死其犹未悔"。王船山一生受"尊王攘夷"攘清斥夷这一思想的影响，明朝亡国之后，王船山力誓要做明朝最后一位遗民，自题两联诗句"清风有意难留我，明月无心自照人"，以明心意，并决然写下"自抱冰魂，海枯石烂，千年不坏"，以表忠心。因而王船山大部分的怀古诗词都带有强烈的遗民情怀，但是，王船山的遗民情怀并没有停留在表面的愁、怨、恨上，而是将亡国之伤、遗民之痛融入对历史反思、对寻求治国之中，从而化作更深沉的情感与更深远的意味。如王船山的《点

---

① [美] 马泰·卡林内斯库：《现代性的五副面孔——现代主义、先锋派、颓废、媚俗艺术、后现代主义》，顾爱彬、李瑞华译，商务印书馆2002年版，第245—246页。

绛唇·牡丹》:"阅尽兴亡,冷泪花前滴,真倾国。沈香亭北,此恨何时释?"彭靖先生曾这样评价道:"这首词是咏牡丹,又不是咏牡丹,亡国的惨痛教训,即寓其中。"① 诚然,上阕咏牡丹之华美,下阕笔锋一转哀亡国之叹,诗人的恨不释怀亦是心愁难再续。王船山将这种感时伤怀的亡国之痛以及身世之悲在《鹧鸪天·杜鹃花》一词中展现得更为淋漓尽致,王船山借"杜鹃啼血"这一典故,以杜鹃鸟自喻"山头万片留方影,枝头三更结怨胎。红泪滴,血函埋,他时化碧有余哀。""方影""怨胎""红泪""余哀"这一个个意象将王船山不卑不亢的民族气节跃然纸上。正是因为王船山不卑不亢的民族气节与傲然遗世的个人气概使得王船山的诗词带有"英雄蕴藉""峥嵘萧瑟"之感。龙榆生教授曾这样评价王船山的诗词风格:"芳悱缠绵,怆怀故国,风格遒上",叶遐庵先生也将王船山的文风概括为"缠绵悱恻,风力遒劲"。让我们把视线再换到现代社会,鲁迅作为五四新文学运动的先驱,他的文字总是那么的尖锐、犀利,是因为他直指社会最阴暗面,他将社会的阴暗、人性的丑陋一层层地解剖,这直面人心的勇气就是鲁迅的社会担当所赋予的,这血淋淋的事实就是当时时代的最真实的存在,而鲁迅也正是用心、用情、用功地书写时代的文学战士。

二 融媒体时代网络文艺的生产责任

美国当代著名传播学家詹姆斯·威廉·凯瑞(James W. Carey)说过,"传播的起源及最高境界,并不是指智力信息的传递,而是建构并维系一个有秩序、有意义、能够用来支配和容纳人类行为的文化世界"②。詹姆斯·威廉·凯瑞的这段话所讨论的就是传播的社会责任问题。由于网络文艺是特殊历史条件与媒介技术等多重因素作用下的产物,具有鲜明的时代性,因而网络文艺作为一种新的艺术形态也会随时代的变化而被赋予新的社会责任与历史使命。互联网与媒介技术赋予了网络文艺以极大的自由空间,无论是在创作主体方面还是在创作手法与艺术想象上,网络文艺都收获了相较于之前其他的传统文艺更大的创作自由度,但是,这种自由不是无限制的自由更不是无责任、无义务的绝对的自由,就像彼得森(Theodore Peterson)在《传媒的社会责任理论》中所谈的那样:"如果传媒能

---

① 彭靖:《分明点点深——论船山词》,载《王船山词编年笺注》,岳麓书社2004年版,第412页。
② [美]詹姆斯·威廉·凯瑞:《作为文化的传播》,丁未译,华夏出版社2005年版,第7页。

够意识到自身所担负的责任并将其作为业务方针的基础……就可以满足社会的需求。"① 因此，网络文艺的生产、传播、消费等各个环节都需要时刻谨记媒介伦理与媒介责任。

在 2021 年《中华人民共和国国民经济和社会发展第十四个五年规划和 2035 年远景目标纲要》提出了一个充满高度文化自信的国家未来发展目标，即要在 2035 年实现文化强国。在建成文化强国的目标中，文化产业与文化事业尤其是最新兴起的新文化与新文艺业态则是不断为人民群众提供高质量的文艺精品以及高品质的文化产品与服务的"供给站"，是推动中国优秀传统文化传承与创新性发展的后坐力。而网络文艺的快速发展以及所带来的各种文化效应，让社会大众都不能忽视媒介的力量。美国学者托德·吉特林（Todd Gitlin）不仅洞察到大众媒介对于社会发展的重要性，而且还综合戈夫曼、葛兰西（Gramsci Antonio）的思想与理论，来批判性地评价大众媒介对于青年人与青年运动之间的关系："在一个日益模糊与不确定的世界里，人们越来越多地依赖于大众媒介来寻找并试图发现自我。而且，大众媒介本身的传播也背道而驰；说服性的大众媒介不断地消解着政治社群，借此来增加人们对其的依赖。同时，大众媒介也将一个机械的公共空间带入了私人领域。在生存世界的裂缝里，为了获取概念、英雄人物的形象、信息、情感诉求、公共价值的认同以及通常的符号甚至是语言，人们发现自己已经越来越多地依赖于大众媒介。在现实生活中，它们无时无刻不在为人们编织着信仰、价值和集体认同……它们对这个世界作出各种解释并宣称事实何以为事实，而当这些宣称受到怀疑和指责时，它们又会用同样的宣称来压制积极的立场。简而言之，大众媒介已经成为支配意识形态的核心体系。"② 托德·吉特林的这番言论也为我们如何规制网络文艺生产给予了导向性的思考，即融媒体时代下的文艺生产者要重视网络文艺中具有建设性的革命力量，自觉承担起文化责任与社会使命，在借力媒介技术对文艺生产过程中应注意处理好文艺作品中工具理性与价值理性的适配问题，用文质兼美的审美理想与创作追求以实现意识形态在网络文艺作品中的软着陆。

---

① 西奥多·彼得森：《传媒的社会责任理论》，载［美］弗雷德里克·S. 西伯特、西奥多·彼得森、威尔伯·施拉姆《传媒的四种理论》，戴鑫译，中国人民大学出版社 2008 年版，第 62 页。

② ［美］托德·吉特林：《新左派运动的媒介镜像》，张锐译，华夏出版社 2007 年版，第 9 页。

三 主流文艺思想下的人民本位与诗教传统

网络文艺作为一种精神性的文艺产品，本应成为当下人的一种精神慰藉，但是时下的发展现状则是，网络文艺的部分生产呈现出野蛮式的生长状态，游走于亚文化生态圈，甚至部分内容背离中华传统文化。从文艺创作来看，这种文艺创作严重背离了以人民为本位，扎根于人民，服务于人民的创作宗旨，而且拒斥了"文以载道""温柔敦厚""诗以钟鼓道志"的诗教传统，沦为在私人领域的个人写作与欲望写作。为了推动我国社会主义文艺的健康发展，网络文艺创作者在维护文艺自由和个性内涵的同时，应当主动承担起社会文化责任，在创作过程中，应自觉坚守人民本位原则和诗教传统。

（一）坚持以人民本位为主导的文艺创作

文艺应该为谁创作，应该服务于怎样的群体，这是每一个文艺创作者在创作过程中需要认真考虑的问题，因为文艺为谁创作就代表了创作者是站在谁的立场上为谁发声的问题。我国的社会主义国家性质与中国共产党的宗旨决定了一切事情都是为人民服务，因而具体到文艺创作上就是一切以人民的精神需求作为文艺的创作方向，将人民的所思、所想、所虑作为文艺创作的素材。现如今网络文艺创作所出现的一系列病象的根本原因就在于创作偏离了人民立场、疏离了人民群众，只顾在自己的一方想象天地中闭门造车，因而只有坚持文艺创作的人民性这一根本原则才可实现文学精神之重建。

因而，网络文艺创作只有坚持人民本位才能创作出反映人民生活、为人民大众所喜闻乐见的优秀文艺作品，才可以塑造社会主义新人形象，继而在网络文艺的海外传播中具备更强大的国家文化形象的构建力，展现中国精神，展现中国风格。

（二）网络文艺的健康发展需要继承与发扬"文以载道"的诗教传统

"文以载道"，是一种使命感，是文艺创作者在创作过程中注重将情趣与理趣相结合，以实现"文以化人"的目的，这里的"化"就是文对人的实施过程，是一种潜移默化的过程。因而优秀的文艺作品可以润化人心，风化社会。就此意义来说，文学创作就是一个生命向另一个生命的靠近，是一个灵魂对另一个灵魂的唤醒，是带有深切生命感受的人生体察，是对文学始终怀有敬畏之心的灵魂归依与零度叙事，是聚焦人生终极意义的精神追问。如果创作者心中没有道德与正义的标高，无法实现自己书定的意义，更遑论生命的价值与人的尊严。

儒家学说作为中国古代的正统学说，其思想具有很强的社会指向与现实意义。身处于动乱的春秋时代，孔子将这种社会动荡与现实的颓败归咎于"礼崩乐坏"，这是因为孔子看到了文艺之于一个国家精神的铸建功能。于是为了挽救这种局势，孔子从实现社会理想与实现个人人格理想的双重角度出发，提出了"诗教"学说，强调文艺的道德教化作用。孔子的"诗教"思想对后世的文论及文艺创作都产生了极大的影响，后来无论是司马迁的"发愤著书"说还是韩愈"不平则鸣"说抑或是欧阳修"穷而后工"说，其思想都是对于孔子"诗教观"的继承与发展。值得强调的是以孔子为代表的"诗教"文艺观并不是要主张将文章看作教化的工具，而是要通过文以达到"文以发蒙""乐以发和""以美养善""以美成人"的目的。身为唐宋八大家之一的苏东坡曾这样称赞韩愈"文起八代之衰，而道济天下之溺"。其大意是古人之文章从司马迁那里算起到韩愈这里衰弱了八代，直到韩愈扭转了这种局势，其原因就在于韩愈的文章中含"道"，只有载"道"的文章才会起到心灵启迪、精神感染之用。

（三）融媒体时代下对古代诗教传统进行现代转型，使之服务于当代文艺发展与文化建设事业

1. 对传统诗教中"温柔敦厚"理念的创造性转化和创新性发展

儒家的"诗教观"文艺思想强调的是文艺作品的教化功能应是一种"不言之教"，所以孔子并不是完全抹杀文艺的情感性与审美性而将其作为社会政治的传声筒。所以儒家的"诗教观"既有理论的辩证性又具有实践的指导意义，在理论上，儒家的"诗教观"既尊重文艺的独特性与审美规律又注意强调文艺的社会功能与人生意义；在实践上，儒家的"诗教观"是面向现代而敞开的，它指导着文艺创作者在继承中不断结合时代发展要求以激活传统文论的生命活力，最后实现以古人之规矩，开自己之生面。从古代文论到现代的社会主义文艺思想都十分重视文艺创作中的"道"，但是，"道"在不同的时代下又具有不同的意义，这就要求网络文艺的创作要在新的历史境遇下，在新的时代发展要求下，结合历史发展逻辑与现当代的中国历史经验、文化经验，以体现新时代的"道"义内涵。

2. 诗教在网络文艺时代下的启蒙意义

在融媒体时代强调儒家"诗教观"对于网络文艺创作的意义，不仅是站在新的历史要求与时代发展机遇的路口对儒家"诗教观"文艺思想的继承与发扬，更是一种继承与创新的结合，一种传统与现代的碰撞。

有很多文章总是将中国现代意义上的启蒙话语归为西方现代思想的渗透，而忽略了中国传统文化的赓续与转化。现在我们又面临着文化转型所带来的挑战，从以印刷文明为象征的"阐释时代"转向以视听文明为象征的"娱乐时代"。在这种娱乐消遣横冲直撞的时代，文化、教育、宗教都变为一种产业，理性思考让位搞笑恶搞，人们的精神生活面临前所未有的匮乏。在此境遇下，发扬儒家"诗教"传统，挖掘"诗教观"文艺思想中的启蒙力量就变得十分重要了。我国社会主义文艺思想中的人民本位与诗教传统对于时下的网络文艺创作有很好的修正作用，有利于改善网络文艺创作市场的不良风气，继而引导网络文艺创作向主流方向回归。这就要求网络文艺创作者应以社会主义主流文艺思想为创作纲领，时刻牢记社会主义文艺创作的历史使命，努力创作出以人民为中心的、以社会主义"道"义为内容的优秀文艺作品。

第二节　人文坚守与网络文艺的现实转型

自 20 世纪八九十年代以来，伴随着改革开放而来的思想大解放，虽然在极大程度上解放了国民的思想，但西方思想的涌入也让国民感受到了繁复多样的西方思想，其中现代主义、先锋派、后现代主义等多种独特新奇的创作理念在我国当时引起了热烈的追捧。这些思潮流派一方面极大地丰富了文学艺术的创作手法，另一方面却让现实主义创作面临"现实主义过时论"的尴尬困境。直到后来的融媒体时代，在消费主义思潮与各种新媒体技术的冲蚀下，文艺创作也逐渐向非理性主义发展，理论碎片化、价值消弭、历史虚无化等问题也变得越发突出，进一步冲击了现实主义理论与现实主义文学的影响力。

一　网络文艺的后现代主义症候

我国的网络文艺由于之前缺少美学规范、道德伦理与法理的制约，因而出现了野蛮式生长的现象，大量文艺作品质量良莠不齐，尤其受西方思想的影响与青年亚文化风气的渗透，使我国的网络文艺在美学特征与文化表征上都呈现出后现代主义症候。无论是在题材的选择还是内容呈现上，都具有后现代主义式的颠覆式解构与拼贴式重构和内容上的新、奇、怪，审美感受由雷人代替感人，并呈现出文体杂糅，生活艺术混搭等"四不像"或"大杂烩"。这种后现代主义式的叙事严重背离了现实主义艺术作品的创作原则,其结果导致现实主义精神的消隐,人们在这些艺术虚假、历史虚无、扭曲现实的不良艺术作品中失去了理性认知与现实批判的能力,最终逃不出"单面人"的悲剧命运。

(一)网络文艺作品对于现实主义的背离与逆反

1. 脱离现实,消解宏大叙事的伪现实主义

互联网与媒介技术为网络文艺的创作提供了一个极具自由性的书写空间,网络文艺的创作也基于各种形态的媒介技术为受众营造了一个丰富多彩的幻象空间,这也导致了很大一部分网络文艺作品都是一种脱离现实的、只专注于个人想象的私人写作,尽管有的作品虽标榜现实题材,但是其内容已经严重脱离现实真实、历史真实与艺术真实,是一种创作者主观臆想的"伪现实主义"。其中最为突出的就是历史背景架空化。如在网络小说点击量排行榜中诸多架空历史题材的如"穿越小说""玄幻小说"等都位居前列,这种将历史背景、历史人物以及历史事件从真实的历史语境中抽离出来的做法实则是对于历史真实的涂抹与解构,遮蔽了历史真实的面貌,所传递出的则是一种典型的消费主义历史观。一方面,它容易使人们对于正确历史观的认识产生误认;另一方面,它让受众对历史真实的认知沦为一种纯娱乐化的消费,历史在脱离真实之中沦落成一种"伪历史"的景观。

2. 媒介扩张与现实消融

从印刷时代到媒介时代再到现在的融媒体时代,从报纸杂志到电视广播再到网络文艺,在文艺的发展与变革史中总能窥到媒介的影子,艺术与媒介的发展不仅是亦步亦趋也是相辅相成的。但是,文艺形态的不断发展过程也是文艺不断被"媒介化"的过程,文艺依赖媒介获得了更大的艺术可能性的同时也因在依赖媒介的过程中逐渐丧失其自身的价值属性。例如传统文艺在"媒介化"的过程中,文艺基本上还是以一种完整的文本形式存在,而在文艺的"再媒介化"过程中,文艺则发生了从影像向像素的转变,其形态也在"再媒介化"的过程中不断被割裂,最后沦为一种碎片化的存在。其结果就是艺术本体与现实发生脱节失去了与现实之间的索引,可以说伴随媒介扩张而来的则是现实的消融。

3. 走向"内爆"的超现实主义

网络游戏通过其超逼真的画面效果与视听感受营造了一个"超真实"的虚拟世界,这种让受众分不清现实与虚拟的沉浸感再次印证了文艺媒介化对于现实"真实"力量的消解,以及所引发的"真实"与"虚拟"之间的内爆。詹姆逊则将现代社会理解为完全被符号化的、以形象为主导的一个幻象世界,无法分清现实与想象的界限。他提到:"一个文化自律领

域的瓦解应该被设想为一次爆炸,即文化在整个社会领域中的大规模扩张,以至我们社会生活中的一切——从经济价值、国家权力到实践乃至心理结构本身——在某种、迄今仍未得到理论化的意义上,可以说都成为'文化的'了。"[1] 人们通过媒介制造幻象,为人们营造出一个"超真实"的世界,在这个"超真实"的世界下叙事活动也成了对"超真实"的叙事,"超真实"在无限接近于现实的同时也在某种程度上置换着真实。正如中山大学的翟振明教授预言的那样,当 VR 扩展为 ER(ExPand Reality,扩展现实),黑客帝国将成为现实。然而,一切都只是刚刚开始。

在网络文艺的审美世界中,虚构的世界以及其中的游戏规则,又逐渐形成了二次元的独特结构与美学,年轻人逐渐为修炼、等级、亲疏、情义设计了通用的秩序,形成了网络文艺自身的审美新秩序与艺术创作新传统。但是,在这种审美新秩序与新传统之下,亦可看到后现代主义美学的影子,网络文艺的后现代叙事症候主要体现在以下几个方面。

首先,削平深度模式,浅表化与快感写作。改革开放四十多年来,网络文学领域中大量非现实题材作品取得了较大成绩。玄幻、言情、盗墓、悬疑等题材越来越受欢迎,丰富的想象力和"脑洞大开"带给读者全新的阅读体验,"网感""爽点""爆点"充盈的网文大行其道,这是公认的事实。然而体现主人翁精气神,反映时代风貌潮流、贴近社会热点,有温度、接地气、正能量的新主流作品相对匮乏。从现实生活出发,观照当下,按照事理和情理,以现实逻辑和现实主义手法创作是时代之需。《红楼梦》第五回"贾宝玉神游太虚境 警幻仙曲演红楼梦"里,警幻仙子曾对贾宝玉,说他是"天下第一淫人",当时贾宝玉听完之后大惊失色。警幻仙子则解释道,她所说的"淫"并非声色犬马之相类的荒淫无度,而是"意淫"之义,即天生的无限痴情。而在《庆余年》这部网络小说中,讲述的就是一个身患重症肌无力的现代青年不小心穿越回古代变成了婴儿,也就是剧中的男主角范闲。随着范闲的长大,"意淫"开始了。这里的"意淫"则不是贾宝玉般的无限痴情,而是变为一种"性幻想",主角范闲在自己的"意淫"想象中开启了自己"开外挂"式的人生模式。作为一部穿越剧,剧中不可缺少的会穿插着充满着现代感的语言词汇以及超前的知识结构与认知体系。例如,《庆余年》故事发生的年代并没有明确提及,属于一部架空历史小说。剧中在高手云集的赋诗会上,主角范闲因

---

[1] [美] 詹明信:《晚期资本主义的文化逻辑》,陈清侨等译,生活·读书·新知三联书店1997年版,第82页。

具有超前的知识结构，所以背了一首唐代著名诗人杜甫的《登高》一诗而最终在诗会上拔得头筹。像这种带有"主角光环"的叙事套路在剧中比比皆是，虽然整部小说在故事情节设置上丝丝入扣，故事节奏紧张刺激，台词轻松幽默，收获了大批的读者粉丝。但是若细细斟酌这些"开外挂"的情节，这些可随意改变游戏参数的套路，便会经不起推敲，给人一种脱离现实的虚假之感。

其次，历史意识的消失，无历史主义倾向。在网络社会以"注意力经济"为主导，以消费主义价值观为导向的文艺创作，文艺作品的商业性特质变得愈加突出，文艺作品的精神文化价值与审美价值在消费主义与后现代主义思想的侵蚀下，开始逐渐向文艺商品靠拢，商业价值与娱乐价值成为衡量一部网络文艺作品优劣的标准，一切都被商业化、一切都被数据化。叙事不为主题，情感不为思想，作品不是为精神而是仅为感官而生。在这种网络文艺娱乐化的定位下，对于历史的叙述也丧失了对于历史的敬畏之心与责任之感，在此之下消费主义历史观成为叙事的主要观念策略。

根据《2019年网络电影行业报告》，爱奇艺与优酷平台推出的较为火热的网络剧中，玄幻奇幻类题材的作品还是占了很大的比重，这些玄幻奇幻类的作品虽然大多取自历史传说或者是对于名著的改编，但是，只是利用了历史或者名著的外壳，其内容依旧是对于历史的戏谑与解构。2020年，由网络小说改编的网络剧《传闻中的陈芊芊》以"反套路"的叙事手法收获了较高的播放量，这部小成本的甜宠剧也逆袭成为当年的荧幕黑马。其中为观众所啧啧称道的"反套路"剧情实则就是打破了人们对于传统古装剧的叙事认知，它与俄国形式主义理论家维克多·什克洛夫斯基（Viktor Shklovsky）的"陌生化"理论还是有本质区别的。"陌生化"理论是对现实素材的艺术加工，是将生活经验进行陌生化处理的过程，让观众从对现实的自动化感知中抽离出来而产生审美距离与审美感受的重要艺术手段。但是，"反套路"叙事从表面上看是对于传统套路的陌生化处理，实际上它还是消费主义时代下的叙事产物，是在"注意力经济"的驱使下的对于新、奇、怪的一种"反逻辑"叙事，其目的还是对于大众娱乐趣味的迎合与对于"注意力"、关注度与观众"爽感"的迎合。就此意义而言，"反套路"实则就是架空现实真实，违背艺术真实的一种艺术虚假，因而其本质依旧是属于一种"套路"叙事。像《传闻中的陈芊芊》这部网络甜宠剧还被网友称为是一部成功的"女尊剧"，认为该剧颠覆了传统电视剧中的男权话语，是"女权主义"价值观与网络剧的成功联姻。

事实上，所谓的"女尊剧""女尊小说"实则就是创作者通过架空历史、脱离现实之后，凭自己的主观臆想所营造出的一个以女为尊的世界，继而传达出创作者所认为的"女权主义"。与其说这种"女尊小说""女尊剧"是对于传统以男权话语为主的电视剧的"反套路"，是对于"女权主义"思想的现代新解，毋宁说是对于真正的"女权主义"思想的误认与解构。

说到这种因所谓的"反套路"剧情而成功走红的网络剧，就不得不提前几年大热的《太子妃升职记》，这部剧无论是在剧情安排、人物台词以及人物性格的设置上都完全颠覆了人们对于传统古装穿越剧的认知。该剧在剧情上依旧采用了"穿越""变性"等穿越小说固有的元素，但是，剧中的女主角张芃芃却不仅仅是变性那么简单，而是在有"女儿身"的同时具有了"男人心"的分裂人格，在剧中张芃芃不仅对后宫美人垂涎欲滴而且被皇子爱恋，这种奇葩的人物设置与无脑的剧情，竟然收获了一大波的粉丝，剧中的男女演员也凭借该剧成功走红。当我们再以文化批判的眼光重新审视这种"反套路"叙事时就会发现，这种所谓的"反套路"反的不是套路而是文艺的基本创作规律，反的是正常的现实逻辑、历史逻辑与艺术真实，于创作者而言，则是艺术创作者对艺术德行的漠视和置社会责任于不顾。

（二）无主体的"零度写作"

1964年，著名的传播学大师麦克卢汉在其最具影响力的著作之一的《理解媒介：论人的延伸》一书中，对媒介作为一种物种作了辩护，将媒介技术看作人体感知的一种外在延伸。麦克卢汉的这番论断为当时人们认识媒介、理解媒介以及理解媒介与人之间的关系提供了一个全新的视角。麦克卢汉还曾提到他对于三个媒体时代的划分，他将以口头语言和听觉为主要交流工具的时代称为"前读写时代或部落时代"；将以古登堡活字印刷为叙事书写的时代称为"古登堡时代"；最后将多媒体互动交流的年代称为"电子时代"，同时麦克卢汉还预测了电子时代所具有的巨大潜力。麦克卢汉对于这三个媒介时代的划分，表明每一种新媒介的诞生都为受众提供了一种新的思维空间形式。同作为媒介研究的大师尼尔·波兹曼则善于从文化的角度来理解媒介、阐释媒介，他曾在《技术垄断：文明向技术投降》一书中谈道："媒介是一种技术，文化在其中生长，也就是说，它形成了一种文化的政治、社会组织和惯常的思维方式。"[1] 可以说，无

---

[1] ［美］尼尔·波兹曼：《技术垄断：文明向技术投降》，蔡金栋等译，机械工业出版社2013年版，第78页。

论是麦克卢汉还是波兹曼,他们都看到了媒介对于人的主体思维、对于人的主体性构建的影响力与重要性。即是说,在融媒体时代若想真正地了解人本身,就必须对现阶段人与媒介之间的关系有一个深刻的认知。在媒介的全方位包围下,我们已经进入了一个"内爆"的时代,在共时性的新媒介场域下一切都被媒介化,主体也在被媒介化的过程中面临着丧失主体性的危险。

1. 网络文学IP化后创作主体的集体消失

我国现如今的网络文艺生产与创作已进入一个"IP至上"或"IP为王"的时代,像基于《花千骨》《宫锁心玉》《宫锁珠帘》《天官赐福》《择天记》《微微一笑很倾城》《盗墓笔记》等网络小说所改编而来的网络剧、网络电影、网络游戏、网络动漫等一系列周边文化产品,使原著网络小说成为可以产生一系列流量效应并带动巨大产业链的一个热门IP。网络文艺IP化虽然是对于原创性内容的深度与广度的挖掘,是网络文艺向文艺生产标准化、产业化以及规模化进阶的标志,并在很大程度上促进了文化产业的繁荣与多样化发展,但是,随着网络文艺IP化而来的则是资本话语压制主体个性话语,致使创作者的主体地位变得日渐式微。对于网络文艺的文化研究就是对于网络文艺是如何被生产、被消费,是对于网络文艺意义以及生产机制的研究,但需要强调的是,对于网络文艺意义以及生产机制的研究并不是说对网络文艺文本作形式主义的分析,网络文艺的意义只有在与人的关系中才可见出,因为"数字文化能够表达的意义和实际所指的意义之间本来就存在不完全一致性,如果文化表达与实际表达完全一致,意味着文化发展行走在理性方向。事实上,完全的文化理性是不存在的"[1],就此意义来说,网络文艺的文化研究中对于主体身份建构一维的考察也是值得关注的。

2. AI写作的流行与主体性的消失

尼尔·波兹曼在其著名代表作《娱乐至死》中曾这样看待媒介与文化的关系,他认为,深刻理解一种文化的最为便捷的方式就是"注意它的谈话工具"[2]。在他们的表述中我们看到了媒介对于文化干涉的力量。每一种新媒介的诞生不仅为受众提供了一个新的交流平台与交流工具,而且还在一定程度上塑造着一种新的思维方式与认知范式。媒介对于文艺创作的改变在于诞生了大批的文艺创作软件,就拿现在的写诗软件来说,就

---

[1] 张豫:《论数字出版的文化逻辑》,《出版发行研究》2019年第6期。
[2] [美]尼尔·波兹曼:《娱乐至死》,章艳译,中信出版社2015年版,第9页。

有 WAPasp 自动写诗、稻香居作诗机、计算机诗人、古典诗词撰写器、诗歌生成器、藏头诗在线生成器、猎户星免费诗歌自动制作机、诗词快车、韵脚大全等各式各样、五花八门的自动写诗软件。

当人工智能开始崛起，当 AI 写作成为创作趋势，我们不得不重新思考技术与艺术的内在关系。2020 年 1 月 15 日，《光明日报》就推出评论专栏与各路专家学者共同探讨人工智能与文学艺术的关系问题以及未来发展。的确，当技术侵入文学艺术，当文艺创作日渐技术化之时，文艺创作也逐渐向智能化的方向发展。当我们不禁惊讶，AI 创作出的文艺作品不仅具有特定的艺术风格，而且还呈现出"类人"的趋势时，我们也需要冷静地思索人工智能为现在的文艺创作所带来的新的命题，诸如 AI 与审美客体、审美主体之间的关系发生了怎样的嬗变，与之所产生的审美问题又发生了哪些改变，这都可以纳入我们思考的范围之列。作家陈楸帆第一次使用 AI 程序进行创作时，曾发出这样的感慨："第一次看到 AI 程序写出来的句子时，我觉得既像又不像自己写的，有先锋派的味道，像是诗歌，又像俳句或者佛偈。可以肯定的是，它们没有逻辑性，也无法对上下文的剧情和情绪产生指涉性的关联，为了把这些文字不经加工地嵌入到人类写作中去，我必须做更多的事情。"[1] 但是，相比于对文本内容的探讨我们更应该看到的是技术性对于主体性的压制、虚拟性对于真实性的压制。因而作家陈楸帆也表现了自己对于 AI 写作的忧虑，他提到"真实与虚拟、现实与科幻、历史与未来、技术与人性、奥威尔和赫胥黎，在我们所处的这个时代无缝衔接、水乳交融。这种'超真实'时代的现实想象力，让很多虚构文学作者深深无力，也给写作者设下了种种不友好的障碍"[2]。

在讨论 AI 对于文艺创作的影响之前，我们先回到文艺创作的原点，即文艺创作究竟是怎样的一个过程。文艺创作是一种带有强烈主体性的创造行为，一种带有个体灵魂深度的精神性创造行为。亚里士多德（Aristotle）在《诗学》中说道："历史没有诗歌是了无生气的，而诗歌没有历史则是乏味的。"亚里士多德从历史的角度来论述诗歌的存在，即是证明了文艺创作不仅是一种历时性的行为，其间更是充满了历史的厚重与思想的深度，简言之，文艺创作不可缺少历史的灵魂。而"人工智能的诗歌产品，虽然形式上有先锋派的痕迹、后现代的味道，或许能给予读者一种'震惊'的短暂体验，但由于没有历史深度和时间刻度，显然属于一次性

---

[1] 陈楸帆：《"超真实"时代的科幻文学创作》，《中国比较文学》2020 年第 2 期。
[2] 陈楸帆：《"超真实"时代的科幻文学创作》，《中国比较文学》2020 年第 2 期。

的'仿后现代'"①。文艺创作不仅是经验的更是超验的。文艺创作是"形在江海之上,心存魏阙之下"。对此我国古代著名的文论家刘勰就将文艺创作前的构思称为"神思",并对其进行了精彩的论述:"神思之谓也。文之思也,其神远矣。故寂然凝虑,思接千载,悄焉动容,视通万里;吟咏之间,吐纳珠玉之声,眉睫之前,卷舒风云之色:其思理之致乎?故思理为妙,神与物游,神居胸臆,而志气统其关键;物沿耳目,而辞令管其枢机。枢机方通,则物无隐貌;关键将塞,则神有遁心。是以陶钧文思,贵在虚静,疏瀹五藏,澡雪精神。积学以储宝,酌理以富才,研阅以穷照,驯致以绎辞;然后使玄解之宰,寻声律而定墨;独照之匠,窥意象而运斤;此盖驭文之首术,谋篇之大端。"② 可以说,刘勰对于"神思"的论述是围绕着想象展开的。物象经过创作者的想象的浸润之后就构成了艺术的表象,因而这种带有强烈主体性的作品"包含了主体对文化的整合和想象的跳跃,有物质层面的,有行为层面的,更有精神层面的,既具有技术属性,更具备创造属性"③。

从目前来看,AI写作已经逐渐成为一种趋势,但是,AI写作是否会在未来代替人的写作我们不得而知,可以肯定的是,现阶段的AI写作并没有受到创作者的排斥反而有越来越多的网络创作者选择借助AI来进行艺术创作,并且还获得了不错的效果。因此,我们不得不反思的是这种以媒介技术为代表的AI写作是否会让创作主体丧失其主体性,所创作出的艺术作品是否具有人民性、现实性以及精神性呢?媒介技术的工具理性与文学作品的价值理性能否实现调和呢?麦克卢汉在谈到媒介生态学研究时曾说,媒介生态学是考察"传播媒介如何影响人类感知、理解、情感和价值问题"④。

通过AI写作的流行以及各式各样写作软件的泛滥,我们应该警惕这样的事情,即是说,利用媒介技术和依赖于大数据以及程序所创作出的文艺作品还是带有一些所谓的"套路"性的内容,而这种套路性的内容实则就是内容同质化的体现,如此一来,文学艺术的温度、厚度与深度又从何而来呢?而这才恰恰是艺术创作者以及人文工作者在技术时代所要注意

---

① 朱志勇:《是产品,而非艺术品:也论人工智能与文学艺术》,《光明日报》2020年1月15日第3版。
② 范文澜:《文心雕龙注·神思》,人民文学出版社1958年版,第494页。
③ 朱志勇:《是产品,而非艺术品:也论人工智能与文学艺术》,《光明日报》2020年1月15日第3版。
④ M. McLuhan, Understanding Me, *Lectures and Interviews*, Boston: MIT Press, 2004, p. 271.

与警惕的。美国学者保罗·爱德华兹（Paul N. Edwards）就曾在其著作《封闭的世界：冷战笼罩下美国的计算机与话语政治》中，通过借用文学批评中的"封闭的世界"这一概念来窥视"美苏冷战"时期隐藏在计算机背后的政治隐喻，他认为，计算机"即是一种工具，也是一种思想，封闭的世界政治塑造了新生的计算机技术，而计算机支持并构建了新兴的意识形态、体制、语言和封闭世界政治的经验"[1]。一些新闻研究者在分析自动化新闻这一事件时也曾提到"以算法判断取代人工判断，会对新闻的形态及其合法性话语产生重大影响"，新闻研究者的这种顾虑与我们对于网络文艺中的 AI 创作所产生的技术道德与媒介伦理等问题的担忧是具有内在统一性的，所以，AI 写作并不仅仅是一种新技术的诞生这么简单，它更多的是一种伦理问题。

二 野蛮生长与直面现实的时代需求

从网络文艺的诞生时间以及发展历程来看，网络文艺还是一个新生事物，虽然其成长与发展速度十分迅猛，但是，由于在成长初期缺乏有效的管制，导致我国的网络文艺经历了一段时间的"野蛮生长期"，网络文化产业也遭受了产业泡沫化的厄运。由于网络空间的匿名机制与言论自由，使网民可以在网络自由地进行言论的发表、传播，网络言论的真实性、有效性也遭到了很大的质疑。与此同时，网络的"泛自由性"所带来的网络言论的"无政府状态"也为各种非主流的价值取向提供了滋生与蔓延温床。而对于网络文艺创作而言，很多无良的文艺创作者脱离主流价值思想与社会道德的管约，对一些经典文艺作品进行恶搞、戏谑、解构，用新、奇、怪的艺术形式取代经典作品的价值思想。在这样无序的思想环境下，大众的价值观念在日趋个性化与多元化的同时，其认知、价值、思想都在悄然发生着变化，在亚文化思想的浸染下逐渐偏离主流价值思想的轨道，降低了对于主流价值观的思想认同。最新数据表明，中国二次元用户集中分布于"95 后"年龄段，数量比例高达 57.6%，其次是年龄偏小的"00 后"，其数量比例为 20.9%，"95 后"及"00 后"两大群体共计占 78.5%，[2]二次元群体呈现年轻化特征。逃避理性阐释、逃避灵魂追问的网络文艺又怎会起到引领青少年精神之用？因而，只有直面现实，并在形而下的现实

---

[1] Paul N. Edwards, *The Closed World: Computers and the Politics of Discourse in Cold War America*, Cambridge: MIT Press, 1997, p. 104.
[2] 《马克思恩格斯选集：第四卷》，《恩格斯致玛·哈克奈斯》，人民出版社 1995 年版，第 683 页。

书写中进行形而上的灵魂叩问的现实主义文艺作品才是我国文艺发展的方向与未来。

（一）强化文学艺术的现实主义特征，是马克思主义文艺理论的基本价值取向

马克思主义文艺理论是以现实主义内容指向与现实主义精神作为其内在精神品格的，其理论的精神性就在于它的现实性与实践性。马克思与恩格斯通过对于以青年黑格尔派的唯心主义创作的批判来阐述自己的现实主义文艺理论并推崇具有现实主义精神品格的现实主义文学创作。马克思与恩格斯在《神圣家族》这篇文章中严厉批判了《巴黎的秘密》这部小说，认为其就是一种严重脱离现实、违背现实逻辑与人物的性格发展逻辑的小说，是建立在创作者主观臆想之上的唯心主义小说。此外，马克思与恩格斯的现实主义文论思想体现在他们对《城市姑娘》《新人与旧人》等小说的指导与批判中，在谈到《城市姑娘》这部小说时，恩格斯阐述了自己对于文学批评的看法，即要用美学的、历史的观点来进行文艺批评，因为在一定意义上文艺批评就是一种运动着的文艺理论，有什么样的文艺思想就有怎样的文艺批评观念，因而说恩格斯的文艺理论思想也是美学的、历史的，不仅尊重文艺的审美规律而且还注重文艺的历史品格，即从历史发展中去认识、衡量、评价一部文艺作品的审美品格与历史意义。值得强调的是，在马克思主义理论中，历史是关于人的历史，是关于人的活动的发展史与实践史。就此意义来说，恩格斯的文艺批评方法是集美学、史学、人学为一体的综合辩证的文艺批评方法。除此之外，恩格斯针对《城市姑娘》中细节真实这一问题，提出他著名的现实主义"典型说"，恩格斯认为，现实主义的创作原则应该是"除细节真实外，还应真实地再现典型环境中的典型人物"[①]。恩格斯通过他的"典型说"阐述了文艺作品"真实性"的重要性。恩格斯的"典型说"对我国的文学创作也产生了极大的影响。正是因为马克思、恩格斯如此重视文艺作品的"真实性"，所以，他们提倡莎士比亚式的创作方法而反对席勒式创作方法，认为席勒式的文艺作品是一种抽象主义的文艺创作，是将作品沦为时代精神的传声筒，而莎士比亚式的创作方法才是现实主义的创作方法，并提倡文艺工作者要学习莎士比亚"福斯泰夫式的背景"，要求文艺创作者在文艺作品中除了要有情节的丰富性与生动性之外还要有"福斯泰夫式的背景"。"福

[①] 北京大学中文系文艺理论研究室：《马克思、恩格斯、列宁、斯大林论文艺》，人民文学出版社1999年版，第148页。

斯泰夫式的背景"是莎士比亚在小说创作中所运用的一种展现社会背景的一种创作方法，即让福斯泰夫这个人物出现在他的多个小说之中，通过对这个人物活动、人物性格以及人物与时代、与环境的关系来表现人物性格、命运与时代的内在联系以此来表现历史发展的必然逻辑，同时通过人物的活动史为读者呈现一幅丰富多彩的英国社会的风俗画卷，以展现当时英国的社会面貌与世俗风情，具有很强的社会性与时代性。马克思主义文艺理论的现实主义精神与实践品格就在于该理论是始终站在"社会现实"与"艺术真实"的基础上的，因而马克思主义理论具有源源不断的生命活力，依旧可以穿越历史给予现代的文艺创作以启示。由此可以看出，"马克思主义文论需要沉入文艺作品底部，透过作品里的烟尘、汗水、奋斗和喜悦体验世道人心，把握时代脉搏；从文艺现场提取经验，经过思辨和知识形态化后，形成强有力的理论，从而有效地指导和解决现实问题。因此，马克思主义文艺理论和文艺批评在思想文化领域亟待提升其主导力，需要对社会发展过程中所面临的难题深入了解、精确阐释，在观念和方法上创新，利用新技术、新手段解决后现代文明中诸多重大而艰难的文化问题和精神困境，重新确立人的主体性，确立人的价值，推进人类社会向更高文明层级迈进"①。

　　针对目前我国的文艺创作现状以及存在于网络文艺创作中的伪现实主义与历史虚无主义创作倾向以及媒介写作所导致的无主体、无情感、无风格等创作病象，强化我国的文艺创作的现实主义特征，是马克思主义文艺理论的基本价值取向也是社会主义文艺的光荣传统和历史经验。

　　1. 现实主义文学是社会主义文学的光荣传统

　　我国的马克思主义文艺理论在继承马克思主义文艺理论思想的同时又结合中国国情在中国社会发展的各个历史阶段总结并提出了具有中国特色社会主义的马克思主义文艺理论。我国经历了西方列强的侵略之后，一大批具有忧患意识的爱国知识分子认识到了思想解放与文化自省的重要性。在五四与新文化运动时期，以陈独秀、李大钊等为代表的一批受过西方思想熏陶又同时具有深厚的中国传统文化知识素养的知识分子，主张要开民智、育民风，以达到改造社会并实现向现代社会转型的目的。其中最重要的一个问题就是如何实现中国文学的现代性，如何寻找到一套适合中国国情的文论思想体系来指导我国的文艺创作，于是当时的知识分子们纷纷将目光转向了马克思主义文艺理论。例如陈独秀提出了现实主义文学的主

---

① 卓今：《马克思主义文论的现实品格与文化主导力》，《文艺报》2020年8月31日第3版。

张，而李大钊则创造性地将儒家的"大同"思想与马克思主义思想相结合，他提出的文艺观则具有很强的实用性与指导意义。革命家瞿秋白则主张用马克思主义唯物史观与唯物辩证法的眼光去认识文学的现实主义，并强调了理论与实践相结合的重要性，瞿秋白的这番思想为我国的马克思主义文论的建设作出了重要贡献。鲁迅作为一位激进的文学战士，在理论与实际相结合这方面做得十分突出，无论是鲁迅的小说还是杂文抑或是抒情散文，其内容都具有很强的社会指向性与深刻的现实意义，他笔下的人物是带有鲜明的中国国民的性格的，鲁迅在刻画人物时擅长将人物放在特殊的历史环境与时代背景下，人物的性格与命运都与社会发展有着密切联系，因而他所塑造的一个个具有时代意义的人物形象都是"典型环境下的典型人物"，人物的深刻性就在于他的典型性，这是从生活真实本身所剔下来的血肉，鲁迅深刻认识到了艺术与生活、社会、历史的联系，这对于现实主义文学创作以及现实主义文论的理论构建来说，无异于一次重要的发现。到了革命文学时期，由于历史背景的特殊性以及为了社会与政治的需要，文学的社会功能被发扬光大。左翼作家提出了要重新认识文学艺术的社会主义现实主义、共性与个性等问题，周扬甚至提出了"无产阶级革命文学"的口号，文学的政治性与阶级性的品格被放大。

毛泽东则站在历史的高度与社会发展的需要的角度，对马克思主义文艺理论的中国化做了新的阐释。他在《文艺工作者要同工农兵相结合》以及《在延安文艺座谈会上的讲话》等重要文章与讲话中阐述了他对于文艺的大众性、文艺的人民性以及文艺的实践性等的认识，他强调："一切革命的文学家艺术家只有联系群众、表现群众、把自己当作群众的忠实代言人，他们的工作才有意义。"[1] 毛泽东的文艺思想是马克思主义文艺理论中国化的成果，尤其是毛泽东对于文学人民性的强调，旗帜鲜明地指出了我国的文学艺术是为人民群众而作，是服务于广大的人民群众的，同时也为我国社会主义文艺理论中的人民本位思想的确立提供了重要的理论支持。到后来由于历史的原因，我国的文学艺术创作都注重强调文学的政治性与阶级性，甚至错误地将文学的阶级性看作文学艺术的本体属性，创作出的作品虽具有很强的政治鼓动性，服务了当时某种社会政治的需要，但是从文艺本身以及文艺理论的构建的角度来看，这样的思想主张不利于我国的文艺建设与健康发展。到了邓小平时期，邓小平运用马克思主义唯物辩证的视角重新审视了文学艺术的本质属性，提出"文艺不再从属于

---

[1] 《毛泽东选集（第三卷）》，人民出版社1996年版，第206页。

政治，但文艺又不能脱离政治"的观点，深刻阐明了我国社会文学艺术与政治的关系，让文学艺术创作、文学理论构建以及文学艺术批评重新回到艺术本身，在尊重文学艺术审美性的前提下用史学的、人学的眼光对文艺作品的艺术价值作出正确的审美判断。现阶段，党中央的文艺思想则是马克思主义文艺思想中国化的最新结果，2014年的文艺工作座谈会强调了文艺与现实、艺术与真实的联系，再次重申了社会主义文学的现实主义精神品格，会议上提到"人民生活是一切文学艺术取之不尽、用之不竭的创作源泉"，"一旦离开人民，文艺就会变成无根的浮萍、无病的呻吟、无魂的躯壳"，"文艺创作方法有一百条、一千条，但最根本、最关键、最牢靠的办法是扎根人民、扎根生活"[1]。可以看出，马克思主义文艺理论虽然在我国社会的不同历史发展阶段呈现出不同的样貌，但是，马克思主义文艺理论的中国化是深深地立足于中国的现实国情，是具有深刻的现实性、人民性与社会性的，现实性永远是中国文艺创作的内在精神品格，现实主义文艺作品依旧是中国文艺创作的发展方向，与此同时，我国的马克思主义理论研究者针对不同的时代发展与历史需要所提出的马克思主义文艺理论与思想主张也不断丰富与发展着马克思主义文艺理论，也为我国的中国特色社会主义文艺理论的构建提供了宝贵的理论资源与精神财富。

在主流意识的精神引领下，中国网络文学的现实主义进入了"整体崛起"阶段，还有学者作出了这样的表述"中国网络文学进入现实主义题材的新时代"。姑且不论上述论断的准确性，但现实主义题材创作兴起并呈现出较好的发展态势，确是近年来网络文艺的重要特征。客观上讲，现实主义特征在网络文化领域的加强，既是社会主义精神文明建设和文化建设的题中应有之义，也是社会主义文艺的光荣传统和人民文艺的基本经验。

2. 现实主义特征的作品具有揭露社会阴暗面、批判现实的力量

在任何时代，现实主义题材的文艺作品都因聚焦于现实生活问题与社会发展现状以及底层小人物的悲剧命运而具有感人至深的力量，都能够经受住历史的沉淀而让不同时代不同民族的人以精神的共鸣。因而，在我国建设中国特色社会主义与实现民族伟大复兴的关键时期，更需要一大批具有深刻精神性与思想性的现实主义题材的文艺作品来振奋人心。

现在网络文艺创作者的文艺创作观念出现了一些价值导向上的问题，即是说错误地认为"穿越""玄幻""魔幻"等题材的虚拟小说就不需要

---

[1] 习近平：《在文艺工作座谈会上的讲话》，《人民日报》2015年10月15日第2版。

从现实取材，因而也不需要遵从现实的逻辑，也不需要按照现实主义文艺的创作原则进行文艺创作，正是因为有这样的文艺创作观念的存在，使大量的网络文艺创作者相比于现实主义的题材来说更乐意偏爱这些架空历史、脱离现实的虚拟小说的创作。但是事实上，任何题材的文艺创作都需要遵循艺术的原则、遵从现实的逻辑，都需要将艺术真实、历史真实、理性真实作为其作品的精神内核，之于现在的网络文艺创作亦是如此。网络文艺作品也不可以回避对于现实的苦难、人性的丑陋以及命运的不幸的描绘，都需要有批判现实的力量与心灵震撼的悲剧效果，只有如此才可以实现网络文艺作为精神性作品的价值所在。就此意义来说，网络文艺作品要想获得这种精神性的力量就需要坚持现实主义文艺创作，将现实性、真实性作为作品的精神追求，追求一种悲剧性崇高的艺术风格。例如由阅文集团大神作家舞清影创作，并荣获第二届网络原创现实主义题材征文大赛一等奖的《明月度关山》这部网络小说，将年轻美丽的支教老师明月与通信士官关山之间的相识、相知、相恋的爱情故事与山区的时代变迁结合在一起，这对年轻恋人的选择以及他们的命运与价值观密切相关，折射出时下当代年轻人的牺牲精神与奉献精神，使明月与关山这对年轻恋人之间的感情就不再是一种单纯的个人情感，作者将这种私人情感与主流价值观相结合，让个人话语与公共话语相融合，让两个人的个人情感承担起伦理叙事的功能，于是明月与关山的私人情感具有了主流化的品格与深刻的社会内涵与时代意义，整部作品也获得了崇高的美学品格。那些惊心动魄的"爽文"、那些虚假无脑的"雷剧"抑或是那些皮相极好的"大片"，其本质只是一种用"套路"或华丽辞藻堆砌而内容空洞的文艺作品，只能为受众提供一种短暂的"爽"感，而在思想启悟、精神慰藉方面还是与现实主义文艺作品具有很大的差距的。

像著名作家水运宪的现实主义题材小说多带有鲜明的问题导向与时代特征，但由于他对于人物形象的塑造以及对于人物心理活动刻画的侧重，使其笔下的人物在"拒绝充当时代精神的传声筒"的阐释中，既有时代的镜像又能为人们提供情感的抚慰。水运宪在早期创作的一系列有关改革背景的小说，无论是《祸起萧墙》还是《雷暴》抑或是《裂变》，无一例外都属于现实主义题材。这些小说不是简单地呈现生活、描摹现实，而是探索性地运用先锋派、荒诞派等表现技巧对现实生活与时代病象进行审美透视，直指波澜壮阔的时代大潮下人们精神的核心，叙事冷峻却又不乏现实生活的庸常之美。水运宪于2008年创作的长篇力作《乔省长和他的女儿们》，借助20世纪80年代以来改革开放大背景下城市生活的变迁，通过展现主人公乔良的人生经历和心灵历程,把一个父亲的心灵史、四个女儿的成长史与一个社会的变迁史相融合,生动而真实地反映出社会转型时期风云变幻的社会面貌,也让读者看到了乔良所代表的一代人的生命轨迹与人生追求。水运宪小说中主人公也并不完全是改革的弄潮儿,也有对现实的怀疑与否定。主人公的怀疑理性与社会理性、价值理性、历史理性之间的冲突与调和构成了其小说内部的逻辑张力,水运宪通过这样的书写逻辑淡化了小说故事所承载的过重的历史焦虑,这使得水运宪笔下的主人公同时扮演哲人、英雄、叛逆者与布道者的角色,并大都带有文化自省与文化自觉的意味。像《祸起萧墙》这部小说,傅连山身上鲜明地体现了那个时期迫切的改革精神,所有关于那个时代的欠缺与迷失,都在文学作品里呈现并获得想象性的满足。傅连山想要凭一己之力来撬动社会的顽固势力的冲动在那样的历史语境下显得既悲壮又可笑,社会的发展要求与现实实际的脱节成为导致人物悲剧命运的必然,傅连山的尴尬处境也隐喻了像他这样的小人物终将成为时代牺牲品的宿命。因而,那些能够揭露社会阴暗面、人性复杂性以及具有批判现实力量的现实主义题材作品,那些承载了社会主义的意识形态诉求和社会主义核心价值观的文艺作品,依旧是我国社会主义精神文明建设的重要精神支撑。

(二)优秀的艺术作品,是思想性与娱乐性的统一,是艺术性与商业性的统一

马克思、恩格斯一直所倡导的就是"莎士比亚化"现实主义创作模式,反对"席勒式"的将艺术作品作为政治的传声筒。因为他们认为"莎士比亚化"的现实主义做到了艺术性与思想性的统一,美学与历史的统一,而"席勒式"的描写则是政治性压倒艺术性后的苍白空洞的唯心式的文字表达。鉴于此,他们主张对"席勒化"的叙事手法进行唯物主义改造与现实主义解释,并提出了现实主义创作的一些基本原则。作家、艺术家们首先要深入生活和体验生活,从中捕捉"意识到的历史内容",经过典型化的艺术概括,形成"较大的思想深度了,通过莎士比亚剧作的情节的生动性和丰富性中生动地展现出来,揭示社会生活的广度和深度"。而"莎士比亚剧作的情节的生动性和丰富性"只是一种形式因素,"意识到的历史内容"和"较大的思想深度"都是寓于"莎士比亚剧作的情节的生动性和丰富性"之中,并通过"莎士比亚剧作的情节的生动性和丰富性"呈现出来的。恩格斯提倡的"意识到的历史内容",和"较大的思想深度"与"莎士比亚剧作的情节的生动性和丰富性的完美融合",比较全面深刻地体现了内容与形式的完美融合、思想性与艺术性的完美融合。

查尔斯·泰勒（Charles Taylor）在其书《世俗时代》中向现代人抛出了一个灵魂之问：生活在世俗时代意味着什么？之于作家这个问题就变成，生活在世俗时代对作家意味着什么？对于文艺创作者来说就是要始终遵从心的方向，真诚面对读者，真诚面对自己，真诚地面对笔下人物的灵魂，并应孜孜不倦地寻找由"通俗"向"通雅"过渡的叙事路径。像20世纪由同名小说改编并获得万人空巷收视效果的电视剧《乌龙山剿匪记》，其原著小说作家水运宪就深谙文学立格之道，因而其作品多以通雅为基，在得乎大众通感与喜爱之时又通乎人性洞达之镜。正如著名作家王蒙所言"所有高雅的世界背后都有一个庸俗的世界"[①]。"土匪小说"在很长一段时间内被视为一种草莽文化，难以跻身主流文学殿堂。尽管这种文学形式一度被边缘化，但它所展现的人性、情感和生存智慧仍然具有深刻的启示意义。水运宪却转用一种低姿态观照这群落草为匪的边缘群体，挖掘"土匪"身上在可变的外部环境压力下的那种不变的生命强光，用民间话语为"土匪"发声，用英雄视角为"土匪"正名。不得不说，水运宪的这种执着和对生命的悲悯值得尊重。因而在小说《乌龙山剿匪记》中，既有紧张刺激、曲折离奇的故事情节，又有对人性的追问与对生命的理性之思，在一个个鲜活的生命个体之上窥见了灵魂的独特性，读者也在精神消遣与对小说人物生命状态的体认中实现了精神的启悟与文化的自省：人生从来不是一场关于物质的盛宴，而是一场有关个人灵魂的修炼。高雅与通俗亦不是对立的两面，而是两个相互依靠、相互支撑的艺术世界。小说《乌龙山剿匪记》不仅在艺术上实现了通俗性与思想性的耦合，精神消遣与价值思考的统一，而且改编后的同名电视剧迅速捕获了大众趣味，成为电视上一个时代的记忆。

单纯的感官娱乐并不能成就好的文艺作品，只有体现艺术真实、生活真实的文艺作品才会给人以精神慰藉与振奋人心的力量，展现人文关怀。那些被称作"经典"的文艺作品，那些被历史留名的文艺作品，那些为人民大众所津津乐道的文艺作品无一例外都指向人性，揭示人性的阴暗面与复杂性，这些作品之所以能够引起观众或读者的共鸣就在于其显露出了人性的真实，而这背后的创作逻辑就在于，文艺创作者始终按照人性的发展逻辑来塑造人物、编排故事，将艺术真实与生活真实作为作品内容精神的核心力量。

---

① 王蒙：《不奴隶，毋宁死？——王蒙谈红说事》，北京十月文艺出版社2008年版，第196页。

我国学者雷达在《重建文学的审美精神》一书中提到："近些年来，一些作品之所以有所深化，就在于更加注重'人的日常发现'，并以'人的解放'、'人的发展'作为'灵魂重铸'的内在前提与基础。然而，对人的深刻理解与表现，又与深刻的生活体验无法分开。网络海洋的信息固然给写作者带来极大便利，但它永远不可能代替作者的亲历感受和心灵共振，因为那不是他身上的骨和肉，而创作需要生命的投入。"[1] 现阶段我国网络小说的叙事逻辑与想象机制都带有"游戏化"倾向，与其说这种叙事创新是一种文学传统的断裂，毋宁说是一种新的美学范式。沿着这一美学逻辑也可对当代网络小说创作主体与消费主体的精神状态进行审美透视，继而挖掘隐藏于网络小说背后的文化逻辑。但值得注意的是，这种游戏化叙事也使得网络小说成为网文创作者"在'异托邦'里建构'个人另类选择'的幻象空间"[2]，然而这种叙事创新能够在多大程度上实现以"爽文"写"情怀"？这种新的叙事思维是否会引向网络时代的文学启蒙？此类文学之通俗是不是一条通往文化自省的叙事路径？这一切的问题还有待商榷。网络小说的这种游戏化叙事归根结底是基于虚拟生存体验与虚拟审美体验之上的，在思想意蕴、精神蕴藉、诗教功能等方面还是无法与现实主义小说相比拟的，因而加强网络文艺对于现实主义题材的美学选择是文学之需、人民之需、时代之需。

三 人文坚守：网络文艺的价值旨归

在媒介社会与消费主义文化的合力作用下催生了一种以"流量"为导向的文艺创作理念，为了追求流量、博取眼球、赢得关注，很多文艺创作者抛弃了对文艺的理想主义追求而让虚假主义、反人民本位、反历史主义与反诗教传统等非主流思想在网络文艺创作市场中流行，最终让网络文艺创作走向失落了人文主义的庸俗写作。如何在纷繁复杂的多元网络文艺生态中确立社会主义主流意识形态的领导权，增强社会主义核心价值观的话语权，这就需要大力加强内容建设，将内容的价值增量作为创作的着力点与重心点，始终将人文坚守视为网络文艺的价值旨归。将以民族精神为内涵、以中华民族优秀传统文化为底色的人文思想始终作为网络文艺生产的内容承载与价值依托，继而改变目前网络文艺良莠不齐、重能指轻所指的刻板印象，实现娱乐性网络文艺向文化性网络文艺的进阶，真正发挥文

---

[1] 雷达：《重建文学的审美精神》，北京师范大学出版社 2010 年版，第 1 页。
[2] 邵燕君：《网络时代的文学引渡》，广西师范大学出版社 2015 年版，第 80 页。

艺之于人、之于民族的培根铸魂的价值功能。唯基于此，才能提升网络文艺作品的整体质量与精神品格，才能更好地满足与服务于人民大众的精神生活。

（一）积攒口碑：打破刻板印象，提升美誉度

爱奇艺在2019年联合《人民日报》曾推出"正能量网络剧场"，推出了一大批取材于现实生活，具有现实主义精神品格的网络电影。如根据唐山大地震真实事件改编的网络电影《大地震》，描述了那个惨痛的历史记忆下可歌可泣的人物故事，情感真实、生动感人；又如表现非物质文化遗产滇剧的网络电影《陈翔六点半之重楼别》不仅在2019年度爱奇艺评分榜单中位居第一，更是获得了党政央媒点赞；再如网络电影《毛驴上树》，将"扶贫"故事作为电影的切入点，通过讲述基层小人物的命运来突出时代大风貌，具有很强的社会指向与时代意义，因而获得国家级媒体及北京市广播电视局的高度肯定。不论是在爱奇艺年度评分榜还是豆瓣的年度评分榜，这些现实主义题材的网络电影都位居榜单前列，赢得了市场与受众的口碑，并引起了广泛热烈的社会反响，各大主流媒体也相继报道，由此可看出国家与受众对于网络文艺创作的现实主义转向的大力支持。在2019年，豆瓣评分6分及以上的网络电影共有12部，爱奇艺评分8分及以上的网络电影总数有21部，足以看出网络电影在向精品化方向发展，网络电影这样的控量保质的做法也越来越得到了大众的认可与赞扬。

（二）内容创作趋势：关注当下，聚焦现实题材和真实故事

2018年4月《人民日报》以《网络大电影为何佳作欠奉》为题指出：当前网络大电影从制作、品质，到艺术追求上均与院线电影存在一定差距，批评部分网络大电影过度注重商业而忽略了艺术，打擦边球心理严重等，提出网络大电影要推出精品，弘扬文化。[①] 2018年网络大电影市场在这一呼声下向着更加健康、高质量的方向发展。2019年，网络电影创作者将着眼点放在关注现实、扎根生活，表现小人物的所行所想，关注小人物的成长体验，挖掘真实故事中的情感张力。

不仅是网络电影，现在的网络剧、网络文学、网络游戏等也出现了"主流化"转向，以精良制作为保障，立足于正剧题材，采用底层视角叙事，以民族主义、爱国主义为故事核心，完成了对主流价值的表现与传达，以家国情怀为情感桥梁架构起与观众之间的情感认同与对国家形象的

---

① 崔晓：《网络大电影为何佳作欠奉》，《人民日报》2018年4月10日第14版。

集体想象，实现了民族主义与个人主义的统一。这样的"新主流"网络电影、网络剧扭转了主流电影、电视剧叫好不叫座的尴尬局面，实现了思想性与娱乐性的统一，既满足了观众的娱乐需要与情感宣泄的欲望追求，又具有一定的思想深度与人文关怀。其中的秘诀就在于这种"主流化"的网络电影、网络剧把握住了现实主义的精神内核，即艺术真实、情感真实、人性真实的融合与统一，将影片的矛盾冲突、影像奇观、观众欲望与国家主流价值相缝合，让观众在好看的故事情节以及复杂的人物命运的走向与情感交织中自然而然地接受影片中的价值传达，继而引发观众对于主流意识形态的认同，激起观众的集体荣誉感与民族尊严感。

第三节　网络文艺的破与立

一种新兴的文艺形式想要获得持久的艺术生命力与创造力，并拥有感人至深且振奋人心的力量，一个民族的文艺要想实现长久的发展，要想扩大本国文化的海外影响力，实现"文化出海"，而我们文艺创作若是仅仅停留于内容上的娱乐层面、形式上的出新层面，这一愿望恐怕难以实现。因此，网络文艺的发展与内容生产必须扎根于传统文化，实现传统文艺与网络文艺的联姻，一方面，用传统文化精深的思想与厚重的文化内涵丰盈网络文艺的内容生产，使其内容更具厚度与广度；另一方面，网络文艺的媒介力量与艺术形式使中国传统文化与文艺精神实现更具表现力、更具年轻化、更具时代化的表达，实现我国优秀传统文化的创造性转化与创新性生产。因而，网络文艺的发展不仅要有对传统"破"的创新精神更要有"立"的建设姿态。

一　融媒体时代对文艺传统的再审视

伴随着我国社会现代化转型所带来的阵痛，我国文艺无论是在理论构建还是文艺批评以及文艺创作方面都面临着严重的挑战，在"新"与"旧"、"现代"与"传统"的碰撞中，越来越多的文艺创作者加入对于"新""奇""怪"的追逐中而放弃了对于传统的坚守。在这种情况下，文艺传统的主导地位也面临被质疑的危险。

例如在文学创作上，存在一种普遍的说法就是文学创作中人文精神失落的问题，认为自20世纪90年代开始，我国的文学创作存在精神立足点集体后退的倾向，甚至还有一种声音认为"人文精神"在我国从未出现过,又何谈失落的问题。这种声音事实上不单单是对我国文艺作品中精神内涵的质疑,更是对我国文艺传统的质疑。无论是我国古代哲学还是古代文论,都是围绕着"人"这个主体来探讨"人"与"天"的关系问题,因而"人"在我国古代文论中占据着很重要的地位,如果说我国古代哲学是关于"生命的哲学",那么我国古代文论就是关于"人的学说"。对于我国文艺传统的质疑,其原因主要来源于两个方面,从外部原因来看,则是西方思潮的冲击;从内部原因来看,则是我国文艺创作语境的大变化。

一方面,最近几十年,像意志哲学、存在主义、精神分析学、新托马斯主义等各种各样的非理性主义思想以及以个人为本位的西方近代价值观对于我国传统文化的冲击不容小觑,致使一大部分人弃中国传统文化思想于不顾,转入对于西方思想理论的学习与研究中。事实上,这种情况出现的原因还有一部分是我国很多人存在思想上的误区,他们错误地认为像"人文精神"这样的思想都是属于西方近代进步思想中的一部分,这些人的思想不仅是对"人文精神"内涵的误读,而且还存在对于中国传统思想的片面认识。其实,"人文精神"并不是西方思想的专属,在我国对于"人文"这个概念的认识最早可以追溯到《易经》这部书。《易经》中曾提到"刚柔交错,天文也;文明以止,人文也。观乎天文以察时变,观乎人文化成天下"。虽然《易经》中所提到的"人文"与我们所谈到的"人文精神"其内涵所指还有很大的不同,但是由此可以看出的是,我国古代哲学以及中国传统思想都重视人的本体地位,都注重对于人的精神性的追求与形而上的思考,对于我国是否自古以来就有人文精神的传统,我们对此还存在一定的疑问,但是,不可否认的是,在我国的传统思想中存有现代性思想的萌芽,我们需要做的就是如何对传统思想进行吸纳与重铸,继而建构具有时代色彩的现代性思想。

另一方面,文艺传统不是只就文学这一静态文本来谈,它实际上也存在于生活实践之中,它实际存在于与时代政治、经济、文化的多重关系的互动之中,因而对于文艺传统的考察就不能在一个封闭环境中来认识它的作用与功能,如果没有政治、经济等诸多因素的支撑,文艺传统也很难发挥其真正的效用,更遑论对它的继承与发展。随着社会转型,我国的社会结构发生了巨大变化,对于文艺创作而言,文艺创作的时代语境、生态环境都发生了重大改变,于是文学艺术的内在精神、内在结构都不同于以前,因而我们从文艺发展的横坐标上来看,我国现阶段的文学艺术的"精神立足点"并非"后退",实则是一种"位移"。这些变化为我们认识、研究我国的文艺思想提供了一个新的思维向度，即要在传统与现代的历时与共时的坐标与向度上认识传统文艺思想，从而重建现代文艺精神与价值。

二 网络文艺对文艺传统的"破"

当我们对网络文艺的诸多艺术形态如网络文学、网络电影、网络综艺、网络动漫等做一个历史性的回溯的时候，我们就会发现，这些艺术形态在诞生之初无论是在内容指向抑或是表现形式等层面都与传统文艺有很大的出入，并在一定程度上颠覆了我们对于文艺的认知。例如作为网络小说开山之作的痞子蔡的《第一次亲密接触》，该作品无论是在题材的选择还是情感表现手法与叙事方式上都打破了传统文学的写作范式，尤其是其中的语言句式更是在网络上迅速走红并引起了越来越多的网络小说的跟风模仿。

> 如果我有一千万
> 我就能买一栋房子
> 我有一千万吗？没有
> 所以我仍然没有房子
> 如果我有翅膀，我就能飞
> 我有翅膀吗？没有
> 所以我也没办法飞
> 如果把整个太平洋的水倒出
> 也浇不熄我对你爱情的火
> 整个太平洋的水全部倒得出吗？不行
> 所以我并不爱你。

这种自问自答式的主人公独白式写法，以其带有自嘲与他嘲的戏谑式写法颠覆了以往小说主人公对心仪女子的表白。这种对于语言的"陌生化"处理，微妙而准确地传达出当时正处于社会转型期下的男男女女爱而不得而又不屑去爱的自卑与自负，成为那个网络时代的"爱的宣言"。这种语言不像传统的文学语言那样形象而富有诗意，它将语言的文学性、文化性、审美性抛开，专注于一种情绪的表达，带有生活语言的随意而又有网络语言的戏谑与反讽，这样的语言在消解了爱情神圣感的同时也传递出当代青年男女对于爱情、对于生活的无所谓的态度。又如之前的恶搞视频"一个馒头引发的血案"更是以一种玩世不恭的姿态对传统电影进行了颠覆性的解构并以一种无厘头的戏谑式拼贴叙事对传统电影进行了一番恶搞与嘲弄。再如《屌丝男士》《一万个冷笑话》《暴走大事件》等早期的网络文艺，它们的热播与走红很大程度上得益于其本身内容和形式上的新、奇、怪。

值得注意的是，这种"新"是建立在对传统文艺的解构与颠覆上的，对于传统来说这无异于是一种破坏性力量，这也就不难理解，为何在网络文艺诞生之初就被认为是不入流之物，甚至被认为是文艺的灾难。就拿网络文学来讲，我国的网络文学自诞生到现在的完全爆发才经历了短短的二十多年，在这短短的二十多年中，网络文学成功成为当今网络文艺的头等 IP，并在当今的跨文化语境下成功"出海"，无论是在海外读者的覆盖面还是海外影响力上，网络文学所获得的经济效益与知名度远远超过传统文学。网络文学即使是在诞生之初就释放出了强大的生命力，但尽管如此，网络文学从一开始就面临着被传统的精英文学排斥的尴尬处境，甚至当时在学术界有很多的声音认为，网络文学研究不具有很高的学术意义与研究价值。究其原因，就在于，当时很多的文艺保守主义者将网络文艺的这种"生命力""创造力"视为一种破坏性力量，视其为对传统的发难。

在现如今的网络文艺创作中，对于传统的"破"还集中体现在以下几个方面。

一是戏说历史。这种对于历史的戏谑与嘲弄在网络游戏中体现得淋漓尽致。《恋姬无双》是一部以三国为故事背景的网络游戏，但是该游戏却将历史上英勇善战的三国英雄换成了性感妖娆的美少女战士，还将历史上刘备、关羽、张飞三兄弟的"桃园三结义"变成了三姐妹义结金兰，一部气势磅礴的三国历史在该游戏中被肆无忌惮的大话戏说。

二是解构名人。在另一部讲述三国时期的网络游戏《幻想曹操传》中，历史上智勇多谋、对蜀国赤胆忠心的诸葛亮在游戏中竟然变成了可以任意召唤地狱恶鬼和地狱妖魔的使者，而一代枭雄曹操在游戏中却变成了正义的化身，在游戏中的任务则是想尽办法杀死诸葛亮以阻止诸葛亮毁灭人间的阴谋。《学习雷锋好榜样》本是对人民英雄"雷锋"的纪念以及对"雷锋精神"的赞美与发扬，而在网络歌曲《我学雷锋好榜样》中，人民英雄"雷锋"未能逃脱被解构、戏谑的命运，其歌词更是将"雷锋精神"解构成一则笑谈，歌词中写道："这世界逼着我必须红透半边天，只是看到雷锋就像忽然来到春天，看来我忘了的不仅仅是时间，于是我急着出门看一看，正好一位老太太拿着大包小包一大堆，于是我对她说让我帮你拿上一点，可老太太却说了一句：你干吗？抢钱？"

三是架空历史。网络游戏《红色警戒3》的故事背景被设立在第二次世界大战，但是该游戏却无视历史的真实，游戏剧情时空错乱，历史上的多个重大历史事件都被改写，完全是一部打着所谓历史的名号，实则是完全架空于历史的游戏叙事。在游戏中，战败国日本不仅成功逃过了第二次世界大战，甚至还建立了太平洋帝国，成为名震一方的亚洲霸主。这些所谓的历史题材的网络游戏，又有多少真实的历史在里面，消费者在其中又看到了多少人类文明历史的闪光？

四是恶搞经典。随着我国网络文学的迅速崛起与繁荣发展，网络小说也催生出了很多新的小说类型，其中"同人小说"就是其中最具代表性的一类。"同人小说"指的是将已有小说、动漫、游戏以及影视作品中的人物形象进行再改编与再创造的作品。例如网络小说代表作家安意如的小说《惜春记》，就是对于文学经典《红楼梦》的二度创作而成的"同人小说"。在这部小说中，《红楼梦》原有的人物关系被全部打乱，改写程度甚至到了令人匪夷所思的地步。本是作为《红楼梦》中"金陵十二钗"的惜春在《惜春记》这部小说中竟成了秦可卿与贾敬的私生女，作者将惜春内向厌世的性格以及最后的悲剧命运的根源归为其乱伦的身世。而在网络视频"大话红楼"中对于经典更是毫无敬畏之心，《红楼梦》无论是剧情还是人物关系、人物性格以及人物命运都被恶搞得令人发指。视频中将宝黛二人的懵懂初会恶搞成宝玉对黛玉"性骚扰"的闹剧；著名的"晴雯撕扇"情节也由"晴雯撕扇"变成了"晴雯榔头砸空调"；大观园中逢年过节的聚会习俗也变成了大观园"比基尼"选美……诸如此类无厘头的恶搞闹剧在"大话红楼"这部网络视频中不胜枚举。这些网络文艺创作对于文艺传统的"破"，不仅割裂了我国文艺传统的连续性话语，而且传播了非主流的价值观与审美观，暴露出网络文艺创作者社会责任与艺术道德素养的缺失。

三　网络文艺对文艺传统的"立"

在我国社会主义建设的关键时期，党中央根据我国的实际国情与时代需求在庆祝中国共产党成立95周年大会上正式提出了道路自信、理论自信、制度自信与文化自信这"四个自信"的重要指示，其中最引人注目的就是"文化自信"这一思想主张的提出，这表明党中央对中国特色社会主义中的文化结构的重视。其中将文化自信看作其他三个自信的基础，并明确指出了我国悠远绵长的民族历史与文化传统是文化自信的来源。这告诫我们文化自信的基础是要有文化自知，文化自信必须扎根于对中国优秀历史传统与文艺思想的继承、吸纳、转化与发扬中，那些通过戏说历史、解构名人、恶搞经典、架空历史等手段进行文艺创作的伎俩是坚决不可取的。文艺创作者应该站在新的时代语境下，以"立"的姿态对我国的文艺传统进行创造性的转化与创新性的发展，以此书写新时代下崭新的文化图景。

中华传统美学中包含着丰富的文艺思想与理论资源，新时代下的文艺创作与文艺理论建设必须在尊重传统文艺思想与美学精神的基础上进行经典的创造，在我国传统文化这块广袤的大地上进行深耕，在我国著名思想家的经典学说上"接着讲"。中华传统美学首先是一种关注人的心灵世界与精神世界的"精神性"美学，面对现代人所出现的精神萎靡、心灵混沌、思想干涸等精神危机，我们必须要从我国传统美学思想中汲取精神营养以此来对抗现代社会中那些物质的、技术的、功利的等非精神性的压制力量。例如中华传统美学中关于"意象"的理论就是将美学与人生相联系，以此来追求一种审美的人生境界。像蔡元培、朱光潜、宗白华、冯友兰、熊十力等著名美学家都曾对中国传统美学中的"意象"理论进行了创造性的阐释，不断丰富发展了我国传统美学的思想。朱光潜对于"意象"基础理论的研究与总结，为后代的学者们更好地把握该理论发展指明了宏观方向。而后来的宗白华先生则从中西文化比较的视角，来挖掘中华传统美学思想对于人心灵性创造的意义。现代社会，北京大学教授叶朗先生则在这些著名美学家的思想遗产上提出了"美在意象"。这一学说的提出也将我国传统美学中的"意象理论"提升到了一个新的时代维度，更有利于我们对我国的传统美学有一个新的认知。中国传统美学思想不是书斋中的学问，而是与广大的人生实践相结合的学问，其中的思想与精神指向已经渗透到中华民族的精神深处，成为中华民族独特的精神标识。在中国传统美学的影响下，我国古代的传统文学艺术都十分重视对于精神性、心灵性层面的描绘，文艺创作者更是注重通过对形而下的器物的观照来体现自身形而上的追求。宗白华在对中国传统艺术的研究中，就十分重视中国传统艺术虚灵化的一面，他认为，中国艺术是一个虚灵的世界，是心灵化的空间。再如从古代至近代，从孔子到蔡元培，我国历代思想家的学说中都多多少少带有美学思想的影子。像孔子的诗教、乐教思想都是注重对于人完美人格以及精神性人生的塑造，在此影响下，我国古代的哲学就是一门关于人生境界的学问，通过对人生境界的追求来塑造健康人格，塑造民族精神。

网络文艺中所存在的对于历史"游戏"的现象需要引起我们的严肃重视，解决这个问题的关键不是对网络文艺创作者的这种行为进行伦理道德上的谴责抑或是进行严厉的法理规制，而是从根本上扭转网络文艺创作者以及受众对于传统文化的态度。态度决定行为，如果对于本民族的历史与传统文化没有敬畏之心，那么外力的制约也只能是一种纸面上的"规矩"，缺少一种心灵的威慑力，我们需要的是每一个文艺创作者以及每一个国民都需要从心底树立一种心灵之法，让尊重历史、敬畏历史、本真地书写历史以及合乎理性规范、合乎艺术逻辑、合乎人性逻辑地改编历史成为一种文化的自觉。像在海外大热的网络游戏《魔戒》，它的游戏精神内核就来源于北欧文化，创作者通过对于北欧神话体系的艺术性改编创造了一个全新的艺术世界，受众在这个异域世界中重新触摸与感受古老的北欧文化的魅力。我们现在所生活的世界是一个被技术驱使的日益更新的世界，但是，传统的历史与文化不应被风驰电掣的现代化抛弃，文艺创作必须坚守历史文化的底线。网络文艺的世界是虚拟的，但是，历史文化却是真实的，网络文艺的功能应是让人们在虚拟的想象中走向历史的真实。

（一）从游戏历史走向尊重历史

尊重历史真实并不意味着网络文艺创作必须拘泥于史实，毫无创意可言，事实上，正是通过创作者的巧妙构思和艺术加工，网络文艺作品才能焕发出新的生命力。在这里，创意的发挥并非对历史的篡改或歪曲，而是基于史实进行的合理想象和艺术拓展。

在处理历史题材时，网络文艺既展现了其独特的魅力，也存在违背历史真实的问题。对于网络文艺创作而言，如何处理历史真实问题便成为一个不可回避的议题。如何在尊重历史真实的前提下进行艺术创作，亦是创作者必须面对的挑战。

然而，一些事实则是有的作品为了追求娱乐效果和流量对历史进行恶意改编，尤其在游戏中，为了游戏性和体验，经常出现与历史其实大相径庭的情况。

近几年最热的网络游戏莫过于由腾讯公司推出的《王者荣耀》了，该游戏一推出就迅速占据了消费市场，在一定程度上突破了网络游戏的年龄限制与性别限制，玩家群体涵盖了中年、青年、小学生等多个群体，其中更是新增了很大比重的女性群体。但是，伴随《王者荣耀》在商业上所获得的巨大成功而来的却是极大的社会争议。新华社曾评《王者荣耀》：手游不该"游戏"历史，应尊重历史。《王者荣耀》对历史人物进行了颠覆性的改编，几千年来人们熟知的历史人物变得面目全非。这对缺少历史知识的少年来说很容易产生误解，历史在这里真成了被"游戏"的对象。

　　历史文化之于艺术创作而言是一个可不断挖掘耕耘的土壤，是可以被阐释、可以被演绎的艺术材料库，但是并不意味着对于历史文化的改编就可以是一种"游戏"的态度。如果对本国的历史文化缺乏应有的尊重与敬畏，在此基础上创作出的艺术作品又何谈艺术之价值呢？又遑论对传统文化的继承、创新与发扬呢？如果对历史文化的态度诚如《王者荣耀》游戏一般地解构，将历史文化视为可被消费、历史人物是可被歪曲的话，那么其最终的结果就是造成了人们尤其是青少年对于文化的误读与历史观的错乱，无法还历史以本来的面目，严重影响了人们对于历史的正确认知。传统文化是一个国家的精神支撑，是一个民族文化自信的来源，传统文化已经成为一种价值符号深深地渗透到人们的思维之中，影响着人们对于历史文明的看法。一旦游戏历史成为一种习惯，一种可被原谅、可被纵容的公知的话，那么一个民族的信仰将会面临严重危机，将会淡化国民的民族自豪感与文化认同感。尤其是现阶段我国的网络文艺正处于跨文化传播的关键阶段，我国的网络文艺在海外已经开拓了广阔的消费市场，越来越多的海外受众通过我国的网络文学、网络游戏、网络动漫等了解了我国的传统文化与民族文化，网络文艺在一定程度上改变了以往中国被观看、被想象、被歪曲的命运，从原本西方视野下东方学中那个被地理想象下的中国慢慢地变为真实的中国。但是，我们又不能否认，网络文艺中的很多元素取材于我国的传统文化与历史事实，但并非所有的网络文艺作品都对我国的传统文化进行了现代化创新性的阐释；相反，有的作品不仅没有还中国文化、历史、英雄人物、民族精神以本色，而且为了一味地迎合大众趣味与追逐"注意力"经济还对我国的历史文化进行了肆意的解构甚至是歪曲，这样的网络文艺作品如果输出海外，只会让海外的受众对中国文化形象产生"偏见"，以及随之所产生的是对于中国传统文化的文化误写、文化误读与文化误认。中国传统文化不是八卦图与风水，而是其中所蕴含的"天人合一"的哲学精神，是中国古代人对于天人关系思考的人生智慧；中国历史也不是女娲补天、夸父逐日，而是其中所传递出的那种济世苍生、锲而不舍的民族精神；中国精神亦不是降龙十八掌与葵花宝典，而是背后所隐含的打不败的自强不息的民族精魂……这就需要网络文艺创作者俯下身来在中国传统文化的土壤中深耕，挖掘中国传统文化的精神内涵与文化内核，并将其纳入网络文艺内容生产的构思之中。

（二）网络文艺+传统文化——以古人之规矩，开自己之生面

《中共中央关于繁荣发展社会主义文艺的意见》就将繁荣我国文艺之根基落在对传统文化的继承与发展之上，坚持中国传统文化是我国文艺作品的精神底色。对待传统文化不仅要继承，更重要的是如何从传统文化的宝贵资源中提取符合我国现阶段文艺创作的元素与符号，真正实现以古人之规矩，开自己之生面。2017年1月5日，中共中央办公厅、国务院办公厅印发了《关于实施中华优秀传统文化传承发展工程的意见》（以下简称《意见》），再次重申了传统文化对于我国文艺创作以及精神文明建设的重要性以及如何立足于现实语境更好地实现对于优秀传统文化的传承与发展给予了指导意见，《意见》中旗帜鲜明地提出，坚持对传统文化的创造性转化和创新性发展。

前几年，网络歌手徐梦圆凭借自创的网络歌曲《China》成功走红网络，该歌曲深受大众喜爱的原因就在于它成功实现了网络文艺与传统文化的完美嫁接，整个曲风既有现代音乐的潮流感与现代性又有我国传统音乐的古典色彩，极具国风诗意。在"古画会唱歌"为主题的音乐创作大赛中，一首根据北宋王希孟的《千里江山图》创作的网络歌曲《丹青千里》，曲风婉转清扬，极具中国风，一经上线，24小时点击量就达3400万次。网络综艺《登场了！敦煌》、网络纪录片《了不起的匠人》就是通过故事解读以实现对传统文化趣味化的解读、挖掘，再借用专家学者之力来"解码""转译"传统文化，让传统文化在融媒体时代变得鲜活可感。青年京剧演员王梦婷，发布的一则"转眼睛"的短视频被推上了精选，播放量高达200多万次，后来王梦婷又发布了诸多关于京剧的表演视频，力求把京剧的美与京剧的魅力展现给当代年轻人。2015年，由北德文化传播（上海）工作室和北京璀璨星空联合制作，上海嘉定区委宣传部投资出品，同时作为上海嘉定800年项目之一的"中国唱诗班"系列动画正式推出，此次项目就是着重于对我国古诗词与优秀传统文化的挖掘与转化。自2015年以来，"中国唱诗班"系列动画先后推出了《元日》、《相思》、《游子吟》和《饮湖上初晴后雨》、《夜思》等多部优秀的网络动画，由于画面精美、故事内核丰盈深刻，主题主流且极具教育意义，一经推出就大受好评，被网友高赞为"国漫的正确打开方式"，豆瓣评分高达8分之多，累积播放量更是超10亿次。其中"《相思》获得2017年新光奖最佳动画短片奖，获得TBS Digicon6亚洲数码大赛中国区金奖并将角逐亚洲区总

决赛"①。"中国唱诗班"系列动画的大获成功是一种网络文艺新生的次元文化与传统文化的结合,也表明了传统文化与网络文艺只要做到形式与内容的融合就会迸发出别样的艺术魅力。

现在在网络文艺的创作领域已经掀起了一股"国风热"("国风文学""国风游戏""国风动漫""国风歌曲"等),QQ音乐提供的近一年的数据显示,国风类音乐日均播放量已近两亿次,每月有超过1亿名用户收听国风音乐。2020年,酷狗音乐平台的国风歌曲累计播放量也超过了565.6亿次。这些极具中国特色的文艺作品成功让古老的中国文化与历史文明在新时代下焕发了新的生命,这样的"国风"艺术作品就是一种娱乐性与思想性、创新性与艺术性相统一的文质兼美之作。

(三) 坚定传统是网络文艺创作的精神血脉

为了进一步推动我国的精神文明建设以及社会主义文化强国的建设需求,中共中央办公厅与国务院办公厅于2017年1月25日,颁布了《关于实施中华优秀传统文化传承发展工程的意见》,其中特别强调"实施网络文艺创作传播计划,推动网络文学、网络音乐、网络剧、微电影等传承发展中华优秀传统文化"②。网络文学作家唐家三少说:"网络文学是一个性价比最高的精神文明载体,它的素材基本源自我国五千年传统文化。"③近几年,网络文学也涌现出了不少带有中国文化特质的优秀作品。像《诛仙》这部网络小说就是从中国古代道家思想中汲取资源,整个故事内核围绕着"天地不仁,以万物为刍狗"这一道家思想展开,故事惊险刺激而又极具东方文化的神韵。

"中国当代网络叙事缺乏先锋文学的探索性,它继承的是传统文学手法,兼及对时尚文化元素的吸收。网络小说的写作者在写作艺术上并不圆熟,但他们粗糙、凌厉的文字之中有独特的个性,往往能冲破主流叙事的束缚。网络叙事的意义不是确立一种价值标准,更不是确立一种真理或本质标准,而是生成一种新的趋向,是人的总体经验的构成之一部分,网络叙事也相应地成为一种美学形式。欧美的网络文学作品主要以实验性的超文本作品为主,而中国网络文学的主流在艺术上并未有根本的革新,网络

---

① 《"中国唱诗班"团队再出新作》,搜狐网,https://m.sohu.com/a/197206207_502857,2019年12月23日。
② 《关于实施中华优秀传统文化传承发展工程的意见》,《人民日报》2017年1月26日第6版。
③ 《唐家三少:中国网络文学的"故"与"新"》,http://www.chinawriter.com.cn/n1/2018/0423/c405057-29942827.html。

叙事复活了讲故事的传统,是对当代文学感性解放内在脉络的赓续。"①这些深受受众喜爱的网络文艺作品的成功经验表明,只有将中国五千年来优秀的传统文化转化为网络文艺作品的精神内核与精神血脉,让传统文化的魅力成为网络文艺作品的魅力,这样创作出来的网络文艺作品才具有精神共振的意义。

---

① 周志雄等:《文化视域中的网络文学研究》,安徽教育出版社2018年版,第18页。

第六章 网络文艺的监督与管理

面对一种新的媒介的诞生，不能只从技术科学的角度与技术理性的角度去进行技术性的分析，当我们在为这种新兴媒介欢呼之时，更重要的是保持一份文化批判的自觉。因为一个新媒介的诞生不只是象征着技术的变革，媒介形态与其所有的媒介特质以及与之所带来的新的认知结构与思维方式共同构成了媒介文化，与媒介相伴生而来的还有它所裹挟着的与之相关的一切文化因素。因而，我们在使用媒介的过程中应注意媒介文化中与主流价值思想相抵牾的部分，警惕其对于主流价值文化所带来的思想冲击。网络文艺在创作、生产、传播、消费等多个环节所暴露出的诸多问题都是需要我们去警惕与规避的，除此之外，网络文艺领域也是各种文化样态与社会主流意识形态相对抗的角斗场，我国网络文艺所出现的种种问题都反映出对于网络文艺实施监督与管理的必要性与紧迫性。

第一节 创作伦理与法理监督

随着青年亚文化在网络上的蔓生以及多种非主流价值观念的流行，网络意识形态建设工作变得尤为重要。尤其是现阶段我国网络文艺创作队伍还呈现出零散化、自主化、不规范化等特征，也加大了网络文艺管理的难度。只有结合网络文艺自身形态特点与媒介优势创新监督方式与管理手段，不断地弘扬主旋律，将正能量作为网络文艺生产的精神指向才有利于网络主流意识形态与主流话语体系的建设。

一 网络文艺生产德行失范

现如今我国的网络文艺生产一大部分是通过网络"自媒体"，诸如微博、网络公众号等进行网络文艺的内容生产。但是，由于我国的自媒体工作者大部分为个体，缺乏团队领导，因而在媒介内容生产过程中缺乏专业的职业道德素养，自我约束能力较差，使这种自由的内容生产与创作行为表现为一种个人价值理念上的下沉行为，最后导致这种创作自由存在滑向非理性的危险。

  2020年2月26日，肖战粉丝攻陷AO3事件引发了社会的热烈讨论，随着这一事件的不断发酵，也让我们不得不重新审视网络文艺生产德行问题以及对网络文艺生产进行伦理监督与法理监管的紧迫性。该事件起由是在AO3平台上连载的一篇名为《下坠》的同人文，其将肖战的形象进行了文学化的想象处理。《下坠》是根据肖战所出演的电视剧《陈情令》进行二度创作的同人小说，小说将肖战在电视剧中所扮演的角色刻画成了有着性别障碍的、喜欢穿女装的一个男性，而肖战的粉丝却认为该作品的这种描写是对肖战形象的"女化"处理，是对肖战本人的一种侮辱，于是肖战的粉丝有组织地举报了文章的作者以及平台，甚至对同人创作、饭圈文化发起了攻击与讨伐。其结果则是从对《下坠》这一同人文的讨伐到对同人圈、AO3平台甚至是对同人文学创作的讨伐，最后导致同人文学创作大清洗，AO3贴吧、网站等多平台被屏蔽，相关的内容也都被下架，由同人文化所建立起的国际文化交流也被迫中断，日韩、欧美等大量海外同人粉丝组成了227大团结以此来抵制肖战及其粉丝。肖战粉丝攻陷AO3事件，经过不断发酵，已演变成一场无视伦理道德与法理规范的无脑闹剧。

  如果我们从文化批判的视角来审视这一闹剧，就会发现肖战粉丝就是属于互联网社会中的社群，肖战粉丝攻陷AO3平台的这一事件就是一种互联网社会的社群极化行为，而由这种互联网社会的社群极化行为而引发的文艺创作与艺术德行、伦理道德之间的关系才是我们应该反思的问题，即是说我们该用一种怎样的伦理道德与法理规范去规制网络文艺的创作与生产。在传统文学批评领域，从伦理学的角度对文艺作品进行批评式研究是我们鉴赏、分析文艺作品的一种重要研究视角，文艺的伦理学批评也是文艺批评的一种重要批评模式，其中伦理意识、伦理身份、伦理选择、伦理禁忌等都是文艺伦理学批评的重要研究维度。

  随着媒介技术的快速发展，互联网在自由性的生长土壤下成了多元价值自由集合的一个空间，催生了很多新的题材类型以及文化的多元。但是在这些所谓的"新颖"题材背后更多的是青年亚文化边缘地的滋生，是与主流价值观与传统伦理相背离的非主流文化价值取向，表现出多元价值取向与主流价值之间的对抗的创作症状，主要体现在叙事上则是跨伦理、反伦理的边缘叙事。耽美小说、网游小说、同人小说都是伴随着网络文学的崛起与发展所衍生出的新的小说类型，此类小说因与互联网语境有着密切联系，所以，无论是在题材还是叙事、主题等方面都带有网络的特性以及青年亚文化的特征。例如现在的耽美小说中充斥着大量同性男子之爱的情节，这种同性情爱叙事也极大地冲击了传统两性情爱伦理以及人们对传统爱情观的认知。事实上，耽美小说的这种情爱叙事并非站在人类情感的角度对人类情感的本体样态作哲学性的反思，而仅仅是停留在消遣娱乐的层面，是用新奇的题材与叙事视角来获取"注意力"的一种手段。穿越小说则是对传统的历史伦理叙事产生了一定的冲击，该类小说的叙事逻辑就是借助"穿越"这一叙事对历史进行想象性的拆解与构建，在叙事过程中也存在无视历史真实的反伦理、反逻辑的故事情节。而网游小说的反伦理叙事则更多地体现在竞争伦理叙事层面，这类小说试图运用游戏世界中的战斗叙事或者是暴力叙事来揭示现实空间下的竞争规则，但其中虚拟与现实之间的裂缝导致了该小说的竞争伦理叙事与实际的社会竞争存在很大的反差甚至是相悖。

这几类小说的叙事都在不同程度以及不同层面上显示出了对于传统伦理话语以及传统叙事伦理的反叛，而这些网络小说背后所遵循的娱乐与消费原则也注定了此类小说对于传统叙事伦理的冲击力量以及所体现出的反叛精神容易被大众娱乐与消费文化给消解掉，因而也就无法形成一种网络叙事新伦理以及一种新型的社会伦理话语。

二　网络文艺监管的必要性与紧迫性

德国学者库里安·库克里奇（Julian Kücklich）曾提出从大文学视角研究电子游戏的主张，在他看来电子游戏的研究"不仅应该注意到电子游戏文本之中的内容，更应该注意电子游戏意义生产过程也是一个与其所处文化环境的符号交互过程"①。2007年1月在意大利召开的"游戏哲学——跨学科会议"（The Philosophy of Computer Games An Interdisciplinary Conference）上，许多的专家学者在提交的论文中就谈到要"以电子游戏为中介思考哲学、美学在数字化时代面临的问题，以及借用传统哲学、美学的术语思考由于游戏日渐增长的社会文化影响而引起的相关哲学与美学问题"②。西方马克思主义理论家伊格尔顿在谈到文艺与意识形态

---

① 吴玲玲：《从文学理论到游戏学、艺术哲学：欧美国家电子游戏审美研究历程综述》，《贵州社会科学》2007年第8期。
② 吴玲玲：《从文学理论到游戏学、艺术哲学：欧美国家电子游戏审美研究历程综述》，《贵州社会科学》2007年第8期。

的关系时就提到，艺术作品就是对意识形态的生产。因而无论是什么类型的文艺，其背后都有一种价值观与意识形态的主导。就此而论，从社会身份以及当下的文化环境来审视网络文艺的文本生产具有重要的伦理意义。

研究网络文艺，并不是执着于网络文艺本身，而是希望透过网络文艺更好地了解主体在其中的生存状态，符号学只是用来抵达网络文艺本质的工具。因为"符号"与"艺术"之间存在一种天然的关联性，卡西尔（Ernst Cassirer）在看待两者的关系问题时曾明确指出，"艺术可以被定义为一种符号语言"。网络文艺符号研究的目标就是要解释网络文艺文本系统的显现方式和分解方式，旨在发现其意义总体的可能性，也是发现网络文艺符号世界中主体存在意义上的总体的可能性。网络文艺是现代化的产物，也是主体在通往现代性的道路上所遭遇的围困。现代化与现代性的发展并不是亦步亦趋，现代化是对于客观世界的研究，现代性则是对于人的研究。网络文艺的发展属于现代化的力量显示，但是，经过通篇的分析可以看出，存在于网络文艺世界下的人类主体并非现代性的主体。研究网络文艺，发现其中的问题，然后去解决它，解决并不是为了网络文艺本身，而是为了抵达人类主体的现代性。

从网络文艺符号本体看，网络语言遵循"符号—情绪"论而成为基于使用情境下的情绪符号，网络文学下的符号也变成想象语境服务的修辞符号，其符号功能旨在带给受众以审美快感。符号功能的转向所带来的则是对于艺术符号审美的转向，即由对艺术的精神消费转向身体参与下的感官消费。因此，网络文艺符号文本无论是作为话语文本还是叙事文本，文本的意义指向都不再指向文本内部，而是指向了受众，受众的身体快感成为文本的意义效应。受众地位抬高的结果则是艺术符号的艺术价值的降位。从媒介革命的角度出发，"互动性"是网络文艺的本质所在，而网络文艺的核心特征实则在其"网络性"。经过全篇的论述，可以鲜明地看出，网络文艺的"网络性"一方面根源于互联网时代下的媒介语境与虚拟生存体验，另一方面则植根于消费社会下的"粉丝经济"。伴随着"粉丝经济"而来的是网络文艺"流量"符号的出现。现阶段，对于网络文艺符号的择判标准就是"流量"——一种可量化的数据。这种对于艺术衡量标准的出现也同属于注意力经济下的产物。网络文艺符号的生产机制从外部看是网络文艺内部资源的空间再调整，从内部看则是艺术商品的形式调整，因此，在一定程度上，网络文艺符号生产是一种内容模式的形式化生产。于艺术来说，其艺术价值在于内容，而网络文艺则侧重于对于形式的流变。模式化是一种规范、一种程式化，当生产机制成为一种模式化时则必然会走向产业化与商品化。

三　网络文艺的伦理监督

网络文艺作为一种精神性的文艺产品，本应成为当下人的一种精神慰藉，但是，时下的发展现状则是，网络文艺的部分生产呈现出野蛮式的生长状态，游走于亚文化生态圈，文质偏废的无营养艺术作品比比皆是，甚至部分内容背离中华传统文化与主流意识。在这个"娱乐至死"的狂欢化时代，在消费欲望主导下的"图像"时代，中国的文艺创作也逐渐向重视觉、轻阅读、浅思考等浅表化创作方向转移。在文化经典影像的改编上出现了扭曲经典、颠覆历史、丑化经典人物形象、亵渎艺术精神的文化病象。在商业利益和经济效益的驱使下，缺乏艺术良心的文艺创作者不仅让本具精神性的文艺作品丧失了精神慰藉与人文救赎，最终沦为危害人身心健康的"精神大麻"，也让这些承载了民族集体记忆和历史文化意蕴的文学经典成了文艺史上的"跳梁小丑"。如果任由网络文艺创作乱象蔓生而置之不顾的话，将会成为现代社会的精神毒瘤。尤其是网络文艺的主要受众为"网生一代"，其理性思考能力与甄别能力还未成熟，因此，鉴于网络文艺创作与社会文艺繁荣、与人的精神健康、与现代性思想启蒙的相关性，网络文艺创作亟须文艺理论与创作思想上的规制与价值引导。

（一）以中华伦理为标准的网络文艺艺术德行

德性与感性、法性，都属于艺术的三大哲学元问题，此处"艺术德性"沿袭了学者马立新的概念规定。艺术德性即艺术之于元体特有的陶冶情操、涵养精神、净化心灵、启迪思想等利他价值。德行是人类利他行动及其具体成果中所彰显出来的有益于人类生存发展和身心健康的强大精神价值和情感力量。德行行动是人类意志的本质体现，源于人性中与生俱来的同情心和责任感两种动机。"数字艺术德性隶属于职业德性范畴，它是数字艺术实践为社会和人类创造的以美学价值为核心的多重精神滋养价值。"[①] 数字艺术借助于数字技术的先天基因生成了双重互动不确定性美学机制，以此超越了原子艺术（即传统艺术）固有的艺术真实性美学机制，从而衍生出新的德行机制并极大地改变了人类的审美范式、审美惯例和审美经验，甚至走向了审美的反面。在原子艺术固有的直观真实、客观真实和主观真实三种德行机制基础上，数字艺术创造了超现实

[①] 马立新：《数字艺术德性研究》，社会科学文献出版社2013年版，第113页。

真实、本真真实和虚拟真实三种新型德行机制,且新生的德行机制具有内生性和系统性等特征,这与原子艺术德行的外生性和随机性特征形成巨大反差。

中国的思想家历来注重艺术的社会实践功能,并以善恶作为衡量艺术价值和社会合法性存在的依据。孔子的审美标准是美善统一。他认为好的文章标准是"文质彬彬",否则,"质胜文则野,文胜质则史"。他对《诗经》的评价是"思无邪";是"乐而不淫,哀而不伤"。他评价《韶》乐是"尽美矣,又尽善也",而《武》乐则"尽美矣,未尽善也"。[①] 在这里,孔子固然对艺术的"善"做了突出强调,但从思维逻辑上说,对善的强调的背后必然隐含着对艺术的负面价值的担忧,因为如果艺术天性本善的话,再对此特别强调也就成了多此一举的事情。事实上,我们在这里已经看出了孔子对艺术之于人潜在的"淫"和"伤"的负面价值的估量。

孔子所开创的"载善"艺术思想,不仅成为我国文艺审美的重要诉求,更是儒家美学的核心观念。这一思想对中国古代文人产生了深远影响。自汉武帝"独尊儒术"后,中国历代的知识分子逐渐将"载道"作为文艺创作的准则。中国古代文坛上著名的"唐宋八大家"无一不是载道文艺的提倡者和实践者。中华优秀传统文化蕴含着自古以来中华民族丰富的思想观念、人文精神和道德规范,崇仁爱、重民本、守诚信、讲辩证、尚和合、求大同等传统文化理念是构建网络意识形态话语体系的基础性话语资源,深入挖掘和继承创新中华优秀传统文化中的话语资源,是体现我国网络意识形态话语体系民族性、大众性的重要选择。

(二)网络文艺内容生产中工具理性与价值理性的调和与适配问题

文艺的创作与生产实际就是对于内容的生产,对于内容的衡量标准主要是基于人文理性、历史理性、现实理性等价值理性的角度,而网络文艺则更多地依托于媒介技术与媒介环境,甚至是以一种媒介思维来进行网络文艺的生产与创作,这就使得网络文艺的内容生产带有很强的工具理性,加之我国网络文艺的生产无论是在外部形态还是内部形态都呈现出诸多新特质与新特征,这就加大了媒介内容生产者对网络文艺内容的工具理性与价值理性的调和与适配的难度。

1. 现代文明下工具理性与价值理性的紧张与对立关系

马克斯·韦伯在他的著名著作《经济与社会》中最先提出了工具理性与价值理性的概念,并认为,工具理性与价值理性都属于社会行动的合

---

① (宋)朱熹:《四书章句集注·论语集注卷二》,中华书局1983年版,第68页。

理性取向。但是,随着现代社会的不断发展,工具理性与价值理性开始存在紧张与对立的关系,而这不仅是现代文明社会所存在的社会弊病也是现阶段媒介内容生产所要亟待解决的主要问题。

事实上,一方面由于网络文艺创作者群体的庞大性与组织上的零散性;另一方面则是网络文艺创作群体身份的多样性与复杂性,这就使得对于网络文艺生产者的管理与培养存在很大的困难。而在实际的媒介内容生产中,生产者在"注意力"经济的驱使下对于内容的工具理性与价值理性的关系问题的把控上有些失控,致使网络文艺成为工具理性肆意蔓生的温床,媒介内容中的价值理性让位于工具理性而成为网络文艺的主要内容指向,意义的丧失成为网络文艺内容生产的最大弊病之一。如何更好地认识与处理网络文艺内容生产中价值理性与工具理性的合理性问题是值得文艺创作者正视与反思的。

2. 媒介内容生产中的具有人文价值的规范原则逐渐被弱化

网络文艺的爆发是一场伴随媒介革命的艺术革命,艺术也在这场具有颠覆性的革命力量中进行了重塑。在媒介技术与资本的双重力量的推动下,网络文艺内容的人文价值原则也在逐渐地被弱化甚至是边缘化。

经过前面几章的研究分析可以看出,相比于传统文艺的生产,网络文艺有其独特的生产机制,生产机制的改变也赋予了网络文艺新的艺术特性。网络文艺符号生产机理,实则是一种在后现代性主体欲望驱动下的"注意力"艺术符号的创造与再生产,旨在引起主体的官能快感,于符号本身而言,则是审美型符号向消费型符号的嬗变。网络不只是一个生产平台,而是一个集生产、传播、消费于一体的集容空间。如果再用传统文艺的艺术标准与审美习惯去审视网络文艺则显得不合时宜,而是要如麦克卢汉所言引入"新的尺度",需要把人类在互联网虚拟空间下身体感知的变化引入对网络文艺的判断标准之中。

但是,我们又不能忽视这样的事实,网络文艺能指的丰富性促进着网络文化的多样与繁荣,成为社会情绪与个人情感表达的宣泄场,但是我们在关注各种网络文艺能指在为我们创造了一个网络文化的万花筒的同时,也应该注意到"媒介化与能指化相伴随而引发的意蕴的消失、所指被拒斥的弊端"。[1]经过前几章的分析,我们注意到,网络文艺世界中的符号已不再是意义的指向符号、文化认同的阐释符号,网络语言符号在生产传

---

[1] 隋岩、姜楠:《能指丰富性的表征及新媒介的推动》,《现代传播》(中国传媒大学学报)2013年第6期。

播中发生着"易变"与"异变",符号的情绪意义成为自身符号全部的意义指向。网络文艺符号的这些特征使得符号生产者对于符号的创造过程只是对于"能指游戏"的把玩。

如果说从经典符号学的角度考察意义的形成机制,是能指与所指由任意性到理据性的过程的话,那么在网络文艺能指下我们感受到的是各种理据性的颠覆、漂浮的能指下的所指的滑动性与任意性以及意义建构的新机制。在传统艺术的生产过程中,所指与能指还存在传统符号学意义上的对应关系,所指是意义的指向而能指是意义的形式。但到了网络文艺时代,媒介本身不仅是信息的物质承担者而且在传播中承担着意义的生成,所以在数字时代的网络文艺能指相对于所指而言,本身则具备了意识形态的属性。理应"能指在借力传播中实现意识形态的软着陆"[1],但是,在符号学视野下,我们看到网络文艺世界中能指的多样性逐步走向了能指的狂欢化路径,当能指成为能指的游戏,它所在的场域,于网络文艺,则是历史语境的消失、政治话语的缺席以及个人存在的虚无;于网络文艺下的受众,面临的则是自由、理性的多重悖论,以及在浅表化的网络环境下该如何走出自我的围困,走向现代性。

3. 工具理性与价值理性的调和与适配

文艺的"网络性"是媒介发展下对于艺术形式的必然要求,"粉丝经济"作为媒介革命的产物,也只是存在于网络文艺世界之中的象征资本。虽然网络文艺符号生产作为一种媒介生产,但是,商业性并不是"媒介"的自带属性,因而并不是网络文艺商业性的原罪。在这里,我们并非反对艺术的商业性,艺术的艺术性与商业性并不是天然的二元对立的对抗结构,反对的是商业属性成为衡量艺术标准的唯一价值属性,反对的是艺术的商业化。艺术可以大众化、通俗化,但是也要避免在艺术性降位的过程中由大众艺术向商品艺术过渡的危险。这是属于艺术的"灾难",而这种"灾难"亦属于艺术消费的"我们"。因为,商品化在把艺术变为商品艺术,把大众艺术的消费者变为商品艺术的消费者的同时也在把该主体变为商品化的对象。

媒介革命打破了精英艺术—大众艺术之间的等级秩序,与此同时也从根本上消解了两者之间的二元对立关系。随着网络文艺符号生产所带来的受众地位的转向,也就意味着生产向消费的转向。不仅艺术走向了商业

---

[1] 隋岩、姜楠:《能指丰富性的表征及新媒介的推动》,《现代传播》(中国传媒大学学报)2013年第6期。

化，受众同样走向了商业化。"网红"群体的出现就属于网络中标签商业化与职业化，"网红"作为注意力经济下的产物，成为携带点击量、粉丝量的"流量"主体。随着网络直播、网络短视频的出现与热捧，"网红"群体也逐渐壮大。因而，需要审视的并不是网络文艺商业性与媒介的关系，而是要审视人与媒介的关系问题，是对于网络文艺生产的伦理监督与法理监管的问题。对于网络文艺的艺术工作者而言，其生产责任在于如何通过新媒介的"语言"去引渡文明，如何根植于网络这块广袤的虚拟土壤发展网络文化，从网络文艺的现状来看，网络文艺发展需要这样的文化警觉。对于网络文艺的泛娱化现状，有人提出了影视"分级制"的解决方案，但是网络文艺作为一种新兴的艺术形式，艺术价值是艺术的核心所在，"分级制"可以量化标准，但不可以量化价值，因此，问题解决的根本在于文化自觉。对此，文艺工作者要做的就是生产出可以培养受众文化自觉的艺术作品。仅仅依靠网络文艺生产的自律，是远远不够的，还需要伦理监督、法理监管进行强有力的外部规制。因此，在享受技术带来便利的同时，我们需要反思行为的"合理性"偏向以及价值取向的适宜性，通过科学化调适，促进自由和意义在媒介内容生产中的展现，使技术更好地服务于我们的生活。

网络文艺的艺术性与传统文艺的艺术性是一种既对抗又互动的张力，但是目前亟须探讨的不是网络文艺艺术性与传统文艺艺术性的关系问题，而是"艺术性"如何在网络文艺发展进程中以各自的媒介特性呈现出来。因此，关于艺术的经典性问题在媒介时代需要重新被定义。因此，在媒介内容生产方面，更重要的是，社会管理者、媒介使用者能够结合现实和网络实际情况进行内容引导和生产。

（三）网络文艺创作主体的职业德性——文品与人品的统一

在消费社会与眼球经济的驱使下，文艺创作者在进行文艺创作时，缺乏艺术道德修养与艺术敬畏心，脱离人民群众，脱离历史真实和理性真实，创作出一大批无视艺术创作规律的"爽文"与"雷剧"，看似百花齐放的艺术峥嵘的背后，实则是一场无营养、无意义的众声喧哗。我国的文艺创作病象，于文艺创作者而言，则是没有做到人品与文品的统一，致使文风浮躁，用我国古代伟大的哲学家王船山的话来说就是"气不昌"。齐梁时期的以形式主义为旗的绮丽文风被历代文论家诟病，像钟嵘、刘勰等人都是通过对该时期繁缛文风的批判进而标举自己的文学理想，但这些文论家对齐梁绮丽文风的批判都是着眼于语言、辞藻、声律等形式层面。王船山却另辟蹊径，从"气"论为基的哲学体系出发，对这一历史现象从天、地、人视角分析了创作主体与文之间的关系。王船山指出，"文因质立，质资文宣，衰王之由，何关于此？齐、梁之病，正苦体踢束而气不昌尔。文者气之用，气不昌则更无文"①。王船山一针见血地指出齐梁之病非在于辞藻之华丽，其症结主要在于"气不昌"。王船山一改以往文论家从客观方面去阐发齐梁之病的做法，而是从主观方面强调创作者之"气"之于"文"的重要性，阐明了"气"与"文"、人品与文品之间的关系。

王船山"气不昌则更无文"这一命题，实际上是一种讲求集作品之辞气与作者之才气于一体，又有以诗教传统为伦理指向的文艺思想。有利于引导文艺创作者提高艺术道德修养与社会责任意识，实现坚持人品与文品的统一。

首先，艺术道德是创作者的良心。被誉为"人民艺术家"光荣称号的我国著名作家老舍先生就始终将自己的笔触对准最底层、最悲惨的小人物身上，用人民的眼光与人文主义视角来关注他们的悲欢离合与爱恨情仇。对于老舍先生来说，他的人文关怀就是他的艺术道德，他用"为人生""为人民"的艺术创作宗旨以及自身对于艺术道德的坚守为"舍""予"二字作了最具亮色的注脚。我国的另一位著名作家巴金同样将"为人生"作为自己的文学创作追求以及文化理想，因而在巴金的每一个故事中都可以看到他对中华传统精神的坚守，正是他的这份对于艺术道德的执着，被后人尊称为"二十世纪中国文学的良心"。

其次，艺术作品是人内在精神的外部显现。文艺创作者的人格与艺格是一对相互对照、相互依存的存在。人格决定艺格，艺品是文艺创作者人格精神的体现。只有精神高尚的文艺创作者才可创作出高尚艺格的艺术作品，从杜甫到关汉卿再到田汉，从莱昂纳多·达·芬奇（Leonardo da Vinci）到维克多·雨果（Victor Hugo）再到拉宾德拉纳特·泰戈尔（Rabindranath Tagore），这一个个古今中外的文艺巨匠哪一个不具有高尚的精神品格与道德情操，他们创作的作品哪一个不具有振奋人心的感人力量？如果他们的内心没有人民，没有博大的胸襟与济世的情怀的话是不可能写出"安得广厦千万间，大庇天下寒士俱欢颜"这么感人肺腑的诗句，是不可能创作出《最后的晚餐》《悲惨世界》《窦娥冤》《义勇军进行曲》这样直击心灵的艺术作品。只有这种具有高尚人格的艺术家才会受人民尊重，只有具有高尚艺格的文艺作品才会被人民铭记。在低俗文艺盛行的当代，需要文艺创作者不断提高自身的文化修养、艺术素养以及精神境

---

① 王夫之：《古诗评选》，载《船山全书》第十四册，岳麓书社1996年版，第762页。

界，并在文艺创作过程中做到人品与艺品的统一。

（四）伦理监督下的网络文艺创作

文艺创作者创作艺术作品的这一过程抑或是说这一行为，实际上并不是一种纯粹的个人情感与艺术想象的对象化活动，文艺创作者如何取材、如何叙事、如何安排其作品中人物的命运等一系列艺术想象的过程，这期间所透露出的是创作者看待艺术作品、看待当前文化以及如何看待他的艺术作品与文化之间的关系，因而任何的文艺创作都离不开对于作品伦理问题的探讨，这就要求创作者在艺术创作过程中应注意处理好作品的伦理取向。

其一，开发形式上的伦理意味。第五代导演由于特殊的历史背景以及自身经历的特殊性，使得他们的作品多采用宏大叙事来进行人性的审视与对历史的反思，所以无论是《红高粱》里那大片热烈的红，还是《大红灯笼高高挂》中那抹恐怖、刺眼的红还是《霸王别姬》中那缕陈旧的暗红，还是《黄土地》中那成片的、毫无生气的土黄……无论是《红高粱》中"高粱地野合"中的大俯拍镜头，还是《大红灯笼高高挂》中的无处不在的框式构图，还是《黄土地》中极不平衡的非对称构图……在第五代导演的作品中，颜色、构图、音乐等元素都不仅仅是服务于形式上的需要，而是在作品中承担着重要的伦理功能，如此形式上的伦理也为电影叙事文本提供了广阔而丰富的想象与阐释空间。因此，"对于数字艺术生产德性的建构和配置来说，更有意义的是如何引入和协调外生性的艺术真实资源，这是数字艺术生产的核心问题"。[①]

其二，伦理意义须指向艺术之善。无论是传统文艺生产还是现在的网络文艺生产，都属于一种为了满足受众审美需要与情感诉求的特殊的精神生产，就此意义来说，基于精神生产的文艺作品就天然具有了审美与教育的双重功能。在我国古代文论中"诗言志""诗教""文以载道"等命题都是对于文艺作品审美教育的论说。而"艺术的审美教育作用，主要是指人们通过艺术欣赏活动，受到真、善、美的熏陶和感染，思想上受到启迪，实践上找到榜样，认识上得到提升，从而正确地理解和认识生活，树立起正确的价值观和世界观"[②]。读者或是观众在对文艺作品的艺术欣赏中都会潜移默化地受到创作者价值观、世界观、人生观的影响。所以如果说艺术之真是文艺创作的立根之本，那么艺术之善就是艺术创作的根本旨

[①] 马立新：《数字艺术德性研究》，社会科学文献出版社2013年版，第115页。
[②] 彭吉象：《艺术学概论》，北京大学出版社2006年版，第41页。

归，只有具有艺术之善的艺术作品才可感动人、愉悦人、启迪人、教化人，才会与艺术之真共同服务于艺术之美这一艺术理想。

其三，伦理意义须与主流价值取向相一致，处理好网络性、审美性与伦理性之间的关系。媒介技术的飞速发展不仅从技术层面革新了传统文艺的生产、传播与消费方式，而且在价值层面影响了文艺的创作思维与精神导向。网络文艺作品的艺术特性不仅有艺术性而且还具有网络的特性，但是这并不意味着对于传统文艺的评价标准对网络文艺来说就不适用。我们要做的是，对于网络文艺的艺术德行以及伦理价值的考察需要基于网络文艺之"网络性"的思考，但并不是要以文艺的审美性、精神性与伦理性去消解网络文艺的网络性，而是主张通过艺术的精神性力量对抗"网络性"的负面影响，以实现工具理性与价值理性的和谐与统一。

2020年晋江文学网发布的最新公告中严令禁止作者在创作的小说里出现自杀情节。文学作品中的"自杀"情节从艺术性的角度来看，是具有一定的悲剧性的美学价值，但是，"自杀"情节并不是体现作品悲剧意义的唯一因素，"自杀"情节必须服务于人性的逻辑与故事的逻辑。生硬的"自杀"情节与过多的血腥暴力的描写不仅会破坏文艺作品整体的艺术美感，而且还会影响青少年尤其是未成年人的心理健康与思想建设，甚至还会对社会稳定以及道德伦理秩序产生一定的负面影响。因而，无论是网络文学创作抑或是其他网络文艺的内容生产都应努力描写社会积极光明的一面，在内容呈现上要与主流价值取向相一致，在保证艺术的审美价值与美学品格的同时又不失伦理道德与社会责任。

四　网络文艺的法理监管

网络文学自诞生以来就显示出十分强劲的发展态势，经过"野蛮生长"期后，网络文学经过平台内部以及有关部门的整改后，网络文学在近几年实现了健康稳健的发展。根据《第51次中国互联网络发展状况统计报告》的数据，可以欣喜地看到我国的网络文学依旧具有庞大的市场容量与广阔的发展潜力。网络文学作为网络文艺生产中的头等IP自然受到社会的极大关注，一个优质的IP蕴含着极高的经济效益、产业效益与文化效益、社会效益，在此基础上可以实现内容的多形态、多样态的再生产与再创造，产生巨大的产业链效应，带动多种文化产业的发展。正是由于IP具有如此诱人的价值容量，所以也引发了一系列的问题与争议，其中最突出的就是网络文学的抄袭与侵权问题。《2019年网络文学版权保护研究报告》显示，2018年中国网络文学盗版的损失规模竟高达60亿元。

这种抄袭、盗版的行为不仅严重侵犯了网文创作者的知识产权与相关利益，而且抄袭、盗版作为存在于网文圈的一颗"毒瘤"也威胁与破坏着网文圈甚至整个网络文艺生态圈的有效平衡。

为了更好地满足并服务于大众的精神文化需求与审美需要，我国近几年提出了"大力发展网络文艺"的口号。但是，于网络文艺的创作者而言，不可以将这种政策上的便利与支持化为其无序创作的挡箭牌，网络文艺的大众性也不是低俗、庸俗、恶俗的代名词，网络文艺具有通俗性，但是对于创作者而言最重要的应该是如何寻求一条由"通俗"向"通雅"进阶的路径。同样，网络文艺艺术形态的多样性以及价值观上的多样化选择亦不是青年亚文化以及非主流价值观蔓生的"温床"，社会主义主流价值观于任何时代的文艺、任何形态的文艺来说都是最基础、最核心的底色；网络文艺创作可以有恶搞、戏谑、解构，但是此类创作都不能违背艺术真实，都不可逾越社会公序与国家法律的边界。

（一）我国网络文艺法理监管力度及相关政策法规

近几年，网络文艺无论是在生产、传播还是消费环节都出现了违背法理的问题，这也引起了相关部门以及国家政府的高度重视并从法理的层面加大了对于网络文艺的监管力度，各种网络法律法规的制定与推出也在很大程度上规范了网络文艺的生产、传播与消费。网络文艺的网络性使得该艺术形态更新换代的速度十分频繁，具有很强的易变性，这就导致了与网络文艺相关的法律法规的制定跟不上网络文艺发展的速度，网络文艺生产与网络文艺相关的法律法规的制定与实施存在一定的偏横与断截。这就需要在对网络文艺加大法理监管力度的同时还要进一步细化、完善、落实现有的网络文艺法律法规，从而为网络文艺的健康、平稳、有序的发展营造一个文明清朗的成长环境。

1. 网络文艺内容生产领域掀起一轮强监管风暴

只有加强对于网络文艺内容生产的法理监管力度才能保证网络文艺内容生产的健康化与绿色化。"耽美小说网"于2008年创立，在该平台所发布的耽美小说却充斥着大量的色情描写，其尺度之下严重影响了青少年的身心健康，于是2012年4月，郑州警方以"涉嫌传播色情小说"的名义逮捕了该平台的创办人王明，并判处一年零六个月的有期徒刑，此举也为网络文学的创作导向与平台监管敲响了警钟。在网络文艺诸多艺术形态中，近几年发展速度最快的无疑是以"抖音"为首的网络短视频。抖音公布的数据显示，截至2020年8月，抖音日活跃用户突破6亿人。尤其是在2020年春节期间，抖音短视频的每日活跃用户数从不到4000万人上升到了接近 7000 万人。从文化产业发展的角度来看，抖音短视频无论是从用户的增长速度还是用户留存率方面都表现突出，但同时在消费文化与全民娱乐的共同助推下，以抖音为首的网络短视频在内容生产方面大多是对于娱乐性内容的生产，因而不可避免地会出现被打上法律擦边球的现象。抖音短视频作为文化产业所获得的成功一部分原因就是实现了内容生产与商业广告的嫁接，但是，在利益的驱使下，网络短视频的内容生产也会缺少公众道德与社会良心。像 2018 年 5 月 16 日自媒体"暴走漫画"在"今日头条"发布了一则短视频，视频中对"八分堡"进行了恶搞，并将董存瑞炸碉堡的英勇壮举恶搞成"无痛人流"，无论对历史还是对烈士都表现出了极大的不尊敬，随后"今日头条"在接到举报后，对该账号进行了封禁处理。然而没过多久，抖音在搜狗搜索引擎所投放的广告中再次出现了标题为"邱少云被火烧的笑话"的对邱少云烈士不敬的内容，抖音短视频与搜狗搜索引擎的此举也违反了《中华人民共和国网络安全法》《中华人民共和国英雄烈士保护法》等相关法律法规，6 月 6 日下午，北京市网信办、市工商局对抖音、搜狗等公司的相关负责人进行了依法约谈和责令整改，并对项目负责人作了停职处理。在 2021 年末，《网络短视频内容审核标准细则（2021）》重磅出台，对于当前常见的短视频剪接、授权等方面都提出了更多、更严、更细的要求。这种管理规定不仅很大程度上遏制了低俗粗制的视频的生产与传播，也倒逼短视频内容生产者朝着提升质量、注重原创、深耕内容的方向发展转型。

如何实现网络文艺的健康可持续发展，如何把握好娱乐与伦理道德与社会正义之间的平衡，不仅需要文艺创作者的文化自觉，也需要相关部门进行强有力的政策监管。

2. 严厉打击危害国家安全的违法行为，打造健康网络生态系统

网络不是滋生不良、非法文艺内容的"温床"，更不是纵容非法犯罪艺术行为的蔓生之地，国家安全不仅包括政治安全、经济安全也包括文化安全，在文化安全层面，网络文化安全则是其中很重要的一个环节。于 2015 年 11 月，党的十八届五中全会上通过的《中共中央关于制定国民经济和社会发展第十三个五年规划的建议》中就特别提到了"网络安全"的重要性，其中提出"加强网上思想文化阵地建设，实施网络内容建设工程，发展积极向上的网络文化，净化网络环境"[①]。

[①] 《"十三五"规划建议：加强网上思想文化阵地建设》，新华网，http://www.cac.gov.cn/2015 - 11/03/c_ 1117028381. htm，2020 年 10 月 23 日。

2014年2月27日，习近平总书记在中央网络安全和信息化领导小组第一次会议上发表了重要讲话，其中就从国家安全的角度强调网络安全的重要性。自2010年以来，国家版权局与网信办等部门在互联网领域相继开展了"剑网行动"和"净网行动"，严厉打击涉黄、涉黑等一大批危害网络安全的文艺作品。规范网络文艺产业，需要网络文艺生产平台严格把控网络文艺内容生产质量。2016年11月，就有超60部内容低劣的网络大电影从各大视频网站下架。2017年2月，爱奇艺、腾讯视频、优酷等网站共下架了100余部具有低俗趣味的网络电影。作为著名的中文网络文学网站之一的起点中文网仅在2019年上半年，就下架了超120万部不合规范的不良作品。近几年我国针对网络文化安全所出台的一系列相关政策以及所实施的监管举措都极大地有利于打造健康清朗的网络生态系统。

3. 规范网络文艺知识产权保护，维护公平正义

在我国近几年所处理的网络民事案件中，有很大一部分是关于网络文艺知识安全保护的。虽然网络的自由性与数字体制在根本上瓦解了传统文艺所构建的消费认知，但这并不意味着网络文艺的知识产权失去了法律保护与公平正义。下面我们将以网络文学抄袭为案例来探讨网络文艺的盗版抄袭现象背后的原因以及所带来的社会影响，并从法理的角度对这种现象提出相应的规制办法。

2017年，根据唐七公子同名网络小说改编而来的电视剧《三生三世十里桃花》，一经开播就迅速占据了各大播放平台第一的位置，根据相关数据，电视剧《三生三世十里桃花》播放量不仅拿下首日最高纪录，还打破了单日最高纪录，成为最快破百亿纪录的电视剧，成为入驻我国电视剧播放量300亿俱乐部的首位成员。与此同时，改编后的同名电影自上映以来，共收获了5.33亿元的票房成绩，此外《三生三世十里桃花》的实体书销售、电视电影插曲的版权销售以及在此基础上改编的网络动漫、网络游戏都收获了极高的经济收益，其文化创意周边产品价值以及创收都十分可观，这一连串的价值链以及产业效应一度将《三生三世十里桃花》推为当年最具影响力的现象级IP。伴随着《三生三世十里桃花》商业上的巨大成功，关于它的争议与质疑声也纷至沓来。这也使该小说陷入了抄袭盗版的舆论旋涡。网络小说《三生三世十里桃花》被曝出其中的某些情节设置和文风笔法都与"大风刮过"创作的耽美小说《桃花债》很相近，例如《桃花债》里有东华帝君、白华碧华、慕若言、摩渊等人物，《三生三世十里桃花》中也有东华帝君、夜华、慕言、墨渊等人物；《桃

花债》里写仙侠、写下凡历劫、写诛仙台、写老虎把守南天门,《三生三世十里桃花》里也写仙侠、写下凡历劫、写诛仙台、写老虎把守南天门;《桃花债》中的俩男主在莲池边初遇,《三生三世十里桃花》中的男二与女主也初遇在莲池边;《桃花债》中男主下凡帮人渡劫,附身在凡人的体中,被一法师说成是白虎精,《三生三世十里桃花》中女配下凡还债也附身于凡人体中,额间的花被一真人说成是妖花……这两部小说相似甚至是重合的情节还有很多,就不一一赘述。有细心的网友用"调色盘"的形式将两部小说进行对照,将相似的情节、相近的用词句式用不同的颜色标记。可以看出,网络小说《三生三世十里桃花》采用"融梗"的手段,将网络小说《桃花债》中的人物、剧情进行了照搬与重组。

这几年,除了《三生三世十里桃花》还有很多重量级 IP 陷入了抄袭盗版的风波。如之前的超级 IP《花千骨》也未能幸免于被指抄袭的命运,原著小说被曝抄袭《仙楚》《搜神记》《蛮荒记》等作品;之前的热播剧《甄嬛传》的原著小说也被传出与《寂寞空庭春欲晚》《斛珠夫人》《和妃番外》等 20 多部小说存在抄袭现象;2017 年,11 位网络作家在北京联合起诉电视剧《锦绣未央》,控告《锦绣未央》涉嫌抄袭,该电视剧的原著网络小说《庶女有毒》在内容上竟与 200 多部小说不仅相似而且部分竟然高度重合。

网络小说频频被曝涉嫌抄袭,此类现象也引发了整个社会对于网络文艺创作的质疑、对于 IP 价值的质疑以及对于网络文艺生产法理规制的关注。值得注意的是,这些频频被曝涉嫌抄袭的超级 IP,即使是深陷舆论的旋涡抑或是被起诉对簿公堂,但仍被改编成各种电视剧、电影、网络游戏、网络动漫等并依旧受到广泛热捧。这边抄袭者赚得盆满钵满,小说《三生三世十里桃花》即使背负抄袭的罪名,但改编后的电视剧播放量仅在上线当天全网播放量就达 6 亿次,到 3 月份点击量突破 300 亿次[①],到 2018 年总播放量破 500 亿次并荣登我国国产电视剧网络播放量榜首;而另一边被抄袭者却面临着艰难的维权之路,这也从侧面暴露出网络文学行业内部的某些弊端。"问题"IP 从买入到产出这一过程能够顺利进行而不受管制,这也暴露出其背后隐藏着一条灰色利益链,而这条灰色利益链也从侧面反映出我国网络小说的创作、传播以及后面的各种产业运作缺少法理监督。不光是网络小说,扩大到整个网络

---

① 《〈三生三世十里桃花〉300 亿播放量背后的电视剧 IP 资本运作》,中商情报网,https://www.askci.com/news/chanye/20170303/10410092375_3.shtml,2020 年 4 月 5 日。

文艺来说，其版权保护都没有形成一套完整规范的监管体系，仍缺少一种明晰的版权管理，即对抄袭缺少一种"质"与"量"的规定性，缺少一种可量化的客观标准。

2016年4月26日，中国网络版权保护大会在北京召开，会议上发布了《2015年中国网络版权保护年度报告》，报告中梳理了2015年网络版权侵权事件并探讨了我国未来网络版权保护的运行方式。同年11月14日，国家版权局在发布的《关于加强网络文学作品版权管理的通知》中，进一步明确、细化了网络文学在版权管理方面的责任义务，细化了著作权法律法规的相关规定。最近几年，随着资本纷纷涌入网络文艺市场，在"市场至上""受众至上""IP至上"的背后弥漫的是一种不正的商业之风与价值导向。这种价值导向不仅会影响创作者的创作而且也会损害网络文艺生态圈的健康长稳发展。我国著名编剧、中国电影文学学会副会长汪海林曾说："顶着IP的帽子，走在法律的边缘，缺乏监督管理，电视剧行业已暂时性休克。"① 汪海林的这句话不仅是对电视剧行业的一种警告，这种警告同样适用于网络文艺市场。刊登在《齐鲁晚报》的一篇文章就曾这样评价这种怪象："这两年一些被网友举报抄袭的超级大IP，仍然能被平台和作者联手卖出影视版权，这说明网站平台对不同作品标准是模糊的，能赚大钱，哪怕是抄袭，网站也会包庇的。记者了解到，甚至有的网站联合抄袭作者打压、恐吓原创者和举报者，也有网站通过修改原创作品的首发时间力挺抄袭作品上榜，赚取打赏资金和改编版权费等。据反抄袭志愿者爆料，有抄袭者会用'黑水'给原创者扣上抄袭的帽子，由于'吃瓜群众'不会深究，一些被错打的原创者会因此翻不了身，从而掷笔离开网文圈。"② 这篇文章犀利地指出了目前存在于网文圈的这种过度包装IP而疏漏监管的乱象，中国电影文学学会副会长余飞表示，"若想让整个行业进入良性发展，需要引入科学化、流程化的操作模式，不能仅以热门IP为名，以编剧的创意为主"③。

网络文学的这种抄袭盗版现象，这种违背伦理道德与法理精神的问题不仅仅存在于网络文艺的生产层面，在网络文艺作品的传播以及消费领域也存在很多亟待用法理手段进行规制的问题。而这种违背法理精神的问题

---

① 《IP成了圈钱骗术，网文影视改编背后的灰色利益链》，《北京商报》2017年2月19日第2版。
② 《IP抄袭泛滥难道就治不了了吗?》，《齐鲁晚报》2017年1月8日第3版。
③ 《IP成了圈钱骗术，网文影视改编背后的灰色利益链》，《北京商报》2017年2月19日第2版。

的频发，其中很大一部分原因在于网络工作者缺乏相应的法律知识与法律自觉意识，因而当自己的权利以及利益受到侵害时，无法拿起相应的法律武器来伸张正义，保护自己。在这里，我们不是要对国民的文化自觉与自省意识进行现代性批判，而是专注于如何增强法律意识以及如何保证创作者的权利不受侵犯的问题。在笔者看来，法律意识的增强与相关法律的制定，两者的关系是相互促进、互相补充的。公民法律意识的觉醒会加快法律的制定与完善，同时法律的颁布与实施也会增强公民的法律意识的提高。但是，目前的问题是，在网络文艺的创作生态圈这两个维度都相对欠缺。这样就更加显示出在网络文艺的生产、传播、消费领域实施法理监管的重要性与必要性。在本书即将出版之际，我们又看到了这样欣喜的景象：在"十四五"期间，国家版权局在2021年12月24日印发《版权工作"十四五"规划》，为进一步完善文化娱乐作品版权保护提供了战略指导，《知识产权强国建设纲要（2021—2035年）》《"十四五"国家知识产权保护和运用规划》都提出，到2035年，版权强国建设取得明显成效。随着监管部门（出台监管政策）、企业（采用科技手段保护版号）、作家（倡议地址盗版）等各方面加强反盗版投入，盗版治理已经取得较好的成果，全民知识版权意识也有所提升，这些举措有力推动了网络文学的正版化。

4. 完善相应的网络文艺制度与条例，使其更加细化

虽然网络文艺的法规制度已经有了基本框架，但依然不能适应网络文艺的独特性和快速发展，需要进一步修订完善，并细化落实。网络文艺无论在内容上还是外部形态上都具有易变的特点，传统文艺的管理方法对于网络文艺可能不太适用，因而只有不断地完善、细化相应的网络文艺管理制度与条例，让网络文艺可以做到真正的有法可依、有法可循。

2012年3月26日，《中国艺术报》刊发的《网络自制节目：再不管，就会晚》和《刹住网络自制剧的"色、狠、野"》评论文章，引起有关方面关注，直接引发国家新闻出版广电总局开展广泛调查研究，并在此基础上联合国家互联网信息办共同出台了《关于进一步加强网络剧、微电影等网络视听节目管理的通知》，对如何有效保证网络自制文艺节目（文艺表演、视频剧、微电影等）健康发展，对遏止低俗节目泛滥制定了一系列政策和规定并在国内外产生了广泛影响。这都表明我国相关的制度法规与网络文艺的快速发展的速度不相匹配，甚至出现了脱节的情况，所以，相关部门要根据时代发展的变化适时调整相关制度，使之更好地指导与规范我国的网络文艺的生产与传播。

(二) 法理监管下的我国网络文艺发展

1. 创作新时代下符合主流价值标准的优秀的网络文艺作品

我国学者尹鸿曾严正地指出:"传统媒体不能播的,网络媒体也不能播,意味着核心价值观的底线无论是网络剧或是电视剧,都不能突破、必须坚守。"① 随着我国政府对网络文艺内容生产的严格把关与严厉监管,我国网络文艺的创作与生产无论是在伦理观还是在审美观方面都呈现出了向"主流化"靠拢的趋势。例如《煎饼侠》这部网络电影,不仅在制作上实现了精品化,获得了可以公映许可的标准,在内容上也与社会主流价值观相符合且还不失网络电影的网络性与娱乐性。此外像《蜀山战纪》《匆匆那年:好久不见》《江湖学院》《活着再见》等大批符合主流价值标准的优秀网络文艺作品的相继推出,也证明了我国网络文艺的内容生产以及网络文化产业在国家的有力监管与引导之下,正实现着从边缘向主流方向的过渡与转变。

2. 网络文艺产业运营也须自觉承担社会责任与文化责任

网络文艺无论是在内容还是在外部形态上都比传统文艺具有更强的商业性与可消费性的特点,加之现阶段我国的网络文艺生产很大一部分都是基于"IP"与"流量"的生产模式,这也滋生出了一个庞大的网络文化产业生态系统。所以要想保证网络文艺内容的健康性与积极性,除了网络文艺创作者要有艺术良心与艺术德行外,互联网文化企业和网络文艺的产业运营部门也须自觉地承担起相应的文化责任与社会责任。网络文艺作为我国文化内容产业的重要组成部分,需要社会多方力量的推动与努力,网络文化产业也应从初期的"爆发"式发展实现向"内涵"式发展的突破,自觉地将企业的经济利益与社会责任相关联,不断地追求更高质量的网络文艺产品与更高的文化利益与社会利益。

3. 各网络文艺生产平台应提高内容管理水平

政府及相关部门针对网络文艺内容生产出现的诸多问题所颁布出台的一系列政策及法律法规,也需要各网络文艺生产平台做好相应的遵守与落实工作。在健全完善我国网络法律体系的同时也要提高我国网络文艺生产平台的内容管理水平。2015年11月6日,国家新闻出版广电总局数字出版司在北京召开重点网络文学网站学习贯彻《中共中央关于繁荣发展社会主义文艺的意见》座谈会,我国29家知名网络文学网站的相关负责人参加了此次会议,围绕如何坚持以人民为中心的创作导向来提高网络文学

---

① 尹鸿:《网络剧的底线可以比电视剧低吗》,《人民论坛》2016年第10期。

作品质量，以及围绕如何更好地贯彻落实党中央的文件精神来做好网站的内容监管工作等问题谈体会、讲心得。网络文学的价值衡量不应只注重作品的销售量或点击率而应更注意作品的精神、文化层面以及作品的价值引导作用，不仅文艺创作者要肩负起网络文艺价值引领的使命，而且网络文艺平台也要做好内容的监审与把控。

第二节 文艺管理与制度力量

网络文艺的迅猛发展正在彰显着这样一个不争的事实，即网络文艺的爆发不仅仅是一场伴随着媒介革命而来的艺术革命，更是一个影响现代人生存与思维的文化革命，传统与文化都在网络文艺自身所携带的颠覆性的革命力量中进行了重塑。网络文艺为现代人于网络空间营造了一个带有狂欢性质的"娱乐的王国"，但是一些网络文艺作品无论是在叙事上还是在主题表达上都以一种戏谑恶搞的姿态"逃避解释"，身体的快感麻痹了思想的判断，这就使得网络文艺所营创的这个"娱乐的王国"很可能成为现代人通往现代性道路上的精神围困。网络文艺蓬勃发展不仅诞生了一大批形态多样的新文艺样态，而且还催生出了一大波文艺新组织、新群体，网络文艺也以包容多元的姿态吸纳着越来越多的文艺从业人员加入其中。在网络文艺发展的初期，由于缺乏有效的管理与引导，这些庞大的网络文艺创作群体一直处于一种较长时间段自发自愿、放任自流的"放养"阶段，然而只有加强对于网络文艺从业人员的思想引导，让其朝着组织化、制度化方向发展，才能成为推动我国文艺发展的巨大推动力量。为了让网络文艺更好地发展，为了让网络文艺更好地服务于人们的精神生活，则必须对网络文艺进行组织引导与价值引领。近几年我国有关部门也加大了对于网络文艺管理的力度，这期间我国特有的文艺管理体系与管理模式不仅取得了瞩目的成效，而且也以具有中国特色的发展理念彰显着社会主义国家的制度力量。

一 自上而下的层级化管理

随着我国网络文艺的蓬勃发展以及媒介技术的不断进步，网络文艺的艺术形态也在随着时代的发展以及大众的审美喜好不断地进行着更新与升级。网络文艺在创作、生产、传播以及消费上所体现出的新特点不仅改变着创作者的创作思维而且还极大影响了我国文艺队伍的构成与组织方式。

相比于传统文艺生产的规模化、组织化、区域化等特点，网络文艺的内容生产很大一部分是来源于"自媒体"，这就造成我国的网络文艺创作队伍在构成形态方面则呈现出零散化的特点，一时间涌现出一批规模庞大的民营文化工作室、民营文化经纪机构、网络文艺社群等新文艺组织，网络作家、签约作家、自由撰稿人、自由美术工作者、独立演员歌手、独立制片人、独立音乐制作人等文艺自由职业者，同时也涌现出了像"网红"这类新型的职业群体。值得肯定的是，以上这些新文艺组织、文艺自由职业者都为我国文化的繁荣与发展以及我国文化的海外输出作出了重要贡献，是一支不容小觑的力量。而这些基数庞大、复杂、多样的组织与个体之所以能够如此活跃并焕发活力，除了对网络文艺的伦理规制与法理规制外，更得益于我国独特的体制规制。

2017 年，中国文联提出进行深入改革的主张，其中在改革的目标中就提到显著扩大对网络文艺和新文艺群体的影响力，改革的内容之一包括要大力发展网络文艺，促进传统文艺与网络文艺的融合发展。此外，中国作协及其各省市作协也都推进了对于网络文艺的管理工作，并取得了卓越成效。在文艺思想的指导下，在我国独特的体制规制下，我国的网络文艺正朝着规范化、精品化、主流化的健康方向发展。

（一）国家层面的网络文艺管理

为了更好地对我国新涌现出的新文艺组织与群体实施切实有效的管理，政府加大了对于网络文艺创作者的组织管理，为了让网络文艺各组织实现更高层面的组织化，自 2018 年起我国各网络文艺协会与工作委员会相继成立。2018 年，在中国作家协会的组织引领下成立了网络文学中心，该中心的成立也极大地有利于加强对各省级网络文学组织的引领与指导，标志着我国实现了对于网络文学自上而下的管理。除此之外，2018 年 5 月，中国美术家协会成立新文艺群体（组织）展览与推广中心；2018 年 9 月，中国音乐家协会成立新兴音乐群体工作委员会；2018 年 11 月，中国戏剧家协会成立中国剧协民间职业剧团工作委员会；2019 年 2 月，中国电视艺术家协会成立中国电视艺术家协会新文艺组织和新文艺群体工作委员会[1]。这些委员会的成立有利于实现各文艺组织之间的联动与交流，可以更好地推进我国新文艺组织与群体的健康有序的发展。

1. 中国文联的网络文艺管理

从国家层面对网络文艺实行管理与指导，需要对网络文艺群体进行组

---

[1] 《中国网络文艺发展研究报告（2018—2019）》，《中国文艺评论》2019 年第 12 期。

织化的管理，并根据时代发展的趋势与网络文艺的属性与特质来合理化地完善管理制度、优化管理手段、提高管理水平。

第一，成立中国文联网络文艺中心。2016年5月14日，中国文化网络传播研究会与中国文联文艺资源中心合作成立了"网络文艺中心"[1]。该部门是中国文联在文化网络化与信息化的背景下，根据时代发展需要而对中国文联的未来发展所作的发展路径思考，有利于中国文联更好地开展"互联网+文艺""互联网+文联"的建设工作。网络文艺实现了媒介与艺术的融合，文艺借助媒介克服了时间与空间的樊篱，实现了强有力的传播，媒介也让文艺在艺术表现手法与艺术形态等方面也获得了更多的艺术可能性。在现阶段下，我国优秀的传统文化该如何借助媒介技术扩大其影响力，互联网又该如何助力传统文化的传播、传承？"非遗"作为我国优秀的传统文化，如何让"非遗"与媒介技术、网络文艺相融合，在新时代获得更多的生命活力、创造力与影响力？针对以上问题，2018年4月11日，中国文联网络文艺传播中心联手中国民间文艺家协会在北京举办了网络文艺传播沙龙，诸多民间文艺界、其他艺术行业的艺术家、专家学者、媒体代表、网络运营平台代表等各界人士参与了此次沙龙，共同探讨如何利用媒介技术来挖掘传统文化、传统文艺的生命力，从而更好地助力中国优秀传统文化走向世界、走向未来。目前，中国文联网络文艺传播中心已经与阿里巴巴和喜马拉雅初步达成合作意向，拟分别组织成立专项工作组或工作室，推动此次对话转向具体项目对接，牵线跨界合作结出实际成果，以促进优秀民间文艺的创造性转化创新性发展，同时为网络文艺可持续发展开掘资源[2]。

第二，成立中国作协网络文学研究院。为了更好地提高网络文学作家的职业道德与职业素养，为了进一步优化网络文学创作生态，2017年4月14日，中国作协联合浙江省作协以及杭州市文联在杭州共同建立了"中国作协网络文学研究院"。此外，中国作协网络文学研究院还致力于集聚各方优质资源打造网络文学高端平台，为网络文学更好的生长与发展提供一个更宽阔的空间与平台，同时还设立了"网络文学周"，并围绕"网络文学国际论坛""网络文学传播集会""网络文学年度奖"等三个板块来进一步规范网络文学的创作，此举也有利于网络文

---

[1] 《中国文联文艺资源中心牵手中国文化网络传播研究会成立网络文艺中心》，中国文艺网，http://www.cflac.org.cn/xw/bwyc/201605/t20160514_330002.htm，2020年2月21日。
[2] 《中国文联首推网络文艺传播沙龙：让传统以时代的方式传播和传承》，人民网—文化频道，http://culture.people.com.cn/n1/2018/0413/c1013-29925606.html，2020年2月3日。

学创作者树立正确导向以及精品意识，继而更好地规避网络文学的"野蛮生长"①。

第三，中国文艺网增设网络文艺专区。近几年，网络文艺所迸发出的强烈生命活力不容小觑，在网络直播与网络短视频的带动下，甚至掀起了"全民网络文艺"的热潮，网络文艺现已经成为现代人生活的重要组成部分，成为中国大众文化、娱乐文化的重要策源地。为了更好地扩大网络文艺的影响力，中国文联对于网络文艺的未来发展也极为重视。为此，中国文艺网在网站首页设立了"网络文艺"专区，同时还新增了"前沿·业态""创新·应用""网络文艺资讯""网络文艺推送""网络文艺服务"及"网络文艺评论"六大板块，以便即时发布网络文艺最新资讯与发展动态，推出一大批优秀的网络文学、网络音乐、网络动漫、网络游戏等原创性网络文艺作品。网络文艺专门频道的推出，无疑会对网络文艺的价值导向与内容把关等方面起到很好的引领作用②。

第四，成立中国文艺评论家协会网络文艺委员会。优秀作品的创作离不开正确的艺术价值观与艺术理论的引领与指导，目前我国的网络文艺表现出了十分迅猛的发展态势，但相应的网络文艺批评范式与网络文艺理论体系还未完全建立起来。一方面，为了更好地引导我国网络文艺创作朝着更主流化、更精品化的方向发展；另一方面，为了更好更快地完善我国的网络文艺评论体系，加强我国网络文艺批评的问题导向。2016年7月25日，中国文艺评论家协会视听艺术、音乐舞蹈艺术、曲艺杂技艺术、网络文艺委员会成立仪式在中国文艺家之家举行。中国文联党组成员、副主席、书记处书记、中国文艺评论家协会副主席夏潮，中国文联党组成员、书记处书记、中国文艺评论家协会副主席郭运德，中国文艺评论家协会主席、中央文史研究馆馆员仲呈祥，中国文艺评论家协会副主席崔凯、王一川、王次炤、向云驹、尹鸿、张德祥，以及专家学者等70余人出席会议，会议宣读了《中国文艺家评论家协会关于聘任视听艺术、音乐舞蹈艺术、曲艺杂技艺术、网络文艺委员会委员的决定》③。中国文艺评论家网络文艺委员会的成立也标志着网络文艺评论朝着更规范化、更权威化、更专业化的方向发展。

---

① 欣闻：《中国作协网络文学研究院在杭州成立》，《文艺报》2017年5月3日第1版。
② 《中国文艺网增设网络文艺专区》，中国文艺网，http：//www.cflac.org.cn/wlwy/，2020年3月13日。
③ 王筱淇：《中国文艺评论家协会视听艺术、音乐舞蹈艺术、曲艺杂技艺术、网络文艺委员会成立仪式在京举行》，《中国文艺评论》2016年第8期。

第五,加强网上文艺阵地建设。为了更好地贯彻落实《中共中央关于繁荣发展社会主义文艺的意见》、《关于推动传统媒体和新兴媒体融合发展的指导意见》和《国务院关于积极推进"互联网+"行动的指导意见》等文件精神,中国文联高度重视文艺与文化的网络化与信息化建设,推进网上文联、文艺资源云平台、中华文艺资源数据库等网上平台的完善工作,从而更有利于贯彻中央文件中对于加强网络阵地建设的精神要求,推动传统文艺与网络文艺的创新性融合[①]。

除了加强对于网络文艺新兴文艺组织与文艺群体的组织化管理外,我国政府还特别注重对网络文艺工作者进行思想上的引领。

(1) 深入组织学习,加强思想建设。网络文学中心在内蒙古乌审旗、江西井冈山已成功举办了两期全国网络作家深入学习新时代中国特色社会主义思想专题培训班[②]。除了举办专题培训班外,各级文联协会还通过主题论坛、艺术沙龙、文艺家座谈会等多种形式加强我国文艺工作者的思想建设,让我国的网络文艺发展在社会主义主流价值观的引领下,朝着文艺创作的精品化、主流化方向迈进。

(2) 深化教育培训,更好地指导创作实践。文艺创作与生产必须要有主流正确的价值观作引导,不断加强网络文艺工作者的思想建设,是为了让文艺工作者在实际的创作过程中自觉地将理论学习与创作实践结合起来。为此,中国文联还为各艺术形态与各文艺群体组建了文艺业务研修培训班,不断提高网络文艺工作者的业务水平与职业素养,在实践中更好地指导网络文艺的创作与生产。

(3) 组织网络文艺精品创作。2018年10月,中国文联发出"崇德尚艺、潜心耕耘,做有信仰、有情怀、有担当的新时代文艺工作者"主题实践活动的通知,通知中明确指出要加强网络文艺的精品创作的实践活动。在融媒体时代背景下,网络文艺联合先进媒介技术与数字化手段,不断朝着优质网络文艺资源的网络化运用的方向发展,文艺展演等活动也借助网络直播与网络短视频等形式实现了更有力的传播。自2020年新型疫情发生以来,中国文联文艺志愿者协会积极响应党中央对防疫工作的重要指示精神,联合各大网络平台,广泛开展"文艺进万家 健康你我他"网

---

① 《"互联网+文艺"走向深入——中国文联文艺信息化建设五年工作巡礼》,中国文艺网,http://www.cflac.org.cn/xw/bwyc/201611/t20161118_347221.html,2020年3月13日。

② 李晓晨:《进一步激发新文学群体创作活力》,《文艺报》2018年9月17日第1版。

络文艺志愿服务行动①，用优质的网络文艺作品来激励民众、振奋人心，用优秀的网络文艺为民众提供强大的精神力量，同时也为我国疫情工作的开展提供了重要的精神支撑。

2. 中国作协的网络文艺管理——成立中国作家协会网络文学委员会与网络文学中心

与中国文联相一致，中国作协在对网络文艺的管理与引导上也是先立足于网络文艺的组织化管理。2015 年 12 月 17 日，中国作家协会网络文学委员会在北京正式成立。我国网络文学的发展无论是作品数量还是创作群体都彰显出强劲的增长势头，网络文学委员会的成立为我国网络文学作家、网络文学批评评论家、网络文学研究学者以及网络文学网站与运营平台提供了一个专业的组织，加强各方面资源的联动合作，进一步推动网络文学生态系统的建设与发展。2015 年 12 月 17 日在北京举办的中国作协网络文学委员会第一次全体会议上，中国作协网络文学委员会主任陈崎嵘透露，网络文学委员会将大力开展网络文学理论研究和评论工作，不断推出网络文学的精品力作，采用多种形式和渠道团结、联络并服务网络作家，还将组织评选中国网络文学排行榜等②。

网络文学的未来发展不仅要立足于本国国情，服务于本国国民的精神文化需求，还要吸纳中国传统文化的优秀资源走向世界，扩大中国网络文学以及中国传统文化的国际影响力。为了更好地适应我国网络文学发展的新态势，除了设立网络文学委员会，中国作协还于 2018 年成立了网络文学中心，与中国作协网络文学委员会一并对各省级网络文学组织进行自上而下的管理与指导工作，"全国网络文学一盘棋"的工作格局初步形成。网络文学中心在网络文学优秀作品推介、重大题材规划与重点作品扶持以及网络文学评论支持工作等方面发挥了重要作用。此外，由网络文学中心举办的中国网络文学周、中国网络文学论坛等重要活动也极大地扩大了网络文学的影响力。

第一，组织丰富多样的主题采风活动，培养网络文学创作者的责任意识与使命感。为了更好地发挥网络文学创作者的创作活力，在庆祝中华人民共和国成立 70 周年的活动上，中国作协网络文学中心推出了各种主题

---

① 《中国文联"文艺进万家 健康你我他"网络文艺志愿服务行动 以"艺"抗疫 用爱相助》，央视网，http://tv.cctv.com/2020/03/10/VIDEgO076vnvejxj4H8r4O88200310.shtml，2020 年 8 月 15 日。
② 《中国作协成立网络文学委员会 推动网络文学繁荣发展》，中国社会科学网，http://www.cssn.cn/wh/ttxw/201512/t20151218_2789608.shtml，2020 年 8 月 15 日。

采风活动与作品推介活动，例如举办了"歌唱祖国——全国网络文学优秀作品联展"活动以及与国家新闻出版署合作开展了网络文学优秀原创作品推介活动。在中国作协所举办的这些主题采风活动中，将近600名网络作家参与其中，用实际的创作实践来讴歌时代、讴歌人民，书写中华人民共和国成立以来所取得的伟大成就。

第二，重点大力扶持现实题材作品，推动网络文学创作的主流化、精品化。如何发挥网络文学的创作活力，如何挖掘网络文学的发展潜力，如何让网络文学作品更好地服务于我国精神文化建设的需要，这是现阶段我国网络文学所面临的问题。针对这些问题，中国作协网络文学中心加大了对于网络文学现实题材以及重点作品的扶持力度。在2018年中国作协网络文学中心所扶持的38部优秀网络文学作品中，现实题材与革命历史题材的作品占了很大比重，同样，中国作协与国家新闻出版署合作举办的网络文学优秀原创作品推介活动共推出了24部优秀网络文学作品，其中现实题材依旧是扶持与推介的重点。中国作协网络文学中心所开展的这些工作将有效地引领网络文学向新时代文学高峰的方向迈进。

第三，多次举办品牌性网络文学活动，网络文学社会影响力不断扩大。在中国作协网络文学委员会的指导与引领下，各级省市的网络文学委员会也纷纷开展品牌性的网络文学活动，调动网络文学创作者的创作激情与创作积极性的同时也让网络文学的社会影响力不断扩大。2018年5月16日至21日，以"新时代·新起点·新使命"为主题的首届中国网络文学周在杭州成功举办。2019年5月10—15日，第二届中国网络文学周再次在杭州举办，此次文学周的主题则为"守正道·创新局·出精品"。在中国网络文学周的影响下，上海网络文学周、重庆网络文学大会、江苏扬子江文学周以及"中国网络文学+"大会等多种品牌性的网络文学活动也相继展开并获得很好的社会反响。此外，从网络文学周的主题上来看，网络文学周的举办在网络文学选题和树立正确价值观方面具有重要导向作用，有助于增强网络文学创作者的品牌意识，推动新时代新文学的发展。

第四，逐步完善分级分类培训体系，努力培养一支高质量的人才队伍。网络文学若想创作出一批高质量的、深受大众喜爱的且"文质兼美"的作品，若想扩大网络文学以及中国文学的海外影响力的话，则必须需要一支高质量的人才创作队伍作为强大的支撑。为此，中国作协网络文学中心加大了对网络文学人才队伍的培养力度，完善分级分类培训体系，让不同层次的作家接受不同层次的培养，切实加强网络文学人才队伍的专业化、职业化、质量化建设。《2019 中国网络文学蓝皮书》的数据显示，中国作协网络文学中心在 2019 年共组织了 6 个网络文学培训班，接受培训的网络作家高达 486 人次。此外，中国作家网络文学中心还重视各省级地市的网络文学人才培训，指导各级作协培训网络作家 1372 人次，联席会议成员单位培训网络作家 667 人次，基本上实现了普遍培训和重点培训相结合的培训体系[①]。

（二）地方省市的网络文艺管理——以湖南省为例

我国网络文学能够由最初的"野蛮生长"的状态转向现在的朝主流化、精品化方向的发展并不断扩大海外影响力的原因，从制度层面来看主要得益于我国的制度优势，中国特色社会主义制度让对网络文学的管理实现了自上而下的引导与管理。目前在中国作协的引领下，在海南、湖北、甘肃、浙江、湖南、重庆等多个省市设立了网络作家协会，除新疆、西藏外，其他各省市基本上都成立了自己的网络文学组织，目前全国各省市的网络文学组织已有 115 个。同时中国作协也联合各省市网络文学协会与网络文学组织共同加强各组织之间的联动与交流合作，不断地摸索创新工作模式，做好我国网络文学的指导与引领工作[②]。下面，将以处在中国网络文学第一方阵的湖南省为例，谈一下中国地方省市的网络文艺的管理工作。

1. 湖南省网络文艺管理——成立湖南省网络作家协会

湖南作为文学大省，"文学湘军"的名号无论是在中国文学界还是在社会大众之间都具有很高的影响力，与传统文学湘军一样，网络文学湘军也是一支具有民族性、地域性的网络文学队伍。我国第一个年薪超百万元的网络小说作家血红是一位地道的湖南苗族人，在 2012 年中国作协首次统计的全国具有影响力的 617 位网络作家名单中，湖南籍作家就占了 34 位，此外梦入神机、静夜寄思、丛林狼、蝴蝶蓝等知名网络作家均是湖南人，足以看出网络文学湘军的不俗实力。因而在网络文学管理方面，湖南省也走在前列，成为最早一批成立网络作家协会的省份。

2017 年 6 月 5 日，湖南省网络作家协会发起人座谈会在毛泽东文学院举办。在大会上，发起人在倡议中确立了湖南省网络作家协会的奋斗目标，主张立足于新时代，为时代发声，为人民发声，用网络文学传播正能量、书写中国梦。此后，在湖南省作协与红网新媒体集团的共同努力与筹

---

① 中国作家协会网络文学中心：《2019 中国网络文学蓝皮书》，《文艺报》2020 年 6 月 19 日。
② 中国作家协会网络文学中心：《2019 中国网络文学蓝皮书》，《文艺报》2020 年 6 月 19 日。

备下，湖南省网络作家协会于 2017 年 7 月 2 日正式成立，在大会上任湖南省网络作家协会常务副主席的湘籍网络作家妖夜宣读了《致湘籍网络作家的倡议书》，"倡议网络作家们以正确的世界观、人生观、价值观为魂，写出更多既好看又有价值的网络文学优秀作品"。与此同时，湖南作为娱乐大省，其文化产业发展在全国遥遥领先，因而在湖南省网络作家协会成立大会上还对湖南省网络文学的产业化运营以及通过网络文学 IP 所开发的电影、电视、游戏、动漫等文化全产业链的未来发展作了深入探讨，余艳代表湖南省网络作家协会与中南传媒集团签订了相关的战略合作协议，进一步推动湖南省网络文学的产业化发展[1]。

在湖南省网络作家协会的引领下，湖南省网络文学的创作也逐渐向现实主义题材靠拢，网络作家的社会责任意识也不断增强。面对 2020 年突如其来的新冠疫情，湖南省网络作家协会迅速采取行动，推出系列战"疫"主题作品，动员全省网络作家以实际行动投入抗击疫情的活动中。彭银华、满晓英、刘铭、李强牛在内的数十名网络作家以笔力战疫情，创作了《八声甘州·抗疫》《和女儿的微信聊天》《待到春暖花开，我们再拥抱》《爱行天下》等一系列反映现实的优秀战"疫"作品。彭银华撰写的小小说《你什么时候回家，咱们家就什么时候过年》在红网论坛小说板块发布后，吸引了众多网友关注，点击量高达 150 万次[2]。

2. 长沙市网络文艺管理——成立长沙市作家协会网络文学中心

长沙市作为湖南省省会，网络文学湘军有 25% 以上都在长沙，近几年在长沙市委、市政府的大力扶持下，长沙市网络文学创作队伍的规模与影响力都是湖南之最，因而长沙市网络文学无论在湖南省还是全国都属于高地一般的存在。

（1）成立长沙市作家协会网络文学中心。在湖南省网络作家协会的引导下，长沙市网络作家协会于 2018 年 12 月 19 日正式成立，这标志着长沙网络作家们有了自己的组织与根据地。在大会上，主席刘明谈道："长沙市网络作家协会成立的意义，就是为了服务好广大的网络文学爱好者，服务好广大的网络作家。"[3]。长沙市作家协会网络文学中心的设立也

---

[1]《湖南网络作家协会成立 湘籍网络作家从此有"娘家"》，人民网，http://hn.people.com.cn/n2/2017/0703/c195194-30411474.html，2020 年 10 月 12 日。

[2]《凝心聚力书大爱 湖南省网络作家协会战"疫"显担当》，三湘统战网，https://www.hnswtzb.org/content/2020/03/11/6854679.html，2020 年 10 月 12 日。

[3]《长沙市网络作家协会成立 网络作家有了"家"》，人民网，http://hn.people.com.cn/n2/2018/1219/c356883-32428645.html，2020 年 10 月 12 日。

标志着湖南省网络作家协会对于地级市网络文学的大力扶持，更好地引导湖南网络文学的发展与网络作家队伍的培养。

（2）举办长沙优秀网络文艺作品评选。为了进一步推动长沙市网络文学朝着规范化、主流化方向发展，也为了进一步彰显长沙市政府对于长沙市网络文学发展的重视。第一届长沙市优秀网络文艺作品颁奖典礼暨作品研讨会于2019年12月22日在长沙盛大举行。此次颁奖典礼吸引了众多优秀的网络文学作品参赛，其中反映新时代、新民象的现实主义题材的作品占了大多数，彰显出网络文学湘军的人文主义精神与忧国忧民情怀。例如获奖作品《荣耀之路》就是取材于社会现实，将商业战争、国际外交以及儿女情长全部融合进"一带一路"这一宏大的时代背景下进行讲述，展现了风云变幻的时代风貌与生活在其中的富有开拓精神与务实精神的中国新商人形象，其主题内涵具有深刻的现实主义精神与时代意义。

（3）推进"中国网络文学小镇"建设工作，共建国家级网络文学小镇。湖南省以及长沙市对于网络文学的重视与扶持不仅体现在对于网络文学创作、网络优秀作品的评选以及网络作家队伍建设上，还体现在对于网络文学IP活力的挖掘与扩大文化产业链的延伸上。2018年8月，在湖南省委宣传部的引导下，湖南省作协协同长沙市委宣传部、马栏山文创园管委会等相关单位，在长沙市设立"中国网络文学小镇"。网络文学小镇的创建旨在团结湖南网络文学作家，激活作家的创作活力，在第一期已经遴选了愤怒的香蕉、妖夜、流浪的军刀等12位知名的湘籍网络文学作家入驻，以此为湖南省的文化产业提供高质量的IP内核，推动湖南省文化产业的繁荣发展。与此同时，长沙市对于"中国网络小说周"的申办工作也在积极进行中[①]。

（三）体制规制成效显著

首先，在人才队伍方面。若想创作出一大批优秀的网络文艺作品，必须要有一支优质的网络文艺人才队伍作为依撑。在我国对于网络文艺的不断重视与扶持下，一大批新涌现的新型网络文艺组织与群体也开始得到社会的肯定，也慢慢朝着规范化、职业化方向发展。其中网络作家也逐渐成为一种新型的职业吸引着越来越多具有高学历的"90后"、"95后"甚至是"00后"等年轻人才的加入。相关数据显示，到2019年，网络文学注册作者达1755万人，签约作者超过100万人，其中活跃的签约作者超过

[①]《长沙：网络文学这一片高地》，《湖南日报》2020年1月10日第1版。

60万人①。在社会主流价值观的引导下以及相关政策的扶持下，我国网络文学人才队伍在不断扩大的同时，创作者的职业素养与责任意识也在不断加强，网络文学作品质量也在不断提高。

其次，在创作方面。网络文艺近几年来增长势头十分猛劲，文艺作品数量、文艺题材以及文艺形态繁杂多样，由于前期网络文艺创作的环境过于自由导致了网络文艺在最初几年呈现出"野蛮生长"的状态，文艺作品质量良莠不齐，内容低劣且浅俗。为了规制网络文艺创作的这种病象，在国家的政策引导下，各省级政府及相关负责单位都严格落实党中央的文件精神，对网络文艺的生产进行了伦理与法理的规制。经过规制后的网络文艺生态格局也变得更加积极健康，现实主义题材的优秀作品也层出不穷，以人民为本位、取材现实、反映社会、讴歌时代成为网络文艺创作者的自主创作意识，抵制历史虚无主义也成为创作者的自觉追求。

最后，在海外传播方面。国家不仅重视网络文艺的创作与生产，而且还重视网络文艺的传播与海外传播，并推出相应的政策支持，进一步推动中国的网络文艺走出国门，走向世界。在此背景下，一大批与传统文化与民族精神相融合的网络文艺作品也成功"出海"，在海外收获了一大批海外读者与粉丝，极大地扩大了中国文化的海外影响力，同时也有利于我国国家文化形象的构建与传播。

（四）其他网络文艺管理组织或机制

（1）中国网络视听节目服务协会。2011年8月19日，我国互联网领域规模最大的行业协会之一的中国网络视听节目服务协会正式成立。该协会涵盖了中央广播电视总台、湖南电视台等多家中央及各省级电视台，人民网、新华网等多家主流新媒体机构，优酷、腾讯视频、爱奇艺等多家国内知名的视听节目服务平台，中影等影视公司以及以华为为代表的网络技术公司，基本上涵盖了网络视听全行业链，该协会旨在对我国网络视听内容进行监督与把控，加强对优秀网络视听原创节目的扶持力度与宣传力度，打造积极健康的网络视听节目生态格局。为了更好地规范网络视听行业的生产与发展，该协会还成立了"网络剧微电影委员会""网络视听节目版权保护委员会""互联网工作委员会""音频工作委员会"等二级机构，从多领域、多方面、多层次对我国的网络视听节目进行管理，推动我国网络视听节目的规范化发展。

（2）中国电影家协会网络电影工作委员会。除了中国文联、中国作

---

① 中国作协网络文学中心：《2019中国网络文学蓝皮书》，《文艺报》2020年6月19日第5版。

协通过设立网络文艺中心与网络文学中心外,中国电影家协会也积极采取行动加大对网络电影的监督与管理,在中国电影家协会的引导下,中国电影家协会网络电影工作委员会于2018年5月28日正式成立。该协会的成立有利于我国网络电影的生产与创作更具品牌意识,提高我国整个网络电影行业的制作水准,行业的发展向着规范化、透明化方向发展。

(3)中国"网络文学+"大会。《花千骨》《盗墓笔记》《微微一笑很倾城》《何以笙箫默》等一个个网络文学爆款IP,让人们看到了IP的巨大文化价值、商业价值与社会价值。为了开发更优质的IP,在国家新闻出版广电总局与北京市人民政府的指导下,中共北京市委宣传部、北京市互联网信息办公室等多单位的联合之下,第一届中国"网络文学+"大会于2017年8月11—13日在北京成功举办。大会围绕"网络正能量、文学新高峰"主题,深入探讨了网络文学的精品化创作以及网络文学行业与文化产业今后的健康良性发展。"网络文学+"大会现已成功举办了三届,并取得了良好的社会反响,"网络文学+"大会也成为网络文学领域具有较大影响力的高峰论坛。

这些举措都大大规范了我国的网络文艺创作市场,有力地抵制了质量低下,品位低下的不良网络文艺作品,继而有利于网络文艺工作者创作出无愧于时代、无愧于人民的优秀的艺术作品。

二 文化管理部门的培训与评奖

对于网络文学创作,有些缺乏职业素养与文化道德的网络文艺创作者一味地追求点击率、播放量、打赏等"注意力"经济,多偏重于选择玄幻、穿越等题材,作品的历史虚无主义倾向较为严重,其中所渗透的价值观也产生了不良的社会影响。为了规避这种现象,我国政府及相关部门也加大了对于网络文艺创作者思想上的引导。现阶段我国文化管理部门针对网络文艺生产创作所推出的一系列优惠政策以及各种评奖机制,有力地扭转了网络文艺创作的非主流倾向。下面我们将主要围绕文化管理部门对于网络文学的引导来探讨我国在文化发展方面的制度优势。

在资本介入网络文学领域之前,网络文学写作处于一种自发状态。当时的网络文学创作者写作主要出于一种个人爱好,加之当时的网络还不够普及,能够利用网络进行文学创作的只是一小部分高知分子,因而在网络文学的自发状态期时,网络文学创作者多具有较高的文化素养。在网络文学进入类型化期之后,网络作家的知识储备以及文化素养较为薄弱。随着网络以及电脑等媒介的普及,网络的自由环境降低了大众参与网络文学创作的门槛，一时间一大批网络作家涌入其中，网络作家的队伍不断扩大，但随之而来的问题则是网络作家队伍创作水平参差不齐，网络作家的知识文化素养也处于一种较低的水平。

网络文学进入腾飞期后，在国家政策的大力扶持下，高学历人员陆续涌入网络文学创作队伍，网络作家也从一个不为社会所承认的、不入流的职业逐渐成为一种新兴的职业群体。尤其是在2020年，教育部新下发的最关于大学生就业的通知中，将"作家、自由撰稿人"列入就业范围，国家这种新型文艺人才观也吸引了一批具有高学历的人员加入了网络文学创作的队伍之中。就目前我国的网络文学队伍来看，在校大学生也逐渐成为网络文学创作的主力，网络作家在呈现出低龄化的同时，其知识文化水平也在呈上升趋势。

（一）网络作家培训班——网络作家由自由生长走向有序引导

1. 鲁迅文学院网络文学作家培训班——网络文学作家人才队伍的储备军

据中国音像与数字出版协会此前的公开数据，中国网文作者数量累计已超2000万人，阅文财报显示，仅2022年上半年，阅文新增约30万名作家。尽管我国网络作家的基数十分庞大，但是网络小说作家的文化素养与知识储备情况还是堪忧，为了进一步提高网络作家的写作水平与文学素养，2009年1月17日上午，继"网络文学十年盘点"之后，中国作协与中文在线再次合作，打造了网络文学培训平台——"鲁迅文学院网络文学作家培训班"。该培训班为我国的网络小说作家提供专业的培训，旨在打造一支高质量、高水平的网络文学作家队伍，有利于让我国的网络作家由自由生长走向有序引导。

第一，网络文学作者通过遴选、推荐、选拔等方式迈向文学殿堂。"鲁迅文学院网络文学作家培训班"一经成立便获得了良好的社会反响与社会支持。"鲁迅文学院"作为我国优秀作家诞生的摇篮，也是具有较高的门槛限制，所以网络文学作家想要进入"鲁迅文学院网络文学作家培训班"接受正规的培训，还要经过严格的遴选程序。首先需要由中文在线平台从十几万名网络作家中进行严格遴选，只有满足以下条件的网络文学作家才可获得推荐的标准，即出版作品两部以上；17K小说网订阅量排名前100名；各个频道前20名；等等，获得推荐资格的网络文学作家还须经过鲁迅文学院的审核以及中国作协书记的批准才可最终获得进入培训班的资格。这些经过层层选拔进入"鲁迅文学院网络文学作家培训班"接受培训的网络文学作家便代表了我国最优质的网络文学原创力量，同时也是推动我国网络文学未来发展的人才储备军。

第二，鲁迅文学院以最强师资为网文作者保驾护航。在师资队伍上，鲁迅文学院提供了一支高质量、高水平的专家学者为"鲁迅文学院网络文学作家培训班"的学习与培训保驾护航。在公布的教师名单中不仅有北京大学中文系教授、著名作家曹文轩，中国作家协会副主席、天津作家协会主席蒋子龙，还有国务院新闻办公室网络局副局长、中国互联网新闻研究中心主任刘正荣等大家的名字。这些专家学者代表了中国文学理论与创作的最高水平[1]。

第三，鲁迅文学院网络文学作家培训班的人才培养方式——尊重网络文学创作特点，细化教学课程。在课程设置上，鲁迅文学院在保留了该院的特色课程的同时也根据网络文学的特征与规律因地制宜，进行有特色、有针对性的教学。课程涵盖了国情文化、文学态势、作家的素质与培养、小说创作谈、创作知识与创作技巧等十几门核心课程，与此同时鲁院还采取专家授课与文学对话、评稿研讨等多种教学形式相结合的教学模式来切实贴近网络文学作家的实际创作。

第四，鲁迅文学院网络文学作家培训班的成果。首先，开启了网络作家培养新模式。鲁迅文学院网络文学作家培训班作为目前我国最高层次的网络文学作家培训平台，不仅扩大了网络文学作家培训对象，而且还不断创新培养模式，实现传统文学教学与网络文学教学相结合的新尝试。"截至目前，鲁迅文学院已成功举办了6届网络文学作家或网络文学编辑培训班，形成了一支数量可观、声誉卓著的网络文学'鲁军'。鲁迅文学院之所以举办网络文学作家培训班，是网络文学形势发展使然，体现了党和政府对网络文学的重视、对网络作家的关心，也是主流文学界对网络文学的一种认可和接纳。"[2] 其次，网络作者由草根走向职业化。在网络文学作家这支庞大的队伍中，大部分网络文学作家都不是学文学出身，很多都是出于个人兴趣爱好而加入网络文学的创作之中，所以缺少一定的文学理论知识积累，在写作过程中缺少一定的行文规范与写作技巧，比如人物刻画得不够典型、故事冲突设置不够紧凑、对现实对人性的认识不够深刻等。虽然有些网络文学作品具有一定的文采，但是，一部优秀的小说仅仅有华丽的文采还是远远不够的，还需要有思想上的深刻，让读者在阅读之中获

---

[1] 王化兵：《为网络文学作者打开培训之门》，《出版参考》2010年第1期。
[2] 王觅：《鲁迅文学院第七届网络文学作家培训班开班》，《文艺报》2014年2月19日第3版。

得精神的启悟与文化的自省。

鲁迅文学院网络文学作家培训班让出身"野路子"的网络文学作家得以接受正规、正统的文学训练,从"草根"网络文学作家向职业化网络文学作家迈进。接受过鲁迅文学院网络作家培训班的网络文学作家的职业素养与文化素养也有了一个质的提升,其眼界与思想也进入了一个新的境界。正如在国家新闻出版广电总局与中国作协联合主办的网络文学优秀原创作品推介活动发布会上,网络作家代表唐家三少所讲:"在这个新时代,在网络文学这个崭新的行业,我们每一位网络文学作家都怀揣梦想之心、道义之心、创新之心、工匠之心、坚韧之心和永恒之心,努力创作一部部脍炙人口的作品。"①

2. 其他形式的网络作家培训指导

随着我国网络文学影响力的不断扩大以及网络文学作家队伍的逐渐壮大,政府及相关部门采取多种多样的培训形式来提高我国网络文学队伍的整体水平。从国家新闻出版广电总局的编辑培训,到中国作协鲁迅文学院的网络文学作家培训,到团中央、统战部联合或独立举办的网络作家培训班,再到各网站的培训,培训形式多样,以让网络文学作家能够接受到全面专业的培训与指导。

(1) 网络文学研讨活动。在鲁迅文学院网络文学作家培训班的影响下,一些地方省市级作协或网络作协也开始陆陆续续组建网络作家培训班以及网络文学研讨活动。这些研讨活动通过邀请传统文学领域的知名专家学者与网络文学作家进行授课交流,让传统文学了解网络文学,让网络文学走进传统文学,有利于促进网络文学与传统文学之间的融合与互动,为我国网络文学的经典化提供了一个崭新的平台。

(2) 多形式的思想专题培训班。中国作协网络文学中心还通过与省市政府、高校、文学网站等进行合作,开展多形式的思想专题培训班来培养网络文学作家的精品意识与责任意识,有利于提高网络文学作家的思想境界与灵魂高度。例如江西井冈山举办的"全国网络作家深入学习新时代中国特色社会主义思想专题培训班",就为网络文学作家切身感受中国革命历史、培养爱国情怀,提供了一个良好的学习平台。

(3) 对优秀现实主义题材的重点扶持与指导。按照中宣部《中国当代文学艺术创作工程规划(2017—2021年)》要求,中国作协网络文学中

---

① 肖惊鸿:《2017年网络文学:更富多样性 离梦想更近》,《文艺报》2018年2月12日第3版。

心在原有重要作品扶持的基础上，组织实施了中国当代网络文学创作工程规划，作为加强网络文学现实题材创作，努力铸就新时代文学高峰的重大举措。为了贯彻中宣部的文件精神，中国作协网络文学中心向各省级网络作协征集现实主义题材的网络文学，对具有时代性、先锋性的网络文学选题进行重点推优、重点扶持。这些举措不仅对我国网络文学进行现实主义转向作出了积极贡献，也有利于改善我国网络文学现阶段有"高原"无"高峰"的尴尬现状。

（二）网络文学从"高原"向"高峰"的进阶——茅盾文学奖与鲁迅文学奖对网络文学的吸纳

1."茅盾文学奖"首次吸纳网络文学作品评选

茅盾文学奖首度吸纳网络文学作品参与评选，标志着传统文学对网络文学的认可与接纳。为了更好地激发网络文学作家的创作激情，第八届茅盾文学奖在对作品的遴选中，首度吸纳了网络文学作品参与评选，经过层层遴选共有七部网络文学作品最终参与了对于茅盾文学奖的追逐之中，虽然结果是这七部网络文学作品最终只是"陪跑"传统文学，但是茅盾文学奖允许网络文学作品参评的做法还是在网络文学界引起了不小的轰动。盛大文学网站 CEO 侯小强的表态也许更能代表网络文学界的看法，他认为，茅盾文学奖吸纳网络文学"是件好事，也是大事，这对发展了 12 年的中国网络文学具有里程碑的意义，我们一定会积极参评。作为中国最高文学奖，茅盾文学奖有自己的规范，网络作家最后能否登顶并不重要，它们彼此能相互走近就已经意义非凡，也许还会擦肩而过，但总有相遇的一天，网络文学的井喷时代即将到来"[①]。

茅盾文学奖的评选要求也为网络文学指明了创作方向。茅盾文学奖作为我国文学界最高奖项，在对入选作品的要求上也是极其之高。要求作品不仅在艺术层面具有很高的美学意义与艺术价值，而且在思想层面具有精神高度与深刻的思想内涵，能够给人以心灵的陶冶、精神的启迪与思想的净化。因而只要是入选或是荣获茅盾文学奖的文学作品一定是思想性与艺术性相统一的"文质兼美"的作品。这样的评选要求也为我国网络文学指明了创作方向，即要注重对于"质"的追求，对于作品精神性、思想性与价值性的追求。在第十届茅盾文学奖的作品评选上，共有 234 部作品参评，网络文学作品共 14 部。据了解，这次打算参评的网络小说有数百部，但是，因为茅盾文学奖只授予成书出版的小说作品，在第一次筛选的

---

① 胡平：《不同寻常的第八届茅盾文学奖》，《小说评论》2012 年第 3 期。

时候，就筛掉了很多没有实体出版的作品，最终只留下 14 部①。

网络文学虽陪跑茅盾文学奖，但潜力无限。第七届茅盾文学奖获得者、第八届茅盾文学奖评委麦家在接受媒体采访时说："我就是分在网络组的，从我认真阅读的这 7 部网络小说来看，虽然离获茅盾文学奖还有较大的距离，但是，我看到了潜力。我敢说，未来能够打败我们的，一定会是现在的网络写手们。只要假以时日，在文学性方面给予加强，网络写手得茅盾文学奖，未来绝对有可能。"② 同时，中国作协网络文学研究新闻发言人陈崎嵘曾指出，"我们应该花精力来研究网络文学的审美标准，建立网络文学评价体系，同时思考有没有可能设立单独的网络文学评奖"③。网络文学开始逐渐被社会主流认可，这无疑对于网络文学的精品化创作有着极大的激励作用。

2. "茅盾文学新人奖"所增设的"网络文学新人奖"，推动网络文学健康、高质量发展

为了奖励具有突出成就的青年文学家，也为了更好地激发他们的创作激情与创作活力，中华文学基金在 2015 年设立茅盾文学新人奖。然而相比于第一届茅盾文学新人奖，第二届茅盾文学新人奖的评选则更加引人注目。因为第二届茅盾文学新人奖开始增设了"网络文学新人奖"这一新奖项，以激励为网络文学与中国文学作出突出贡献的青年网络文学作家。这不仅是对新兴的网络文学和网络文学创作者的认同、肯定与激励，更是促进网络文学日益规范化的一个有效抓手，是网络作家确立作家身份、进入主流文学体系的标志性事件。中华文学基金会秘书长鲍坚表示，"在当代，文学是传播思想、传承信仰的重要载体，也是娱乐消遣、补充知识的一个手段，能引导和丰富人们的精神生活"④。经过层层选拔，青年作家骠骑、唐家三少、天使奥斯卡等十人最终获得首届"网络文学新人奖"⑤。

"网络文学新人奖"体现出网络文学"价值观"关乎未来。茅盾文学奖设立"网络文学新人奖"不仅体现出国家对于网络文学人才的重视，

---

① 《234 部作品参评第十届茅盾文学奖：网络文学作品共 14 部》，中国新闻网，https://www.chinanews.com/cul/2019/05-15/8837362.shtml，2020 年 11 月 2 日。
② 浩衍：《茅盾文学奖的兴趣点仍在纯文学》，《中国图书商报》2011 年 8 月 23 日第 1 版。
③ 胡平：《不同寻常的第八届茅盾文学奖》，《小说评论》2012 年第 3 期。
④ 《网络文学进军茅盾文学新人奖》，中国新闻网，http://www.xinhuanet.com//book/2017-08/29/c_129691586.htm，2020 年 11 月 11 日。
⑤ 欧阳友权：《网络文学新人奖引导网络文学走向主流》，《光明日报》2017 年 8 月 31 日第 2 版。

还体现出主流价值观对于网络文学价值观的引导。在尊重网络文学艺术规定性的同时,积极引导网络文学承接传统文学的审美品格与艺术经验,引导网络文学向主流化文学迈进,成为立足于现实时代经验的艺术化表达。

从首届"茅盾文学新人奖·网络文学新人奖"获奖评语(部分)[①]中,也可看出网络文学朝着主流文化的发展趋势:

> 唐家三少(张威):唐家三少是加入中国作家协会的第一位网络作家。十多年来,他以时不我待、只争朝夕的敬业精神,"日均八千字,数年不断更",创作了大量脍炙人口小说,作品数千万字,读者数以亿计,在取得惊人经济效益的同时,也获得了较好的社会效益,享有"人气天王"等美誉。他的小说选材精当,构思精巧,语言简洁,价值观健康向上。其代表作《光之子》《斗罗大陆》《酒神》《唯我独仙》等,为开创玄幻文学的黄金时代作出了重大贡献。
>
> 酒徒(蒙虎):酒徒是网络历史架空小说家中的杰出代表。他的创作素以"讲品位、讲格调、讲责任"著称。其代表作《秦》《明》《家园》《盛唐烟云》等,气势恢宏、语言凝练、情节曲折,往往借"小人物的悲欢离合",写"大时代的兴衰成败",具有强烈的艺术感染力和历史厚重感。在传统文学网络化和网络文学精品化等方面,都作出了卓有成效的探索。
>
> 子与2(云宏):从《唐砖》到《大宋的智慧》,从《银狐》到《汉乡》……他以一部部"轻而翘楚"的网络历史小说相继引爆潮流,让人窥见原来国家大事可纳于家长里短的幽默爆侃之中,波澜壮阔的时代风云可以凝于"杯水中的风波"之里,浓彩重墨的历史飓风可以藏锋于简练留白的细微笔锋之尖。在中国网络文学史二十年发展史上,他不是前面两个里程碑阶段"大历史文"类型的开创者,但的确是第三个阶段新生代"轻历史文"潮流的引领者。评委会认为,他站在接续文脉的时代拐点上,以当下年轻人悦见的小清新之风,言说中华文明之厚重,应将"承前启后"的桂冠,加冕给人和文相映成趣、小宇宙大能量的他。
>
> 天使奥斯卡(徐震):天使奥斯卡在网络文学类型化发展过程中

[①] 《2017首届"茅盾文学新人奖·网络文学新人奖"颁奖(附获奖评语)》,中国作家网,http://www.chinawriter.com.cn/n1/2017/1220/c405167-29717397.html,2020年11月11日。

发挥了重要作用，具体体现在对作品创意上的高度敏锐和表现力。他的作品格局宽广，思路开阔，想象力丰富，民族意识强烈，充满激情和阳刚之气。英雄情结和探索精神是天使奥斯卡在创作中最鲜明的标志，在网络文学类型的开创性与作品空间的拓展上，他展现出超群脱俗的逻辑思维能力。

愤怒的香蕉（曾登科）：愤怒的香蕉是网络文学向精品化方向发展的代表作家之一，在大众性和文学性兼容并蓄方面，他的创作独树一帜，开创了新的网文风格。他的作品具有构思缜密，打破叙事套路，力求文本内涵深度的基本特征。在作品语言传递的准确性和表达的个性化方面，愤怒的香蕉表现出强烈的自制力，从而显示出创作上的自觉意识。

骠骑（董俊杰）：骠骑是网络文学市场传播与主旋律创作有机结合的代表作家之一，在网络新军事题材领域的探索和挖掘方面，有着深刻的思考和开创精神。他的作品强调民族气节，弘扬英雄气概，尊重战争规律，着力展现特殊环境下的人性特征，同时具有新时期战争观和十分强烈的大国军人意识。强化军事题材的文学表现力是骠骑取得创作成果的重要标志。

这些荣获"网络文学新人奖"的网络作家都是在网络文学界具有超高关注度与影响力的作家，他们的作品之所以获得广大网民的喜爱以及评委们的肯定，其原因就在于，他们的作品既有"网络"又有"文学"，实现了网络性与文学性的有机融合，不仅具有娱乐性还具有内容的深刻性。所以说，思想性、精神性、价值性永远是衡量一部文学作品的重要指标。从这些获奖人员的评语中也可看出，主流文学价值观更看重网络文学作品中所体现出来的原创意识、精品意识与主流意识，以及作品中所传递出的具有时代意义的社会内涵与精神品格。这些评语不仅给青年网络作家以巨大的鼓舞与肯定，而且也为其他网络文学作家指明了奋斗的方向。

3. 鲁迅文学奖吸纳网络文学参评，助力网络文学的高质量创作

鲁迅文学奖作为我国文学界具有超高含金量与社会影响力的奖项，是我国主流高规格奖项的象征。2010年第五届鲁迅文学奖的评选备受社会瞩目，其原因就是鲁迅文学奖也开始注重挖掘网络文学的艺术价值，吸纳网络文学参评。经过严格的遴选，共有31部网络文学作品通过了该奖的初评，网文中篇小说《网逝》成为唯一入围的网文作品。"从总量看，所占比例不到1%，但中国作协新闻发言人、书记处书记陈崎嵘表示'这是

一次破冰之旅,带有试验性、标志性意义'。"① 这无疑给了网络文学作家以莫大的鼓舞与动力,继而奉献出更多服务于大众精神文化需要的优秀网络文学作品,助力我国网络文学的跨文化传播。

除了像茅盾文学奖与鲁迅文学奖这种象征我国主流化的高规格奖项开始接纳网络文学、重视网络文学并挖掘网络文学的艺术价值外,我国网络文学界还有很多重要奖项也具有很高的含金量,例如在中国作协网络文学研究院、浙江省作家协会指导下,由咪咕数字传媒有限公司与15家省市(网络)作家协会、19家国内知名的网络文学公司等联合举办的"鹤鸣杯"网络文学奖以及具有地域特色的地方性重要奖项,例如四川的"金熊猫"网络文学奖。这些奖项的设立不仅有利于推进网络文学作家树立网络文学精品意识,而且还有利于营造一个健康化、规范化的网络文学竞争平台。

无论是各文化部门对于网络文艺创作人员的培训还是各大奖项的设置以及文学界两大高规格文学奖对于网络文学的吸纳,都有助于解决网络作品普遍存在的有"高原"缺"高峰"的现象,并对扩大网络文学的社会影响力与提高网络文学作家的社会责任与文化担当产生了积极影响。

4. 构建新时代网络文艺批评标准与评奖导向

根据马克思主义美学,文艺批评就是运动着的美学标准。文艺批评不仅是对文艺作品进行审美评判与价值判断,它亦是对文艺作品和文艺现象的艺术规律与审美特点科学性的理解认知,因而在创作镜鉴、受众引导以及社会审美风尚引领等方面还发挥着重要作用。随着媒介与艺术的不断融合,不仅让新媒体、新媒介参构文艺创作成为网络文艺形态的一大特色,而且还让整个文艺生态格局发生了重大裂变。因而,构建新时代网络文艺批评标准可为我国网络文艺的健康发展提供一个可资参照的美学标准与价值尺度。2020年11月24日,由中国文联文艺评论中心与中国文艺评论家协会联合主办的"优秀网络文艺评论的评价标准"研讨会在北京举行。2021年8月,中央宣传部、中国文联、中国作协等五部门联合印发了《关于加强新时代文艺评论工作的指导意见》。建立网络文艺评论的批评标准不仅是构建全媒体传播体系的必然要求,亦是把握网络文艺正确发展方向的应有之义。新时代的网络文艺批评标准的建立应沿着马克思主义文艺理论中国化的最新成果的方向,基于网络文艺的审美特性与中国网络文艺的发展经验,坚持历史的、人民的、艺术的、美学的四个审美维度,坚

---

① 《如何看网络文学入围鲁迅文学奖》,《中华读书报》2010年9月22日第4版。

持从人民评价、专家评价、市场检验中找准定位,力求在"坚守"中"求变"、在"守正"中"创新"。

除了构建新时代的网络文艺批评标准外,构建网络文艺评奖导向同样在引领文艺创作审美风向中发挥着重要作用。以奖聚精品,亦可打造优秀网络文艺作品矩阵。随着网络文艺创作体量的不断增大以及其在国内和海外的影响力不断增强,关于网络文艺的各项大赛评奖也如火如荼地展开。但是这些大赛大奖不应只停留在评奖颁奖这一单一活动上,而重要在于建立科学规范的评奖标准与评奖机制,继而成为推进网络空间治理、引领审美风尚、建构新时代文化共识的重要推动力。

5. 文化管理部门加强对网络文艺人才的培训

我国文化管理部门对网络文艺人才的培训不遗余力,2016年9月,中国文联文艺资源中心在北京举办"首届全国中青年网络文艺人才研修班",标志着中国中青年网络文艺人才培训工程正式启动。仅2018—2019年,各级文化管理部门就做了以下各种针对性极强的人才培训。

(1) 2018年3月,中国文学艺术界联合会举办中国文联第二期全国新文艺群体拔尖人才高级研修班。

(2) 2018年6月,由中国文联主办的"中青年网络文艺人才培训工程——全国中青年网络音乐人才培训班"在成都举办。

(3) 2018年6月25—29日,中国电影家协会举办新文艺群体电影人才和管理干部培训班。

(4) 2018年8月,福建省文学艺术界联合会举办"全省文艺骨干培训有效组织与管理"和"新文艺群体业务骨干"培训班。

(5) 2018年8月13日,中国电影家协会主办第三期中国影协新文艺群体电影人才培训班。

(6) 2018年9月,中国音乐家协会举办新兴音乐群体带头人培训班。

(7) 2018年10月,贵州省文学艺术界联合会举办全省第一期新文艺群体骨干培训班。

(8) 2018年10—11月,中国文学艺术界联合会主办中国文联第三期全国新文艺群体拔尖人才高级研修班。

(9) 2018年11月,中国杂技家协会、天津市文学艺术界联合会举办新文艺群体青年人才培训班。

(10) 中国电视艺术家协会举办2018年度新文艺群体人才培训班。

(11) 2019年5月,中国文联网络文艺传播中心举办全国中青年网络文艺人才(VR)培训班。

（12）2019年6月，中国文联网络文艺传播中心举办全国中青年网络文艺人才（短视频）培训班；中国书法家协会与北京书法家协会合作举办北京新文艺群体书法家高研班；中国戏剧家协会主办中国剧协民间职业剧团创作人才培训班。

（13）2019年10—11月，中国文学艺术界联合会主办第四期全国新文艺群体拔尖人才高级研修班。

据统计，全国各文艺家协会已建立新文艺群体代表人士人才库，共发展新文艺群体会员1256人，占新增会员总数27.93%。中国文联举办专门面向新文艺组织和新文艺群体的培训班38期，参训人员3370名。[1]

2020年，由于突发的新冠疫情的影响，线下培训受到了客观条件的限制。但线上培训仍在各个平台以各种方式进行。在国家政策驱动下，一些网络文学平台也积极推进对于网络文学生态系统的建设与优化。

2020年，中国作协创立线上、线下相结合，分级分类的网络文学作家培训方式，2021年，网络作家分级分类培训体系进一步健全和完善。阅文集团于2020年11月20日创立的阅文起点创作学堂，线上课程近300节，覆盖数十万名作者，超百位作家参与线下培训，一年内近40%参与培训的创作者成绩得到大幅提升。2021年11月26日，阅文集团开设"网络文学作家卓越班"，创作学堂全面升级，受到广大网络文学创作者的好评。

这些培训，或是有关网络文艺政策法规的，或是有关技术平台与受众审美变化的，或是创作者的写作困境和主题方面的，或是提高网络文艺管理人才的，都极大地提升了网络文艺的社会地位和价值导向，对促进网络文艺的健康发展起到了十分重要的推动作用。

在2016—2021年的几年中，中国文联通过创新体制机制，开展了多形式、多场次的研修培训，并逐渐将这种培训模式常态化。截至2021年6月，中青班已累计培训学员631人，学员专业领域涵盖12个文艺门类。仅2020年，全年各单位就完成网络培训班次83个，培训学员达3.25万余人次。其中，中国文联网络培训云平台课程数5500余门，各类专题540多个，总访问量达278.75万余次。各单位共录制或采购文艺类课程近200节，开通的"数字图书"栏目上线各艺术门类电子图书5000余本，视频2000多集。[2] 这些人才培训研修班既注重思想引领；同时又注

---

[1] 《光明日报》2020年7月9日第9版。
[2] 吴华、张璐：《喜迎第十一次文代会 创新体制机制 培养优秀文艺人才》，《中国艺术报》2021年11月29日。

重遵循文艺规律和文艺人才成长规律,将理论与实践相结合,培训与体验相配合,无论是在作品质量、创作者素养以及社会反响方面都取得了卓越成效,逐渐走出了一条符合我国网络文艺发展经验、符合我国文艺人才结构特点、具有中国特色的文艺人才培训之路。

第七章　网络文艺的守正出新

随着媒介的不断发展，无论是现代人的现实生活还是文艺生产与消费都进入了融媒体时代，诞生于媒介语境下的网络文艺也正借着媒介的东风，以自身眼花缭乱的艺术形式为艺术的创造与创新提供了新的可能性，并以丰富多彩的文本内容吸引了大批的受众，在一定程度上开启了网络的"霸屏"时代；网络文艺又以强大的生命力与创造力颠覆了人们对于文艺的认知与想象，在潜移默化地影响着现代人的思维方式的同时，更是成为现代人日常生活不可缺少的一部分。就此而论，网络文艺已经不单单是现代人的娱乐方式了，而在很大程度上是现代人的一种生存方式。

但目前存在的一个问题则是，网络文艺发展迅速，但人们对它的认知却未能跟上其发展的步伐。换句话说，网络文艺正在实现着自身生态系统的不断扩容，但是对于网络文艺的研究并没有实现广度与深度的兼容，这就使我国网络文艺的理论指导与实践生产存在着一定的断截。这其中的问题主要有以下几个方面：①网络文艺所涵盖的艺术形态包罗万象，并且随着媒介的发展网络文艺的艺术形态还在不断地推陈出新，早前对于网络文艺的研究结果已不能适用于这些新兴的艺术形态；②由于网络文艺各艺术形态起步不同，发展状况也不尽相同，有的艺术形态已经经历了崛起—转型—繁荣发展等几个阶段，而有的却还在起步摸索阶段，像网络文学自20世纪90年代就开始初露端倪，而网络短视频自2018年才开始发力，这就使得学术界对于网络文学的研究成果比较丰硕，相比之下对于网络短视频的学术研究就显得较为薄弱；③正是因为网络文艺各艺术形态的发展状况不同，研究步伐不一致，所以现阶段我国的学术界在对网络文艺的研究上还未建立起一个统一的评价体系。这样既不利于我们对于网络文艺的正确评价，也不利于网络文艺自身的健康发展。对于网络文艺评价体系的构建是目前我国对于网络文艺研究的一个攻坚课题，但是在笔者看来，构建网络文艺评价体系固然重要，但是对于网络文艺基础理论体系的丰富完善也同样重要，因而相对于网络文艺的评价体系，网络文艺"认知—评价"体系才更适用于当前我国网络文艺实践发展与学术研究的需要。

真正的文学艺术作品都是创作者以人类为出发点而面对历史、面对世界、面对自我的情感表达。因而无论是形式上传统化还是先锋性，无论是现实主义还是浪漫主义审美倾向，都需要创作者从现实出发，从人性出发，完成对现实的叩问与灵魂的追问。但是就网络文艺目前的发展来看，距离这样"文质兼美"的艺术范式还有一定的距离。周安华教授在谈到我国网络文艺现状时提出了一个词叫"精神离散"，他认为"今天的网络文艺存在着一种'轻'化的倾向，一些变异的'文艺擦边球''艺术隐喻化'以及欲说还'羞'的剧场潜台词、银幕情色暗示、欲望和'开悟'的文本勾勒等，都在指向人的原始本能，指向某些灼烧国人灵魂的假恶丑。于此，文艺'批评'责无旁贷。在大时代大网络的情态下，当下的中国网络文艺需要聚气凝神，实现从观念到理路，从精神到气质的彻底转变，以破解'精神离散'"[1]。对于网络文艺"质"的规定只是从"网络文艺是什么"的角度对网络文艺进行本体论的分析，从英语语法的角度来说，解决的是"what"的问题，如果我们只停留于对网络文艺的理论探讨上还是远远不够的，我们更要解决的是这样新兴的且具有强大生命力与发展潜力的艺术形态应如何与现代人的精神生活相适应，在丰富现代人娱乐生活的同时又该如何丰盈现代人的精神生活？也就是说要解决网络文艺"how"的问题。

因而，本章节主要是从审美理想之维展开对网络文艺创新发展的路径分析与美学想象的考察。其关键在于对网络文艺进行"质"与"美"的规定。之于前者，对于网络文艺"质"的规定，笔者认为需包括这三个方面——情感、精神与价值。关于网络文艺对于"美"的规定，应从艺术的、美学的维度，在艺术与技术、艺术与娱乐、艺术与产业的多重关系中去窥探网络文艺"美"的规定性，并以人的精神发展为价值旨归，真正将对网络文艺精神的哲学之思与人的生命意义的责任向度相同构，建构更具人文化与人性化的网络文艺美学思想。

在笔者看来，实现网络文艺的创新性发展需要从以下几个方面着手：一是文本能指与价值所指相契合；二是文化生产与时代精神相统一；三是历史传统与现实语境相融合。

---

[1] 周安华：《精神离散与网络文艺的文艺性再造》，《文艺报》2020年11月13日第3版。

第一节 守正:文本能指与价值所指相结合

网络文化的后现代主义文化因子与亚文化属性使网络文艺的创作出现了后现代偏向,致使很多创作都流于表面,消隐了深度与崇高,文化、价值等精神性的话语在网络文艺创作中都黯然失色,丧失了文艺作品应有的厚度与深度,一切都扁平化了。那些停留于形式本身的作品仿佛真的成了福柯所言的"能指的海洋",以碎片化、表面化的形式来对话这个碎片化的时代。新时代的文艺不能以这种卑琐的姿态来迎接历史的考卷,理应用积极乐观的姿态,以热情昂扬的语言,用发人深省的思想去描画现实、书写人生,而非用堕落去回应堕落。这就要求网络文艺创作者应注意将文本的能指与价值所指相结合,用文质兼美的作品丰富我国的网络文化实践,用作品的精神性与价值内涵抵抗现实的焦虑。

一 价值失守与网络文艺的精神性再造

当我们在满心欢喜地看着网络文艺所呈现出的一张张亮眼的成绩单之时,当我们肆无忌惮地享受着网络文艺为我们的生活所带来的新鲜与刺激之时,一个个由网络文艺所带来的现实问题与理论元问题又让我们无法回避。在此境遇下,无论是作为文艺工作者还是学术研究者,我们都有责任也有义务对网络文艺的"热现象"进行"冷思考"。这就要求每一个网络文艺消费者转变自身的身份,从一个沉浸于网络文艺自由世界的享乐者转变为一个以上帝视角对网络文艺进行冷静审思与批判的思考者。我们还需思考,现阶段我国的网络文艺究竟是一种怎样的文艺?网络文艺的能指与所指相对于传统文艺来说又发生了怎样的变异,这样的变异是一种艺术创新还是对艺术的发难?我们应以怎样的标准去衡量?网络文艺的迅速崛起与迅猛发展是否与我国国民的精神需求相适应?我们不能否认在我国相关政策的引领下以及社会监督与批评指导下,我国网络文艺的发展相对于前几年的野蛮生长,开始逐渐地向主流化方向偏移并出现了题材的现实主义转向与内容上的传统文化回归,这一系列可喜可贺的成果都在向我们昭明,我国的网络文艺正在步入"主流化"时代,正在进入一个健康有序的发展期。

就网络文艺现阶段的发展现状以及发展前景来看,我们可以对网络文艺的未来发展抱有一种积极乐观的心态,但这并不意味着我们对网络文现存的一些病象存有漠视，因为依然还有大量的网络文艺作品游走于主流的边缘，大量无视历史、脱离现实、泯灭价值的"雷剧""无脑剧"依然存在，大量无价值、无精神、无所指的娱乐综艺依然受热捧，大量与主流价值观相逆的穿越小说、同人小说、耽美小说依然具有强大的市场潜力，还有大量的网络文艺一味地追求"眼球经济"而无视艺术创作规律，生产出与精神大麻无异的文艺作品，与我国网络文艺应有的发展方向相背离。对现存于网络文艺中这些艺术病象，我们并不主张以一种社会批判的高姿态从意识形态的角度对其进行否定性压制，也不是说对网络文艺的艺术形式和审美倾向进行审美层面的形式主义批评，而是主张从文艺的本体论出发，对网络文艺进行形式与内容的规范以及质的规定。文艺不是关于形式的艺术，还是要有文艺精魂的。挖掘人性、洞察人生、关怀生命以及寻找那根可以拨动无数人心灵的琴弦，这永远是作为精神与灵魂意义的文艺的价值所在。简言之，我国的网络文艺要想实现健康有序的可持续发展就必须立足现实、立足文艺之本性，实现面向历史、面向未来的文艺再造。

拿近几年发展迅猛的网络综艺来说，自2007年由搜狐视频推出《大鹏嘚吧嘚》开始，网络综艺在这十几年的发展历程中，由最开始的制作粗糙、内容单薄到现在一个个爆款网综的成功"出圈"，网络综艺的发展好像迎来了一个新的春天。尽管网络综艺已取得了众多不俗的成绩，但仍需关注其制作和生产过程中的"文化快消"现象。随着节目传播渠道的多元化和速度的加快，网络综艺节目的内容更新频率也不断提高，制作周期也越发缩短，这也不免引发对网络综艺节目文化价值的思考。

再让我们把目光再转向网络文学，在点击量过千万甚至过亿的网络小说中，架空历史的穿越小说依然占据了大多数。像《步步惊心》《宫锁心玉》《寻秦记》等网络小说都成为热门IP，改编为网络剧、网络游戏、网络动漫后依旧获得了极高的市场占有率与关注度。再如之前的"鬼吹灯现象"，网络小说《鬼吹灯》自2006年在天涯网站上发表之后，一直保持着超高的点击量，同年年底，北京文艺广播开始进行《鬼吹灯》的连播，历时两年半，收听率竟高达70%，创历史新高。2008年，网络小说《鬼吹灯》从线上转为线下，推出纸质版丛书后更是迅速占据了各大热销书的榜单，创销量神话。讽刺的是，近年来许多荣获"茅盾文学奖"或"鲁迅文学奖"的优秀文艺作品在书店甚至无人问津，其图书销量与网络小说的销量相比简直相去甚远，令人遗憾的是，不少大学生对近几年的茅盾文学奖获奖作品及其作家竟一无所知。相反，"天蚕土豆""我吃西红柿""唐家三少"这些网络大神的名字却在大学生群体中间如雷贯耳。我们并不是在这里要否定这些网络小说的艺术价值,也不是要贬低受众的审美趣味。但是一个不争的事实就是相较于现实主义题材的小说来说,穿越小说无论是在文化内涵还是历史精神或社会批判等维度都稍逊一筹,与那些传统经典文学来说更是无法比拟的。

近几年网络综艺的大热、网络文学的热捧以及网络文艺其他艺术形态的一路高歌猛进都在表明,网络文艺的崛起并不是一个简单的娱乐现象,而是一个值得让我们关注与深思的文化现象、社会现象。就此意义而言,尼尔·波兹曼于20世纪向我们发出的警告并非危言耸听,他在《娱乐至死》中这样写道:"如果一个民族分心于繁杂琐事,如果文化生活被重新定义为娱乐的周而复始,如果严肃的公众对话变成了优质的婴儿语言,总而言之,如果人民退化成被动的受众,而一切公共事务形同杂耍,那么这个民族就会发现自己危在旦夕,文化灭亡的命运就在劫难逃。"①

二 文化价值的遁形与文化"快消"的时代

笔者在前几章时曾提到,随着时代的发展与后现代主义思潮的影响,我们不可避免地已经进入了消费社会,与消费社会相伴而来的消费文化与消费主义价值观也在潜移默化地影响着人们的思维方式与价值观念。人们在这种消费享乐中也不知不觉地认同了这样的价值观念,更有甚者还将其奉为生活行为的准则。消费主义不是追求对于商品使用价值的消费,而是专注于商品背后的符号价值与象征意义。这样的价值观念很难让人对于事物本身进行价值性的思考,因为消费文化在一定程度上也是一种"快消文化",一种无思想、无深度的文化。英国学者卢瑞就对消费文化进行了反思,他曾在其书《消费文化》中尖锐地批评道:"符号价值的逻辑代表了资本主义通过强加一种与商品的大规模生产之需求相适应的文化秩序的最终胜利。"② 基于此,网络文化在价值理念上与消费文化实现了共谋,这就使诞生于媒介之上的网络文艺相较于传统文艺来说在内容的所指上更容易受消费文化的影响。事实上也的确如此。早期的网络文艺一方面以各种欲望叙事、身体叙事、游戏叙事等各种后现代主义的叙事方式恣肆地解构着传统文艺的表现手法;另一方面又在肆无忌惮地传播着这种无深度、无内涵的消费文化。在消费文化纵行的网络文艺,曾经的高雅文化、精英

---

① [美]尼尔·波兹曼:《娱乐至死》,章艳译,广西师范大学出版社2004年版,第202页。
② [英]西莉亚·卢瑞:《消费文化》,张萍译,南京大学出版社2003年版,第66页。

文化在这种文化"快消"的网络时代似乎没有了立足之地，高雅文化所象征的高雅趣味以及文化价值的重要性与神圣感也随之被消解。"因为要享乐……，观众就不应该有自己的思想；产品展现出一切作用，这些活动不是通过实际的联系——这种实际联系，一旦需要思维时都被排除了。一切以精神气息为前提的逻辑关系，都被过分拘谨地排除了。"①

当我们沉醉于文化"快消"所带来的享乐时，背后所付出的代价就是文化价值的消隐，当文化降为商品，没有了文化所指，没有了价值内涵，徒留的华丽能指与一地鸡毛又有何异？因而有论者之所以提出要重建中国精神，其原因就在于他看到了消费文化以及媒介社会所带来的这些问题与征象："我们的社会的确创造了经济奇迹，人们的财富和生活的确有了大幅度的提高，文化、娱乐、消遣方式的确丰富多彩极了。但是，在这些物质的背后，心灵深处却是虚无的，这种虚无蔓延到人们精神的各个层面：个人的信仰、个体的私德与公德、怜悯之心、公民精神，等等。人们找不到心灵的归宿，整个社会因此弥漫着一种普遍的焦虑症。"② 如此来看，马尔库塞所发出的警醒也不无道理，"如果大众传播媒介能把艺术、政治、宗教哲学同商业和谐地、天衣无缝地混合在一起的话，它们就将使这些文化领域具备一个共同特征——商品形式"③。

在此境遇下，面对某些网络文艺作品中所带有的文化价值消隐的现状，我们必须呼吁网络文艺的创作必须转变其创作理念，从文艺商品生产转移到文艺价值输出，实现文本的能指与价值的所指相结合。2018年由爱奇艺推出的纪录片《讲究》，就以精致的画面、朴实的人物、动人的故事实现了网络文艺的精品化制作，并迅速在娱乐当道的媒介语境下脱颖而出收获了口碑与收视的双赢，以"文质兼美"的创作理念佐证了这种精品化制作与爆米花式的网络文艺的本质区别。一直到第四季，《讲究》的热度与口碑不减，这种文化类的网络文艺获得如此高的关注度，其原因就在于创作者将该片定位于"小人物大情怀"的书写上。该片创作者芦彬的创作初心就是聚焦平凡人物身上的平凡事，通过挖掘身边平凡人物的闪光点来寻找隐藏于朴实无华中的感动，表现平凡人背后的不平凡。而这种所谓的"不平凡"就是一种精神、一种文化、一种价值、一种所指。整

---

① [德]马克斯·霍克海默、特奥多·威·阿多尔诺：《启蒙辩证法》，洪佩郁、蔺月峰译，重庆出版社1990年版，第128页。
② 《中国新闻周刊》著：《重构中国精神》，文汇出版社2005年版，第1—2页。
③ [美]赫伯特·马尔库塞：《单向度的人——发达工业社会意识形态研究》，刘继译，上海译文出版社2006年版，第59页。

部片子并没有停留在对于画面拍摄手法的"讲究"抑或者是画面呈现的"讲究"上，而是专注于挖掘人、物背后的所指之上，即带有文化内蕴、民族精神所指的"匠人精神"的呈现上。正是这一文化所指、精神所指实现了与观众共情，找到了与观众心灵感动的契合点，在娱乐消遣中辅以精神的慰藉。《讲究》这部片子的成功让我们欣喜地看到了在浮躁的网络文艺市场里存有的一种冷静、一种沉淀，看到了网络文艺市场在前往题材多元化、画面精致化路上"深耕内容"的努力，对于只专注于形式、只专注于能指的纯娱乐网络文艺作品来说，像《讲究》这种对于内容的深耕、对于能指背后所指的深耕又何尝不是一种创新呢？这样的创新不仅为网络文艺的健康可持续发展注入了一剂生命的兴奋剂，而且也助推着网络文艺从数量的"高原"向质量的"高峰"进阶，从创造新颖能指向挖掘多样所指的进阶。

三 激活传统，立足于传统文化的文化实践

激活传统，需要的不是只单单从民族立场出发，更重要的是站在全球视野之下重新审视、挖掘那些极具民族共通性的传统文化。事实上，网络文学只有激活历史传统、赓续中华美学，开发具有民族特色的艺术与文化符号矩阵，才能以更为自信的姿态，创作出更多具有中国气派、中国风范且为世界所认知的中华文化形象，"向世界展现可信、可爱、可敬的中国形象"[①]。唯其如此，才可解码网络文艺海外传播的发展之道，也唯基于此，网络文学才可在跨文化时代背景下实现民族自信与文化突围。《2021年中国网络文学出海研究报告》显示，海外读者多关注中国传统特色文化，其中有43.2%的读者对中国功夫最感兴趣，有40.5%和38%的读者对中国饮食文化、中医感兴趣，还有20%—25%的读者关注中国传统文学和书法。

新世纪的网络文艺如何通过对传统文化的创新性改编与创造性转化以接续中华千年的文脉与文化自信，不仅关系到中国传统文化的海外传播，还关系到国家文化形象的构建力问题。目前海外不少网络文学读者为了更好地理解中国仙侠小说，而前往 Wuxia World 设立的"中国道文化板块"，学习中国传统文化知识，甚至有不少的外国读者在论坛中放弃了 buddy 或 man（兄弟）的西式称呼，而是互称"道友"。这表明"中国性"的网络

---

① [美]赫伯特·马尔库塞：《单向度的人——发达工业社会意识形态研究》，刘继译，上海译文出版社2006年版，第59页。

文艺正呈现出它的"世界性"特征，显示出新世纪的网络文艺的出海经验：通过着力打造融通中外的艺术表达和文化符号的形式，实现网络文学文艺民族性与世界性的统一，将"海外圈粉力"转化成中国文化形象的"构建力"，以实现对中国国家文化新形象客观、真实、全面的表达。党的十九大报告也指出，文艺创作要"深入挖掘中华优秀传统文化蕴含的思想观念、人文精神、道德规范，结合时代要求继承创新"①。

从传统文化中寻找文艺创作与文艺创新的源泉。传统文化与网络文艺之间的关系从来不是"传统"与"现代"的对立关系，而是一种相互依赖的关系。一方面，传统文化需要借助网络文艺在新时代下对其进行重新激活，重获新的生命力；另一方面，网络文艺也需要立足于对传统文化的挖掘，在对传统文化汲取精神能量的同时助推传统文化的赓续与发展。

值得欣喜的是，现阶段传统文化与网络文艺实现了创新融合，两者都实现了更好的发展，即网络文艺的创作与生产逐渐向经典化方向发展，而传统文化借助网络文艺也具有了现代化的生机。例如，在网络综艺方面，以传统文化立足的国潮综艺、文化综艺成为新亮点，出现了一大批表现"非遗文化"、表现国家宝藏的国潮综艺抑或是表现中国古诗词与古代汉字文化的文化综艺。在网络动漫、网络游戏等网络视听艺术方面，无论是四大名著还是历史人物在这些艺术形态中都重新焕发生机，让更多的青少年在娱乐的过程中感受中国历史的博大精深与中国传统文化的魅力。而传统文化在网络文学方面更是大放异彩，在很多的网络小说中都会发现大量传统文化的元素与经典的影子。可以说，网络文艺正凭借自身的艺术形态优势创新性地传承中国优秀文化。

四　用社会主流精神开展网络文艺建设与人才培养

首先，在社会主义主流文艺思想的指导下建立中国特色网络文艺理论与批评体系。近几年，网络文艺的生产与创作不断推陈出新，网民的数量也逐年增多，网络文艺在生产实践与文化产业方面相较于传统文艺来说已经取得了很大的进步，但是在理论批评层面却还存在很多短板，这种短板也限制了网络文艺更好的发展。文艺理论的构建来源于文艺实践，而科学的艺术理论又可以更好地指导艺术实践与创作。因而，这就要求在不断优

---

① 习近平：《决胜全面建成小康社会　夺取新时代中国特色社会主义伟大胜利》，《人民日报》2017年10月28日第1版。

化网络文艺内容生产的同时也要注重在社会主义主流思想的引导下，立足于中国网络文艺的特征与属性，提出既具有网络性又具有文学性的新理论、新概念、新范畴，建立具有中国特色、中国风格、中国气派的网络文艺理论与网络文艺批评体系。同时，"其关键还在于中国能不能在这个引领世界的特定文化现象方面有非常专业性的研究，建立起关于网络文艺、网络文化的中国的理论话语体系"[①]。只有基于中国网络艺术经验的文艺理论才会对中国网络文艺的创作实践具有更高的指导价值，才可进一步推动我国的理论自信与文化自信建设。

其次，拓宽全球化视野，着力打造融通中外的艺术表达和文化符号形式。随着文化越来越朝着文化全球化和文化多元化方向发展，"超文化"理念也应运而生，其中"超文化"理念的主要思想内涵就是应具有广泛的价值观念[②]。当前的网络文艺创作应追求一种情感境界，即追求一种能够不毗于一己之忧乐，而可通人性之趣，可观世道人心，可与民众同忧共乐的"情"，即所谓"裕情"和"道情"。这种具有共情性的文艺作品才会具有情的类的意义，才可具有"超文化"的内在价值属性。那些伟大的文艺作品往往能够跨越地域的、民族的、文化的束缚，在精神层面实现心灵的互通与灵魂的共同发现，即是说伟大的文艺作品都是一种具有"超文化"内在价值属性的作品，换言之，只有具有"超文化"内质的文艺作品才有在跨文化语境下实现成功传播的可能。这就要求文艺创作者应以人类共同的文化想象为基础来挖掘质的共通性，将中国价值、中国精神、中国文化纳入对于"超文化"的构建之中，着力打造贯通中西的艺术表达与文化符号，实现中国网络文艺内质民族性与世界性的统一，继而实现"人类命运共同体"式的经验融合与情感共振。

再次，继续加大对于网络文艺科研项目与选题的扶持力度。文学艺术作为一种精神性的产品，对于个人来说，一部优秀的文学艺术作品具有陶冶振奋心灵、启迪精神之用，对于一个国家或民族来说，好的文艺作品则可以起到培根铸魂的功能。每当国家处于危难之际，哪一位中华儿女的耳边不会想起"人生自古谁无死，留取丹心照汗青"这一千古名句？每一个为国献躯的民族英雄心中不是怀着"安得广厦千万间，大庇天下寒士

---

① 金永兵、李娟：《如何建构中国网络文艺理论话语》，《中国文化报》2017 年 12 月 13 日第 3 版。
② 美国学者詹姆斯·罗尔（James Lull）在《媒介、传播、文化：一个全球性的途径》（董洪川译，商务印书馆 2005 年版）一书中提出"超文化"的内涵应该涵盖以下六个方面：广泛的价值观念、国际资源、文明、国家文化、地区文化和日常生活。

俱欢颜"的家国情怀？我国历史上每一个清正廉洁的官员，又哪一个不怀有"先天下之忧而忧，后天下之乐而乐"的济世情怀与"不为五斗米折腰"的精神气概？再如我国古代著名的思想家王船山，他所处的年代，是天崩地析、风雨飘摇的灰暗年代。明代末年，在内黎庶涂炭，民生凋敝，在外满洲兴起，鹰扬虎视，最终明王朝在铁戟长铩中江山换改。面对国亡而祀绝，无尺土之可依，王船山愤然言"当家邦之丧，而外附以免祸，是助逆也"①，坚持做明代的最后一位"遗民"。王船山面对民族之伤、亡国之痛，他也并没有遁入空门、消极避世，而是毅然写下"清风有意难留我，明月无心自照人"，表现出了壁立万仞，身任天下的济世情怀。"琨乃以孤立之身，游于豺狼之窟，欲志之伸也，必不可得……以琨之忠，身死族夷，抱志长埋于荒远，且如此矣。"② 直到现在，每每读到王船山在家自题的以表忠心的两联诗句"清风有意难留我，明月无心自照人"时，都会为王船山深沉的爱国情怀所动容。王船山的这两联诗句也激励着更多中华儿女为国家之奋强而努力，为民族之崛起而读书。不可否认，在国家的特殊时期下，优秀文艺作品所带给人的这种精神上的力量是物质财富所不能代替的。现在网络文艺成为我国国民精神文化生活的又一重要组成部分，所以只有对网络文艺这一新兴的艺术形态挖掘得够深，咀嚼得够透才会更好地引导网络文艺服务于我国国民精神文化的需要。

最后，扩大对网络文艺人才的培养力度，让网络文艺学历教育普遍化。造就一批在网络文艺领域有影响力的文艺领军人物与人才队伍储备军，是推动网络文艺健康发展的重要保证，也是推动社会主义文艺繁荣发展的重要力量。网络文艺作为文化科技的前沿领域，高端人才与专业人才的不足是制约其发展的症结所在。目前我国仅有几所高校开展了网络文艺的学历教育，对于迅速发展的网络文艺以及人才缺口是极不匹配的。网络文艺的"草根性"吸引了大量的普通群众加入网络文艺的创作中，但是在全民参与式的网络文艺创作狂欢的背后却是人才队伍建设的不足与人才质量的参差不齐等现状，这也导致了网络文艺出现了内容上的泛娱乐化、三俗化等内容低下的问题，网络文艺要想实现其精品化发展就必须有一支具有高质量的专业的人才队伍。为了解决以上问题与矛盾，"我们要在更高层面上更多关注网络现状和发展，关注从事网络创作生产和管理的团

---

① （明）王夫之：《船山全书》第四册，岳麓书社2011年版，第321页。
② （明）王夫之：《读通鉴论·卷11》，载《船山全书》第十册，岳麓书社2011年版，第467页。

队，关注网络年轻人的生存现状和发展空间。要加强网络文艺从业者思想道德建设，引导网络文艺创作、评论、传播、消费等环节自觉践行社会主流价值观，培养造就一大批思想道德素质好、精通网络业务的人才队伍。要紧盯网络科技发展前沿，建立健全网络文艺人才培养体系，着力培养专业化高水平的创作人才、策划人才、管理人才、评论人才和营销人才，切实解决高层次、专业化、复合型人才短缺的问题"[1]。要确保网络文艺的人才储备，需要在社会主义文艺思想的指导下，结合时代发展特点和网络文艺的人才需求，积极促进高校与文化产业公司的合作培养，并提高网络文艺的学历教育投入力度。同时，还应积极探索和发展更多的人才对口就业模式。

艺术学成为一门学科，标志着我国对于艺术理论建设与艺术类人才培养的高度重视，也有利于指导我国的艺术实践朝着主流化、专业化、规范化的方向发展。随着网络文艺的迅速发展与其大众化普及，网络文艺已经深深地渗透到人们的日常生活中，并极大影响了现代人的生活方式与思维方式。我国的网络文艺还具有广阔的成长空间与发展潜能，急需一批专业的网络文艺人才队伍进行挖掘与开拓网络文艺新的艺术可能性。但是针对现在我国艺术学的发展状况来看，由于我国艺术学科起步较晚，理论积累多为西方艺术理论所渗透，缺乏立足于中国实践并具有中国特色的艺术理论。面对如今网络文艺人才的巨大缺口，需要国家出台一系列政策来加大网络文艺人才的建设力度与人才培养力度，与此同时，配备一批具有高质量的网络文艺师资队伍也是网络文艺人才培养的关键环节。此外，还需要在各大院校开设网络文艺人才培训班以及网络文艺相关课程，在有条件的学校设立网络文艺学科学位建设点或网络文艺人才培养基地，让网络文艺学历教育更普遍化。唯其如此，才能为我国的网络文艺的未来发展提供源源不断的具有深厚的知识储备与文化素养的高学历人才。

如何更好地实现网络文艺的健康发展，如何更好地让网络文艺在丰富现代人娱乐生活的同时也能更好地服务于人们的精神生活？这是我们在融媒体时代下所不得不面对和解决的问题。在这样的历史境遇下，需要网络文艺研究者坚定不移地以社会主义主流文艺思想为理论指导，建构具有中国特色的网络文艺理论体系，以此更好地指导和规范网络文艺的生产、传播与消费等诸多文艺实践。

---

[1] 云德：《关于网络文艺的几点浅识》，《南方文坛》2017年第4期。

第二节 坚持:文化产品与时代精神相统一

目前来看,无论在产量与产值还是市场占有与经济效益上,网络文化产业已经实现腾飞式发展。2017年,中国游戏产业营收2036.1亿元,其中移动游戏占比57%,游戏用户达到5.83亿人;中国网络文学读者规模已经突破4亿人,人均消费30.9元,销售量约120亿元;作为文化IP源头,网络文学改编电影累计1195部,改编电视剧1232部,改编游戏605部,改编动漫712部;网络大电影全网上线大约1973部,在各大视频网站上共创造了79.46亿的点击量;网络综艺共上线159部,投资规模达43亿元,播放量超500亿次。2020年受疫情影响,传统文化产业遭受重创,但是在线上经济、宅经济的刺激下,2020年我国的数字文化产业逆势上扬成为拉动国民经济的重要推动力,特别是以电商直播为代表的网络直播行业实现蓬勃发展。根据国家统计局发布的数据,2020年数字出版、动漫、游戏数字内容服务、互联网文化娱乐平台等文化新业态特征较为明显的16个行业小类实现营业收入31425亿元,比上年增长22.1%。

2017年4月,文化部出台《关于推动数字文化产业创新发展的指导意见》,强调要"丰富网络文化产业内容和形式。实施网络内容建设工程",首次从国家政策层面为网络文化产业发展指明方向。2020年11月,文化和旅游部发布《关于推动数字文化产业高质量发展的意见》,再次指出要"充分运用动漫游戏、网络文学、网络音乐、网络表演、网络视频、数字艺术、创意设计等产业形态,推动中华优秀传统文化创造性转化、创新性发展",网络文化产业迎来新的发展机遇。面对网络文化产业这一亮眼的成绩单,我国的网络文化产业发展还面临诸多困境,其中最突出的就是网络文化产业的市场价值与商业价值不断扩大,但其文化价值量却严重不足。网络文化价值量的欠缺,不仅影响着网络文艺IP生命力,而且阻碍着网络文化产品整体质量的提高。

在当下,受消费社会与融媒体技术等质素的影响,我国网络文艺的形态及其功能也相继发生了一系列新变,从创作、作品转向侧重传播、消费环节,其结果就是文艺活动开始商品化、市场化、产业化与大众化、消费化,"纯文学""纯艺术"开始边缘化,网络文艺与文学性审美文化开始崛起,文艺的大众性、娱乐性、消费性等特质愈加彰显。我国有学者在谈到我国文艺创作的问题及现状时就指出,目前我国文学存在两种模式,

"一种是完全的文本实验,回避生活,追求零度叙事,脱离生活;另外一种模式:对市场过度迎合的文学"[1]。无论哪一种文学模式都暴露出我国现阶段文艺创作的最大弊病,即滞留在对当代艺术形式探索的层次;而在一个更高的层面上,则显示出思想的匮乏与价值的缺席,即缺乏对时代精神书写的追求,导致文艺作品吸引力不够、感染力不深、穿透力不足,失去了与读者心灵对话的可能。可以说缺乏精、气、神成为当今社会的文艺病,这样的文艺作品又怎能有感人至深的力量,又怎能满足观众的精神需求与审美期待?

现阶段我国正处于一个伟大的变革时代,之于文艺创作而言,有太多的社会历史题材可以书写,有太多波澜壮阔的精彩话剧可以搬演,有太多丰盈饱满的心灵应该得到探知,有太多中国式的现实经验应该进行艺术化的表达。那些惊心动魄的"爽文",那些叙事离奇的"雷剧",抑或是那些"皮相"极好的大片,不过是"注意力"经济下的一颗流星,虽精彩但终究陨落。经历史检验的实践证明,只有形式上的创新性是远远不够的,优秀的文艺作品除了形式上的独创外,还需要有深刻的思想内容、深厚的历史深度与鲜明的时代精神。在盛产"魔神小说"的明代,《西游记》作为中国古代四大名著之中唯一一部"神魔小说",它的经典不在于"神魔精魅"的神话外衣,而在于用"有人情"的神魔和"通世故"的精魅比喻了人性,用嬉笑怒骂讽刺了生活,用想象离奇包裹了现实性的深刻。《西游记》的经典就在于我们通过这诙谐辛辣的文字与新奇的艺术形式窥见了当时的社会现状与时代精神。

不可否认,凡是经典的文艺作品必是照见时代与人心、洞见社会与精神的一面镜子。《祝福》《子夜》《平凡的世界》《白鹿原》《红高粱家族》《穆斯林的葬礼》《最后一个匈奴》……这些哪一个不是时代的经典?哪一个不带有震撼心灵的伟大力量?哪一个不带有当时社会的深刻性?这些经典作品中无一不具有内容上的厚重,无一不表现小人物的命运在大历史的湍流中浮沉,这种具有浓烈时代感的经历与对人性的哲思可以让任何时代下的读者都能产生心灵的共振与精神的共鸣。"孙少平""白鹿原""红高粱"仿佛成了一种具有象征意义的文化符号,成为中国读者心目中的一种情结,依旧可以穿越历史的银河给我们现代人心灵以震撼的力量。第五代导演用视听语言去书写历史,用形式去承载民族记忆,因而其形式是

---

[1] 汪涌豪、罗怀臻等:《中国文艺创作与发展的当前现状与问题——嘉宾对谈》,《音乐艺术》(上海音乐学院学报)2017年第1期。

具有深刻的伦理意味与史诗性的。相比于第五代导演的宏大叙事,第六代导演则采用底层视角,用长镜头、平拍、固定镜头表现时代变革下的小人物命运与平行时空下的平凡世界,这种朴素的艺术形式因承载了太多的现实内涵与时代精神烙印而依旧具有震撼人心的力量。

文艺产品的价值内涵必须要与时代精神相统一,这不仅是创作者的社会职责与历史担当,也是市场的必然需求与受众的必然选择。我们这里所说的时代精神,不单单是要传达社会的主流价值倾向、表现现代人的审美趣味,还要求文艺创作者俯下身来,以真实的笔触、真挚的情感描写现实社会下人的生存状态与精神面貌,对中国现阶段的现实经验进行即时性的艺术化表达。

一 坚持价值导向,实现产业与文化融合

在数字经济发展的大潮下,数字技术、互联网技术等加速融合成为文化产业发展的突出特点。为落实党中央的决策部署,2016 年,国务院印发了《"十三五"国家战略性新兴产业发展规划》,将数字产业作为"十三五"时期战略新兴产业的五大支柱之一,对数字文化产业发展做出全面部署安排,向社会发出了鼓励数字文化产业发展的明确信号。

电影《白日焰火》在悬疑策略与怀疑品格的张力关系中探讨人与人之间的存在关系,与纯商业的犯罪片相比,多了几分哲思的韵味,票房过亿元的成绩也证明了以思想内容取胜的影片依旧具有广阔的市场潜力;《追凶者也》则采用"章回体"的多线角度叙事,故事脉络惊险刺激,用黑色幽默式的叙事策略反映现实、窥探人性,最终以 1.3 亿元的票房,佐证了现实主义的作品与同质化浮浅化的爆米花电影的区别;《我不是药神》更是用社会题材作衣,用现实主义作核,实现了商业元素与主流价值思考、娱乐性与意识形态传播的耦合,更是以 30 亿元的票房纪录让更多人看到了受众对于文质兼美艺术作品的强烈吁求。网络文艺创作亦是如此,文化网综的大热、现实主义网文的崛起、短小精良的网剧的走红都在表明,要想获得长久的文化生命力,文艺生产就必须以思想为立足点,用文化力量渗透内容生产,从娱乐消遣走向思想蕴涵,追求艺术价值、商业价值、文化价值与社会价值的融合统一,开启网络文艺生产的精品化时代。

需要特别指出的是,我们对于网络文艺生产中时代精神表达重要性的强调并不是主张网络文艺生产必须要立足当下,只作时代即时性经验的表达而置历史传统于不顾。文艺作品中对于时代精神的表达与对历史文化传统的表现,两者是不冲突的,在一定程度上两者是相辅相成的。这就要求

文艺创作者在进行对现实经验的艺术化表达的同时也要注重对传统文化进行具有时代精神的创新性阐释，赋予传统文化以新的时代意义，让传统文化在现代社会焕发新的生机与活力。

（一）开展网络文化建设工程，丰富网络文化产品的文化价值内涵

市场经济不意味着一切以市场为主，以经济利益为王，尤其是对于文化产业来说，文化产业虽然是将文化产品产业化的一种形式，并具有一定的商业属性与产业性质，但这并不意味着就可以掩盖文化产业的文化属性，文化产业的立足点是"文化"而非"产业"，只有牢牢把握住"文化"二字的内涵才可实现文化产业的长久发展。所以具体到网络文化产业的实际发展，不能只注重网络文化产品的经济价值，更要注重对于产品文化价值的挖掘与开发。尊重网络文艺的艺术属性，挖掘产品的文化价值内涵，并在此基础上合理设置点击率、播放量、转载量、打赏金额等量化指标，既不能否定、排斥这些指标也不能将这些指标绝对化，更不能将其奉为网络文艺生产以及文化产业发展的圭臬。

在党的十九大报告中，特别提到了关于我国文化产业的指导意见，针对我国的新型文化业态，十九大报告提出要不断完善经济文化政策，健全我国的现代文化产业体系，这些指导意见为新时代我国文化产业指明了发展方向。2017年4月，文化部出台了《关于推动数字文化产业创新发展的指导意见》，明确将数字文化产业作为我国文化产业发展的重心，明确提出要丰富网络文化产业内容和形式，实施网络文化建设工程，大力发展网络文艺，丰富网络文化内涵，推动网络文化内容的传播。作为数字文化产业的一部分，网络文化产业迎来新机遇[1]。

在国家相关政策的引导和推动下，我国的网络文化产业发展已经具有了一定的产业基础，像网络文学、网络游戏、网络动漫等网络文艺依旧保持平稳快速的发展态势，对于其IP文化产业链的开发模式也较为成熟，而像网络直播、网络短视频等新兴业态的发展势头也较为强劲。可以说，"我国网络文化产业成熟的商业模式和良性的产业生态正在形成，网络文化产业的市场价值和社会效应进一步显现"[2]。因而，大力开展网络文化工程，丰富网络文化产品文化价值内涵仍然是我国网络文化产业发展的重要环节。

---

[1] 刘妮丽：《走进新时代，网络文化产业大有可为》，《中国文化报》2017年12月16日第5版。

[2] 高政：《推动网络文化产业进入更广阔的发展空间》，搜狐网，https://www.sohu.com/a/301609969_488939，2019年3月16日。

(二)网络文化产业的健康发展须实现网络文化产业与文化价值相贯通

网络文化产业相比于传统文化产业最大的不同在于它不仅具有文化产业的商业属性与文化属性，而且还具有网络文化的网络性，这就使得商业属性与网络属性对文化属性形成了双重挤压，因而为了达成文化强国、网络强国的目标，在扩大对文化产业扶持力度的同时更重要的是要不遗余力地发展有文化价值的网络文化产业。

2018年12月15日，由中国动漫集团与北京市文化和旅游局联合主办的以"强网络、强文化、强产业"为主题的2018年网络文化产业年会在北京盛大举办，大会上还发布了《2018网络文化产品用户评价报告》（以下简称《报告》），在《报告》中特别提到我国网络文化产业的核心，就是如何推出更多健康优质的网络文化产品。在报告所使用的文化产品评价体系中，就以社会效益、艺术品质与体验两大维度全面考量了游戏、网文、漫画、动画四大领域的百大IP。其中特别将"文化认知"作为衡量社会效益的重要一维，即"文化产品能否促进用户对于中华优秀传统文化、革命文化、社会主义先进文化的正向认知，或产生相关正向影响"[①]，这样的文化产品评价体系亦是一种凸显社会效益和文化价值的文化产品评价指标。

(三)建设文化强国、网络强国，需要大力发展有文化价值的网络文化产业

文化的发展是与经济的发展相互关联、相互促进的，经济的发展可以带动文化的发展，国民的文化素质水平的提高也会产生一种巨大的精神力量来更好地促进与指导经济的发展，因而文化与经济应该是相辅相成的，它们共同服务于人民物质生活与精神文化生活的需要。当一个国家的经济、产业以及产品渗透出更多的文化品格时，这就意味着这个国家的整体水平已经迈向了一个更高的层次。在竞争日益激烈的国际的舞台上，相比于产品输出、产业输出来说更重要的就是一个国家的文化输出。为了更好地实现经济强国、文化强国，为了增强我国的国际竞争优势，为了更好地提高国民的物质生活水平与精神文化水平，经济与文化必须相互渗透以形成一种双向延伸、双向互动、融合共生的局面。现如今，"'经济文化化'和'文化经济化'成为加速经济发展方式转变的一组核心命题"。可以说，文化产业的发展要义是为第一、第二、第三产业提供文化的增加值；

---

① 《2018网络文化产品用户评价报告》，搜狐网，https：//www.sohu.com/a/288135689_120066051，2019年3月16日。

最终目的是"把创意融入到日常生活之中，提升人的生活品质"。"以人为本，既是文化产业的核心，也是所有产业都要不断满足人们日益增长的物质和文化需求的核心"[①]。

在快节奏的消费社会下，在追求"注意力经济"的媒介语境下，在浮躁的文风下，该如何将传统文化与时代精神相融合，将传统艺术与现代审美趣味相结合，这也是今后网络文艺生产的发展路径与发展方向。在这方面，近几年我国网络游戏中"国风游戏"的发展与风靡作出了新的尝试，对于其他网络文艺的创新性发展提供了可具参考的研创模式。"国风"并非一种具体的传统文化内容，不能将"国风"与传统文化相等同，它实则是建立在中国传统文化的基础上，将某些传统的文化元素与现代流行文化相结合，是传统文化与时代精神和现代审美相结合的产物，是对于传统文化进行时代性的创新性阐释。最近几年，在文化自信的语境下，无论是在学术研究领域还是人们的生活娱乐方面都出现了传统文化回暖的迹象，"国风"也被广泛应用于网络游戏、网络音乐、网络动漫等领域，迅速在网络文艺的生产与消费中掀起了一股"国风热"。腾讯研究院于2019年发布了《国风重光·国风游戏发展研究报告——中国传统文化在游戏领域的转化与创新》，展示了腾讯30年游戏行业国风游戏的发展历程以及中国传统文化与网络游戏的碰撞与融合。

根据《国风游戏发展研究报告2019》的相关数据以及国风游戏的三十年的发展历程，亦可窥探出国风游戏产业发展的几个关键节点。1990年由《轩辕剑》开启我国国风游戏的元年；2000年之后推出多部以武侠、仙剑为题材的国风巨作，大受市场欢迎；至2009年前后，推出了游戏玩家和游戏同人概念以及UGC创作模式，标志着国风游戏中传统文化的二次传播与创新性发展；到2013年，国风游戏没有适应受众需求以及没有及时调整市场而遭遇市场"寒冬"；直到近几年，涌现出多部优秀的"大体量"国风游戏，其文化内涵与时代精神显著提升并开始朝着精品化方向发展。例如腾讯将对传统文化的创造性转化作为文创战略的重要一环，并将我国优秀的传统文化元素与现象级游戏相融合来打造"国风"；而另一网游巨头——网易也开启了国风游戏的自主研发之路，实现传统文化为网络游戏赋能；而其他的网游公司像西山居、盛大也相继走上了将网络游戏与传统文化相融合的探索之路，并取得了社会效益与市场口碑。

[①] 范建华：《中国文化产业十论 | 发展文化产业必须正确处理好"十大关系"》，搜狐网，https://www.sohu.com/a/301609969_488939，2019年3月16日。

受国内的国风游戏产业的触动，也有越来越多国外的某些游戏厂商争相效仿，推出了例如《刺客信条编年史：中国》《全面战争：三国》等多部带有"中国风元素"的网络游戏。可以说，我国的国风游戏就是将中国优秀的传统文化与时代精神相融合的成功案例，不仅实现了传统文化的年轻化表达而且有效促进了传统文化的国际化传播。

（四）网络文化产业经营者要有文化意识与社会担当

大力发展网络文化产业，并非单单为了促进国家经济的发展，加大文化产业在国家经济中的比重，更重要的是让文化产品与现代人的精神文化生活相适应，以满足国民日益增长的精神文化需求。一个优秀的企业家或商人会自觉将社会责任真正落到实处，自觉将社会效益放在自身的经济效益之上。而网络文化产业的文化属性也对网络文化产业经营者提出了更高的要求，即在生产、传播、消费等多个环节中积极承担相应的文化责任。

在 2017 年 8 月 18 日的文创共生行业会上，专家代表及相关负责人对我国的文创产业的发展进言献策并展望了我国文创产业未来的发展方向，其中特别强调了网络文化产业者的社会责任与文化担当。在大会上共青团中央网络影视中心有关负责人讲道："网络游戏等网络文化正在对青少年的世界观、价值观和行为习惯产生潜移默化的巨大影响。互联网企业应当担负起引导青少年树立正确价值观的责任，激发青少年对传承发展中华优秀传统文化的兴趣。"[1] 在大会上，我国知名的网络游戏生产商腾讯公司就表达了该公司要积极承担文化责任的态度，并从"传承、赋能、共创"三个角度围绕该公司旗下的网络游戏《王者荣耀》提出了腾讯在文创领域的产品规划及战略举措，力求打造以该游戏为核心的文创生态系统，包括游戏中系列传统文化的融入、传统文化文创衍生品牌打造等。为了让游戏中的文化表达得到更专业的指导，腾讯还组织成立了首个游戏专家顾问团，专家成员来自北京大学、中国社会科学院、四川文艺音像出版社等知名高校和机构，将分别从民俗、文学、音乐、历史、文创产业等维度，对其游戏产品开发进行专业指导[2]。

网易游戏市场总经理吴鑫鑫曾在 2017 中国网络文化产业年会主会场上谈论网络文化产业经营者的文化意识与社会担当这一问题时说道："应该赋予游戏更多内涵和精神价值。因此，在经营中必须增强道德自律，远

---

[1] 木岩：《网络游戏：创造产值更要凸显文化价值》，《中国文化报》2017 年 8 月 25 日第 5 版。

[2] 木岩：《网络游戏：创造产值更要凸显文化价值》，《中国文化报》2017 年 8 月 25 日第 5 版。

离'三俗',正确处理'叫座'和'叫好'的关系,不能一味地追求经济效益而放弃社会效益与文化责任,不能只有'产业'而无'文化'。"①网络文化产业经营者不能在追求网络文艺产品的商业价值的同时忘记网络文艺产品的精神属性,因此如果想要扩大网络文化产业的文化价值内涵以及社会影响力,这就要求网络文化产业经营者摆脱"一切向钱看""流量为王"的错误的市场经营理念,应该协同网络文化产业与文化价值内涵之间的关系,以具有文化精神内核的网络文化产业来实现产业效能与文化价值的并重,社会效益与经济效益的共赢。

二 增加文化含量,打造超级 IP

2012 年以来,伴随着文化转型,在网络文化领域萌生了许多新概念、新范畴,其中"IP"概念的提出不仅影响了人们的思维方式与对文化产业的认知,而且也对网络文艺的生产与经营理念产生了根本性的变革影响,出现了由对网络文艺产品内容的挖掘转向对超级 IP 与 IP 产业延伸链的开发,让文学与影视、游戏、动漫等多种文化内容形式之间进行频繁的交流互动。根据相关数据报告,2016 年中国数字经济规模达到 22.6 万亿元,同比增长 18.9%,占 GDP 比重达到 30.3%,并且到 2035 年我国的数字经济将达 16 万亿美元②。而根据游戏工委发布的研究报告,2017 年中国游戏市场实际销售收入达到 2036.1 亿元,同比增长 23.0%。而到了 2021 年,中国数字娱乐核心产业规模(指影视视频、网络动漫、数字音乐、网络游戏、网络文学等部分市场的规模)达 7650.6 亿元,2022 年有所下滑,但依旧突破 7000 亿元大关,产业规模数值为 7196.4 亿元,其中移动游戏市场收入为 2255.38 亿元。在网络游戏这一巨大产值的背后也逐渐透露出了网络游戏在产品开发以及产业运营方面的一些问题,例如过度强调对于 IP 商业价值与市场价值的挖掘,忽略了 IP 应有的文化价值与社会价值。

2017 年 4 月,文化部推出《关于推动数字文化产业创新发展的指导意见》中指出,要"大力推动应用游戏、功能性游戏的开发和产业化推广,引导和鼓励开发具有教育、益智功能,适合多年龄段参加的网络游戏、电子游戏、家庭主机游戏,协调发展游戏产业各个门类"。文化部所

---

① 《网易游戏市场总经理吴鑫鑫:赋予游戏新内涵 传递中国传统文化》,人民网,http://game.people.com.cn/n1/2017/1213/c48662-29705164.html,2020 年 12 月 2 日。
② 《2018 年中国泛娱乐产业白皮书》,搜狐网,https://www.sohu.com/a/229517681_115326,2020 年 12 月 2 日。

推出的这一指导意见，为我国的数字文化产业的创新发展与未来发展模式指明了方向。作为国内知名的数字文化产业的代表，腾讯公司对旗下的网络游戏的开发与生产进行了全面布局，将网络游戏的定位从好玩有趣、惊险刺激向"寓教于乐"方向转变，在受众感到游戏好玩的同时又能收获一定的知识与一定的教育意义。腾讯在2018年度推出的一系列网络游戏如《折扇》《纸境奇缘》《榫卯》《欧氏几何》，都是立足于游戏的教育意义与文化意义，挖掘网络游戏中的正向价值。2018年10月25—28日，由文化和旅游部、国家广播电视总局、国家新闻出版署和北京市政府主办的第十三届中国北京国际文化创意产业博览会（简称北京文博会）在北京盛大举行。在会上发布了《面向高质量的发展：2017—2018年度IP评价报告》。这篇报告是对于2017、2018两年来我国的IP发展情况的一次总结，并对我国文化产业对于IP的开发与利用提出了更高的要求，即要面向高质量的发展。如何实现IP的高质量发展，其重要的途径就是激活IP中的文化价值。对于文化IP的要求，不仅是我国在新时期下对网络文化产业的新认识与新判断，而且是我国IP未来发展的一次重大机遇与突破。

目前，我国网络文艺的生产模式还是一种基于"流量"与"IP"的循环生产，通常作为网络文艺IP源头的网络文学，一部优质的网络文学IP可以产生千亿元的商业价值，在网络文学超级IP的基础上所进行改编的其他艺术形态以及其他各种各样的周边文化产品或是各类文化衍生品，都形成了"IP+产业"的文化产业IP全产业链开发的发展模式。这也就意味着对网络文学等超级IP提出了更高的文化要求，即我国整个网络文化产业链条以及发展模式的整体提升依赖于文化产业链IP源头的文化价值含量。像我国近几年在网络视听行业所涌现的《白夜追凶》《无罪之证》《匆匆那年》《心理罪》以及在网络文学行业所涌现的如《都挺好》《长安十二时辰》《斗破苍穹》等一大批优质IP，在获得广大的市场占有率的同时也获得了很好的社会反响，其成功的秘诀就在于这些文艺作品具有一定的文化价值含量，在迅速捕获大众趣味的同时，又避免成为快消的"爆米花"产品。再如我国著名的网络文学大神"猫腻"，他的一系列网络小说无论是《择天记》还是《间客》抑或是最近最热的《庆余年》，其故事内容无一不具有精深的文化，无一不是对我国传统文化与民族文化的呈现。

为了营造健康良性的网络文化生态，这就要求我们应主要从文化价值的角度去衡量一部网络文化产品的价值。将中华传统文化与民族精神作为网络文艺产品的内容主旨与精神内核，注重挖掘IP中的人文内蕴与人文关怀，以发展文化 IP，努力实现从"泛娱乐"向"新文创"的发展模式升级，更好地激活与提高超级 IP 的生命活力。

（一）文化超级 IP 打造计划须更侧重于体现传统文化

一个国家的强大不只是体现在经济的强盛，还应体现在文化上的富强。党的十七届六中全会提出要"创新文化发展理念，解放和发展文化生产力，推动文化事业全面繁荣、文化产业健康发展"，党的十七大报告也明确指出，"要激发全民族文化创造活力，提高国家文化软实力"。一个民族觉醒的前提是文化的觉醒，文化产业要想获得长久的生命力就需要进行文化创新，不仅是产业模式的创新更重要的是产品内容上的创新。而创新的根基与源泉则是优秀的传统文化与民族文化，因而若想进一步激活全民族的文化创造力，则需要我们将立足于文化价值的创新理念深深地根植于我国的文化产业，尤其是网络文化产业实践之中。

2018 年 12 月 15—16 日，以"强网络、强文化、强产业"为主题的第四届中国网络文化产业年会在北京成功举办。此次大会是对我国网络文化产业的一次文化透视，是对我国网络文化产业生态中对 IP 崇拜现象的一种理性审视，大会主张向"文化带动产业，用文化拉动网络产业发展"方向迈进。"透过 2018 中国网络文化产业年会，我们看到了数字文化产业正在摆脱乱象丛生、盲目迷信 IP 的疯狂，向着更理性、更有价值趋向的数字文化内容形态转型升级。"[1] "三七互娱"在最近几年对于网络文艺 IP 的设计与开发过程中十分注重贯彻国家文件精神，坚持将文化 IP 精品作为公司的发展战略，并对多个精品 IP 进行本地化的策略研发，并在此基础上进行游戏孵化。例如三七互娱最近推出的网络游戏的精神内核就是对于西游记经典文化系列影片的文化挖掘。本着对于文化 IP 精品的追求，使三七互娱近几年所研发的几款立足于中国传统文化的网络游戏都获得了不错的社会反响，这也使得三七互娱跻身我国知名的数字文化娱乐公司之列。

（二）立足传统文化的文化价值开发，实现网络文化产品的市场价值与文化价值的双效统一

之前的网络游戏因惊险刺激的剧情与逼真的画面音响效果使其具有很强的致瘾效应，导致很多的青少年沉迷网络。甚至有的不良游戏生产商在游戏中添加很多的色情因素，游戏人物穿着暴露，动作轻佻，这也严重危

---

[1] 高彦：《揭开未来文化产业发展轨迹的面纱》，《文化产业评论》2018 年 12 月 20 日第 1 版。

害了未成年人的身心健康，造成了严重的社会影响。这也使大众对网络游戏抱有很大的偏见，认为玩网络游戏是玩物丧志甚至说是一种自甘堕落之举，对于游戏生产商一味追求网络游戏的市场价值与商业利益的这种不良行径，无论是文章批评、社会评论还是学术研究，都对网络游戏进行讨伐，一时间网络游戏产业成为众矢之的。为了重新获得社会大众的信任，网络游戏发展必须转变原有的产品开发理念与经营理念，应让网络游戏回归艺术，挖掘网络游戏的情感属性与精神属性，努力实现网络游戏社会功能、社会价值与社会效益的多效统一。

随着近几年国家政策的引导以及相关监管措施的实行，网络游戏生产商的文化意识与社会责任意识也在不断加强，推出了像《折扇》《尼山萨满》《我的世界》《太吾绘卷》等立足于中国经典文化或是传统文化开发与传承的叫好又叫座的网络游戏产品，再如《Sky 光·遇》《纪念碑谷》则是一种艺术向游戏引进的新型网络游戏开发模式，实现了娱乐性与艺术性并重。人们对网络游戏原有的刻板印象也逐渐改观，现阶段虽然我国的网络游戏的开发与生产甚至是网络文艺的创作与生产还存在很多的问题需解决，但是经过主流价值观引导以及与传统文化的联姻之后，我国的网络文艺正在以一种崭新的面貌重回大众的视野，注重网络文艺产品的文化品质已成为我国网络文艺界的共识。

腾讯集团副总裁、腾讯影业首席执行官程武在谈到他们公司所研发的近几年一直大热的《王者荣耀》这款网络游戏时曾说，《王者荣耀》游戏中 80% 以上的英雄角色都是基于传统文化中的经典形象所设定。很多陌生的古代英雄通过这款游戏让青少年得以熟知，而那些经典的古人形象则通过这款游戏又重新焕发了新的生机。"游戏开发创作团队也必须意识到，只有真正让中华优秀传统文化成为网络游戏的'底色'，玩家方能在畅玩中接收到传统文化的正面熏陶，从而才能让网络游戏所营造的新的文化空间切实起到传承和创新优秀传统文化的作用。"[①] 另一家网络游戏公司巨头网易公司于近几年开发的网络游戏《率土之滨》，就是一部立足于对于传统文化内涵的开发之上的具有极高策略性的游戏产品，在很大程度上实现了游戏的文化价值与娱乐价值、消费价值的有效统一。现在网易公司对于网络游戏产品的开发越来越注重游戏的文化品质，采用"游戏+文化"的产品开发模式，推出的几个爆款游戏大多是取材于中国传统经

---

① 木岩：《网络游戏：创造产值更要凸显文化价值》，《中国文化报》2017 年 8 月 25 日第 5 版。

典文化，从对游戏的形式上的创新转为对游戏内容上的增值。中国社会科学院民族文学研究所所长朝戈金在谈到传统文化与现代技术的关系时也曾说："面对传统文化和新技术的触点，我们不仅不应该惧怕，还应该满怀欣喜地拥抱它，因为我们看到了新的可能性，看到了一种用新的技术手段，重新完整地、精巧地、充满震撼力地梳理传统文化的可能性。"[1]

我国网络文艺生产的文化转向，以及立足于传统文化的文化价值开发的网络文化产业发展的新态势都在昭示着这样一种发展路径，只有始终坚持社会主义主流思想的价值导向，不断提升网络文艺产品以及网络文化产业的文化厚度与价值内涵，才是我国网络文艺发展与创新的应有之义，才可以文质兼美的精品力作来推动我国的精神文化建设。

(三) 只有具有丰富文化价值的网络文化产品，才能实现网络文艺的"文化出海"

在众多的网络文艺艺术形态中，发展时间最早，发展规模最大的无疑就是网络文学了。网络文学不仅在国内获得了极高的市场占有率，成为网络文艺生产以及网络文化产业发展的 IP 源头，而且网络文学还成功"出海"，成为网络文艺中最早一批打开海外市场的网络文艺代表，最终在 2017 年初步形成了我国"网文出海"模式。就海外的网络文学网站来看，不同语种翻译的网络文学网站就有上百家，不仅如此，网络文学还因其独特的文化内蕴与文体风格在海外收获了一大批粉丝，深受热捧。例如网络小说大神桐华创作的网络小说《步步惊心》一登韩国网络文学网站就迅速挤占各大榜单，一跃步入热销书之列；另一部在国内收获超高人气的网络小说《甄嬛传》也成功上线美国的 Netflix 网站，并深受美国网友的热捧；除此之外，像《花千骨》《琅琊榜》《芈月传》等网络小说也成功"出海"收获了海外网友的喜爱。

在 2017 中国网络文化产业年会主会场上网易游戏市场总经理吴鑫鑫讲述了网络游戏出海的一个小故事。《梦幻西游》的一个老玩家是澳大利亚人，在中国留学期间爱上了《梦幻西游》这款游戏，为了解《西游记》他还专门学习了两年汉语，并研读了中文版《西游记》。后来他在澳大利亚做了一名游戏策划，希望打造一款像《梦幻西游》这样的游戏，传递他们的本土文化。"这件事情让我们非常感动，没想到一款游戏可以承担起创造文化内容和精神使命的价值，甚至还影响到其他国家游戏从业者的

---

[1] 木岩：《网络游戏：创造产值更要凸显文化价值》，《中国文化报》2017 年 8 月 25 日第 5 版。

事业追求。"网易游戏市场总经理吴鑫鑫表示,"应该赋予游戏更多的内涵和精神价值,与中国传统文化结合,通过网游的改编让文化焕发新的活力,用更多元的形式打造立体文化 IP,同时鼓励用户创造文化价值。"①由此可以看出,网络文艺现已经成为中国文化对外展示的一个重要窗口,成为中国文化"走出去"的一张耀眼的名片,网络文艺在跨文化传播层面具有极大的发展潜力与广阔的发展空间。如何让网络文艺这张名片更好地讲好中国故事,塑造好中国形象,打造具有中国风格、中国精神、中国气质的文化符号,这就需要增加网络文艺产品的文化含量,让这张名片变得更为厚重、更为出彩。"鼓励网络文艺出海就是通过网络文化产品来弘扬中华优秀传统文化、体现本民族文化特色的优秀原创网络文艺产品,从而把立足本国又面向世界的文化创新成果传播出去,正是跨文化传播的题中应有之义。"②只有具有丰富文化价值的网络文化产品,才能实现真正意义上网络文艺的"文化出海"。四川省网络作家协会副主席周冰也表示,"中国网络文学的海外传播,使中国故事、中国声音进入海外读者的日常生活,不仅更新了海外读者对中国和中国文化的认知,影响他们的阅读和审美习惯,而且启发他们开始本土化的网络文学创作"③。

网络文艺产品究其本质也是一种文化产品,除了其商品功能外还具有文化承载功能,让社会主流价值和文化基因融入网络文艺的内容生产,进而潜移默化地引导游戏者特别是青少年的世界观、人生观、价值观。网络文化产业的发展,应将社会主义主流价值思想贯彻到网络文化产业的思维方式、产品设计以及产业运营之中,注重增加网络文化产品的文化性与教育性,如此才能承担起传播主流价值、传递文化内蕴的精神之用。

第三节　出新:历史传统与现实语境相融合

对任何一种精神性的文艺产品来说,都不是个人主观意志的抒发,而是个人情感与社会意志的结合,都需要承担起记录、书写、讴歌新时代的使命,真正成为人民的文艺、时代的文艺。而对于那些历史经典来说,它

---

① 刘妮丽:《走进新时代,网络文化产业大有可为》,《中国文化报》2017 年 12 月 16 日第 3 版。
② 《激活网游产业的文化属性》,《人民日报》2020 年 5 月 11 日第 1 版。
③ 刘江伟:《2019 年中国网络文学:凸显世界文学坐标中的中国经验》,《光明日报》2020 年 6 月 28 日第 1 版。

们的存在价值就是给予现代文艺以创作与创新的源泉，网络文艺如何在立足传统文化的基础上实现自身的创新性发展，其关键就在于要实现历史传统与现实语境相结合，在历史与现实、传统与现代的碰撞中发掘艺术新的可能性。

《2020网络文学出海发展白皮书》显示，我国的网络文学正在以高规模的输出量占据广大的海外市场，并赢得了越来越多海外读者的热捧。以我国的起点中文网在海外设立的起点国际平台为例，该平台自2018年创立以来在短短的两年时间里已经上线超1700部中国网络文学英文翻译作品，几百部网文点击量超过1000万次。到2022年，网络文学步入"出海"4.0阶段，海外影响力进一步扩大，覆盖200多个国家和地区。我国网络文学的成功在海外"出圈"，不仅体现在将国内优秀的网文作品进行译文出海，而且在海外进行网文创作者的收编，2022年起点国际平台已经收获了超过20万名海外创作人员，覆盖英语、马来西亚语、西班牙语等多种语言，用本土语言创作出的网文作品超40万部，在海外已经成功掀起了一股中国网络文学风的热潮。

网络文学能够成功"出海"，一部分原因得益于网络媒介这一技术平台使得网络文学自诞生之日起就带有跨文化传播的基因，而这只是网络文学实现成功"出海"的外部因素，但如果没有好的文本内容仅靠媒介技术的外部加持，网络文学也是很难捕获海外读者的青睐的。当我们列举那些在海外收获超高点击量与评论数的网文作品时，不论是围绕"天道"而弘扬我国传统文化中尊师重道精神的《天道图书馆》；还是将传统与现代相结合，体现我国中医文化博大精深的《大医凌然》；还是展现当代中国青年精神的《全职高手》；等等。我们不难发现这些优秀的网文作品都有着中国传统文化内核与民族精神因子。

可以说，网络文学"出海"成功的原因主要在"文化"二字，其实不仅仅是网络文学，这对其他的网络文艺来说亦是适用的。因为，网络文艺跨文化传播的核心及其目的就是文化交流，网络文艺"出海"也是海外民众了解我国文艺动态、我国民族文化以及我国国民精神面貌的窗口。所以说现在的问题不是如何扩大网络文艺"出海"的规模与数量问题，而是网络文艺"出海"的质量与传播效度的问题。从网文的"规模输出"转向"内容输出"再到"文化输出"，实现我国网文的"生态出海"，只有建立在这样的"出海"理念上，才能实现从"文化输出"走向"文化认同"。这个问题的关键就在于如何挖掘我国的传统文化，我国优秀的传统文化应该与网络文艺的形式实现有效的嫁接，换句话说，就是如何通过网络文艺实现我国优秀传统文化的创造性改变与创新性发展。

一　激活历史传统，赓续中华美学

新时代的文学与艺术除了完成记录时代风云、书写时代下的人和事，将新时代下的中国经验进行艺术化表达的使命之外，还需要担负起激活历史传统的重任，让中国文化与历史传统在融媒体语境下焕发新的生机，而对于中国历史文化传统的激活的首要任务就是赓续中国古代美学精神。

我国学者肖惊鸿曾表示："中国网络文学的大众化属性，以及互联网时代赋予网络文学传播的先进性，使网络文学携带着中国精神、中国价值、中国力量，以巨大想象力重构了社会生活，用现实经验和艺术想象融合了东西方文学宝藏。"① 据文化和旅游部产业发展司相关负责人介绍，互联网和数字技术的不断发展和普及，催生出互联网文化产业的新业态、新模式。同时，业内人士对人工智能、虚拟现实等新技术的融入也充满期待，希望能为网络文艺的发展提供更鲜活、更丰富、更立体的表现方式。继承和发扬中华优秀传统文化，就需要秉持古为今用、推陈出新的原则，以新技术为依托，激发市场主体活力，做好创造性转化和创新性发展工作。

阅文集团 CEO 程武在谈到如何挖掘网络文学的内容能量这个问题时曾这样说道："当蜘蛛侠、钢铁侠等英雄成为世界粉丝情感载体的同时，网络文学也通过一个个中国故事的塑造和不同文娱形式的传播，让越来越多本土 IP 破土而出，有机会成长为饱含中华民族特色、与全球用户产生情感共鸣的文化符号。"② 曾经根植于中国传统文化与民族精神的四大名著，不仅用一个个鲜活的人物与动人的故事感动了一代又一代的中国人，而且其影响力更是从国门走向世界，历经百年的沉浮而经典的魅力却丝毫未减，成为让全世界铭记的"中国符号"。如今我国很多优秀的网络文学继承着中国传统文化的精神血脉，在中国这片土地上深耕，成为新时代融媒体语境下展现中国形象、传播中国文化的新的名片。

（一）利用最新技术扩容网络文艺新特点

网络文艺的新特点与新特质都依托于新媒介技术的发展，"媒介即艺

---

① 刘江伟：《2019 年中国网络文学：凸显世界文学坐标中的中国经验》，《光明日报》2020年 6 月 28 日第 1 版。

② 《中国网文，火到国外》，《光明日报》2020 年 11 月 19 日第 9 版。

术"的观念在融媒体语境下也变得越来越深入人心，不仅成为现代文艺的一种新型的生产方式，而且这种媒介思维也影响着越来越多的网络文艺创作者。媒介技术的发展也催生出了许多新的文化生产方式，而这些新的文化生产方式也为文化资源赋能，为文化、文艺实现更大价值提供了技术依托。为了更好地实现文艺与媒介的互融共生，应该利用最新技术扩容网络文艺新特点，充分利用并发挥新媒介优势，让文艺创造借助新媒介成为博采众长的跨领域综合行为。充分利用新媒介优势，走向网络文艺各形态之间的更具综合性的融合创新，让网络文艺得以更好地表现新时代的文化经验，真正承担起书写新时代、讴歌新时代的历史使命。

无论是艺术的创新还是文化的传播都伴随着技术的进步与更迭，从造纸术到印刷术，从电影电视再到互联网络，艺术的发展也跟随新技术的诞生经历了"纸媒""屏媒"等不同的媒介时代，乘着新技术的东风而不断焕发着新的艺术可能性。随着科技的不断进步，现代社会又步入了一个新的媒介时代——融媒体时代，这种数字化新媒介以全新的技术力量为艺术的生产与创新打开了无限的空间。例如利用新媒介技术开发出的写作程序"电脑作家2008"以大文豪托尔斯泰的18部作品作为参照创作出的小说《真爱》，其文风与托尔斯泰本人作品并无二致；再如利用虚拟现实技术创作出的作品《再见，表情》，利用计算机图形技术进行艺术生产，开拓了新型的新媒介叙事手法，使作品不仅可读而且可视，其画面惊艳绝伦，为读者奉献出一壮观震撼的视觉盛宴。综艺节目《舞蹈风暴》以360度影像呈现舞台上的高光时刻，把舞蹈艺术稍纵即逝的美捕捉、定格、放大，给观众以震撼的观赏体验。网络纪录片中，无论是自然地理题材对卫星遥感、数字摄影测量、三维动画等技术的大量运用，还是美食题材对超微摄影、显微摄影、杜比音效等技术的持续精进，力图让受众于方寸屏幕之间尽享大片式的视听盛宴。纪实类网络综艺《奇遇人生》，则以近乎"不打扰""零台本"的纪实拍摄突破传统综艺限制，试图通过媒介技术来打通剧中人物与观众的第三堵墙，获得别样的审美感受。2021年2月，国家京剧院和咪咕公司协力推出的线上京剧《龙凤呈祥》，采用5G+4K超高清演播，并借助VR技术以多视角、多机位呈现无与伦比的舞台画面。在互动交流上，加入"云导赏""云解说"等幕后花絮环节，得以让观众可自主选择观赏视角，观众亦可以在观看过程中发送弹幕、表情包以及打赏，此次演出不仅通过媒介新技术增加云端剧场在场互动的体验感，而且也展现出了媒介技术赋能网络文艺创作的更多艺术可能性。"新媒介不仅是影响艺术生产的创新因素，而且是不断改变艺术观念和审美理想的技术力量，人机共舞的时代悄然降临。"① 新媒介不仅是不断开发艺术新的可能性的载体，更是一种改变审美观念与艺术理想的技术力量。如果没有深刻的内容，仅凭借技术所带来的艺术形式上的新颖与怪奇只能带给读者以新鲜感，犹如流星，虽璀璨但短暂。文学艺术的感人力量和维持文学艺术持久经典的源泉正是来源于传统文化，但在目前的现实情境看，此类问题又转变为，传统文化如何立足于现实的融媒体语境，利用媒介优势实现传统文化魅力的复活与再生。

2016年，《"十三五"国家战略性新兴产业发展规划》提出，以数字技术和先进理念推动文化创意与创新设计等产业加快发展，促进文化科技深度融合、相关产业相互渗透。充分用数字技术与媒介技术的技术优势，助攻我国网络文化产业的变革升级，实现从"泛娱乐"向"新文创"发展的转变，以此更好地展现网络文化产品的价值。2019年一季度中国数字用户规模首次突破10亿人，年底用户规模达到10.17亿人，增速略有下滑，但同比仍增长2.19%；日均活跃用户也达到9.8亿人②。随着媒介技术的日益革新，新媒介已经成为当今时代人们接触网络文艺、认识网络文艺的重要渠道。

（二）以融合为路径，创新发展文艺新形态

网络文艺这门新型的艺术形态，无论是在生产还是传播、消费层面，对于媒介的依赖都远远超过之前的传统文艺。网络文艺在对文学艺术赋能的同时，也对之前传统的媒介产生了一定的冲击，如何规避媒介技术的技术理性对于网络文艺艺术性的压制，网络文艺又该如何借助媒介力量实现创新性发展，其中重要的实现路径就是，以融合为路径，创新发展文艺新形态。

2014年中央发布《关于推动传统媒体和新兴媒体融合发展的指导意见》，明确了媒体发展的方向与路径，指出推动媒体融合发展要强化互联网思维，坚持正确方向和舆论导向、坚持创新发展、坚持一体化发展、坚持先进技术为支撑，要将技术建设和内容建设摆在同等重要的位置，推动传统媒体和新兴媒体在内容、平台、经营等方面深度融合。传统文艺与网络文艺各艺术形态，不应相互排斥，不是一方压制另外一方而是一方如何通过自身优势让另一方也大放异彩，这就需要传统文艺与网络文艺在交流互鉴中共同进步，以互联网为桥梁成为嫁接两者之间的融合力量，共同服

---

① 陈定家：《新媒介赋能文艺创作生产》，《人民日报》2020年5月15日第20版。
② 《2019中国数字用户行为年度分析》。

务于我国社会主义精神文明建设之中。

(三) 传统文化与传统文艺也要借助新媒介优势,重新发力

为了让传统文化与传统文艺借助媒介技术迸发出更大的艺术可能性,腾讯与敦煌研究院于 2017 年达成了战略合作关系,发起了敦煌"数字供养人"计划,该计划旨在通过音乐、游戏、动漫等艺术形式实现敦煌文化的数字化呈现,开启文化产业发展的"新文创"模式。在 2018 年与 2019 年的新年交替之际,腾讯与敦煌研究院又再次推出敦煌文化数字创意方式——"敦煌诗巾"互动小程序。通过这个小程序,用户可以在敦煌文化的八大主题元素中自主选择自己喜欢的图案,每一个主题后面都蕴含着美好的文化寓意,用户可将这些元素图案进行大小与角度的调整,DIY 成自己想要的敦煌诗巾。这些文创新方式,一方面让敦煌文化借助媒介走进大众视野,与新时代下的大众审美相碰撞,迸发出新的生机与活力,实现了敦煌文化的创造性转化与创新性发展;另一方面让受众在"寓教于乐"的过程中感受到敦煌文化的魅力,让中国传统文化与审美精神在融媒体时代以一种新的形式实现了传承。除此之外,腾讯与敦煌文化研究院还通过音乐、游戏、动漫等其他艺术形式,让敦煌文化在和网络音乐和网络游戏相结合的过程中,实现敦煌文化的媒介化与数字化,让极具文化内蕴与历史价值的敦煌文化以全新的形式重回大众视野。与此同时,盛大游戏也朝着"新文创"的生态布局迈进,推出了"文化+"的应用程序,推动科技与文化的结合、媒介与艺术的结合,实现文化产品的文化价值与产业价值之间的良性循环发展。2017 年 9 月 16 日,在北京文化艺术基金资助下,北京网络文化协会主办的"互联网直播——京剧、昆曲、评剧、河北梆子等传统戏曲艺术人才交流平台"项目在北京成功开启。该项目将中国传统戏曲文化与网络直播相结合,让传统文化走进新媒介,让网络直播内容更加丰富多样化,让网络直播成为受众近距离接触中国优秀传统文化的一个窗口与平台,传统戏曲艺术也将搭乘网络直播的便捷快车,在与受众的互动交流中推动传统文化与传统艺术的传承,让国粹之美重新走进年轻人的群体之中。启动仪式结束后,我国四大戏曲名角胡文阁、邵天帅、孙路阳和王洪玲分别代表京剧、昆曲、评剧、河北梆子携手陌陌直播为受众献出了一场精彩的国粹表演。作为梅派京剧的第三代嫡传弟子,胡文阁大师与网友积极互动,先是为大家讲解了京剧的一些基本知识以及基本的入门动作,继后还为大家演唱了京剧经典曲目《贵妃醉酒》,胡文阁以精湛的技艺与技巧征服了所有观众,让观众再次领略了国粹的魅力,网友也以弹幕的形式表达了对国粹的喜爱以及国粹走进网络直

播这种新传播形式的大力支持,"国粹太美了""大师级的表演""高大上的艺术"等此类字眼也频频被刷屏。除此之外,昆曲大师邵天帅也为网友倾情演唱了昆曲《牡丹亭惊梦山坡羊》中的经典片段;评剧大师孙路阳则为网友讲解并演唱了经典评剧《包公赔情》;中国戏剧梅花奖获得者、著名河北梆子大师王洪玲则通过《王宝钏大登殿》这一经典曲目,让网友们切身感受到了河北梆子高亢、慷慨等艺术特点。这一次的传统戏曲走进网络直播收获了巨大的成功与社会反响,让网友惊叹国粹之美的同时,"网络直播+传统戏曲"这种创新性的传播形式实现了在融媒体时代的大众传播,新媒介的新特点为传统文艺形式注入了新的活力。

(四)网络文艺在保证其本性与独特性的同时还须借鉴与融合传统文艺的历史经验

网络文艺与传统文艺象征着不同时代特色的文艺形态,都具有各自的审美特点与艺术魅力,网络文艺在发挥自身优势保证其本性与独特性的同时也应积极学习、借鉴、融合传统文艺的历史经验。就拿网络小说在国内的成功以及成功"出海"的经验来说,这主要得益于网络小说独特的叙事机制,事实上网络小说在想象叙事以及故事架构上很大程度上都是对于中国传统小说叙事风格的继承和发展。像网络小说中很多悬念的设置很大程度上是对明清小说中"欲知后事如何,请听下回分解"这种叙事手法的借鉴与学习,这种悬念设置机制也成功将受众吸引到创作者所设置的"套路"之中。一部优秀的网络小说不仅只是一部"爽文",而是有着丰富的情感内核与思想深度,其中有着对历史与现实的反思,对人性、人生的追问,也有对中国小说中"文以载道"式的主流价值观的传达。因而,这也就不难发现"网络玄幻小说的故事世界设定常充满想象色彩,不无西方文学的影响,但其内在的思维方式和文化体系是中国化的"[1]。

目前,网络文艺的其他艺术形态如网络游戏、网络电影、网络动漫都试着将传统文艺融合进网络文艺的内容生产之中,在传统文艺与网络文艺的碰撞与融合中,释放新的艺术活力。因而"以'互联网+'为中介与桥梁,网络文艺、传统文艺和各种新科技文艺正在进行新一轮的边界混淆、异业联盟和跨界重塑,各种文艺类型将跨类别、跨学科、跨边界被整合成一种'互联网+新文艺'"[2],在保证网络文艺自身特性与独特性的同

---

[1] 周志雄:《网络小说重在借鉴和发展传统经验》,《光明日报》2017年4月24日第12版。
[2] 《"网络文艺":从"网络"重新定义"文艺"出发》,《网络文艺日报》2017年8月7日第1版。

时也借鉴融合传统文艺的审美经验,这也成为我国网络文艺创新的新的发展路径。

二 置身现实生活,讲好中国故事

2015年中央印发《关于加快构建现代公共文化服务体系的意见》提出,提高网络文化产品和服务供给能力,促进优秀传统文化瑰宝和当代文化精品网络传播,开发特色数字文化产品,为大众提供健康优质的文化服务,从而为网络文艺的发展提供了稳定的动力和广阔空间。这就要求我国网络文艺的内容生产应牢牢立足于现实语境,用现代化媒介语言讲好中国故事。

(一) 立足中国现实经验与历史经验,表现新时代的中国故事

首先,在网络文艺的题材选择上应多侧重于具有时代性的重大命题,诸如"新中国成立"、"改革开放"、"一带一路"倡议等宏大主题与题材,在立足于现实语境的前提下,用网络文艺特有的文艺形式与影像特点对中国的这些历史经验进行艺术化表达。最近几年我国也加大了对于网络文艺优秀题材的扶持力度,2019年10月11日,由国家新闻出版署和中国作家协会联合举办的"庆祝新中国成立70周年"暨2019年优秀网络文学原创作品推介活动发布仪式在北京隆重举行。《大国重工》《朝阳警事》《浩荡》《宛平城下》《传国功匠》《大江东去》《繁花》《致我们终将逝去的青春》等25部网络文学作品获此殊荣。在获得优秀网络文学原创作品奖的作品中,其中大部分是具有鲜明的时代性与历史性的现实主义题材的作品。像由著名网络小说作家阿耐创作的网络小说《大江东去》,就是以我国改革开放这一宏大主题作为故事的历史背景,通过讲述宋运辉、雷东宝、杨巡等人的命运沉浮来表现"改革开放"对人民生活的影响,生动表现了小人物与国家之间与时代之间的密切联系,表现了那个时代背景下人们物质生活以及精神生活的方方面面,叙事场面宏大,叙事时间跨度较大,人物形象众多且刻画得极具典型性,是一部具有时代性与史诗性风格的优秀网络文学作品。除了选择具有时代性重大命题的题材之外,像扶贫脱贫、教育、医疗、养老等现实社会问题也需要众多的网络文艺工作者进行艺术化的表现。

其次,刻画新时代下社会主义新人形象。那些宏大的主题与现实主义题材的作品,其最终的落脚点还是聚焦到人之上,即表现时代背景下小人物的喜怒哀乐与命运沉浮,将时代的特征赋予到对人的性格的典型性刻画中。表现人物亦是为了表现时代、反映社会。文艺作品具有现实主义的批

判力量，但这并不意味一定要描写社会的阴暗面与人性的丑陋，相比之下，文艺作品的价值更多地体现在要给予人以精神的力量与生活的勇气，即表现现实的积极的一面，将笔墨更多地用在对充满正能量与感人力量的社会主义新人的刻画与表现之上。在红雨所创作的《铁骨金魂》这部网络小说中，主人公就是以英雄人物朱彦夫为人物原型，在朱彦夫真实事迹的基础上又结合时代特色，刻画的人物既具有历史英雄的精神品格，又具有深刻的社会内涵与时代精魂。

最后，需要强调的是，无论是宏大题材的选择还是社会主义新人的刻画，网络文艺必须将中国现阶段的现实经验与历史经验作为整体内容呈现的立足点。中国传统文化与民族精神的彰显问题与"中国梦"的时代呈现问题、网络文艺与传统文艺的差异性生长问题以及网络文艺出海的发展路径问题等，这些时代性命题也都是网络文艺创造者在创作过程中所要思考的问题。对于中国现实经验与历史经验的艺术化表达需要具有中国风格、中国精神以及中国气派的画面语言去表现、去传达。

立足于中国现实经验与历史经验，立足于中国现实语境，表现新时代的中国故事，不仅是网络文艺内容呈现的内在要求，更是任何一个精神性的文艺作品应具有的内在品格。尤其是网络文艺近几年成功"出海"，中国的网络文学、网络游戏、网络剧、网络动漫、网络短视频等在东南亚、欧美等地区成功打开了消费市场，中国的网络文艺在收获一大波海外粉丝的同时也在逐渐改变与重塑着外国人对于中国的认知与想象。这也标志着网络文艺不单单是一种可以满足我国国民精神文化需要的时代产物，也是一种实现中国传统文化跨文化传播、表现当代中国人精神风貌、塑造中国文化大国形象的重要艺术载体。创作出具有中国民族特色的画面符号、文化符号是时代与人民为网络文艺所提出的新的时代要求与历史使命。

（二）借助新媒介优势，讲述新时代中国故事

2019年4月28日，中国北京世界园艺博览会开幕式在北京盛大举行。整个开幕式采用现代化的艺术表现手法将世界园艺博览会的主题呈现得淋漓尽致。其中最令人印象深刻以及带给人们最多震撼的就是《月影的深情》这个节目，该节目采用各种尖端科技表现中国传统艺术的审美内蕴，这个节目与其他采用现代化媒介技术手段进行表演的节目不同的是，这里的媒介技术已经不单单是节目的呈现载体，更多的是以一种创意元素参与整个节目的艺术化呈现之中，参与到整部作品的美的创造之中，整个画面美轮美奂、精彩纷呈，真正实现了媒介与艺术、现代与传统的融

合与共舞。

在融媒体语境下，媒介艺术化与艺术媒介化逐渐成为媒介技术以及文艺创作未来发展的一大趋势。人们对媒介与艺术之间的关系也开始逐渐改观，从两者之间的对立转向如何实现两者的融合。"机器人还是一种生产工具的时候，我们就拿它来进行艺术表达。有这样现代化艺术的表达，中国传统文化没有理由不能像美国的好莱坞文化那样传遍全球。没有现代影像科技，中国五千年文化就无法被传递出去，但是二者一旦融合，中国丰富的传统文化资源就会被活化出来。"[1] 一部网络文艺作品无论是在生产还是传播、消费等环节都是依托于媒介技术，媒介技术也极大地突破了时间与地域的限制，扩大了网络文艺的消费面。网络文艺所开拓的海外市场以及获得的巨大海外影响力是传统文艺所无法比拟的，其原因并不是网络文艺在内容呈现与情感表现上比传统文艺更深刻、更感人，而是主要得益于网络文艺的媒介优势。在新时代背景下，在崭新的话语语境下，网络文艺应该如何继续依靠媒介优势来扩大自己的艺术优势，从而更好地讲好中国故事，这是网络文艺在生产与创作过程中要多注意与警惕的。

2020年，新冠疫情的突然暴发让国内外都陷入了恐慌之中，在人们的精神状态遭受重创之时，更需要文艺作品来给予精神上的支撑与抚慰，在这方面网络文艺再次发挥了自身的优势，许多网络文艺工作者自觉地担负起文化责任与历史使命，推出了一大批鼓舞人心的优秀网络文艺作品。中青在线推出的《我看见》这一栏目在2020年疫情期间，用网络短视频的形式去"看见"生活中的温暖事件。例如其中一个主题就是借助网络短视频记录了在武汉疫情暴发时一"90后"快递小哥在封城后一直坚守岗位服务大众的感人故事。《我看见》这个栏目以小见大，在一个个简短的短视频所记录下的一个个平凡但不平庸的普通人身上，我们看见了中国人在困难面前的无畏与担当，这是属于中国人的品质、这是属于中华儿女的精神。这些温暖的瞬间、这些感人的事迹，通过现代的网络媒介让更多的人知道以及被温暖到，这样的记录与呈现方式收获了良好的社会反响。这就是借助媒介新优势，讲述好中国新时代故事的成功典范。

近几年国风游戏、国风动漫、文化类网综、历史类网文都是媒介手段与历史内容、传统文化的成功联姻，这些优秀的网络文艺作品也彰显了历史传统与现实语境相融合的一条可行性路径。依托中国传统文化的国风游戏，可以将中国传统文化中的价值思想、精神气魄等文化元素以及文学、

---

[1] 刘军：《中国电影学派的概念内涵与建设路径》，《艺术学研究》2019年第2期。

音乐、美术等艺术元素汇集于一身。在游戏设计中，可将具有中国风的人物、服装、场景等进行具象化的呈现，将中国历史故事、中国哲学、中国精神渗透在游戏任务以及游戏环节之中，还可将具有中国传统的音乐韵律与现代曲风相调和，形成具有中国风的网游音乐。此外，基于媒介而生的网络文艺因其互联网属性得以跨越地域、民族、文化的界限，而日益成为一种国际化的"语言"。像中国的民族文化与历史传统借助网络游戏这一载体，可有效冲破语言与文化的壁垒，被更多的海外玩家认可接受，继而实现中国文化的跨文化传播与文化认同。因而，网络文艺在跨文化传播上具有很大的发展空间与先天优势，我国优秀的历史传统要想在新时代焕发生机、扩大海外影响力，就必须要与融媒体语境实现共融共生，而历史传统与网络文艺的联姻亦是网络文艺实现创新性发展的题中应有之义。

结语　文化自信与网络文艺的精神命途

中华文明源远流长，文学艺术方面的成就也十分辉煌。古有春秋战国时期的诸子百家争鸣，涌现了不同流派争芳斗艳的局面。中华人民共和国成立以来毛主席提出了"百花齐放、百家争鸣"，作为我国发展科学、繁荣文学艺术的方针。习近平总书记在主持召开文艺工作座谈会时指出："文艺是时代前进的号角，最能代表一个时代的风貌，最能引领一个时代的风气。"中国自古以来都很重视文艺的发展。

一时代有一时代之精神，一时代有一时代之文艺。伴随着社会改革，我国进入了新的文化转型期，在文艺创作领域也发生了重大变革。在融媒体时代下最能代表中国现实经验的当数现在发展最为迅猛的网络文艺。为了大力发展网络文艺，《生态文明体制改革总体方案》《关于繁荣发展社会主义文艺的意见》，都要求要把创新精神贯穿创作生产全过程，高度重视和切实加强文艺理论和评论工作，大力发展网络文艺，增进主流意识对网络文艺的引领作用，加强文艺阵地建设，推动优秀文艺作品"走出去"。

由于网络文艺衍生地以及衍生语境的特殊性，使得网络文艺在与文化的、娱乐的、商业的等多种因素中，在多重张力关系中建构起自身专有的艺术语法，形成了一种独特的艺术形态。可以说，网络文艺作为基于融媒体语境而生的一种新兴的艺术形态，实现了媒介与文艺的融合，在拉近生活与艺术距离的同时，也在推动着网络文艺新的艺术形态的不断涌现，不断实现着网络文艺生态系统纵深方向的扩容。虽然网络文艺在发展的过程中不断丰富着文艺的创作方式，但是，就网络文艺作为一种文化产品来说，无论是创作理念、创作方式还是创作群体如何变化，于创作者而言就是要尊重艺术的"质"的规定性与"美"的规定性，遵守艺术创作的规律。现实主义网络文学的热宠，国风网络游戏、网络动漫的风靡，精品化网剧的盛行以及文化网综的大热都在表明网络文艺的生产与发展正在摆脱"野蛮生长"的原始样态、"塑料质感"的艺术风格与"娱乐至上"的价值导向,从原来对于形式的出新转向对于内容的挖掘,从原来对娱乐性的热衷转向对文化性的追求,从对商业利益的片面性倚重转向对社会效益的综合看重,这一切欣喜的景象都在表明,网络文艺精品化时代即将到来。

网络文艺作为一种新兴的艺术形态,对于它自身"质"的规定性的认知需要我们从艺术的"美"的规定性的角度来对其进行观照。但是网络文艺的特殊性很大程度上是由它衍生地的特殊性所赋予的,即是说依赖于媒介属性。事实上,通过社会以及时代的变迁我们可以清晰地看到,几乎每一次的社会变革与文化转型都不可避免地伴随着媒介的进步与革新。每一种技术都带有某种文化上的偏向,例如大众媒介的出现与发达资本主义的经济、政治、文化的发展有着千丝万缕的关系,大众媒介通过改变人们的观看方式影响着人们对于生活的想象、对于真理的认知,最终推动社会向"图像时代"转型。"图像时代"刺激了人们的感性欲望,通过构建事物与权力之间的隐性关系而赋予了"图像"中的某些事物以象征意义与符号价值,人们对于事物符号价值的狂热消费的背后实则是理性的失落,而这幕后的推手就是大众媒介与消费文化的共谋。因而,对于网络文艺的认知不能只局限于美学、艺术层面的探讨,而应以一种文化的、社会的眼光来对其进行审美透视与理性审思。正因如此,美国著名的媒介文化研究者尼尔·波兹曼就曾在麦克卢汉的"媒介即信息"这一理念之上提出过"媒介即隐喻"这一论断。当我们用这一论断来观照网络文艺时就会发现,网络文艺实则也是一种文化"隐喻",它所出现的意义绝不是为现代人带来了之前所从未接触或享受过的信息与娱乐,而是带来了一种全新的思维方式、一种全新的生活方式以及全新的媒介文化。换种说法就是,"媒介技术总会用一种隐蔽但有力的暗示来定义现实世界"。例如"人们把诸如文字和电视这样的技术引入文化,其产生的结果一方面是人类对时间和空间的约束力得以超越,另一方面则是人类思维方式得以改变,从而造成了人类文化模式的改变"[①]。面对融媒体时代的媒介文化转型,我们不能只看到网络文艺带给现代人以全新的想象空间、生活方式、娱乐体验以及前所未有的感官层面的欲望满足,我们需要透过喧哗的表面去追踪其背后的文化逻辑、权力关系以及意识形态控制。

在此意义上,尼尔·波兹曼对于媒介以及媒介文化一直抱有谨慎冷观

---

① 王颖吉:《媒介的暗面——数字时代的媒介文化批评》,北京大学出版社2013年版,第207页。

的态度,他曾在《娱乐至死》一书中提出"任何认识论都是某个媒介发展阶段的认识论"①的论断,后来他在《技术垄断:文化向技术投降》一书中又将这一论断发展为"媒介即意识形态",并对这一认识展开了进一步的论述,在波兹曼看来"每一种工具里都嵌入了意识形态偏向,也就是它用一种方式而不是用另一种方式建构的世界倾向……其最简单明快的表现是古老的箴言:在手握榔头者的眼里,一切仿佛都是钉子"②。波兹曼对于媒介的认知与批判是犀利而严肃的,但是对于媒介的发展与其影响来说,还是带有一定的悲观主义倾向。不可否认的是,波兹曼作为一位文化研究者,他总是能够透过媒介的繁华幻象来直击媒介的文化本质与社会本质,这种执着还是值得我们欣赏与敬畏的。当沿着波兹曼的研究逻辑再来反观网络文艺时,我们又会有新的认知与收获,网络文艺虽是媒介社会的产物但同时也是现代人利用媒介技术有意识、有目的生产的特定时代语境与文化背景下的产物。它的出现是在人的意志与媒介技术的意识形态偏向的张力关系中对社会、文化所产生的整体性、全面性的影响。对于网络文艺的研究,我们并不主张效法法兰克福学派的致思路径,始终以一种批判的姿态对网络文艺进行意识形态的批判。恩格斯曾提醒我们:"辩证法不知道什么绝对分明的和固定不变的界限","一切差异都在中间阶段融合,一切对立都经过中间环节而互相过渡"。恩格斯的这番话就启示我们,对于网络文艺的正确认知需要在赞美与批判的两极之间寻找一种评价的平衡。"唯有辩证处理好诸多二元结构要素间两级相逢的内在张力关系,才能有效激发网络文艺的活力,才能真正发挥其在互联网由'最大变量'向'最大增量'转换进程中独特的、重要的作用"③。

习近平总书记在中国文联十一大、中国作协十大开幕式上的重要讲话中指出:"中国共产党从成立之日就把建设民族的、科学的、大众的中华民族新文化作为自己的使命,积极推动文代建设和文艺繁荣发展。"④文化建设和文艺繁荣相辅相成,网络文艺作为新时代的文化产物,其发展必须与民族复兴的时代背景相呼应。为了实现这一目标,中国的网络文艺发

---

① [美]尼尔·波兹曼:《娱乐至死》,章艳译,广西师范大学出版社 2004 年版,第 30 页。
② [美]尼尔·波兹曼:《技术垄断:文化向技术投降》,何道宽译,北京大学出版社 2007 年版,第 7 页。
③ 彭文祥:《网络文艺:在两极相逢与互动中迸发活力》,《江苏网络文艺观察》2020 年 11 月 10 日第 78 期。
④ 习近平:《在中国文联十一大、中国作协十大开幕式上的讲话》,《中国文艺评论》2022 年第 1 期。

展已然离不开中华优秀传统文化的精神滋养与文化赋能。网络文艺唯有以文化为依托，将网络文艺的创新力量与中华文化的价值理想紧密结合，将中华美学与当代审美观念融入网络文艺创作，将"中国精神"以年轻化、本土化、时代感的方式表达出来，为民族复兴和文化自信注入新的活力，为人民的精神文化生活提供源源不断的精神力量。这不仅是新时代中国文艺义不容辞的时代责任和担当，也是文化自信语境下网络文艺健康发展的精神命途。

参考文献

一　经典著作

《邓小平文选》，人民出版社1993年版。
《胡锦涛文选》，人民出版社2016年版。
《江泽民文选》，人民出版社2006年版。
《列宁选集》（第1卷），人民出版社2012年版。
《马克思恩格斯选集》（第2卷），人民出版社2012年版。
《马克思恩格斯选集》（第4卷），人民出版社2012年版。
《毛泽东选集》，人民出版社1991年版。
《习近平谈治国理政》，外文出版社2014年版。
《习近平总书记在文艺工作座谈会上的重要讲话学习读本》，学习出版社2015年版。
《十四大以来重要文献选编（下）》，人民出版社1999年版。

二　中文著作

包亚明、陆扬、李钧、张德兴等：《二十世纪西方美学经典文本》，复旦大学出版社2000年版。
畅广元主编：《马克思主义文艺理论》（第2版），高等教育出版社2006年版。
陈定家：《网络时代的文学转向》，中国社会科学出版社2020年版。
陈定家：《文之舞：网络文学与互文性研究》，社会科学文献出版社2014年版。
陈晋：《毛泽东与文艺传统》，东方出版社2014年版。
陈勇：《篇章符号学：理论与方法》，黑龙江大学出版社2010年版。
陈原：《社会语言学——关习若干理论问题的初步探索》，学林出版社1983年版。
陈宗明、黄华新：《符号学导论》，河南人民出版社2004年版。

程正民：《列宁文艺思想与当代》，北京师范大学出版社 1997 年版。
戴锦华：《隐形书写：90 年代中国文化研究》，北京大学出版社 2018 年版。
董学文：《文艺学的沉思》，人民文学出版社 1992 年版。
段京肃、杜骏飞：《媒介素养导论》，福建人民出版社 2007 年版。
范周主编：《网络文艺批评理论与实践》，知识产权出版社 2019 年版。
葛朗主编：《当代文化语境下的马克思主义文艺观新诠释》，上海书店出版社 2011 年版。
宫承波、刘姝、李文贤：《新媒体失范与规制论》，中国广播电视出版社 2010 年版。
宫留记：《布迪厄的社会实践理论》，河南大学出版社 2009 年版。
郭正红：《现代精神生产论纲》，中央文献出版社 2004 年版。
何威：《网众传播——一种关于数字媒体、网络化用户和中国社会的新范式》，清华大学出版社 2011 年版。
洪艳：《影像存在的伦理批评》，人民出版社 2011 年版。
黄凤炎、张战生：《反思与超越——马克思的思想轨迹》，工人出版社 1988 年版。
黄鸣奋：《数码艺术学》，学林出版社 2004 年版。
季水河：《回顾与前瞻——论新中国马克思主义美学研究及其未来走向》，中国社会科学出版社 2009 年版。
季水河：《美学理论纲要》，湖南人民出版社 2011 年版。
李思屈：《东方智慧与符号消费——DIMT 模式中的日本茶饮料广告》，浙江大学出版社 2003 年版。
李幼蒸：《理论符号学导论》，中国社会科学出版社 1993 年版。
梁漱溟：《中国文化要义》，上海人民出版社 2011 年版。
廖祥忠：《数字艺术论》，中国广播电视出版社 2006 年版。
刘云章：《马克思主义精神生产研究》，学苑出版社 2011 年版。
陆贵山主编：《唯物史观与文艺思潮》，中国人民大学出版社 2008 年版。
罗嗣亮：《现代中国文艺的价值转向：毛泽东文艺思想与实践新探》，社会科学文献出版社 2015 年版。
罗中起：《艺术生产的价值论研究》，辽宁大学出版社 2008 年版。
马立新：《数字艺术德性研究》，社会科学文献出版社 2013 年版。
马立新：《数字艺术哲学》，中国社会科学出版社 2012 年版。
欧阳友权：《数字化语境中的文艺学》，中国社会科学出版社 2005 年版。
欧阳友权：《数字媒介下的文艺转型》，中国社会科学出版社 2011 年版。

欧阳友权主编：《网络传播与社会文化》，高等教育出版社 2005 年版。
彭兰：《网络传播概论》，中国人民大学出版社 2013 年版。
邱明正、蒯大申：《邓小平文艺思想论稿》，上海文艺出版社 2004 年版。
宋建林、陈飞龙主编：《中国马克思主义艺术理论发展史》，生活·读书·新知三联书店 2011 年版。
谭好哲：《文艺与意识形态》，山东大学出版社 1997 年版。
陶东风、金元浦、高丙中主编：《文化研究第三辑》，天津社会科学院出版社 2002 年版。
童庆炳主编：《20 世纪中国马克思主义文艺理论研究》，北京大学出版社 2012 年版。
汪民安：《文化研究关键词》，江苏人民出版社 2007 年版。
王夫之：《读通鉴论：卷 11》，载《船山全书》第十册，岳麓书社 2011 年版。
王夫之：《古诗评选》，载《船山全书》第十四册，岳麓书社 2011 年版。
王夫之：《明诗评选》，载《船山全书》第十四册，岳麓书社 2011 年版。
王夫之：《诗广传》，王孝鱼点校，中华书局 1964 年版。
王夫之：《思问录外篇》，载《船山全书》第十二册，岳麓书社 1996 年版。
王夫之：《唐诗评选》，载《船山全书》第十四册，岳麓书社 2011 年版。
王夫之：《船山全书》第四册，岳麓书社 2011 年版。
王夫之：《夕堂永日绪论外编》，载《船山全书》第十五册，岳麓书社 2011 年版。
王颖吉：《媒介的暗面——数字时代的媒介文化批评》，北京大学出版社 2013 年版。
王运熙、周锋撰：《文心雕龙译注》，上海古籍出版社 2012 年版。
王治河：《福柯》，湖南教育出版社 1999 年版。
吴小莲：《马克思主义视域下的艺术产业化研究》，武汉大学出版社 2007 年版。
"西湖论坛"编委会编：《网络文艺的中国形象》，浙江人民出版社 2017 年版。
夏忠宪：《巴赫金狂欢化诗学研究》，北京师范大学出版社 2000 年版。
肖小穗：《传媒批评》，黑龙江人民出版社 2002 年版。
谢晓昱：《数字艺术导论》，江苏科技出版社 2009 年版。
谢晓昱主编：《数字媒体艺术概论》，高等教育出版社 2017 年版。
熊考核：《王船山美学》，中国文史出版社 1991 年版。

熊元义：《中国特色社会主义文艺理论研究》，人民出版社 2010 年版。
叶敦平主编：《马克思主义哲学原理》，高等教育出版社 2004 年版。
曾一果：《恶搞：反叛与颠覆》，苏州大学出版社 2012 年版。
张岱年、程宜山：《中国文化精神》，北京大学出版社 2015 年版。
张开：《媒介素养概论》，中国传媒大学出版社 2006 年版。
张品良：《网络文化传播：一种后现代的状况》，江西人民出版社 2007 年版。
张新军：《可能世界叙事学》，苏州大学出版社 2009 年版。
赵毅衡：《符号学原理与推演》，南京大学出版社 2011 年版。
周宪：《审美现代性批判》，商务印书馆 2006 年版。
周志雄：《网络文学研究》，山东人民出版社 2015 年版。
周志雄等：《文化视域中的网络文学研究》，安徽教育出版社 2018 年版。
朱立元：《马克思主义文艺理论中国化研究》，经济科学出版社 2007 年版。
庄庸、王秀庭：《国家网络文艺战略研究：中国文化强国新时代》，福建教育出版社 2017 年版。
宗争：《游戏学：符号叙述学研究》，四川大学出版社 2014 年版。
宗争、董明来主编：《游戏符号学文集》，四川大学出版社 2020 年版。

三 中文论文

陈光宇：《"泛网络文艺评论"值得重视》，《中国艺术报》2020 年 9 月 14 日。
陈海燕：《从虚构到写实——论网络文学的题材转向》，《广西师范学院学报》（哲学社会科学版）2018 年第 4 期。
陈佳、徐凤琴：《我国网络文艺的意识形态属性及其引领路径》，《中国民族博览》2019 年第 16 期。
陈建波：《文艺思想研究》，《中共杭州市委党校学报》2015 年第 5 期。
陈学明：《论"西方马克思主义"的当代意义——从与后现代主义对立的角度看》，《复旦学报》（社会科学版）2003 年第 4 期。
陈永禄：《坚持网络文艺创作的社会主义价值取向》，《毛泽东邓小平理论研究》2019 年第 9 期。
程海威、欧阳友权：《"网生文学批评"的话语权生成及其功能承载》，《中州学刊》2020 年第 4 期。
丁国旗：《"以人民为中心"文艺思想的理论突破》，《湖南社会科学》2015 年第 3 期。
丁静：《网络表情符号中的多模态隐喻探究》，《湖北文理学院学报》2018 年第 7 期。

丁秋玲、张劲松：《融媒体视域下对外讲好中国故事的叙事建构》，《学习论坛》2020年第12期。

董虫草：《弗洛伊德眼中的游戏与艺术》，《浙江师范大学学报》2005年第3期。

董学文：《马克思主义文艺理论中国化的新表述——学习习近平总书记在文艺工作座谈会上讲话的体会》，《河南教育学院学报》（哲学社会科学版）2015年第2期。

董学文：《让文艺上的历史虚无主义没有藏身之地》，《红旗文稿》2016年第3期。

董燕、杨劲松：《大学生网络消费的符号学阐释》，《教育评论》2016年第3期。

董子铭、刘肖：《对外传播中国文化的新途径——我国网络文学海外输出现状与思考》，《编辑之友》2017年第8期。

范玉刚：《"以人民为中心的创作导向"——习近平文艺思想的人民性研究》，《文学评论》2017年第4期。

冯宗泽：《网络时代综艺节目创作思路转型》，《现代传播》（中国传媒大学学报）2014年第6期。

付春晓：《马克思主义大众化网络传播机制研究》，《辽宁工业大学学报》（社会科学版）2018年第6期。

付凯利、王强强：《网络文艺的时代特性及其矛盾体现》，《党史文苑》2016年第12期。

耿文婷：《论当代中国网络文艺的文学性兼容取向》，《现代传播》2020年第4期。

龚成、李成刚：《我国网络文化管理体制建设中的问题及对策分析》，《新闻界》2012年第4期。

郭彦森、席会芬：《论精神生产关系的构成》，《郑州大学学报》（哲学社会科学版）1994年第4期。

何志钧、孙恒存：《微文化语境下数字媒介的审美转型》，《中原文化研究》2014年第6期。

何志武、张洁：《碎片化时代的媒体奇观——电视综艺节目热潮的归因与批判》，《现代传播》2015年第5期。

胡海波、郭凤志：《马克思恩格斯社会整体性视域下的精神生产理论》，《东北师大学报》（哲学社会科学版）2009年第6期。

胡疆锋、须文蔚：《网络文学终将突破审美认知的同温层》，《中国文艺评论》2020 年第 7 期。

胡潇：《马克思恩格斯关于意识形态的多视角解释》，《中国社会科学》2010 年第 4 期。

胡一峰：《超越"爽感"之后——从〈隐秘的角落〉看网络剧精品化之路》，《艺术评论》2020 年第 10 期。

黄朝斌：《当代电影视觉奇观与消费文化语境的趋同》，《电影文学》2015 年第 3 期。

黄华新、徐慈华：《符号学视野中的网络互动》，《自然辩证法研究》2003 年第 1 期。

黄鸣奋：《范式比较和数码艺术理论体系建构》，《艺术评论》2012 年第 8 期。

黄鸣奋：《后移动互联网时代的网络文艺》，《福建论坛》（人文社会科学版）2018 年第 8 期。

黄鸣奋：《互联网艺术理论巡礼》，《文艺理论研究》2006 年第 4 期。

惠东坡：《多模态、对话性、智能化：新闻写作话语建构的新走向》，《新闻与写作》2018 年第 8 期。

姜春新：《新世纪文艺人民性的理性诉求》，《文艺理论与批评》2015 年第 4 期。

蒋建国：《符号景观、传媒消费主义与媒介文化向度》，《新闻与传播研究》2008 年第 4 期。

蒋建国、李颖：《"佛系"亚文化的动向、样态与社会观照》，《探索与争鸣》2018 年第 4 期。

金莉：《马克思主义文艺人民性的理论旨趣与价值意蕴》，《学习论坛》2016 年第 4 期。

金永兵：《为中华文化复兴铸魂——学习习近平总书记在文艺工作座谈会上的讲话》，《社会科学战线》2015 年第 2 期。

金元浦：《审丑时代的终结与中国传统美学精神的重张——从中国诗词大会的热播谈起》，《人民论坛·学术前沿》2017 年第 10 期。

李红春：《私人领域困境及其对当代文艺活动的影响》，《山东师范大学学报》（人文社会科学版）2014 年第 6 期。

李建军、刘会强、刘娟：《强势传播与柔性传播：对外传播的新向度》，《东北师大学报》（哲学社会科学版）2014 年第 3 期。

李礼：《网络亚文化的后现代逻辑——对"屌丝"现象的解读》，《青年研究》2013 年第 2 期。

李宁：《非主流网络文艺的审美文化探析——以"喊麦"与"社会摇"为

中心的考察》,《艺术评论》2018 年第 8 期。

李鹏:《媒体融合时代网络文艺发展的问题与对策》,《传媒》2019 年第 17 期。

李曦珍:《电视即符号——西方"电视镜像"符号批判理论探要》,《甘肃社会科学》2008 年第 4 期。

李翔:《视频网站自制节目的内容特色与生存之道》,《当代传播》2014 年第 1 期。

李燕、马若云:《文艺思想探析》,《中共山西省委党校学报》2015 年第 3 期。

李战子、陆丹云:《多模态符号学:理论基础,研究途径与发展前景》,《外语研究》2012 年第 2 期。

林品:《从网络亚文化到共用能指——"屌丝"文化批判》,《文艺研究》2013 年第 10 期。

刘军:《中国电影学派的概念内涵与建设路径》,《艺术学研究》2019 年第 2 期。

刘玲:《拉康欲望理论阐释》,《学术论坛》2008 年第 5 期。

刘妍:《2019 年中国网络文艺发展现状和问题及趋势》,《文艺评论》2020 年第 3 期。

罗雯:《消费主义时代中国传媒的文化表现》,《理论月刊》2007 年第 1 期。

马季:《网络文艺与时代精神的塑造》,《网络文学评论》2019 年第 1 期。

马立新:《中国网络文艺内外循环再生产的三重逻辑》,《内蒙古社会科学》(汉文版)2019 年第 6 期。

马立新、洪文静:《基于 IP 和流量要素的网络文艺内循环生产机制研究》,《艺术百家》2018 年第 1 期。

南帆:《游荡网络的文学》,《福建论坛》2000 年第 4 期。

南娟舟:《符号学视角下对汉语网络语言的研究》,《海外英语》2018 年第 15 期。

欧阳友权:《数字传媒时代的图像表意与文字审美》,《学术月刊》2009 年第 6 期。

欧阳友权:《数字媒介与中国文学的转型》,《中国社会科学》2007 年第 3 期。

欧阳友权:《网络传播下的文化三重转向》,《探索与争鸣》2012 年第 7 期。

欧阳友权:《网络文学价值的三个维度》,《江海学刊》2020 年第 3 期。

欧阳友权:《网络文学批评的五个焦点问题》,《社会科学家》2018 年第 10 期。

欧阳友权：《网络文学批评对文论逻辑原点的调适》，《广西师范学院学报》（哲学社会科学版）2018年第4期。
欧阳友权：《网络艺术的后审美范式》，《三峡大学学报》（人文社会科学版）2003年第2期。
欧阳友权：《新媒体创作自由的艺术规约》，《社会科学》2020年第5期。
欧阳友权：《新媒体与中国文艺学的转向》，《文学评论》2013年第4期。
欧阳友权、邓祯：《中国二次元文化的缘起、形塑与进路》，《学术月刊》2020年第3期。
欧阳友权、江晓军：《"新青年"文化视域下文化产业发展的新机遇》，《学习与探索》2019年第4期。
欧阳友权、曾照智：《也谈网络文学现实题材创作——以〈网络英雄传Ⅱ：引力场〉为例》，《南方文坛》2020年第4期。
潘雯：《中国精神：推进中国特色的社会主义文艺发展的关键词》，《中国社会科学院研究生院学报》2016年第4期。
潘熙宁：《文艺工作者要倾听"三种声音"》，《党建》2016年第4期。
彭文祥、黄松毅：《新时代语境中的网络文艺创作与批评新范式》，《中国文艺评论》2018年第8期。
秦璇：《浅谈经济全球化背景下精神生产全球化的生存与发展》，《当代经济》2007年第6期。
单小曦：《网络文学评价标准问题反思及新探》，《文学评论》2017年第2期。
宋生贵：《以人民为中心是文艺活动弘扬社会主义核心价值观的关键》，《理论实践》2015年第8期。
苏宏元、贾瑞欣：《后亚文化视阈下网络"丧文化"的社会表征及其反思》，《现代传播》（中国传媒大学学报）2019年第5期。
苏卫宇：《文艺创作：源泉来自哪儿？为谁而放歌？》，《人民公仆》2014年第12期。
隋岩、姜楠：《"能指狂欢"的三种途径——论能指的丰富性在意义传播中的作用》，《编辑之友》2014年第3期。
隋岩、姜楠：《能指的丰富性助力意识形态传播》，《新闻与传播研究》2014年第8期。
隋岩、姜楠：《能指丰富性的表征及新媒介的推动》，《现代传播》（中国传媒大学学报）2013年第6期。
孙书文：《论市场与网络文艺发展的关系》，《百家评论》2015年第2期。
陶水平：《深化文艺美学研究　弘扬中华美学精神》，《江西师范大学学报》(哲学社会科学版) 2015 年第 3 期。

童庆斌：《中国特色社会主义文艺思想的时代性——兼谈中国当代文艺家的历史责任》，《北京师范大学学报》(社会科学版) 2015 年第 2 期。

汪涌豪、罗怀臻等：《中国文艺创作与发展的当前现状与问题——嘉宾对谈》，《音乐艺术》(上海音乐学院学报) 2017 年第 1 期。

王德胜：《回归感性意义——日常生活美学论纲之一》，《文艺争鸣》2010 年第 5 期。

王小英：《超级符号的建构：网络文学 IP 跨界生长的机制》，《中州学刊》2020 年第 7 期。

王雨辰：《当代西方马克思主义文化哲学论纲》，《青海社会科学》1994 年第 4 期。

王岳川：《网络文化的价值定位与未来导向》，《四川师范大学学报》(社会科学版) 2004 年第 5 期。

文卫华、楚亚菲：《网络综艺：互联网思维下的综艺新形态》，《中国电视》2016 年第 9 期。

巫汉祥：《网络文艺媒体特征论》，《厦门大学学报》(哲学社会科学版) 2002 年第 4 期。

吴玲玲：《从文学理论到游戏学、艺术哲学：欧美国家电子游戏审美研究历程综述》，《贵州社会科学学报》2007 年第 8 期。

夏烈：《网络文艺场域中的女性文化与主体新世界》，《东吴学术》2020 年第 4 期。

肖珺：《多模态话语分析：理论模型及其对新媒体跨文化传播研究的方法论意义》，《武汉大学学报》(人文社会科学版) 2017 年第 6 期。

熊文泉、张晶：《网络文艺的叙事本质探析》，《浙江传媒学院学报》2018 年第 5 期。

徐放鸣：《以人民为本位与当代文艺的新使命——学习习近平总书记在文艺工作座谈会上的讲话》，《艺术百家》2015 年第 2 期。

徐轶瑛、沈菁、李明潞：《网络剧文化的后现代特征及成因》，《现代传播》2018 年第 5 期。

薛晨：《传播过程中的符号语境——皮尔斯符号学的认知研究进路》，《中外文化与文论》第 30 辑。

杨柏岭、张泉泉：《"想象的实感"：网络文艺批评的原则、类型及艺术真实论》，《现代传播》(中国传媒大学学报) 2018 年第 8 期。

杨宁宁、文爽：《王船山"以意为主"说考辨》，《海南师范大学学报》(社会科学版）2014 年第 4 期。

杨萍：《短视频传播热下的奇观消费及其意义缺失》，《传媒观察》2018 年第 1 期。

杨祖恩：《中国共产党文艺思想的继承与发展》，《绵阳师范学院学报》2015 年第 12 期。

姚彩霞、朱威：《试论习近平文艺思想的理论来源》，《中共山西省直机关党校学报》2015 年第 6 期。

尹鸿：《网络剧的底线可以比电视剧低吗》，《人民论坛》2016 年第 10 期。

尹鸿、王旭东、陈洪伟：《IP 转换兴起的原因、现状及未来发展趋势》，《当代电影》2015 年第 9 期。

尹立：《拉康的精神分析语言观》，《华中科技大学学报》（社会科学版）2003 年第 4 期。

俞璋凌：《论网络经济时代消费符号的传播》，《安徽建筑大学学报》2018 年第 5 期。

禹建湘：《空间转向：建构网络文学批评新范式》，《探索与争鸣》2010 年第 11 期。

禹建湘：《网络文学产业化的文学征候》，《湘潭大学学报》（哲学社会科学版）2012 年第 6 期。

禹建湘：《网络文学虚拟美学的现实情怀》，《江海学刊》2020 年第 3 期。

禹建湘：《网络小说的"叙事性"美学营构》，《求是学刊》2019 年第 6 期。

袁祖社：《文化本质的"伦理证成"使命与精神生活的道德价值逻辑》，《道德与文明》2011 年第 4 期。

曾方本：《多模态符号整合后语篇意义的嬗变与调控》，《外语教学》2009 年第 6 期。

张法：《"文艺"一词的产生、流衍和意义》，《文艺研究》2012 年第 5 期。

张涵：《德波的"景观社会"理论评析》，《山东大学学报》（哲学社会科学版）2009 年第 3 期。

张晶：《人民是文艺审美的主体——对习近平同志在文艺工作座谈会上讲话的美学理解》，《现代传播》2015 年第 1 期。

张晶：《三个"讲求"：中华美学精神的精髓》，《文学评论》2016 年第 3 期。

张九海、邢少花：《狂欢与静思——"泛娱乐化"情境下大众十种心态分析》，《学习论坛》2013 年第 11 期。

张永禄：《坚持网络文艺创作的社会主义价值取向——新时代重视弘扬现

实主义文学》,《毛泽东邓小平理论研究》2019 年第 9 期。
张圆梦:《网络文艺的人民性及其未来发展》,《人民论坛》2020 年第 16 期。
赵立兵、熊礼洋:《从"沉默的螺旋"到"意见的长尾":社会结构变迁与舆论形态重构》,《新闻界》2017 年第 6 期。
郑焕钊:《从媒介融合到文化融合:网络文艺的发展路径》,《中国文艺评论》2020 年第 4 期。
郑笑冉:《网络剧不能以吸引眼球作为首要价值评估标准》,《广电时评》2016 年第 5 期。
《中国网络文艺发展研究报告(2018—2019)》,《中国文艺评论》2019 年第 12 期。
周彬:《网络场域:网络语言、符号暴力与话语权掌控》,《东岳论丛》2018 年第 8 期。
周才庶:《新时代中国网络文艺的文论话语建构》,《当代文坛》2019 年第 3 期。
周宏西:《西方马克思主义意识形态理论的逻辑进程》,《南京社会科学》2004 年第 2 期。
周晓红:《毛泽东文艺思想与习近平文艺思想比较研究——基于两次座谈会》,《传承》2015 年第 6 期。
周志强:《图像,一种改变世界的方式》,《中国社会导刊》2008 年第 1 期。
周志雄、王婉波:《网络文学的主流化倾向》,《江海学刊》2020 年第 3 期。
庄庸、安晓良:《中国网络文学海外传播:"全球圈粉"亦可成文化战略》,《东岳论丛》2017 年第 9 期。

四 中文报纸

《激活网游产业的文化属性》,《人民日报》2020 年 5 月 11 日第 1 版。
《习近平在网络安全和信息化工作座谈会上的讲话》,《人民日报》2016 年 4 月 26 日第 1 版。
《习近平在中国文联十大、中国作协九大开幕式上的讲话》,《人民日报》2016 年 11 月 3 日第 2 版。
《中共中央关于全面深化改革若干重大问题的决定》,《人民日报》2013 年 11 月 16 日。
《中国网文,火到国外》,《光明日报》2020 年 11 月 19 日第 9 版。
陈定家:《网络文学海外传播的思考》,《中国文化报》2019 年 6 月 19 日第 3 版。
陈光宇：《"两新"文艺的六个特征》，《中国文化报》2020 年 7 月 20 日第 7 版。
党云峰：《网络文学需精耕细作》，《中国文化报》2019 年 1 月 11 日第 3 版。
房伟：《中国网络文学之现实主义问题》，《中国社会科学报》2020 年 7 月 20 日第 3 版。
何瑞涓：《网络文艺评论如何助力网络文艺经典化?》，《中国艺术报》2020 年 11 月 4 日第 3 版。
何瑞涓：《新时代需要什么样的文艺评论?》，《中国艺术报》2021 年 1 月 18 日第 3 版。
吉狄马加：《坚持以人民为中心的创作导向是新的历史条件下党的文艺政策的立足点》，《光明日报》2015 年 10 月 9 日第 13 版。
金永兵、李娟：《如何建构中国网络文艺理论话语》，《中国文化报》2017 年 12 月 13 日第 3 版。
冷鑫：《网络文艺应有时代担当》，《人民政协报》2015 年 11 月 16 日第 10 版。
李小茜：《从"网络性"回归到"文学性"》，《中国社会科学报》2018 年 5 月 25 日第 8 版。
李晓晨：《进一步激发新文学群体创作活力》，《文艺报》2018 年 9 月 17 日第 1 版。
刘江伟：《2019 年中国网络文学：凸显世界文学坐标中的中国经验》，《光明日报》2020 年 6 月 28 日第 1 版。
刘妮丽：《走进新时代，网络文化产业大有可为》，《中国文化报》2017 年 12 月 16 日第 5 版。
刘妍：《全民抗疫中网络文艺的担当与成长》，《中国艺术报》2020 年 2 月 24 日第 3 版。
马建辉：《文艺家要牢固树立四个意识》，《光明日报》2015 年 10 月 21 日第 2 版。
马立新、丁鲁哲：《创作无愧于时代和人民的优秀作品》，《中国社会科学报》2019 年 10 月 11 日第 6 版。
马立新：《遏制流行病象，构建网络文艺新秩序》，《中国社会科学报》2018 年 8 月 8 日第 5 版。
倪洋军：《政治局会议"大力发展网络文艺"咋落实?》，《人民日报》2015 年 9 月 12 日第 2 版。

欧阳友权：《建立网络文学批评"共同体"》，《中国社会科学报》2017年3月20日第5版。

欧阳友权：《网络文学新人奖引导网络文学走向主流》，《光明日报》2017年8月31日第2版。

彭宽：《网络文艺是现实生活的敏锐"探测器"》，《光明日报》2020年10月28日第16版。

乔燕冰、王琼：《现实题材复归与网络文学发展——专访中国社会科学院研究员陈定家》，《中国艺术报》2020年5月22日第3版。

任艺萍：《做有担当的文艺家》，《人民日报》2015年10月13日第23版。

尚霄、马立新：《网络文艺创作承担培根铸魂使命》，《中国社会科学报》2019年8月26日第6版。

汪涌豪：《媒介融合迭代与文艺评论新样态》，《中国艺术报》2019年10月21日第6版。

王科、黄葆青、丁燕、刘晶：《写小说不以好看为目的就是耍流氓》，《钱江晚报》2011年9月15日第3版。

王琳琳：《完善网络文艺治理体系，营造清朗网络发展空间》，《中国社会科学报》2017年12月1日第6版。

吴华：《艺术学如何走向下一个十年？》，《中国艺术报》2020年6月8日第3版。

夏烈：《网络文艺的主流化与发展观》，《中国艺术报》2019年1月11日第3版。

夏之焱：《引导青年人远离"丧文化"侵蚀》，《光明日报》2016年9月30日第10版。

项江涛：《提升网络文艺评论境界》，《中国社会科学报》2019年9月6日第2版。

肖惊鸿：《2017年网络文学：更富多样性　离梦想更近》，《文艺报》2018年2月12日第3版。

肖惊鸿：《网络小说：高扬现实观照　彰显提质创新》，《文艺报》2020年4月29日第4版。

肖罗：《让中国精神成为社会主义文艺的灵魂》，《光明日报》2015年10月20日第1版。

欣闻：《中国作协网络文学研究院在杭州成立》，《文艺报》2017年5月3日第1版。

许嘉璐：《唤醒心底的"中国智慧"》，《大众日报》2015年10月19日第

3 版。

许苗苗：《代入感运用为网络文艺增添蓬勃生机》，《人民日报》2020 年 6 月 3 日第 20 版。

杨耕：《文化的作用是什么》，《光明日报》2015 年 10 月 14 日第 13 版。

张慧瑜：《数字时代的文艺评论》，《文艺报》2021 年 1 月 27 日第 4 版。

郑焕钊：《对网络抗疫文艺创作的几点建议》，《文艺报》2020 年 3 月 2 日第 4 版。

中国作家协会网络文学中心：《2018 中国网络文学蓝皮书》，《文艺报》2019 年 5 月 31 日第 3 版。

周志雄：《网络小说重在借鉴和发展传统经验》，《光明日报》2017 年 4 月 24 日第 12 版。

朱志勇：《是产品，而非艺术品：也论人工智能与文学艺术》，《光明日报》2020 年 1 月 15 日第 3 版。

庄青青：《指导新时代文艺发展和文艺工作的行动指南》，《中国社会科学报》2020 年 6 月 2 日第 8 版。

五　中译著作

［俄］巴赫金：《拉伯雷研究》，李兆林、夏忠宪等译，河北教育出版社 1998 年版。

［俄］巴赫金：《陀思妥耶夫斯基诗学问题》，白春仁、顾亚铃译，生活·读书·新知三联书店 1988 年版。

［英］比尔·奥斯歌伯：《青年亚文化与媒介》，陶东风、胡疆锋主编《亚文化读本》，北京大学出版社 2011 年版。

［法］波德莱尔：《波德莱尔美学论文选》，郭宏安译，人民文学出版社 2002 年版。

［德］伯尔尼德·哈姆、［加］拉塞尔·斯曼戴奇编：《论文化帝国主义——文化统治的政治经济学》，曹新宇、樊淑英译，商务印书馆 2015 年版。

［英］布莱恩·特纳：《身体与社会》，马海良、赵国新译，春风文艺出版社 2000 年版。

［美］丹尼尔·贝尔：《资本主义文化矛盾》，严蓓雯译，人民出版社 2010 年版。

［美］道格拉斯·凯尔纳：《媒体奇观——当代美国社会文化透视》，史安斌译，清华大学出版社 2003 年版。

［美］弗雷德里克·詹姆逊：《文化转向》，胡亚敏译，中国社会科学出版社2000年版。

［德］弗里德里希·基特勒：《留声机 电影 打字机》，邢春丽译，复旦大学出版社2017年版。

［日］福原泰平：《拉康镜像阶段》，王小峰、李濯凡译，河北教育出版社2002年版。

［德］格奥尔格·席美尔：《货币哲学》，朱桂琴译，光明日报出版社2009年版。

［德］格·施威蓬豪依塞尔等：《多元视角与社会批判——今日批判理论》（下卷），鲁路等译，人民出版社2010年版。

［美］赫伯特·马尔库塞：《爱欲与文明——对弗洛伊德思想的哲学探讨》，黄勇、薛民译，上海译文出版社1987年版。

［美］赫伯特·马尔库塞：《单向度的人——发达工业社会意识形态研究》，刘继译，上海译文出版社2006年版。

［美］赫尔伯特·马尔库塞：《审美之维》，李小兵译，生活·读书·新知三联书店1989年版。

［美］亨利·詹金斯：《融合文化：新媒体和旧媒体的冲突地带》，杜永明译，商务印书馆2012年版。

［美］华莱士·马丁：《当代叙事学》，伍晓明译，北京大学出版社1990年版。

［美］杰姆逊：《后现代主义与文化理论》，唐小兵译，北京大学出版社2005年版。

［美］卡林内斯库：《现代性的五副面孔——现代主义、先锋派、颓废、媚俗艺术、后现代主义》，顾爱彬、李瑞华译，商务印书馆2002年版。

［意］克罗齐：《美学原理》，朱光潜译，上海人民出版社2007年版。

［法］罗兰·巴尔特：《符号学原理》，李幼蒸译，中国人民大学出版社2008年版。

［德］马丁·海德格尔：《存在与时间》，陈嘉映、王庆节译，生活·读书·新知三联书店2006年版。

［美］马克·波斯特：《信息方式：后结构主义与社会语境》，范静哗译，商务印书馆2014年版。

［英］马克·柯里：《后现代叙事理论》，宁一中译，北京大学出版社2003年版。

［德］马克斯·霍克海默、特奥多·威·阿多尔诺：《启蒙辩证法》，洪佩

郁、蔺月峰译，重庆出版社 1990 年版。

［德］马克斯·韦伯：《经济与社会》（上卷），阎克文译，上海人民出版社 2009 年版。

［英］迈克·费瑟斯通：《消费文化与后现代主义》，刘精明译，译林出版社 2000 年版。

［美］迈克尔·海姆：《从界面到网络空间——虚拟实在的形而上学》，金吾伦、刘钢译，上海科技教育出版社 2000 年版。

［美］麦克尔·哈特、［意］安东尼奥·奈格里：《帝国：全球化的政治秩序》，杨建国等译，江苏人民出版社 2003 年版。

［美］曼纽尔·卡斯特：《网络社会的崛起》，夏铸九等译，社会科学文献出版社 2001 年版。

［美］尼尔·波斯曼：《技术垄断：文化向技术投降》，何道宽译，北京大学出版社 2007 年版。

［美］尼尔·波兹曼：《技术垄断：文明向技术投降》，蔡金栋等译，机械工业出版社 2013 年版。

［美］尼尔·波兹曼：《娱乐至死》，章艳译，中信出版社 2015 年版。

［美］尼古拉斯·米尔佐夫：《视觉文化导论》，倪伟译，江苏人民出版社 2006 年版。

［英］尼克·库尔德里：《媒介仪式：一种批判的视角》，崔玺译，中国人民大学出版社 2016 年版。

［英］诺曼·费尔克拉夫：《话语与社会变迁》，殷晓蓉译，华夏出版社 2003 年版。

［法］乔治·莫利涅：《符号文体学》，刘吉平译，四川大学出版社 2014 年版。

［法］让·鲍德里亚：《消费社会》，刘成富、全志钢译，南京大学出版社 2008 年版。

［美］塞缪尔·亨廷顿、劳伦斯·哈里森：《文化的重要作用——价值观如何影响人类进步》，程克雄译，新华出版社 2010 年版。

［丹麦］施蒂格·夏瓦：《文化与社会的媒介化》，刘君等译，复旦大学出版社 2018 年版。

［斯洛文尼亚］斯拉沃热·齐泽克：《斜目而视：透过通俗文化看拉康》，季广茂译，浙江大学出版社 2011 年版。

［英］斯图亚特·霍尔、托尼·杰斐逊主编：《通过仪式抵抗：战后英国的青年亚文化》，孟登迎等译，中国青年出版社 2006 年版。

［英］苏珊·布莱克摩尔：《谜米机器：文化之社会传递过程的"基因学"》，高申春等译，吉林人民出版社 2017 年版。

［美］托德·吉特林：《新左派运动的媒介镜像》，张锐译，华夏出版社 2007 年版。

［德］瓦尔特·本雅明：《机械复制时代的艺术作品》，王才勇译，中国城市出版社 2002 年版。

［德］瓦尔特·本雅明：《技术复制时代的艺术作品》，胡不适译，浙江文艺出版社 2005 年版。

［美］威尔伯·施拉姆：《传媒的四种责任》，戴鑫译，中国人民大学出版社 2008 年版。

［美］威廉 A. 哈维兰等：《文化人类学——人类的挑战》，陈相超等译，机械工业出版社 2014 年版。

［英］西莉亚·卢瑞：《消费文化》，张萍译，南京大学出版社 2003 年版。

［美］亚伯拉罕·马斯洛：《动机与人格》，许金声等译，中国人民大学出版社 2012 年版。

［英］亚当·斯密：《国富论》，郭大力、王亚南译，上海三联书店 2009 年版。

［芬兰］尤卡·格罗瑙：《趣味社会学》，向建华译，南京大学出版社 2002 年版。

［美］约翰·费斯克：《理解大众文化》，王晓珏等译，中央编译出版社 2012 年版。

［美］约翰·费斯克等：《关键概念：传播与文化研究辞典》，李彬译注，新华出版社 2004 年版。

［美］约书亚·梅罗维茨：《消失的地域：电子媒介对社会行为的影响》，肖志军译，清华大学出版社 2002 年版。

［美］詹明信：《晚期资本主义的文化逻辑》，陈清侨等译，生活·读书·新知三联书店 1997 年版。

［美］詹姆斯·威廉·凯瑞：《作为文化的传播》，丁未译，华夏出版社 2005 年版。

［美］詹姆斯·韦伯斯特：《注意力市场：如何吸引数字时代的受众》，郭石磊译，中国人民大学出版社 2017 年版。

六 外文著作

Arthur Asa Berger, *Popular Culture, Media and Narrative in Daily Life*, MA:

Harvard University Press, 2006.

Charlie Gere Art, *Time and Technology: Histories of the Disappearing Body*, New York: New York University Press, 2006.

Gunther Kress, Multimodality, *An Social Semiotic Approach to Contemporary Communication*, London: Routledge, 2010.

Harold A. Innis, *The Bias of Communication*, McMaster University Press, 1951.

Henry Jenkins, *Convergence Culture, W-here Old and New Media Collide*, New York: New York University Press, 2006.

John Fiske, *Reading the Popular*, London & New York: Routledge Press, 1989.

Knoble Berkeley, *Configurations of Cultural Growth*, Columbia University Press, 1951.

Lars Ellestrom, *Media Borders, Multimodality and Intermediality*, Hound mills: Palgrave Press, 2010.

Marie-Laure Ryan, *Possible World, Arificial Indlie*, Ada Nerai TeIndiana University Press, 1991.

Marie-Laure Ryan, *Possible Worlds, Artificial Intelligence, and Narrative Theory*, Bloomington: Indiana University Press, 1991.

Mark Hansen, *New Philosophy for New Media*, Cambridge, MA: MIT Press, 2009.

Peter Brooks, *Body Work: Objects of Desire in Modern Narrative*, MA: Harvard University Press, 1993.

Samova, L., et al., *Communication Between Cultures*, Boston: Wads worth Press, 1991.

Sara Cook and Beryl Graham, *Rethinking Curating: Art After New Media*, MIT Press, 2010.

Susanne K. Langer, *Problems of Art*, New York: Charles Scribner's Sons, 1953.

Wardrip Fruin Noah and Nick Montfort, *The New Media Reader*, New York: The MIT Press, 2003.

七 外文文献

Adeel Akmal and Richard Greatbanks and Jeff Foote, Lean Thinking in Healthcare-Findings from a Systematic Literature Network and Bibliometric Analysis, *Health policy*, 2020, 124 (6).

Adrian Gor, Reimagining the Iconic in New Media Art: Mobile Digital Screens and

Chra as Interactive Space, *Theory, Culture & Society*, 2019, 36 (7-8).

Brief Analysis of Body Narrative and Symbol Symbolism in New Media Art, *Journal of Arts and Imaging Science*, 2019, 6 (1).

Carolina Villarreal Lozano and Kavin Kathiresh Vijayan, Literature Review on Cyber Physical Systems Design, *Procedia Manufacturing*, 2020, 45.

Christine Duff and Catherine Khordoc, Introduction: Reading Intertextual Networks in Contemporary Québécois Literature Lire les réseaux Intertextuels Dans la littérature Québécoise Contemporaine, *Quebec Studies*, 2020 (69).

Communications and Networks, Reports on Communications and Networks Findings from School of Computing Provide New Insights (A systematic Literature Review of Blockchain Cyber Security), *Network Weekly News*, 2020.

Johannes Geismann and Eric Bodden, A Systematic Literature Review of Model-driven Security Engineering for Cyber-physical Systems, *The Journal of Systems & amp; Software*, 2020, 169.

Julian Kucklich, Video Games and Configurative Per-formances in Mark J. P. Wolf and Bernard Perron. eds, *The Video Game Theory Reader*, New York: Routledge, 2003.

J. P. Minas and N. C. Simpson and Z. Y. Tacheva, Complete Bibliographic Data, Cluster Assignments and Combined Citation Network of Emergency Response Operations Research Extant Literature, *Data in Brief*, 2020, 31.

New Media Art Research Focused on Tactile Symbols, *Journal of Arts and Imaging Science*, 2019, 6 (2).

Performing Expressions in New Media Art Projections, *Journal of Arts and Imaging Science*, 2019, 6 (1).

Seyedmohsen Hosseini and Dmitry Ivanov, Bayesian Networks for Supply Chain Risk, Resilience and Ripple Effect Analysis: A Literature Review, *Expert Systems With Applications*, 2020.

Soft Computing, Reports Summarize Soft Computing Findings from Johannes Kepler University (Fuzzy Neural Networks and Neuro-fuzzy Networks: a Review the Main Techniques and Applications Used in the Literature), *Computers, Networks & amp; Communications*, 2020.

Wong Dennis Jay and Gandomkar Ziba and Wu Wan-Jing and Zhang Guijing and Gao Wushuang and He Xiaoying and Wang Yunuo and Reed Warren, Artificial Intelligence and Convolution Neural Networks Assessing Mammographic

Images: a Narrative Literature Review, *Journal of Medical Radiation Sciences*, 2020, 67 (2).

Yuyao Zhou, In the New Media Era, the Inspiration That the Dynamic Interaction Elements of New Media Art Bring to Stage Art Design, *Frontiers in Art Research*, 2019, 1 (6).

八　网络文献

《1.7 亿字小说〈宇宙巨校闪级生〉是怎么用 VB 写出来的?》, https://www.zhihu.com/question/21124306, 2020 年 10 月 3 日。

《2017 首届"茅盾文学新人奖·网络文学新人奖"颁奖（附获奖评语）》, 中国作家网, http://www.chinawriter.com.cn/n1/2017/1220/c405167-29717397.html, 2020 年 11 月 11 日。

《2018 年中国泛娱乐产业白皮书》, 搜狐网, https://www.sohu.com/a/229517681_115326, 2019 年 7 月 5 日。

《2018 年中国网络文学行业分析报告——市场深度调研与投资前景研究》, 中国报告网, http://baogao.chinabaogao.com/hulianwang/341771341771.html, 2019 年 8 月 8 日。

《2018 网络文化产品用户评价报告》, 搜狐网, https://www.sohu.com/a/288135689_120066051, 2019 年 3 月 16 日。

《2019 网络影视走向何方？听专家为你解读定位与创新》, 搜狐网, https://www.sohu.com/a/309400146_116162, 2020 年 4 月 5 日。

《2019 中国网络文学蓝皮书》, 中国作家网, http://www.chinawriter.com.cn, 2020 年 12 月 12 日。

《中国网络文艺发展研究报告（2018—2019）》, 中国文艺网, http://www.cflac.org.cn/xw/bwyc/201912/t20191218_466927.html, 2019 年 12 月 23 日。《2022 中国数字文化娱乐产业综合分析报告》, https://www.xdyanbao.com/doc/40veulxz5j?bd_vid=11369405503297574928, 2023 年 3 月 1 日。

《234 部作品参评第十届茅盾文学奖：网络文学作品共 14 部》, 中国新闻网, https://www.chinanews.com/cul/2019/05-15/8837362.shtml, 2020 年 11 月 2 日。

《IP 抄袭泛滥难道就治不了了吗?》,《齐鲁晚报》2017 年 1 月 8 日第 3 版。

《IP 成了圈钱骗术, 网文影视改编背后的灰色利益链》, https://www.sohu.com/a/126669001-534344, 2023 年 8 月 22 日,《北京商报》

2017年2月19日第2版。

《"十三五"规划建议：加强网上思想文化阵地建设》，新华网，http：//www.cac.gov.cn/2015-11/03/c_1117028381.htm，2020年10月23日。

《"实名制"能否终结网络直播乱象?》，搜狐网，http：//www.sohu.com/a/249513316_267106，2020年8月21日。

《"中国唱诗班"团队再出新作》，搜狐网，https：//m.sohu.com/a/197206207_502857，2019年12月23日。

《〈三生三世十里桃花〉300亿播放量背后的电视剧IP资本运作》，中商情报网，https：//www.askci.com/news/chanye/20170303/10410092375_3.shtml，2020年4月5日。

《长沙：网络文学这一片高地》，搜狐网，https：//www.sohu.com/a/366235011-120214188，2020年1月11日。

《长沙市网络作家协会成立 网络作家有了"家"》，人民网，http：//hn.people.com.cn/n2/2018/1219/c356883-32428645.html，2020年10月12日。

《超级网剧〈无间道〉收官，爱奇艺成功示范经典电影IP网剧化改编》，中国网，https：//ent.rednet.cn/c/2017/04/10/4261568.htm，2019年12月6日。

《第44次中国互联网发展状况统计报告》，中国网信网，http：//www.cac.gov.cn/2019-08/30/c_1124938750.htm，2020年3月4日。

《第5届鲁迅文学奖备选作品：网络作品仅一部过初评》，中国网，culture.china.com.cn，2020年11月13日。

《第九次文代会以来文艺成就巡礼，"互联网+文艺"走向深入——中国文联文艺信息化建设五年工作巡礼》，中国文艺网，http：//www.cflac.org.cn/xw/bwyc/201611/t20161118_347221.html，2020年3月13日。

《点击量破亿的十大小说排行榜》（数据截止日期2020年1月7日），https：//www.china-10.com/top/411485.html，2020年2月6日。

《抖音总裁张楠：抖音的美好和价值》，搜狐网，https：//www.sohu.com/a/336127810_305564，2020年4月12日。

《湖南网络作家协会成立 湘籍网络作家从此有"娘家"》，人民网，http：//hn.people.com.cn/n2/2017/0703/c195194-30411474.html，2020年10月12日。

《凝心聚力书大爱 湖南省网络作家协会战"疫"显担当》，三湘统战网，

https://www.hnswtzb.org/content/2020/03/11/6854679.html，2020年10月12日。

《腾讯视频打造网综新局面 "体验才是网综核心竞争力"》，搜狐网，https://www.sohu.com/a/73643570_162758，2020年7月11日。

《网络文学进军茅盾文学新人奖》，中国新闻网，http://www.xinhuanet.com//book/2017-08/29/c_129691586.htm，2020年11月11日。

《网易游戏2015年总营收173.14亿，〈梦幻西游〉手游收入或已超50亿》，搜狐网，https://www.sohu.com/a/60646173_114795，2019年12月20日。

《网易游戏市场总经理吴鑫鑫：赋予游戏新内涵 传递中国传统文化》，人民网，http://game.people.com.cn/n1/2017/1213/c48662-29705164.html，2020年12月2日。

《西湖论坛，全球媒介革命视野下的中国网络文学》，https://zj.zjol.com.cn/news/665511.html，2017年6月9日。

《易烊千玺对〈这就是街舞〉贡献度分析：流量、技术和态度》，搜狐网，https://www.sohu.com/a/229476512_436725，2020年3月12日。

《掌阅2017上半年网文阅读报告：新文学观形成，年轻化成趋势》，新浪网，http://news.sina.com.cn/c/2017-09-28/doc-ifymkxmh7538309.shtml，2017年10月3日。

《中国文联首推网络文艺传播沙龙：让传统以时代的方式传播和传承》，人民网—文化频道，http://culture.people.com.cn/n1/2018/0413/c1013-29925606.html，2020年2月3日。

《中国文联文艺资源中心牵手中国文化网络传播研究会成立网络文艺中心》，中国文艺网，http://www.cflac.org.cn/xw/bwyc/201605/t20160514_330002.htm，2020年2月21日。

《中国文艺网增设网络文艺专区》，中国文艺网，http://www.cflac.org.cn/wlwy/，2020年3月13日。

《中国作协成立网络文学委员会 推动网络文学繁荣发展》，中国社会科学网，http://www.cssn.cn/wh/ttxw/201512/t20151218_2789608.shtml，2020年8月15日。

孟中：《2019—2020年度网络文学IP影视剧改编潜力评估报告》，http://unn.people.com.cn/gb/n1/2021/0129/c420625-32016929.html，2021年1月29日。

阅文集团：《网络文学作家指数》，https://write.qq.com/portal/toprank，

2021年12月25日。

中国互联网络信息中心（CNNIC）:《第51次中国互联网络发展状况统计报告》，http：//k. sina. com. cn/article_6375433705_17c0165e9019019ui3. html，2023年3月1日。

中国互联网络信息中心（CNNIC）:《第48次中国互联网络发展状况统计报告》，http：//www. cnnic. net. cn/hlwfzyj/hlwxzbg/hlwtjbg/202109/t20210915_71543. htm，2021年9月15日。

后记　努力提高网络文艺生产的精神"钙质"

网络文艺是生机勃勃又泥沙俱下的产业，兼具文化和经济双重价值。"网络+文艺"的技术变革方式，使网络文艺表现出与传统文艺很不一样的特点。我国网络文学的开拓者欧阳友权教授认为，这种"不一样"主要体现在五个方面的变化："一是媒介赋型，呈现为数字化载体的技术螺旋；二是比特叙事，彰显出链接文本的语言向度；三是欲望修辞，表现为间性主体的孤独狂欢；四是在线漫游，表达的是赛博空间的虚拟真实；五是存在形态，其作品是电子文本的艺术临照。"[①] 可以说，网络文学这五个方面的变化也是网络文艺所彰显出的艺术新质以及其快速发展的关键所在。

必须承认，2016年，是网络文艺发展史上颇具里程碑式的一年。这一年，网络文化建设被列入国家战略，"网络文艺之家"进入了紧锣密鼓的建设阶段，中央所出台的一系列政策助推网络文艺朝着更快更好的方向发展；

2016年，以网络文学、网络剧为代表的网络文艺率先成功"出海"，网络文艺文化输出蔚然成风；

2016年，传统文艺借媒介东风与网络文艺加速融合；

2016年，网络文艺发展开始驶入主流化与专业化的道路，迎来"中国网络文艺主流化元年"；

2016年，网络文艺迎来"网络直播元年"，从此，网红经济、全民直播在新闻、经济、文化和社会上掀起一股又一股热浪……

然而，吊诡的是，面对网络文艺欣欣向荣的现实之景，网络文艺的学术研究却相对滞后和乏力，其标志性成果与网络文艺生态系统这一巨大的

[①] 转自蒲钰希《网络文艺需要建构自己的理论——读欧阳友权〈网络文艺学探析〉》，《文艺报》2018年10月29日第5版。

内容体量显得极不相称。某种意义上，网络文艺的快速发展，对习惯于传统文艺的研究者来说，不仅是挑战，更是机遇，因为其中许多问题尚处在悬而未决的境地，有着极大的阐释空间。例如，何为网络文艺，网络文艺何为？什么是网络文艺的内部规律及其生产特性？传统文艺与网络文艺存在何种关联，又有何异同？为何现阶段网络文艺受到越来越多人的关注和喜爱，网络文艺的崛起是一种艺术现象还是一种文化现象？网络文艺的巨大体量带来了什么，网络文艺的众声喧哗意味着什么，有哪些积极的东西，又有哪些消极的东西？网络文艺的符号能指与网络文艺创作者的欲望所指之间存在着怎样的审美距离？"网络性"与"艺术性"究竟哪个才是网络文艺应坚守的本性？网络文艺应当以一种怎样的发展路径与规制办法在保护其自身独特性的同时又能让其向主流化回归？……可以说，我们有无数的问题可以纳入这个关于网络文艺的清单。

上述诸多问题，也是本书试图理清和尝试回答的问题。网络文艺作为一种媒介文艺，更新速度快，文本体量大，新的艺术形态与文体形式层出不穷，新的现象又总是伴随着新的问题出现。

因此，本书的写作，主要聚焦三个面向的问题。

第一，关于网络文艺范畴的界定与把握。对网络文艺的理解要克服刻板印象的认知。首先，网络文艺不是传统文艺的网络化移植，这两种文艺不仅存在形式上的差异，两者的身份也不同。由于两者的生发地不同，我们不能忽视对于网络文艺生发地即网络环境及其特性的考量。其次，网络文艺现在已经是整个中国，乃至世界范围内"新"的文艺生态系统，因而需要在网络媒介之上对转型中的整个中国社会与多极文化发展的世界联动中来理解网络文艺，而不是只将网络文艺生产机制局限在"网络"世界的特定范畴。再次，网络文艺相对于传统文艺而言是一种新兴文艺类型，其中技术力量的影响对网络文艺的发展比以往任何时候文艺发展的影响力都大，看不到这种变化，就很难触碰到网络文艺的本质层面，也就无法针对其特性来探究适合它的发展路径。因此，我们需要对网络文艺有一个总体性的客观认知，要在其"类型"之下全面把握其深层结构性的思路、逻辑和发展规律。最后，网络文艺也不是仅限于"文艺"领域，由"网络"的专有特性（如"互联网+"模式）所带来的新问题、新理念、新文化、新经济而形成的"重组与重塑"特征仍然是我们需要把握与思考的范围。本书对"网络文艺"的理解是以网络文学、网络剧、网络电影、网络游戏、网络音乐、网红经济、网络娱乐、网络动漫等新兴文艺类型为代表的"互联网+新文艺"。本书对"网络文艺"的理解主要遵循了周志雄教授在《网络文学研究》一书中对于"网络文艺"概念的深刻诠释，即对于网络文艺的研究，"它的重心不在于'文艺'，也不在于'网络'，而是在于'新'，是贯通互联网新领域、中国社会当下新兴文艺领域以及跟整个世界'新'文艺潮流互动互文和同步对接的'新'文艺类型、业态与形态、机制与体制、生态与现象"①。与此同时，本书的一大特点还在于，本书对于网络文艺的理解始终将其看作"人的文艺"，对网络文艺"何以存在"之问转化为对现代人在网络文艺时代"何以存在"问题的解答，这亦是本书写作共识。因而基于这种认知，本书在某些章节论述中更侧重于从存在主义的角度来考察媒介技术对于网络文艺"主体"存在的影响，这种"存在"诚然不只是物理上的存在还有精神上的存在。因而本书中对于媒介的批判，并非对于媒介力量的否定性批判，而是对媒介的工具理性对主体异化的批判。本书对网络文艺的评判与规制始终联系着人的问题展开，这是本书对网络文艺的价值规定。

第二，对网络文艺符号性阐释的定位。为了更好地把握网络文艺的本质，以期在更广阔的理论层面把握其形式和内容的统一性，本书将网络文艺看作一具有文本向度广延与文本内蕴内敛的符号性文本，并对其进行符号学分析。在分析过程中，网络文艺符号究竟是一种艺术符号、审美符号还是一种数字符号或文化符号，这些符号在其具象与抽象之间存在怎样的内在关联？如何通过对网络文艺符号的美学分析来抵达对现代社会的深度透视？要想回答这些问题，就不能只对网络文艺符号进行理论层面的单向度考察，而需要联系鲜活的社会生活与网络文艺发展之中国经验的客观实际来综合考察。基于此，本书对网络文艺的生产规制遵循这样的研究路径：由于"网络文艺符号"是对网络文艺这种新兴文艺形式领域的符号学研究，因而隶属于"艺术符号"的研究范畴；同时网络文艺又是在网络文化的基础上所兴起的一种艺术形式，因而也是对"文化符号"的研究，因为文化符号学"它所关注的是对思想文化表层背后的结构性、因果性、意指性"②。网络文艺符号作为一类艺术符号和审美符号而言，艺术符号和审美符号的特征是非自然性、非实用性，同时它又隶属于数字符号的一类，数字符号又有着互动性、虚拟性等特征，因此网络文艺符号是艺术符号特性与数字符号特性的集合体，同时又具有文化符号的意识形态性。因而对网络文艺符号的研究须把握好其不同符号属性之间的关系，网

---

① 周志雄：《网络文学研究》，山东人民出版社 2015 年版，第 382 页。
② 李幼蒸：《理论符号学导论》，中国社会科学出版社 1993 年版，第 572 页。

络文艺符号不是这几种符号特性的叠加,而是需要在文艺生产的共性之中把握其独特性。

第三,如何看待网络文艺生产的"网络性"与"艺术性",如何提高网络文艺生产的精神"钙质"?该问题正是本书书名"网络文艺生产规制研究"的核心。本书最终的写作目的就是为中国的网络文艺发展提供一条可资参考的美学标准与道路选择。然而,对网络文艺生产规制的思考就是对于网络文艺的"网络性"与"艺术性"内在逻辑的思考。我国网络文艺发展的突出问题就是,"网络性"所衍生出的亚文化特性、文化边缘性以及后现代主义倾向致使网络文艺逐渐丧失其"艺术性"。"网络性"是网络文艺的独特性,而"艺术性"是网络文艺作为一种艺术样态理应坚守的本质属性。问题就在于,该如何在保持网络文艺特性的前提下,实现其生产与发展的主流化回归,即是说如何在"网络性"与"艺术性"之间实现一种平衡与适配?针对这一问题,本书从艺术本体论入手,从艺术的生产与消费、艺术的审美批判、艺术的审美解放、艺术的审美理想等多个维度来强调文艺的价值本位、思想深度与灵魂高位,用文艺的精神性来规制网络文艺生产中的亚文化性,用文艺的思想性来规制网络文艺生产中与主流价值观相抵牾的质素,真正发挥网络文艺作为精神性的文艺产品应有的培根铸魂之用。诚如欧阳友权教授指出的那样:"网络文艺创作要有价值承载,要有精神'钙质',有价值品味,创作者应该坚持'高技术与高人文协调统一'和'人民写作'两个原则,在高技术背后把握好网络文学的人文本位、价值立场和审美维度,网络文艺创作者应该站在人民的立场,对历史与现实、社会与人生的真善美与假恶丑有明晰分辨与正确理解。网络文艺要实现价值'魂归',纵使出现传媒嬗变也不能失去文艺坚挺的精神,媒介技术改变了文学的观念谱系,但文学信仰不能变,网络文艺创作者应该切入现场,守正创新。"[1]

总之,本书从网络文艺的具体语境出发,对网络文艺发展现象、网络文艺符号特质、网络文艺生产规律等进行了全面分析,努力做到既有实践意义上的广度,又有理论层面的深度,既有尖锐的思想批判,又有温情的人文关怀。一方面,中国的文艺实践需要用具有中国特色的文艺思想进行指导,中国网络文艺发展的道路选择必须要与中国网络文艺的发展经验相一致,脱离或偏离"中国"这一具体语境和文艺场域是行不通的。因此,网络文艺生产规制不能照搬西方话语,而应以社会主义主流思想为价值导

---

[1] 参见欧阳友权《网络文艺学探析》,中国社会科学出版社 2018 年版,第 328 页。

向，对中华优秀传统文化进行创造性转化、创新性发展，同时立足中国特色社会主义体制优势，在世界文艺舞台上发出自己独立的声音，这不仅是我国网络文艺发展的现实选择，也是未来路径的价值方向。另一方面，我们努力拓宽网络文艺研究的文化向度，通过对网络文艺的理论阐释与文化解读来深刻把握和理解现代人的精神状况与生存境遇，发掘古代文论的现代元素，对网络文艺的内部规律与外部环境进行统摄性分析与把握，力图对网络文艺生产规制的"中国经验"作出合乎实际的总体性概括与前瞻性解读……所有这些，正是本书的写作初衷和意义所在。

  本书能作为国家社会科学基金后期资助重点项目的结题成果，我真诚地感谢全国哲学社会科学工作办公室对网络文艺研究的高度重视，感谢各个匿名专家对本书的指谬、批评与教正。同时，我要特别感谢欧阳友权教授的知遇之恩，感谢他一直以来对我的提携、支持与厚爱；感谢陈定家、周志雄、夏烈、周志强、单小曦、房伟等名家大咖的鼓励与帮助；感谢中国社会科学出版社郭晓鸿老师不计辛劳、默默付出；感谢我的课题组成员，特别是我的弟子付慧青博士不厌其烦的修改、充实与打磨，使本书稍稍厚实了一些。网络文艺是一个全新的艺术形态，网络文艺研究亦是一块新鲜且广阔的学术天地，本书的很多观点虽然力求透过繁芜多变的现象去探究背后的本质，但由于本人的学力、识力、精力皆有限，一些地方还显得生硬、粗糙和不够成熟，加之网络文艺的发展是随时而变、随势而新的，很多结论也容易变得"守旧"或"落伍"，书中阐释不深、不精、不准及各类错误一定不少，欢迎广大读者、特别是学界师友批评指正。

聂　茂

2023 年 3 月底于岳麓山下抱虚斋